O HOMEM DO BOSQUE

O HOMEM DO BOSQUE

SCOTT SPENCER

Tradução
Paulo Afonso

BERTRAND BRASIL

Rio de Janeiro | 2013

Copyright © 2010 by Scott Spencer.
Copyright da tradução © Editora Bertrand Brasil Ltda., 2013.
Publicado em acordo com a Harper Collins Publishers.

Título original: *Man in the Woods*

Capa: Raul Fernandes
Imagem de capa: Guillermo Rodriguez Carballa/Trevillion Images

Editoração: FA Studio

Texto revisado segundo o novo
Acordo Ortográfico da Língua Portuguesa

2013
Impresso no Brasil
Printed in Brazil

CIP-Brasil. Catalogação na publicação
Sindicato Nacional dos Editores de Livros, RJ

S729h	Spencer, Scott, 1945-
	O homem do bosque / Scott Spencer ; tradução Paulo Afonso. — 1. ed. — Rio de Janeiro : Bertrand Brasil, 2013.
	378 p. ; 23 cm.
	Tradução de: Man in the woods
	ISBN 978-85-286-1769-6
	1. Ficção americana. I. Afonso, Paulo. II. Título.
	CDD: 813
13-01282	CDU: 821.111(73)-3

Todos os direitos reservados pela:
EDITORA BERTRAND BRASIL LTDA.
Rua Argentina, 171 — 2º andar — São Cristóvão
20921-380 — Rio de Janeiro — RJ
Tel.: (0xx21) 2585-2070 — Fax: (0xx21) 2585-2087

Não é permitida a reprodução total ou parcial desta obra, por
quaisquer meios, sem a prévia autorização por escrito da Editora.

Atendimento e venda direta ao leitor:
mdireto@record.com.br ou (0xx21) 2585-2002

PARTE I

A fera dentro de mim está em uma jaula de grades finas e frágeis.

— JOHNNY CASH

CAPÍTULO UM

Deve ser por piedade — pois, com certeza, deve haver piedade para Will Claff em algum ponto da fria curva do universo —, mas, de vez em quando, uma mulher o acha atraente e lhe oferece uma refeição, um pouco de carinho, alguns dólares e um lugar para ficar; nos últimos tempos tem sido isso, principalmente, que o mantém vivo. Ele está a milhares de quilômetros de casa. Sua renda, seu emprego, sua reputação profissional desapareceram. Ele está há tanto tempo na estrada portando apenas uma mala — mudando de nome em Minnesota, Highland Park, Illinois e Filadélfia — que já começa a ficar difícil lembrar que somente seis meses atrás ele tinha escritório próprio, um armário cheio de ternos e um ótimo apartamento próximo à Ventura Boulevard, alugado juntamente com Madeline Powers, que, como ele, tinha a função de contadora no Bank of America.

Will costumava pensar que as mulheres jamais prestariam atenção em um homem que não estivesse decentemente vestido e com dinheiro para gastar, mas isso não é verdade. Ele subestimara

O homem do bosque   7

a bondade das mulheres. As mulheres são tão gentis que até dá vergonha de ser homem. Quando passava dificuldades na Filadélfia, comprando suas camisas e sapatos em lojas barateiras, e cortando os cabelos numa escola de barbearia, ele encontrou um anjo da guarda na forma de Dinah Maloney, que passeava com o cachorro. Miúda e magricela, cabelos arruivados, olhos melancólicos, mãozinhas agitadas e trinta anos, dez a menos que ele, Dinah por acaso parou para descansar no mesmo banco em que ele estava. Durante a conversa, quando ela lhe contou que era dona de um bufê chamado Elkins Park Gourmet, ele disse:

— O bufê deveria se chamar Tem Alguém na Cozinha com Dinah.*

Will viu algo nos olhos dela que lhe deu uma injeção de coragem, e a convidou para tomar um café num lugar com mesas no lado de fora. Lá permaneceram durante uma hora, depois de amarrarem a correia do cachorro à perna de uma cadeira. Ele lhe contou a mesma história que já usara algumas vezes — com Doris, em Bakersfield, Soo-Li, em Colorado Springs, e Kirsten, em Highland Park —, sobre como chegara à cidade atraído por uma oferta de emprego e descobrira que o sujeito que o convidara havia se enforcado um dia antes, com o próprio cinto. Muitas mulheres não acreditaram nessa história, e algumas das que acreditaram não conseguiram entender por que ele estava quase sem dinheiro e sem ter onde ficar. Mas algumas acreditaram, ou decidiram confiar na intuição favorável que tiveram a respeito dele. Dinah se incluía nesse pequeno e salvador percentual.

---

* *Someone's in the Kitchen with Dinah*, no original. Conhecido refrão de uma canção folclórica norte-americana chamada "I've Been Working on the Railroad" (Trabalhei na ferrovia). (N.T.)

Embora fosse uma mulher irritadiça e truculenta, que desconfiava dos clientes, dos fornecedores e dos competidores, Dinah se dispôs a fazer de Will (que conheceu como Robert) o primeiro homem a passar a noite em sua casa, em parte porque ele parecia achá-la atraente, em parte porque seu cachorro parecia confiar nele. ("Woody é o meu barômetro emocional", disse.) Ela era uma pessoa tímida, basicamente solitária, perita em artes culinárias, confeiteira — cheirava a manteiga e baunilha — e versada em arranjos florais. Todas essas coisas levaram Will a ver no caráter dela uma antiquada integridade. Enxergando apenas a sinceridade, a ausência de maquiagem, a calça xadrez folgada, as sandálias bege com furinhos, as olheiras, resultantes das festas de aniversário e dos jantares empresariais que se prolongavam até tarde, ele presumiu que Dinah era uma mulher vulnerável a qualquer um que flertasse com ela. Ele não sabia que havia seis anos Dinah namorava um dos assistentes do prefeito, casado, cuja mulher trabalhava em Baltimore às terças e quintas-feiras.

Will sente-se grato por ser norte-americano; duvida que em qualquer outro país do mundo alguém possa se perder na multidão — como ele precisa fazer — ou perambular de estado em estado, de cidade em cidade. Não é como no tempo dos caubóis, mas, de qualquer forma, ninguém precisa saber onde ele está. Se atravessar uma fronteira estadual, estará apenas cruzando uma linha no mapa, sem que os pneus do carro registrem o menor solavanco. Não há guardas, nem portões, nem alfândega, ninguém pede identidade, ninguém se importa. Primeiro ele está aqui, depois ali, até que de repente está em Tarrytown, estado de Nova York, e é hora de sua corrida vespertina. Ele ainda está tentando perder a barriga que adquiriu na cozinha com Dinah.

O homem do bosque   9

O novo apartamento cheira a vazio, tinta fresca, café para viagem e cachorro, o Woody, roubado de Dinah no dia em que ela finalmente abriu o jogo com ele.

Will afasta a persiana e espreita pela janela. Os carros estacionados na rua são todos conhecidos, e, à essa altura, ele já sabe a quem pertence cada um deles. E, também, não há ninguém fora do comum na rua. Tudo muito rotineiro, muito familiar. Frequentemente ele se lembra de que o maior perigo é a complacência, o modo como podemos nos acostumar a verificar tudo e não encontrar nada, até que um dia, quando surge algo inusitado, nós nem mesmo notamos. Ele examina os pontos cardeais, norte, sul, leste, oeste. Ele canta "The Lion Sleeps Tonight", surpreendendo a si mesmo. A súbita alegria excita o cachorro, um vira-lata marrom, cuja grossa cauda, que está se tornando grisalha, começa a tamborilar no assoalho descoberto. Will imagina as pessoas no Mi Delicioso, a lanchonete do andar térreo, desviando os olhos do arroz com açafrão e do frango, e olhando para cima.

— Calma, Woody Woodpecker* — diz ele.

Sentindo uma súbita onda de afeição pelo cachorro, ele se agacha à sua frente e lhe afaga as orelhas. Woody é grande, mas suas orelhas parecem pertencer a um cachorro com o dobro do seu tamanho. Considerando o modo como Will se apossou dele, o cachorro tem se mostrado bastante compreensivo.

—Você e eu, Woody — diz Will, pegando a coleira no gancho ao lado da porta da frente.

O cachorro se põe de pé, abanando a cauda. Mas há algo de estranho em sua excitação. Ele não para de se retorcer.

---

* Nome original do desenho animado *Pica-Pau*. (N.T.)

Quando o cachorro ainda morava com Dinah Maloney, naquele paraíso chamado Filadélfia, vagamente evocado, levava uma vida muito diferente. Tinha a própria cama macia e passava as noites mais frias do inverno na cama da dona. A comida era abundante e frequentes as surpresas — principalmente quando ela voltava do trabalho trazendo sacolas cheias de sobras dos banquetes que havia preparado. O cachorro ainda conservava lembranças rudimentares da comida, da mulher e dos odores da antiga casa, mas seu coração e sua mente as transformaram em um estado de confusão, assim como compensariam uma pata machucada modificando seu modo de andar.

Will retorna à janela. Às vezes, tem a impressão de que passou a vida inteira espreitando pelas janelas, sempre com medo de que alguém ou alguma coisa lhe faça muito mal, mas tudo tem estado tranquilo nos últimos meses. Os medos que sentia anteriormente eram como um cochilo após o almoço em comparação ao que sente agora.

Ele puxa a corda para erguer a persiana, que coopera desengonçadamente. Depois, pousa a mão na vidraça. Uma tarde fria e cinzenta de novembro. Sente saudades do sol da Califórnia, que gostaria de ter aproveitado mais. *Agora é tarde.* Melhor nem pensar nisso. Autopiedade entorpece os sentidos.

Mas ele não acha que seja autopiedade ter sempre em mente que, mesmo em seu estado de quase invisibilidade, tornou-se um alvo. O que o leva em direção ao canto de sereia da autopiedade não é culpa sua. Em Los Angeles, sua terra, ele teve uma maré de má sorte, que se tornou muita má sorte, a qual, por sua vez, deu um enorme salto quantitativo e se transformou numa tremenda má sorte — um arremesso do meio da quadra feito por um jogador novato, no último segundo da partida, que bateu no aro, subiu quase em linha reta e caiu de chuá na cesta. A partida não valia muito, exceto pelos cinco mil dólares que Will apostara nos Portland Trail Blazers contra os Clippers, uma aposta arriscada. Mas, quando ele recebeu a dica de que os Clippers não tinham a mínima chance, foi como se estivessem lhe oferecendo uma licença para imprimir dinheiro. Ele teria apostado mais, se pudesse, mas já devia três mil dólares ao cara. Mais cinco mil foi tudo o que conseguiu. Não ter mais que cinco mil foi a agulha de boa sorte que ele encontrou no palheiro de azar.

Mas uma coisa ele sabe: tudo acontece por uma razão.

A verdade é que ele era um bom apostador. Tinha bom senso, frieza, e suas apostas eram baseadas na realidade, não em fantasias. Até mesmo a aposta nos Portland Trail Blazers foi inteligente; ele tem certeza de que muitos dos que conheciam o jogo, que eram verdadeiros conhecedores da NBA, teriam aprovado a aposta. É *possível* fazer uma aposta inteligente e não ganhar. Um paspalho arremessando do meio da quadra no último segundo da partida e acertando? Coisas assim estão fora do campo das probabilidades. A aposta tinha sido boa.

Exceto pelo fato de que ele não conseguiria pagá-la. O homem que recebia as apostas de Will era um antigo surfista, um havaiano chamado Tommy Butler. Will nunca entendeu muito bem como Butler se encaixava no esquema das coisas, se estava no topo ou na periferia da organização, ou mesmo se havia uma organização. Quando Butler lhe disse que teria de envolver o setor de Contas a Receber — "Isso é automático, cara, sempre que alguém fica devendo uma determinada quantia por mais de cinco dias; não é nada pessoal" —, Will não fazia ideia de quem seria incumbido de receber o dinheiro. Isso é o que tornava as coisas tão torturantes: poderia ser qualquer um! Uma porta de carro se abrindo, o som de passos, um toque de telefone: todo mundo era suspeito.

Will sabe que alguém irá procurá-lo, mas não sabe quem. Alguém está em algum lugar e aparecerá dentro em breve. Quanto mistério. Mas tudo acontece por um motivo. Todos os desvios, todos os zigue-zagues, todas as noites em um motel fedorento e até este cachorro marrom — tudo isso levará a alguma coisa. Ele só não sabe o quê, não ainda. O truque é ainda estar vivo quando chegar a hora.

Manter-se escondido e ser discreto não são coisas anormais para Will. Ele não precisa dos confortos tão importantes para outras pessoas — o roupão favorito, a xícara de café favorita, a cadeira favorita. O que são essas coisas em comparação com a sobrevivência? A sobrevivência é o prato principal, tudo o mais são acompanhamentos. E se esconder aguça os sentidos, assim como a prorrogação de um jogo ou o acabamento de uma foto.

Três semanas após sua fuga, ele telefonou para Madeline, que ainda estava vivendo no apartamento da Ventura Boulevard, embora tivesse apartamento próprio. Ele estava em Denver. Foi por volta das dez horas da noite; ele usou a cabine telefônica próxima a uma loja de conveniência, a dois quarteirões do motel em que se hospedara havia algumas semanas. Dois adolescentes tentavam arremessar um boné de forma a fazê-lo aterrissar na cabeça do outro. A noite estava abafada e escura, sem lua e sem estrelas. O céu era um balde de tinta que alguém derrubara acidentalmente.

— Oi, sou eu — disse ele, assim que ela atendeu.

Ele não queria usar o próprio nome.

— Meu Deus! Onde você está?

Madeline falava baixo e tinha uma voz linda; ele se sentia bem só de ouvi-la.

— Esquece, é só para você saber que eu estou vivo.

— Mas onde você está? Eu estou ficando maluca! Como você pôde fazer isso?

— Desculpe. Não foi exatamente uma coisa planejada.

— Tudo bem, querido — disse ela. — Já entendi. Tudo bem. Só me diga onde você está. Me diga exatamente onde você está.

Foi então que lhe ocorreu: ela estava no esquema.

—Tudo bem por aí? — perguntou ele.

—Você faz ideia de como estou me sentindo? Alguém já fez uma coisa assim com você? Três semanas sem um telefonema?

— Bem, estou telefonando, mas agora tenho que ir.

—Tem que ir aonde? Isso é loucura. Por que você não me conta o que está acontecendo? Onde você está?

Will sentiu o coração endurecer e encolher até o tamanho de uma noz. O telefonema fora um erro terrível, mas não pelas razões que ele temia. Ele gostaria de carregar ternas lembranças de Madeline, mas lá estava ela colocando minhocas em sua cabeça. Quem sabe? É possível que tivessem oferecido a ela uma parte do que arrancassem dele.

— Sabe de uma coisa? — disse ela. — Agora eu preciso que você me escute mesmo, querido, está bem? Você pode, pelo menos, tentar escutar?

Ele nunca tinha ouvido a voz dela soar daquela forma, como se ele fosse uma criança e ela estivesse tentando lhe explicar como é a vida.

— Pode falar — disse ele, em tom de desafio.

— Querido, essas coisas em que você acha que está envolvido estão só na sua cabeça. Você perdeu dinheiro e eu sei que está endividado. Tenho certeza de que são dívidas altas. Tudo isso afetou sua cabeça. Você realmente não está vendo com clareza. Eu sei que a situação é séria, mas não tanto quanto possa estar pensando. Não precisa correr e se esconder, como está fazendo. O que acha que os caras vão fazer com você? Matar? Como vão recuperar o dinheiro deles? Quebrar seus braços e suas pernas? Como você vai poder trabalhar e ganhar dinheiro para pagar a eles?

— Você se importa se eu fizer uma pergunta? — replicou ele. — Alguém apareceu aí procurando por mim?

— Do que você está falando? — perguntou ela. — Quer saber quem está perseguindo você? É você. Você está se perseguindo!

Ela elevou tanto a voz que ele afastou o telefone do ouvido, estremecendo.

— Tudo bem — disse ele, com exagerada calma. — Deixe-me fazer outra pergunta: como você soube que eu perdi dinheiro? Eu nunca lhe contei isso. Não sou o tipo de cara que anda por aí chorando as perdas. Como você soube disso?

— Ah, Jesus! — exclamou ela, como se estivesse chorando. Mas por que choraria? Ela uma vez dissera que o Paxil, ou seja lá qual fosse a droga que ela estava tomando, a impossibilitava de chorar. Portanto, ela tinha que estar representando.

Ele não sabia ao certo como tudo se encaixava — ainda é uma coisa que ele mói e remói em sua mente, um cubo mágico de motivos, razões e possibilidades. Por que ela faria isso com ele? Qual seria sua motivação?

O homem do bosque   15

Ele desligou o telefone e se obrigou a andar descontraidamente. Passando novamente pelos vagabundos que brincavam com o boné, entrou numa loja de conveniência e comprou um saco de batatas fritas, molho apimentado e uma garrafa de refrigerante diet, sabor limão, de uma marca do Colorado. Tiras brilhantes e coloridas estavam penduradas em torno da caixa registradora. Bilhetes de loteria. Apostas para otários, patéticas preces para que algum sonho impossível se tornasse realidade. E, embora ele nunca tivesse dado atenção a bilhetes de loteria, o fato de vê-los fechou alguma porta em seu íntimo. Com a garrafa de refrigerante suando sobre o balcão e o garoto mexicano que estava no caixa separando seu troco, Will compreendeu que jamais faria outra aposta enquanto vivesse.

— Tudo bem — diz ele agora para o cachorro, enquanto prende a correia na coleira. — Vamos andar oito quilômetros num bom ritmo. Nada de parar e nada de correr atrás de esquilos. Vamos em frente sem parar.

Will bate no bolso de seu *training* para verificar se está com as chaves do carro e do apartamento. Depois, dá um puxão na coleira, para mostrar ao cachorro quem está no comando, o que, acredita ele, faz o cachorro se sentir melhor consigo mesmo e com o lugar que ocupa na ordem das coisas. O cachorro dá um pequeno latido de protesto, o que — Will tem certeza — é uma tentativa de manipulação. Para não lhe dar espaço, Will puxa a coleira de novo. O cachorro late de novo e senta, o que irrita Will. Mas, como o animal ainda está agitando a cauda, é possível que sua intenção seja apenas deixá-lo irritado.

CAPÍTULO
DOIS

— Olá — grita Kate Ellis, com a mão esquerda sobre os olhos para protegê-los da luz oblíqua do holofote.

— Olá! — gritam em coro quinhentas vozes, cujos donos estão sentados diante dela nos bancos da igreja.

A palestra desta noite deveria ser realizada em uma livraria próxima ao Lincoln Center, mas o comparecimento foi tão grande que o local teve de ser trocado no último minuto.

— Olá, vocês — diz Kate, completando o que se tornou sua saudação característica.

Ela pensa: *copiar outra pessoa já é bastante ruim. O que estou fazendo é pior. Estou copiando a mim mesma.*

O livro que ela está promovendo em todo o país — *Orando com os outros* — começou como uma série de ensaios para a revista *Wish*, na qual ela começou a escrever durante o julgamento do O.J. Simpson. Quando o julgamento terminou, seu instinto de autopreservação a ajudou a parar de beber, o que lhe proporcionou um novo assunto — sua peregrinação rumo a uma vida mais sóbria, dedicada ao amor

O homem do bosque   17

a Deus. Quando os ensaios atingiram um número suficiente para serem reunidos em um volume, *Orando com os outros* foi publicado. Seu sucesso não foi uma surpresa total — Kate havia conquistado seguidores enquanto escrevia artigos para a *Wish*. Mas o tamanho e a duração do sucesso superaram as expectativas de qualquer um. Kate agora já não se preocupa com dinheiro. Está sóbria. É uma boa mãe. Aprendeu a rezar sem se sentir impostora nem lunática. Na sua vida, existe um homem que a adora e que ela consegue amar com uma dedicação que antes pensava ser impossível, um amor que antes achava ser tão mítico quanto um unicórnio. Tanta felicidade! Ela, às vezes, se sente insegura e amedrontada, como se estivesse diante de uma máquina de caça-níqueis que despejasse uma torrente de ouro ininterrupta.

Um microfone foi fixado no tecido áspero de seu pulôver; o transmissor eletrônico está aninhado no bolso da frente de sua saia, que vai até o chão. Os bicos de suas botas despontam por baixo da bainha como línguas de lagartos, enquanto ela caminha pelo púlpito, entre o atril e o altar. Nas aparições públicas, Kate se veste com bastante modéstia, embora seja atraente, como se desejasse que sua compleição esbelta, sua graça de bailarina e a singela beleza de seu rosto passassem despercebidas. Mas ela é inequivocamente bonita, e agora mais que nunca, radiante de amor.

Está frio na igreja; água quente gorgoleja nos aquecedores, mas não houve tempo suficiente para aquecer o lugar improvisado. Kate, ainda nervosa com o entusiasmo de seus admiradores, respira fundo para se acalmar. As mulheres estão em maioria aqui, vestidas adequadamente para a friagem de novembro, com gorros de tricô, luvas e casacões. Tanta lã úmida dá ao lugar um cheiro de redil. Trovões ecoam no outro lado dos vitrais azul-escuros, e um relâmpago ilumina o interior da igreja com um clarão azulado. À esquerda de Kate, há uma estátua de são Jorge, armado com uma lança, uma espada e uma expressão tão petulante quanto a de uma antiga boneca de criança.

— Bem, obrigada a todos vocês por terem saído de casa com um tempo tão ruim — diz Kate. — Eu... bem, para ser sincera com vocês, eu estou emocionada.

Essa admissão de vulnerabilidade arranca aplausos da multidão. Kate fica ruborizada, receando que alguém pense que ela só queria mais uma salva de aplausos e conjeturando, pois assim é a natureza dela, se não foi exatamente isso o que fez.

Vinda de um banco lateral, ouve-se uma voz de mulher, clara e vigorosa.

— Como está Ruby?

Kate junta as mãos como se estivesse rezando, em uma paródia de religiosidade que, no entanto, consegue ter algo de religioso.

— Ela está feliz, ela é linda e, adivinhem... já está lendo!

A boa notícia deslancha ovações e aplausos.

— Sim, Deus abençoe J.K. Rowling, a única escritora de quem não tenho inveja. Pretendíamos trazer Ruby conosco esta noite, mas ela enfeitiçou a babá e está começando a ler *Harry Potter e o prisioneiro de Azkaban*. Ela sabe ler sozinha, mas gosta que alguém assista enquanto isso. — Kate faz que não com a cabeça. — Eu tentei convencer Ruby a deixar disso, mas ela é teimosa. Eu disse a ela: *Querida, eu não posso ficar sentada aqui enquanto você lê*. E ela me respondeu: *Mamãe, você ficava sempre nessa cadeira um tempão, sem fazer nada. É verdade, querida* — eu disse a ela, mas isso era fácil naquela época, *porque mamãe estava completamente bêbada*.

O homem do bosque   19

Há um quê de tensão nas gargalhadas que se seguem, o que, estranhamente, é reconfortante para Kate. Ela descobriu que as pessoas gostam de ouvi-la falar sobre seu tipo de cristianismo — o qual inclui boa dose de arrogância e blasfêmias, opiniões esquerdistas e todo o sexo desfrutado pelos pagãos. As pessoas gostam de saber que você pode ser devoto e, ao mesmo tempo, colérico, irreverente, um tanto egoísta, invejoso e até competitivo. A inveja que ela tem de outros escritores que operam no circuito nunca deixa de provocar risos. O que as plateias nem sempre gostam de ouvir, entretanto, são histórias de mães relaxadas e negligentes. E o que nunca gostam de ouvir são histórias de mães alcoólatras, mesmo que o relato esteja situado no passado e incorporado a uma história de recuperação. O que está ótimo para Kate; aceitação unânime é sinal de mediocridade. Provocar um pouco de confusão e ofender algumas pessoas aqui e ali faz com que se sinta mais ela mesma.

— Bons tempos aqueles — diz. — Acho que Ruby sente falta de algumas coisas relacionadas à época em que eu bebia. Por exemplo, eu não tinha a menor ideia de que a escola dela passava dever de casa, mesmo no primeiro ano. — Kate coça a cabeça, parecendo confusa, desligada. — Então, deixem-me esclarecer uma coisa — diz ela com voz embolada. — Eles prendem você na escola o dia inteiro e depois te mandam para casa com mais trabalhos para fazer à noite? Ah, queridinha, isso é horrível, deixa eu preparar um drinque.

— Kate? Kate, querida.

Uma mulher se levanta de um banco lateral na primeira fila. Não tem muito mais que um metro e cinquenta e é confortavelmente roliça. Os cabelos castanhos, cortados curtos, estão se tornando grisalhos, mas o rosto é jovem, sem rugas e alegre; ela parece alguém que devotou a vida à poesia, ou à música, ou ao bem-estar das outras pessoas, e agora enfrenta o envelhecimento com profunda serenidade. Usa óculos escuros e segura uma bengala, mas, apesar da cegueira, tem uma aura de autoridade.

— Quero lhe dar as boas-vindas, Kate, e quero que você saiba como estamos todos felizes em ter você conosco esta noite. — Enquanto fala, a mulher descreve um arco acima da cabeça com sua bengala de alumínio pintada de branco, indicando toda a plateia. — E, para comemorar esta maravilhosa ocasião — diz ela em seu ressonante contralto —, quero lhe recitar o meu poema.

Kate faz uma reverência na direção da mulher, e então, percebendo o erro, diz:

— Que ótimo.

Sua voz sai um pouco balbuciante, pois ela foi apanhada de surpresa.

A mulher bate com a bengala no assoalho da igreja e balança o corpo de um lado para outro, com ar sonhador, enquanto recita:

> *Cante através de mim, ó Musa, os feitos desta mulher*
>> *de tanta graça e sabedoria*
> *Que retorna ao nosso lar após uma grande jornada*
> *Durante a qual abateu muitos monstros*
> *O ogro da dúvida e o demônio da descrença*
> *As sereias do vinho e da depravação*
> *Os vampiros da solidão e os lobisomens do medo*
> *Seu retorno triunfante é nosso retorno também*
> *Os aplausos para ela são hosanas para nós*
> *Cante através de mim, sagrada Musa, a história de Kate Ellis*
> *Somos pequenas almas em busca de felicidade e ela nos faz felizes*

O homem do bosque   21

A mulher termina fazendo uma saudação na direção de Kate. E, quando a plateia começa a aplaudi-la calorosamente, ela os acolhe com desavergonhado deleite, sacudindo a bengala e a mão livre acima da cabeça. Depois, sopra um beijo na direção de Kate. Somente quando os aplausos começam a esmorecer ela volta a se sentar.

— Uau! — diz Kate. — Estou completamente emocionada. Obrigada. Muito obrigada mesmo. Posso lhe perguntar qual é o seu nome?

A mulher parece não ter ouvido a pergunta. O garoto de catorze anos sentado ao lado dela — seu filho? — cochicha alguma coisa para ela. Ela faz uma profunda mesura com a cabeça e diz em voz bem alta:

— Julie, Julie Blackburn McCall.

— Obrigada, Julie Blackburn McCall — diz Kate. — E deixe-me dizer a você que esse poema vai ficar em minha mente por muito tempo. — Então, ela pega um exemplar de *Orando com os outros* e o abre numa página marcada. — Tudo bem, pessoal, vou ler cerca de seis páginas e para isso vou levar entre catorze e quinze minutos. Vocês eu não sei, mas eu não consigo aguentar leituras que levem mais de quinze minutos. Depois, posso responder a perguntas, ou ouvir comentários. Também posso fazer perguntas a vocês. Vamos ficar assim, mas, quando o relógio bater nove horas, teremos que encerrar a reunião. Combinado?

Kate alisa a página do livro e, nervosa, bebe um gole de água da garrafa que alguém deixou para ela sobre o atril.

As palestras dos últimos meses incutiram em Kate uma confiança em seu instinto que lhe permite, de repente, passar de um texto preparado para uma improvisação.

— Obviamente, eu estou aqui para fazer leituras do meu livro, vender exemplares e dar autógrafos. Isso nem é preciso dizer. Mas eu só queria que soubessem... — Kate faz uma pausa e respira fundo; ela mesma fica surpresa com o fato de se sentir tão emocionada ao dizer o que está prestes a dizer. — O que eu sou, ou o que eu quero ser, é uma mensageira da esperança. Esperança, esperança. — Ela pronuncia as palavras como se estivesse soltando balões no ar. — Esperança, que Emily Dickinson chamou de *a coisa com penas*. Estou aqui com uma mensagem de esperança porque vou lhes contar as coisas mais inesperadas e espantosas que podem acontecer numa vida. Estou aqui porque quem quer que diga que você está atolada na lama é um mentiroso. — Ela pousa a mão sobre os seios. — Quarenta anos, um romance que duas pessoas leram e uma minicarreira numa revista, pedindo a cabeça do O.J. Simpson numa estaca. Agora, isto. — Ela levanta o livro e começa a ler. — Quarenta anos de idade bebendo até cair e agora sóbria, vivendo um lindo e maravilhoso dia de cada vez. Quarenta anos de idade, e agora, contra todas as probabilidades e expectativas, tão dedicada a Jesus que a maioria dos meus amigos acha que eu deveria estar num hospício, principalmente os liberais progressistas, que têm medo de que eu tenha virado um segundo Pat Robertson, ou seria Pat Boone?,* e tente lhes impingir a minha crença. Quarenta anos sendo uma moderada emocional, até na minha cerimônia de casamento eu preferi dizer *vou tentar*, em vez de dizer *aceito*. Mas, depois que fiquei sóbria, depois que percebi que isso não levava a nada, depois

---

* Pat Robertson: pregador evangélico. Pat Boone: cantor de músicas gospel. Ambos norte-americanos. (N.T.)

que terminei de escrever meu livro, aconteceu o segundo milagre, o qual eu realmente acredito que Jesus preparou para mim: o amor de um homem maravilhoso — e meu amor por ele! Portanto, essa é a minha mensagem de esperança. Se eu posso ter essas coisas, todo mundo também pode. Lembrem-se disso. Nossas vidas têm sentido. Existe uma história, uma história de criação, sacrifício e amor, e somos todos parte dessa história. — Ela faz uma pausa e pigarreia. Seus olhos se enchem de lágrimas. Isso a deixa sem jeito, mas fazer o quê? Ela seca os olhos com as mãos e graceja: — Bem, acho melhor eu começar logo a ler, porque, para falar a verdade, meu namorado não gosta de dormir tarde. — Parece que ela vai começar a ler, mas se interrompe. — E tem outra coisa: meu namorado é o homem mais antiquado do mundo. E, quando digo antiquado, não estou falando de Bob Dole ou, sei lá, Bobby Short. Estou falando de Daniel Boone ou David Crockett.* Ele faz a barba com navalha. Ele não espera a água quente sair antes de entrar no chuveiro. Ele fabrica coisas com as próprias mãos. Suas lindas mãos. Ele sabe cozinhar e costurar. Ele conserta qualquer coisa e, quando precisa de uma ferramenta que não tem, ele mesmo faz a ferramenta. E outra coisa: ele gosta de pagar em dinheiro e carrega o dinheiro no bolso da frente. Agora, quando eu vejo um cara tirando seu cartãozinho de crédito da carteira, acho isso... sei lá. Parece meio afeminado. E pagar em cheque? Nem pensar. Seria o mesmo que andar rebolando.

---

* Bob Dole (n. 1923): político norte-americano extremamente conservador; Bobby Short (1924-2005): cantor e pianista norte-americano conhecido por interpretar canções da primeira metade do século XX; Daniel Boone (1734-1820) e David Crockett (1786-1836): personagens míticos da história dos Estados Unidos. (N.T.)

Na décima fileira, Paul Phillips, o homem que chegara com Kate, abaixa a cabeça e enfia as mãos nos bolsos do casaco de couro. As poucas vezes em que observou a vida pública de Kate e teste-munhou o efeito que ela tem sobre as pessoas foram experiências interessantes. Pessoas bem-sucedidas não lhe são estranhas, mas ele nunca teve um relacionamento com uma mulher conhecida mun-dialmente, e o prazer que sente em viver sob o reflexo de seu brilho foi uma surpresa, com um inesperado componente erótico. Há algo de grandioso no fato de ir para casa com uma mulher amada por todo mundo. Em sua vida anterior, ele se envolveu principalmente com mulheres que trabalhavam com as mãos: oleiras, jardineiras, tecelãs, carpinteiras — como ele mesmo — e uma quiroprática. Ou então com encantadoras mulheres ociosas, que viviam do que sobrara das fortunas que haviam herdado. Mas, apesar do prazer que sente com a fama de Kate, ele não está preparado para fazer parte de sua vida pública. Quando as pessoas à sua volta se viram para vê-lo, ele fica não só constrangido, como também irritado. A mulher a seu lado, que a julgar pela sacola que carrega deve tra-balhar para a CBS, olha para ele com curiosidade profissional. Ela é parte asiática e lembra muito uma mulher para quem ele trabalhou em certa época. Outra mulher, metida em um poncho, ergue o polegar para ele; um casal idoso, de cabelos brancos como algodão e joviais olhos azuis, olha para ele com ternura.

Não há nada que Paul possa fazer quanto a isso, mas, algumas horas depois, no quarto de hotel que o editor de Kate reservou para ambos — poupando-lhes as duas horas da viagem de volta —, ele diz a Kate:

O homem do bosque   25

— Quando você falou sobre o seu namorado, todo mundo começou a olhar para mim.

— Impossível — responde ela. Ela está deitada na cama, tentando controlar seu ego após a noite de adoração e obtendo um sucesso quase completo. — Eu tomei cuidado para não olhar na sua direção.

— Mas eles sabiam que era eu — diz Paul. — Não havia muitos homens lá.

Ele não quer parecer aborrecido, ainda mais depois de uma noite tão gloriosa para ela, e com certeza não na cama. Um carrinho deixado no quarto pela administração do hotel oferece boas razões para que ele fique de bom humor: um ramo de orquídeas, uma taça de coquetel de camarão e uma tigela com frutas cortadas. Embora o local não seja particularmente do agrado de Paul, ele já dormiu tantas vezes em tendas e cabanas sem aquecimento e em camas sem colchões que sabe valorizar os pequenos confortos que outras pessoas consideram normais. Seria normal reclinar a cabeça para trás e sentir a rigidez da madeira da cama ou mesmo da parede; mas o que Paul sente é uma cabeceira acolchoada. E, embora essa maciez seja vagamente agradável, cabeceiras acolchoadas são um símbolo da elegância pernóstica, um ou dois níveis acima do assento de privada forrado. Simplicidade, durabilidade e veracidade são as qualidades que agradam a Paul. E não ocultar os materiais que compõem os objetos constitui uma expressão de todas elas.

A maioria dos aposentos da cidade está dois níveis acima do que é confortável para ele, inclusive este quarto, cujo abafamento lhe traz más lembranças. Nesse momento, enquanto Kate está deitada sob as cobertas, vestida com seu pijama de seda alaranjado e com meias para manter os pés aquecidos, Paul se sente à vontade usando apenas cueca.

— Olhe só você — diz Kate —, estendido aí desse jeito. — Ela desliza a mão no peito dele, até chegar à barriga. — Hoje fui triplamente premiada: sobriedade, fé e agora você. — Ela enfia o dedo sob o elástico da cueca dele. — Vai tirar?

Paul levanta os quadris e remove a cueca. Seu pênis cai para o lado esquerdo, enquanto seus pelos púbicos exibem um brilho escuro. O peito dele é como o de um garoto, exceto pelos cabelinhos ao redor dos mamilos. Por um momento, Kate tem súbita vontade de lambê-lo. Em vez disso, come um pedaço de manga. Às vezes, ela sente uns súbitos e erráticos acessos de desejo, alguns um tanto extravagantes, mas deliciosamente extravagantes. Outras vezes, uma espécie de síndrome de Tourette erótica que a faz ter vontade de dizer coisas que jamais disse a um amante, como: *Você pode ser violento, se quiser; por que não bate na minha bunda ou puxa os meus cabelos?* Mas ainda não cedeu à tentação. O que geralmente a refreia não é a visualização do ato em si, mas a sombra que tal ato, com certeza, projetará sobre tudo o que vier em seguida. Como seria possível conversar com alguém que tenha gostado de fazer algumas das coisas que passam pela cabeça dela? A conversa seria travada sob um peso esmagador. Quem seria ela depois, caso cedesse a esses impulsos? A vida cotidiana teria de arcar com uma carga excessiva, que não poderia ser absorvida nem esquecida.

— Estou sentindo todos os sete pecados capitais — diz Kate, escondendo o rosto nas mãos, como uma senhora vitoriana dominada pela vergonha. Então se acalma da única forma que sabe: falando. — Inclusive a luxúria, naturalmente — diz ela —,

O homem do bosque 27

o primeiro pecado que você me fez cometer. E a cólera, só de pensar em alguém mais olhando para este lindo pênis, inclusive os urologistas. E a preguiça, acho que essa também está incluída, porque eu poderia passar o resto da vida na cama com você. E a cobiça, porque eu quero entesourar você como ouro. E a gula, porque eu quero que você me encha com todas as coisas imagináveis, entre elas algumas que nem quero mencionar.

Paul rola o corpo e a toma nos braços, mas ela pousa a mão sobre seu peito para poder continuar falando.

— Soberba, naturalmente, porque você é muito lindo e eu adoro observar as pessoas quando elas nos veem juntos. E... qual é o próximo? — Ela faz as contas em silêncio. — Eu só mencionei seis. Qual é o sétimo?

— Não sei — diz Paul.

— Vamos lá — insiste Kate —, você nem tentou. Se existem sete deles, tente se lembrar de qual é o último.

— Atchim* — sugere Paul.

— Ah, já sei — diz ela. — O sétimo é a inveja. Eu tenho esse também. E é você que eu invejo. Eu queria ser tão bonita quanto você. Então, esses são os sete, e a mamãe aqui tem todos eles.

— Eu adoro a sua aparência — diz Paul.

— Eu preciso beber mais água — diz Kate. — Não estou envelhecendo bem.

Kate é a mulher mais velha com quem Paul já manteve um relacionamento íntimo. Ele nunca conheceu nenhuma mulher que pintasse as unhas dos pés, o que é apenas uma das manifestações

---

* Alusão a um dos sete anões da Branca de Neve. (N.T.)

da feminilidade adulta de Kate. Ela faz dieta e visita o cabeleireiro regularmente. Escolhe as roupas com muito cuidado, experimentando e descartando algumas, principalmente quando tem que fazer uma aparição pública. Paga cem dólares por um pote de creme para passar nas olheiras arroxeadas, acreditando que a coisa magicamente a fará parecer mais jovem. E faz! A coisa de fato funciona. As mulheres que Paul teve antes não se preocupavam com a idade, eram descomplicadas e confiantes na própria beleza. Encontravam força nas fímbrias do sexo, em vez de no centro. Eram mulheres que gostavam mais de estar num acampamento ao ar livre, usando calças Levi's e camisetas, do que na cadeira de uma manicure. Paul se sentia agradável e orgulhosamente mais velho, como se, por fim, tivesse encontrado seu lugar no mundo dos homens. Antes, parecia que ele iria levar uma dessas vidas sem pé nem cabeça, do tipo em que as pessoas aparecem e desaparecem, e o indivíduo nunca sabe com quem vai estar na ceia de Natal, mas não se preocupa, pois raramente termina sozinho. Agora, no entanto, existe ordem em sua vida e não há nenhum mistério a respeito de onde ele estará na semana seguinte, ou no mês seguinte. Após um longo tempo, sua vida adulta se iniciou.

Assustado com um sonho, ele acorda algumas horas depois em um quarto ainda escuro, exceto por uma estreita fresta de luz difusa entre as cortinas, que Kate acabou de abrir. Ela saiu da cama e sentou-se em uma cadeira ao pé da janela. Ele olha para ela enquanto ela olha para a rua, para ter certeza de que não está havendo nenhum problema. Certa vez, meses atrás, ele acordou no meio da noite com a sensação de que alguma coisa estava errada e a encontrou na sala, curvada numa cadeira, chorando com as mãos no rosto.

— Estou sozinha — disse ela. — Eu me sinto sozinha.

Atarantado, ele tentou tranquilizá-la. Disse a ela que estava ali, que não iria a lugar nenhum e que a filha dela estava logo ali, no andar de cima. Ele apontou para o teto branco, de onde pendia um candelabro, cujas lâmpadas apagadas lembravam olhos mortos.

— Eu sei, eu sei — disse ela ofegante, apertando o estômago por cima da camisola de verão. — Mas não quer passar.

Nesta noite, porém, os ombros de Kate estão imóveis, e ela parece serena. Estendeu o casaco no colo e dobrou as pernas sob o corpo. Não, pensa Paul, não vou perturbá-la. Ele permanece deitado, de olhos abertos. As luminárias da rua se refletem no teto, de uma extremidade à outra, como as luzes oscilantes da tela de um radar. Ele fecha os olhos. Quando desperta novamente, as cortinas estão emolduradas pela trêmula claridade do dia. Kate envolveu seu membro com a boca. Ele se sente inchar em sua calidez. Ela sente prazer em transar com ele enquanto ele dorme. Para manter a ilusão, ele conserva os olhos fechados. Ela monta sobre ele, que desliza facilmente por seu interior. Lenta e tão silenciosamente quanto possível, ela se aproxima do prazer que, embora invisível, é a coisa mais real para ela no momento. Paul abre os olhos apenas o bastante para ter um vislumbre dela através das pestanas. Ele adora a sua expressão durante o ato sexual, receptiva e vulnerável, com a pureza e a singularidade de propósito de um animal. Ela mantém as mãos postadas nas laterais do travesseiro dele. Um hálito quente lhe escorre da boca aberta, enquanto sons abafados de excitação gorgolejam em sua garganta. Como ela pode imaginar que ele continua a dormir durante essa deliciosa comoção? Mas ele se comporta como se estivesse morto. Nenhum dos dois jamais fará qualquer alusão ao fato.

Ele pensa em tudo o que não é mencionado. Por exemplo: que se sente um tanto depreciado quando Kate discorre sobre a beleza física dele, em parte porque acredita que ela o supera em inteligência; além do mais, tantas mulheres já lhe disseram isso que ele não vê mais sentido nos comentários. Ele também nunca dirá a Kate que ela não é a primeira mulher a ter prazer com ele enquanto ele dorme; isso não só a deixaria com ciúmes, como reduziria nela a sensação de transgressão.

Talvez seja esse o segredo do amor: às vezes, ele nos carrega; depois, chega a nossa vez, e nós é que temos de carregá-lo.

O homem do bosque   31

CAPÍTULO
TRÊS

É irritante acordar em uma cama de hotel, olhar para os números no relógio e ver que já é quase meio-dia. Paul se apoia em um dos cotovelos, perscruta a penumbra vazia do quarto e se esforça para lembrar por que está ali, por que está sozinho. Então, lembra que Kate voltou para casa, no norte do estado, e que ele tem assuntos a resolver na cidade. Ele deita o relógio do hotel para não ver mais o mostrador, que sente ser uma violação da beleza intrínseca do transcorrer do tempo, com seus braços giratórios que nos recordam de que estamos em um planeta que se move pelo espaço. Ele não consegue se lembrar da última vez em que dormiu até meio-dia — foi quando era adolescente? Acordar tão tarde o deixa pouco à vontade. Da meia-noite às sete: esse é seu período de sono favorito. Permanecer na cama enquanto todo mundo está acordado e produzindo faz Paul pensar em sua mãe, que dormia dez, doze horas por dia, e, quando despertava, se movia com angustiante lentidão, arrastando o sono atrás dela como uma longa capa enlameada.

Kate lhe deixou um bilhete encostado no vaso de tulipas que seu editor enviou para o quarto. Não é época de tulipas, e algumas apresentam um matiz anormal de laranja, brilhante como um confeito. O próprio vaso repousa sobre o pequeno simulacro de escrivaninha que muito o irritou na noite anterior. Sem a presença de Kate, Paul pode dar vazão ao seu excêntrico desprezo por certos aspectos da vida moderna. Além de detestar as coisas falsas e mal-acabadas, ele encara as incursões comerciais na ordem natural como uma doença contagiosa.

> Querido, boa sorte nos negócios de hoje. Vejo você à tarde. Venha logo, logo e logo. Não se esqueça de pedir um farto café da manhã e pôr na conta do quarto. Nem de que o estacionamento já está pago. Beijos, abraços e mais uns *et ceteras* que não posso mencionar...

Ainda nu, Paul escarafuncha um dos cantos da escrivaninha, onde a cola que segura a fórmica cor de mogno no tampo de aglomerado está ressecada e inútil. Quando a fórmica se solta, ele não resiste e a puxa ainda mais. Antes que se dê conta, ele já descolou uma área de vários centímetros.

— Epa — diz ele, tentando endireitar a fórmica.

Mas esta se transformou em uma aba escura e quebradiça. Após mais algumas tentativas de corrigir, ou pelo menos disfarçar o prejuízo, ele desiste e dá de ombros. Depois, liga para o serviço de quarto e pede o café da manhã, que custa trinta dólares. Quando o funcionário traz o pedido num carrinho forrado com uma toalha branca, Paul assina o comprovante e acrescenta cinquenta por cento ao valor. É fácil ser generoso com o dinheiro dos outros.

O homem do bosque 33

Ele precisa ir a dois lugares na cidade, ambos para tratar de assuntos financeiros. A primeira parada é a mais desagradável: ele se encontrará com um cliente que lhe deve oito mil dólares há mais de um ano. A missão começa de forma auspiciosa. Com o tráfego fluindo bem, apesar do intenso movimento, ele dirige sem nenhum entrave do hotel até a esquina da rua 77. Para reforçar os augúrios positivos, encontra uma vaga praticamente em frente ao prédio do devedor — uma caminhonete parecida com a sua está deixando o local no momento em que ele se aproxima. Na Quinta Avenida, quase todos os carros são pretos, reluzentes e caros. Os empreiteiros e entregadores, em seus utilitários, sentem-se ligados uns aos outros. Fazem parte da vida secreta da cidade, visíveis apenas para seus confrades, carregados com encanamentos, tacos, tapetes, fechaduras, portas, placas de vidro, gesso e tinta. Após entrar na vaga, Paul acena de modo amistoso para o ocupante precedente — um pintor, a julgar pelas manchas no boné —, que ergue o polegar para ele em sinal de camaradagem.

Quando ele entra no saguão do prédio, os sinais e presságios se tornam menos promissores. O porteiro age como se estivesse protegendo a embaixada norte-americana de alguma nação hostil, tratando Paul como se este estivesse arrastando excrementos caninos pelo piso de ladrilhos coloridos. Depois que Paul finalmente recebe permissão para entrar no elevador que o levará ao encontro de Gerald Lundeen, o ascensorista, um homenzinho com tufos de cabelos grisalhos, repete diversas vezes: "Então, você vai se encontrar com Lundeen", como se houvesse algo de intrinsecamente dúbio na empreitada.

Lundeen vem evitando Paul há meses e hoje tem o aspecto de um doente que acabou de sair da cama. Seus cabelos grisalhos estão sujos e desgrenhados, as lentes de seus óculos mostram marcas de dedos, e seus longos pés descalços têm cor de talco, como se recebessem um fluxo inadequado de sangue. Está usando um roupão de seda — sem nada por baixo, ao que tudo indica. Os cabelos de seu peito estão úmidos de suor; dois dedos de sua mão esquerda estão engessados. Ele lembra a Paul seu próprio pai nos últimos meses de vida, embora a trajetória deste tenha sido ainda mais sinistra — de uma posição segura numa faculdade, passando por um cargo subalterno numa agência de publicidade e terminando num emprego numa loja de molduras na Lexington Avenue, com uma grande quantidade de raiva e álcool ao longo do caminho. Sua morte, embora prematura, não foi muito surpreendente.

Sejam quais forem as dificuldades enfrentadas por Lundeen, ainda há dinheiro suficiente em sua conta para que ele viva num apartamento de nove cômodos na Quinta Avenida. Ele concordou em receber Paul para conversar sobre questões financeiras há alguns meses, depois de dizer que lhe enviara um cheque, que jamais chegou. Lundeen, parecendo perplexo na ocasião, disse que daria uma contraordem naquele cheque e enviaria outro para substituí-lo. Após algumas semanas de espera, Paul telefonou a Lundeen para saber do dinheiro, mas seus telefonemas não foram atendidos.

Agora, finalmente, Lundeen concordou em recebê-lo. Ele oferece a Paul uma cadeira Queen Anne original, forrada em damasco amarelo, e se acomoda em uma cadeira de couro com espaldar alto, em frente a uma mesa atulhada de papéis e folhetos referentes à fabricação e à venda de mesas de massagem — o negócio da família Lundeen.

— Então, como tem passado, Paul? — pergunta Lundeen, como se o encontro fosse uma visita social.

O homem do bosque   35

— As coisas vão bem — diz Paul. — E você?

Lundeen sorri e inclina a cabeça.

— As coisas não poderiam estar piores. — Percebendo que seu peito está exposto, ele fecha o roupão com mais cuidado. — O maravilhoso mundo do divórcio.

— Bem, eu realmente lamento saber disso — comenta Paul.

Os olhos de Lundeen cintilam avidamente. Paul conjetura se, de alguma forma, deu a entender que Lundeen tem agora o direito de não pagar suas contas. Então, acrescenta:

— Acontece.

Lundeen cruza as mãos e bate com elas no queixo.

— Minhas finanças estão um caos neste momento, Paul — diz ele. — Tive de congelar algumas contas para evitar que Renee se apossasse de tudo o que eu trabalhei para conseguir. E... Bem, é complicado e não quero chatear você com todos esses horríveis detalhes financeiros. De qualquer forma, isso não lhe interessa, não é?

— É... é muito dinheiro — diz Paul.

— É? — pergunta Lundeen, mas logo tenta consertar a gafe: — Claro que é. Eu entendo. E você trabalhou, Paul. Eu sei disso. E o trabalho ficou maravilhoso, Paul. Um trabalho artístico, Paul, realmente. Nem sei mais quantas pessoas já elogiaram esse trabalho. Tenho certeza de que algumas delas já telefonaram para você e lhe ofereceram trabalho. Não foi? Então, pelo menos, eu fui útil nesse sentido.

— O maior problema quanto ao dinheiro, Gerald — observa Paul —, é que parte dele é pelo meu trabalho e parte é para pagar os materiais.

— Eu sei — diz Lundeen. — Você acha que eu não sei? Você acha que eu não vou para a cama toda bendita noite pensando no dinheiro que devo?

Paul pigarreia. Ele sabe que isso pode demonstrar insegurança, mas, se não fizer isso, não vai conseguir falar.

— Então, o que vamos fazer, Gerald? Você pode estipular um prazo?

Paul se sente estranho ao dizer "estipular um prazo", é uma coisa completamente inusitada para ele. É como se tivesse soltado uma frase em francês que por acaso se encaixasse no contexto, do mesmo modo que uma de suas clientes gosta de dizer *incroyable* quando algum trabalho de Paul lhe desperta admiração.

— Estamos falando de um mês — diz Lundeen —, no máximo. Mas, sinceramente? — Ele espera que Paul balance a cabeça, como se fosse preciso um acordo entre ambos para que a verdade nua e crua seja dita. — Falando sinceramente, a coisa não está mais nas minhas mãos. Está nas mãos dos advogados e outros vigaristas. Esses caras são todos uns pilantras.

Os olhos de Lundeen ficam vermelhos, como se ele fosse chorar.

Paul se sente de repente desorientado e sem esperanças. O que mais ele pode dizer a esse homem para receber o dinheiro que lhe é devido? Ele já começa a achar que demonstrou fraqueza e se rebaixou indo até lá. Disse claramente o que pretendia, cara a cara com Lundeen. O resto vai ter que seguir seu próprio caminho em seu próprio tempo. Paul pousa as mãos sobre os braços de mogno trabalhado da cadeira Queen Anne e se levanta.

—Tudo bem — diz ele. — Preciso ir.

O homem do bosque   37

— Certo, Paul, obrigado por ter vindo.

Paul franze as sobrancelhas. *Obrigado por ter vindo* não faz nenhum sentido, a não ser demonstrar que Lundeen mal registrou o propósito da visita.

— Então, você me telefona quando suas finanças estiverem em ordem? — ele se força a perguntar.

— Claro que sim — diz Lundeen.

— De uma forma ou de outra, vou ter que receber — completa Paul.

— Com certeza — diz Lundeen, pondo-se de pé.

Ele dá a volta na mesa, pousa a mão no ombro de Paul e o guia em direção à porta, enquanto o barulho furioso de um aspirador de pó irrompe em algum lugar na frente do apartamento. Lundeen olha nervo na direção da faxineira invisível e apressa o passo, enquanto conduz Paul até o corredor do andar, onde, por sorte, o ascensorista parou com o elevador vazio e abriu a porta.

Paul sente que o dia se inclina cada vez mais claramente na direção errada; é como perceber, em meio ao corte de um pedaço de madeira valiosa, que a lâmina da serra está descalibrada. Sua próxima parada fica doze quarteirões ao norte. Após quinze minutos, ele aceita o fato de que não encontrará vaga e acaba deixando a caminhonete em frente a uma igreja, como uma mãe desesperada abandonando seu bebê. Passa um pouco da uma da tarde. O vento está frio e úmido, e o sol parece não oferecer mais calor que uma lâmpada de geladeira. Quando Paul entra na Quinta Avenida, cinco carros da polícia passam com as sirenes ligadas, dirigindo-se para o sul a toda velocidade, com as lâmpadas azuis e vermelhas projetando bolas de luz nas fachadas decoradas dos grandes prédios de apartamentos. Os porteiros de libré não demonstram nem mesmo um interesse passageiro.

Ele foi avaliar uma proposta de trabalho para uma atriz de quem nunca ouvira falar, embora Kate lhe tenha dito que ela merece a fama que tem. Paul, que nunca fica sem trabalho, estava considerando esta visita como uma cortesia, principalmente; mas, agora, achando que jamais verá o dinheiro de Gerald Lundeen, sente-se irritado consigo mesmo por estar uma hora atrasado para o encontro.

Aqui, o porteiro parece um pouco mais alegre, com suas vastas costeletas e um longo casacão azul, com frisos carmesins e reluzentes botões de cobre. Paul diz o nome da atriz, e o porteiro acena para que ele entre, uma indicação de que o lugar deve estar repleto de trabalhadores.

— Ah — diz o empreiteiro-chefe —, meu marceneiro favorito.

Ele se chama Haydn Goodwin; é alto, corpulento e tem cerca de cinquenta anos — um galês de cabelos grisalhos, crespos, com o jeito brincalhão e confiante de alguém extremamente forte. Paul trabalhou para Goodwin há dois anos, construiu uma cama trabalhada para um cantor famoso.

— Quero lhe mostrar a cozinha — diz Goodwin. Eles atravessam uma sala com piso rebaixado e móveis cobertos com plásticos. — Nós estamos trabalhando no lado sul do apartamento. Assim, pelo menos, ela pode viver mais ou menos normalmente. Quando tudo ao sul estiver pronto, atacaremos o lado norte.

Ele fala em voz baixa, como se houvesse uma criança geniosa dormindo no apartamento que não pudesse ser incomodada.

O homem do bosque   39

Entretanto, o barulho de martelos, serras, operários conversando e os Allman Brothers cantando "Whipping Post" torna improvável que alguém que viva nas redondezas consiga dormir, ou mesmo pensar com clareza.

— Ela estava contando viajar para o Rio durante as obras, mas ficou gripada.

O telefone pendurado no cinto da calça de Goodwin — largo e pesado como couro de amolar navalhas — emite um ruído estridente. Goodwin atende, tem uma curta conversa com alguém e termina dizendo:

— Isso vai ser o meu fim. — Ele aperta o botão de desligar. — De qualquer forma — diz ele, voltando a atenção para Paul —, a filha dela deveria ficar aqui para ajudar. Não iria fazer muita coisa, só algumas compras e levar a mãe para alguns compromissos, mas não apareceu. Então, a situação está meio precária.

Paul não se lembra de já ter visto o cara tão nervoso e começa a sentir uma crescente relutância em trabalhar com ele. A ideia de voltar de Nova York de mãos vazias é um tanto deprimente, mas há muito tempo Paul acredita que o segredo de uma vida feliz é a disposição para abrir mão das coisas, e ele está disposto a abrir mão do trabalho que Goodwin tem a oferecer e do dinheiro que trará.

Ele entra numa cozinha com piso xadrez, aparelhos modernos e armários modulados.

— Ela quer uma legítima cozinha *country* — diz Goodwin. — Ela tem ótimas lembranças de um lugar que costumava visitar em Hillsboro, New Hampshire.

— Este prédio é *art déco*, Haydn.

Goodwin solta um longo e cansado suspiro e faz que sim com a cabeça.

— Eu sei, Paul, eu sei. Mas é o que ela quer. E não dá para discutir com ela. Quer dizer, até dá, mas não vai adiantar muito.

— Não sei, Haydn. Isso não me abre uma porta. Está entendendo? E, sim, meio que fecha uma porta. Se ela quer uma cozinha country do século XVIII, ela deveria morar numa velha casa de campo.

— Eu sei, eu sei. — Com sua poderosa mão coberta de gesso, Goodwin bate bruscamente no ombro de Paul e lhe dá um apertão, meio jovial, meio irritado. — Eu sabia que você diria isso. Mas não custava nada tentar. Então me deixe fazer uma pergunta, meu amigo. Você se lembra daqueles armários de madeira maciça que fez para Jann Wenner? Com aquele lindo cipreste velho? Você ainda tem mais dessa madeira estocada lá no campo, certo? Um passarinho me contou que você tem mais de mil metros de cipreste do noroeste, e você mesmo me contou que tem uma enorme coleção de maçanetas antigas.

— Na verdade — diz Paul —, aquilo não era cipreste e não era antigo.

— Não era madeira antiga?

Goodwin parece perplexo.

— Eu envelheci a madeira com pátina cinza sobre tinta creme.

Goodwin balança a cabeça.

— Nas fotos, parece autêntica.

— Ao vivo também — diz Paul.

— Então? O que você me diz?

— Eu posso ensinar o marceneiro que você arranjar a envelhecer a madeira. Ou você mesmo. É fácil.

— Só isso? E o velho cipreste? E as maçanetas?

O homem do bosque   41

— Eu guardo meus estoques para os meus próprios projetos — diz Paul.

— Posso lhe pagar muito bem.

— Nunca vai valer para você o que vale para mim, Haydn.

— Deixe que eu decida isso — diz Goodwin, já quase perdendo o bom humor.

Goodwin continua a insistir com Paul, às vezes implorando, às vezes criticando. Paul mantém os olhos fixos em Goodwin e dá a impressão de que está considerando os argumentos do empreiteiro, mas, na verdade, mal está escutando. Até que de repente, com um sobressalto, percebe que sua caminhonete está estacionada numa área proibida. Uma coisa é receber uma multa durante um trabalho, mas receber uma multa em vez de um trabalho...

— Tenho de ir embora — diz Paul. — Pena que a coisa não tenha funcionado.

— Eu quero aquela madeira e as maçanetas também — diz Goodwin, apontando para ele e sorrindo falsamente. Depois, faz um movimento brusco, como se fosse se atirar sobre Paul, que sente um jorro de adrenalina percorrer seu corpo.

— Haydn, ela está te chamando — diz uma voz.

É um dos ajudantes de Goodwin, um jovem de uns vinte anos com rosto de querubim, cujos óculos protetores estão sobre os cabelos cobertos de gesso.

— Algum problema? — pergunta Goodwin ansioso.

O jovem ajudante dá de ombros.

— Ela me mandou chamar você, só isso.

Sem mais uma palavra, Goodwin sai da cozinha. Paul permanece parado por alguns momentos; agora, com Goodwin ausente, é que percebe como está furioso. Enquanto se dirige à porta da frente, pensa: *Eu deveria ter lhe dado um soco.*

Seu nervosismo continua enquanto ele retorna à igreja episcopal onde estacionou o carro, desafiando tanto Deus quanto César. Mesmo de longe, ele consegue notar a multa sob o limpador de para-brisa, com uma das extremidades tremulando à brisa úmida de novembro e a outra grudada no vidro molhado. *Ah, essa não,* diz Paul, como se receber uma multa por estacionamento irregular fosse uma coisa mesquinha e injusta, embora, na verdade, ele já tenha sido multado quatro vezes, somente este ano. Para ele, é fácil esquecer isso, considerando que não pagou nenhuma das multas. Ele retira o papel de baixo do limpador de para-brisa e o enfia no bolso traseiro, onde permanecerá até se juntar aos outros, no fundo do porta-luvas

Indo na direção norte e se preparando para dobrar a oeste, de modo a voltar para Leyden, Paul percebe que a rua que iria tomar está fechada. Ele terá de dobrar a leste, percorrer uma quadra e dobrar ao norte, antes de se dirigir a oeste novamente. Quando já está seguindo no sentido leste, decide, quase sem pensar, prosseguir até a Primeira Avenida e passa pelo prédio onde seu pai morou no último ano de vida.

Depois que Matthew Phillips saiu de casa, sua esposa não se mostrou disposta a facilitar suas visitas aos filhos, Paul e Annabelle. O que convinha muito a Annabelle, mas não a Paul, embora ele tivesse sido o alvo principal dos acessos de fúria do pai — o pior foi quando ele tapou o nariz e a boca do filho com a mão até que perdesse a consciência. Apesar dos atos de violência, alguns leves, outros

O homem do bosque   43

que estariam sujeitos a sanções penais, Paul sentia falta de Matthew. Mas receava ferir os sentimentos de sua mãe caso lhe pedisse ajuda para visitar o pai. Então, começou a aparar gramados e remover neve da frente das casas, para ter como pagar a passagem de trem de Connecticut a Nova York. A viagem seria seu único interlúdio em um mundo de mulheres — mãe, irmã, professoras e até clientes: todas mulheres.

Matthew alugara um apartamento à beira da ferrovia, numa estreita e sombria viela habitada principalmente por solteiros. As paredes do apartamento eram frágeis, e o assoalho se encontrava riscado; havia uma banheira dentro da cozinha, e todas as janelas tinham grades de aço. O quarto ficava nos fundos — um colchão no assoalho, sob uma janela encardida. A sala na parte da frente, um pouco mais ensolarada que os aposentos dos fundos, estava ocupada por um cavalete e um monte de quadros encostados nas paredes, formando blocos com mais de um metro de comprimento, numa demonstração quase desafiadora de que ninguém os queria. Matthew estava interessado na cor marrom, que dizia ser a mais comovente de todas. Cada tela fora densamente pintada com uma tonalidade de marrom, com uma listra de outra cor dividindo a área. Próximo do fim de sua vida, Matthew começou a colocar a listra no terço superior da tela; e, em sua pintura derradeira, havia duas listras, uma verde pálido e outra negra. Ele chamou essa tela de "Páscoa". Ele parecia possuído por uma visão inexprimível, uma percepção de algo vasto e eterno, uma compulsão alojada nos mais profundos recantos de sua alma, poderosa o bastante para expelir um homem do convívio social, mas não para transportá-lo a outro lugar.

Quando o visitava, Paul encontrava Matthew usando uma calça jeans salpicada de tinta e sandálias mexicanas. Seus olhos verde-claros eram úmidos e desfocados, como azeitonas no fundo de uma taça de martíni. Longe das pressões da vida familiar, Matthew era plácido, distante, polido. Tornara-se alguém que não queria observar nada com muita atenção, alguém cuja paz de espírito dependia de não ir ao fundo das coisas. Matthew conseguia falar um longo tempo usando apenas generalizações; na verdade, acreditava em generalizações. *Logo, algum dia* e *ainda não* eram suas medidas de tempo; *algum, um pouco* e *não o suficiente* eram suas denominações monetárias habituais. *Um cara que eu conheci, essa mulher, um camarada, umas garotas, um vizinho* e *um grupo de gente* eram as pessoas em sua vida.

Certo dia de primavera, Paul deixou Connecticut sem falar nada com a mãe ou a irmã e tomou o trem até a Grand Central Station, juntamente com empresários, escriturários e consumidores abonados. Achou que surpreenderia o pai. Os pouco mais de três quilômetros até a casa dele, a partir da Grand Central, foram percorridos a pé. O sol estava quente, uma mancha oleosa num céu cinzento. No painel com as campainhas do prédio estava um dos cartões de visita que o Unicef enviara a Matthew. Paul apertou o botão, esperou, empurrou a porta, descobriu que estava aberta e subiu as escadas, sentindo um medo nauseante e impossível de identificar — uma sensação de mau agouro que jamais voltaria a ignorar.

A porta do apartamento de seu pai estava destrancada. O apartamento era o panorama da vida de um homem deixado por conta própria. Meias secando em luminárias de mesa, cotões de poeira escuros como lã de aço embaixo dos radiadores, paredes grosseiramente pintadas, pilhas de jornais nos cantos, garrafas vazias, restos

O homem do bosque   45

de comida transformados em cinzeiros, bilhetes estrategicamente colocados entre as fechaduras da porta da frente e o olho mágico alertando a si mesmo: Desligue as Luzes! Verifique o Forno!

Matthew estava morto no quarto; sozinho e nu. Mais tarde, Paul saberia que seu pai tivera um infarto agudo e, provavelmente, morrera no mesmo instante. Seu tronco estava sobre o colchão descoberto, seus pés estavam no chão. A temperatura dentro do apartamento parecia estar em torno dos quarenta graus; o cheiro era alguma coisa que Paul jamais esqueceria. Ele sabia que o pai estava morto, mas não sabia que se deve chamar a polícia quando alguém morre. Achou que era apenas um assunto de família, que ele devia colocar o pai sobre a cama, cobrir sua nudez e depois pensar em um modo de levar o corpo de volta a Connecticut, onde ele, sua mãe e sua irmã poderiam enterrá-lo. Tapando o nariz e a boca com a mão, Paul se aproximou do corpo e perscrutou o rosto devastado do pai. Tentou, então, erguer Matthew e, por um instante, conseguiu. Mas, de repente, o pior aconteceu. O corpo foi arriando lentamente, como uma ponte levadiça. Por mais que tentasse, Paul não pôde fazer nada para deter a queda, até que o corpo ficou por cima dele. No início, ele não conseguiu emitir som algum. Depois, gritou pela mãe. Começou a berrar. O peso, o cheiro, a grande e terrível escuridão o estavam sufocando. Então, ele empurrou para o lado o rosto vazio e sem expressão de Matthew. O empurrão deve ter sido mais forte do que ele pensava, pois deixou uma marca.

Durante anos, após a morte do pai, Paul passava pelo prédio sempre que ia à cidade — não fazer isso parecia uma coisa desleal e insensível, pois Matthew fora cremado e não havia sepultura para ser visitada. Mas, depois que completou vinte anos, suas tristes peregrinações foram se tornando cada vez menos frequentes. E, agora, saindo da Primeira Avenida, ele se dá conta de que não visita o prédio em que o pai viveu há talvez oito anos.

Ao se aproximar da rua 90, ele constata que a pequena loja onde Matthew comprava seu material artístico foi transformada em uma loja da Verizon, e a Zurich e Kaufman — Calçados de Qualidade se tornou uma cafeteria. E pior: o prédio em que Matthew viveu e morreu foi demolido, juntamente com os prédios que o ladeavam. No local, foi construído um edifício de apartamentos chamado The Verdi, uma colmeia com vinte andares de vidros espelhados, quase idêntica a outros edifícios do mesmo estilo espalhados pela cidade. Paul nem mesmo diminui a velocidade; seus pensamentos são engolfados por um torpor vazio. *Se eu me apressar*, pensa ele, *posso atravessar o sinal antes que a luz fique vermelha.*

Na saída da cidade, ele enfrenta um longo e irritante atraso — quinze minutos, meia hora, quarenta e cinco minutos. Cercado pelo ronco de motores em ponto morto, sente-se deprimido por causa do dia desperdiçado. Mas não está com pressa de retornar a Leyden. Gostaria de ver alguma coisa bela, que pudesse neutralizar suas agruras. No meio da alameda Saw Mill, finalmente livre da atração gravitacional da cidade, ele sai da rodovia, obedecendo a um súbito impulso, e se dirige a um parque de oitocentos hectares que conheceu um ano antes, quando estava trabalhando em Westchester, construindo uma adega para um banqueiro francês. A estrada em que está agora acompanha a margem de um lago artificial repleto de gansos, que deslizam de um lado para outro como pequenos barcos. Entrando numa pequena estrada campestre, ele se aproxima do Parque Estadual de Martingham.

O homem do bosque   47

A guarita na entrada leste do parque está fechada para o inverno. Folhas rolam sobre as marcas pintadas no chão do estacionamento. As folhas de bordo exibem alegres matizes de vermelho, laranja e amarelo; as de carvalho são de um marrom sombrio, embora algumas tenham manchas que lembram sangue ressecado.

Paul estaciona e anda por uma trilha de quatrocentos metros, ladeada por pinheiros, abetos, acácias, carvalhos e bordos — árvores que, por um decreto estadual, receberam permissão para florescer e envelhecer, tendo o tempo como único inimigo natural. Quando os pinheiros apodrecem, após a morte, tornam-se macios e cada vez mais aromáticos. Os bordos, as bétulas, os amieiros e as cerejeiras se recusam a morrer. Mesmo quando são cortados, ejetam folhas novas o mais rapidamente possível, novos brotos famintos de sol. As folhas sob os pés de Paul estão começando a se decompor; o solo sob elas é macio e negro.

Paul chega a uma área de piqueniques, que, no momento, abriga uma enorme convenção de esquilos — alguns grandes e cinzentos, com espessos casacos de pele e caudas em forma de pompom; outros, ágeis e avermelhados, com olhos alucinados e pés estreitos. Todos envolvidos em frenéticos preparativos para o inverno que se aproxima. Na clareira, há oito mesas pintadas de verde, que precisam de alguns reparos. Mesas vagabundas, produzidas em massa. Paul ocupa a que está mais perto da trilha, inala o frio ar outonal e o solta lentamente pela boca. Ao ouvir gritos acima dele, inclina a cabeça para descobrir a origem: uma bétula descascada e desfolhada, cheia de papa-figos, que com certeza rumam para o sul. No momento, aguardam o restante do bando. Depois que os galhos enegrecem com suas penas e ganham vida com seus guinchos estridentes, os passarinhos explodem em revoada e se agrupam no ar, dobrando à esquerda e à direita, até entrarem em formação. Uma caprichosa luminosidade azul-esverdeada recobre o céu. Ao avistar um pardal empoleirado no galho oscilante de um sorbo, Paul se lembra de uma canção que Kate gosta de cantar, com sua voz rouca, comovente e desafinada: *Se Deus toma conta até dos pardais, sei que também olhará por mim.* Um sentimento lindo, mas nada poderia estar mais longe da verdade, no entender de Paul. O pardal está sozinho e nós estamos sozinhos também.

Ele não sabe ao certo por que foi até lá, mas está feliz por ter ido absorver a melancólica solidão do bosque e a pungência do outono, desfrutar sozinho o silêncio das árvores que balançam lentamente as nervuras de seus galhos desfolhados, enquanto mergulham as raízes no solo e dele extraem nutrientes, com maravilhosa sofreguidão. O relógio que Kate lhe deu de aniversário parece pesar em seu pulso. Ele o retira, coloca-o sobre a mesa de piquenique e massageia a marca que a corrente de metal deixou em sua pele. Muito acima dele, um jato cruza o céu na direção sul, dirigindo-se para o aeroporto LaGuardia, ou, talvez, para o Kennedy. Paul observa o avião sumir de vista. Quando volta a atenção para o mundo ao redor, percebe que já não está sozinho. Um homem de cabelos castanho-escuros, cerca de quarenta anos, troncudo, usando um agasalho branco, calça de cetim negro e tênis de corrida se juntou a ele nesta erma clareira do bosque.

---

*Trecho da música "His Eye Is on the Sparrow". Gospel escrito em 1905. (N.T.)

O homem do bosque   49

CAPÍTULO
QUATRO

No início, Will Claff parece assustado por encontrar alguém ali, mas se recompõe e olha fixo para Paul. Depois, senta em um dos bancos, arfando. Uma vaga sugestão de dor acompanha sua respiração. Com ele está um cachorro, cuja correia ele amarra na perna do banco.

Will pega uma garrafa e bebe um pouco de água. O cachorro, alto e ossudo, de pelagem marrom e acinzentada, pousa as patas dianteiras sobre a mesa de piquenique e lança um olhar de súplica, com seus olhos perfeitamente redondos.

— Sentado! — diz Will Claff e bate com força no focinho do cachorro, fazendo-o voltar a se apoiar sobre as quatro patas.

Will faz isso para mostrar a Paul que não aceita imposições.

Woody continua se comportando como se ainda tivesse alguma esperança de obter um gole de água. Inclina a cabeça para a esquerda e para a direita. Sua cauda gira sem parar, como a hélice de um helicóptero.

— Sentado — diz Will, e dessa vez o cachorro obedece.

50   Scott Spencer

Will sente uma irrupção de autoconfiança. Mas Woody logo se levanta, novamente agitado.

Que falta de respeito.

Em uma época anterior, o cachorro marrom se acostumou a receber um tratamento carinhoso. E até hoje não conseguiu se livrar da ideia de que os humanos são gentis e constituem uma espécie amistosa e útil. Interpretando o momentâneo devaneio de Will como um abrandamento, ele começa a latir, arranhando o chão com uma das patas dianteiras e sacudindo o traseiro para a frente e para trás.

— O que foi que eu disse? — grita Will, tão alto que o animal para de latir imediatamente.

Mas isso não basta para Will. Atiçado pelo som da própria voz, ele agarra o cachorro pela coleira e o puxa para perto, sacudindo-lhe a cabeça com tanta força que Woody, visivelmente temendo pela própria vida, solta um grito muito parecido com um grito humano.

— Ei, ei — diz Paul. — Calma.

O homem olha na direção de Paul e empina o queixo.

— Eu conheço você? — pergunta ele.

— Eu só estou pedindo para você não bater no cachorro — diz Paul, tentando comunicar, pelo tom de voz, que é uma pessoa razoável.

Está acontecendo, está acontecendo bem agora, pensa Will, tomado por uma vertigem, como se estivesse caindo de grande altura. Começa, então, a bater no cachorro, com mais força do que nunca, dando um exemplo para aquele homem que aparecera para lhe fazer mal. Will faz um cálculo. O que ele deve? Oito mil? Esse cara — bem, é preciso reconhecer que ele o apanhara bem no fim da caminhada —, mas

O homem do bosque   51

esse cara não parece particularmente durão. E o que ele vai receber pela cobrança da dívida? Trinta por cento? No máximo. Quanto dá isso? Dois mil e quatrocentos dólares?

— Cara, você quer parar com isso? — diz Paul.

Sentindo a própria fúria, chocante em sua intensidade, ele começa a caminhar na direção do homem: é como se tivesse aberto a porta de um armário e descobrisse uma luz extremamente brilhante.

Will olha para Paul, que acabou de chamá-lo de *cara*. Que aquele estranho o trate com tanta falta de respeito diz a Will o que ele precisa saber. Por exemplo, que apenas um dos dois sairá dali andando. Ele tenta empurrar o cachorro para o lado, mas a coleira está presa por uma correia na grossa perna do banco.

Paul estende os braços à frente com as mãos espalmadas, esperando comunicar ao homem sua intenção de não lhe fazer mal, embora meio que diga para si mesmo: *Porra, eu bem que gostaria de matar esse cara.*

Ele ouve a exclamação aguda e desafinada de um pardal.

— Esta parte do parque é muito bonita, não acha? — diz Paul.

O homem não diz nada no início, como se estivesse analisando a declaração em busca de significados ocultos.

— É b-b-bonita — consegue dizer.

E solta um suspiro.

Paul percebe o gaguejo e conjetura se isso tornará o cara mais fácil de lidar.

— Não sei por que você bate nele — diz. — Ele parece um cachorro dócil.

Paul para a três ou quatro metros do homem, afastado demais para que ele lhe acerte um soco e próximo o bastante para reagir, caso ele faça qualquer movimento em falso.

— Ouviu isso, cachorro? — pergunta Will.

Ele tem a impressão de que está caminhando no ar a um quilômetro de altura, colocando um pé à frente do outro, aterrorizado e onipotente. — Nosso amigo aqui quer saber por que eu estou batendo em você. Acho que ele prefere que eu use o pé.

Dizendo isso, ele dá um rápido chute nas costelas do cachorro. Amedrontado, o animal dá um pulo e late de novo, mostrando instintivamente os dentes e rosnando de forma ameaçadora, usando seu magro arsenal.

— Que porra é essa? — grita Will, como que se sentindo traído. —Você está se virando contra mim, é isso o que você está fazendo? Mordendo a mão que te alimenta?

Will sente os olhos de Paul pesando sobre ele e entende que só há uma saída: continuar fazendo a mesma coisa. Seu chute seguinte acerta o cachorro no meio das costelas; o animal abre a boca, com a língua para fora, e cai de lado, ganindo.

Paul pressiona a cabeça com as mãos, como se seu crânio fosse explodir. Ele só queria sentar em algum lugar, sem ter que interagir com outro ser humano. Por trás de seus pensamentos, como um ronco de tráfego, há um contínuo rugido de ódio. Ele está agora a poucos passos do homem, e tudo o que consegue pensar em dizer é:

— O que você sentiria se alguém chutasse você assim?

Ao que Will Claff responde:

—Você a-acha que eu não s-sei?

O homem do bosque   53

Paul não é nenhum especialista em conflitos. Não briga desde a adolescência, quando brigou por um motivo que já esqueceu. Mas o que lembra daquela tarde é inquietante: cinco pares de mãos tirando-o de cima de Marshall Judd, que sangrava e chorava. O instinto diz a Paul que se mantenha perto do homem, o suficiente para poder reagir instantaneamente caso o cara tente usar alguma coisa que esteja em seu bolso — uma faca, um revólver. Agora, Paul está a pouco mais de quinze centímetros.

— Pare com isso — diz Paul, apontando o dedo na direção do homem e se aproximando, quase encostando o rosto no dele. O cachorro olha a cena com interesse, batendo o rabo nas folhas. — Você não pode fazer isso com um cachorro.

— É m-meu — responde o homem.

— Não importa — diz Paul. — Não se trata disso.

Então, é verdade, pensa Will. *Ele acabou de admitir.* Ele sente uma onda de tristeza, como se já tivesse sido morto e agora estivesse diante da própria sepultura, observando o caixão ser baixado à terra.

Apreensivo, o cachorro olha para o próprio tronco, no lugar onde os chutes acertaram. Paul empurra o ombro do homem, não com força suficiente para machucá-lo, mas o bastante para que ele saiba que alguma dor física pode estar a caminho.

Will recua rapidamente e investe contra Paul com seu considerável peso, agarrando seus cabelos com uma das mãos e usando a outra para lhe desfechar uma série de socos no rosto.

Há mais fúria que força nos golpes alucinados. Paul empurra Will para trás e se afasta da caótica saraivada de socos. Depois, como que enfiando um dedo do pé no oceano de violência que gera tanta vida e ao qual tanta vida retorna, dá um tapa no rosto do homem.

A intenção é insultá-lo e desmoralizá-lo, mas o golpe sai com mais força do que Paul pretendia, e o sujeito solta um uivo.

— Tudo bem? — pergunta Paul, querendo dizer: *já chega?*

Will mantém distância, por enquanto. Dividido entre o impulso de se reconfortar passando a mão no rosto e reagir, parece desorientado e frágil. Sua mão treme. Ele pestaneja rapidamente e vira a cabeça para ambos os lados. Está procurando alguma coisa para arremessar contra Paul.

Primeiro, vai a garrafa de água, que ele atira com precisão surpreendente, atingindo Paul no queixo. A dor é quase nenhuma, mas o gesto é inesperado. A garrafa cai no chão, e a água começa a escorrer, escurecendo as folhas. Depois, o homem tenta levantar a mesa de piquenique para jogá-la contra Paul, mas esquece que o cachorro está amarrado nela. Assim que a levanta, a coleira aperta o pescoço do animal, que se debate apavorado.

— Ponha a mesa no chão! — grita Paul, arremetendo contra Claff e o empurrando.

O homem cai de costas, mas logo se põe de pé. Ele precisa de uma lição mais dura, pensa Paul, considerando dar um chute na cabeça do homem, mas... um chute na cabeça? Não: seria demais. Em vez disso, ele se ajoelha, segura o homem pela camisa e lhe dá um soco, rápido e discreto. Mira no nariz, mas acerta o rosto. O homem balança para a frente e para trás, mas consegue levantar a parte superior do corpo como se estivesse fazendo uma abdominal. Então, curvando-se momentaneamente para trás, dá uma cabeçada na boca de Paul. Seus lábios adormecem, e ele sente a boca se encher de sangue, morno e viscoso. *Filho da puta*, murmura ele,

O homem do bosque **55**

ou pensa, e soca o homem de novo, dessa vez com mais força e precisão. E soca outra vez, e mais outra.

O mais estranho é que ele não está de fato tão encolerizado, ou pelo menos não está rodopiando em um desvairado turbilhão de fúria. Está friamente raivoso e quer, acima de tudo, terminar com a briga, antes que o homem acerte outro golpe de sorte. E, mesmo enquanto sua raiva cresce — a dormência em seus lábios se transforma em dor, e ele se pergunta se aquela cabeçada não teria lhe custado um dente —, não se trata do tipo de raiva que constitui um portal para a loucura. Não. O que está acontecendo é mais como um realinhamento de forças em que a voz da razão se torna cada vez mais fraca e a voz do instinto animal, cada vez mais dominante, expressando-se com um rugido baixo e gutural. Exceto por esse rugido interior, Paul se sente estranhamente calmo.

— Vá embora! P-p-por favor! — grita Will, agora arrependido, de fato arrependido por ter chutado o cachorro, arrependido por não ter dinheiro para pagar a dívida, arrependido por ter fugido, arrependido por tudo. Mas também está se debatendo, e cada vez que balança os braços acerta mais um golpe em Paul.

— Pare! — grita Paul.

Sua própria voz lhe soa um pouco diferente. Ele respira em arquejos entrecortados; seu coração está disparando. Mas, durante todo o tempo, uma voz confiante, uma voz interior, silenciosamente insiste: *Mate esse cara.* A cada braçada do homem, Paul o golpeia para valer. Além dos socos no lado da cabeça — quantos? Já perdeu a conta —, também lhe dá uns tapas, só para desmoralizar o cara e drenar suas forças. Depois, golpeia o queixo, na esperança de fazê-lo desmaiar, e depois, por acaso, a garganta.

Após este golpe final, Paul cai para a frente, praticamente em cima do homem. Will agarra os cabelos de Paul, mas, mesmo enquanto os puxa e retorce, parece estar se rendendo.

— Não, não — diz com voz mole e enrolada, enquanto uma bolha de saliva e sangue sai de sua boca, a lava mortal de Will Claff.

Não, não, são suas últimas palavras. Qualquer compaixão que o universo tenha demonstrado por ele acaba de se esgotar.

Paul ainda não percebeu isso, não totalmente. A violência ainda circula em seu corpo; ele é como um corredor que não consegue deter o movimento das pernas, embora já tenha atravessado a linha de chegada. Segura, então, a garganta do homem. Não está tentando sufocá-lo. Está tentando mantê-lo a distância, feito alguém que procura imobilizar uma cobra venenosa com uma forquilha.

— Já chega? — pergunta Paul, no tom de voz que usaria caso tivesse conseguido realizar as mais implausíveis expectativas de um cliente. — Já chega? Já chega? Quer parar agora?

O homem emite um som angustiado, um grito gutural de desespero. Aturdido, Paul relaxa um pouco o aperto. Mas o som continua; Paul leva alguns momentos para perceber que o som não provém do homem, mas do cachorro.

— Epa — diz Paul, levantando-se rapidamente.

Uma mancha se alastra na frente da calça do homem, escurecendo sua virilha. Enquanto a cor se esvai de seu rosto, suas costeletas se tornam mais negras e nítidas. Paul sente uma dor aguda numa das mãos; olha para ela e percebe que está apertando com toda a força o tecido da própria calça. Ele larga a calça, põe-se de joelhos e pousa a orelha no peito do homem; mas tudo o que escuta são as batidas do próprio coração. Ele sacode o homem pelo ombro

O homem do bosque   57

e posiciona um dedo sob as narinas dele, embora já saiba que não sentirá respiração alguma.

As árvores que cercam a clareira parecem estar mais próximas. Seus galhos vazios delineados contra o céu esbranquiçado são como dez mil rachaduras num espelho. Paul gira o corpo para ver se há alguém nas cercanias, mas tudo se mantém imóvel, e os únicos sons audíveis são o silvo do vento e os estalidos dos galhos das árvores.

Ele corre para o estacionamento. Ao chegar lá, debruça-se sobre o capô da caminhonete, projetando a cabeça para a frente. Seu coração bate com extrema violência, como se sua própria morte estivesse próxima.

O que acabou de acontecer? O que eu fiz?

Ele sabe que precisa pensar com clareza. No caos dos pensamentos desordenados que pipocam em sua cabeça, lembra-se: ligar para a polícia. Abrindo a porta da caminhonete, pega o telefone celular no porta-luvas e aperta o botão de ligar. *O que eu vou dizer?*

Nesta área de bosques densos e preservados, o telefone não pega. Paul fica olhando para o aparelho. De repente, uma onda de adrenalina começa a percorrer seu corpo. A cada batida do coração, ele sente o rosto cada vez mais exangue e a pele cada vez mais fria. Um desconforto abrasador agita seus intestinos. Ele aperta o estômago e pensa: *Ah, meu Deus, acho que vou passar mal.* Guiado por um instinto animal, corre até a orla do bosque, desafivela a calça e se agacha. Uma sensação de alívio extasiante seguida por uma sensação de alívio repugnante. Ele fecha os olhos e prende a respiração, criando um silêncio interior quebrado apenas pelas golfadas, que caem sobre o solo macio. Ainda acocorado, ele cambaleia para a frente, perde o equilíbrio e cai de joelhos.

— Ah, meu *Deus. Ah,* meu *Deus. Ah,* meu *Deus* — murmura ele.

Suas palavras o deixam surpreso. Ele balança a cabeça, como que para afastá-las. Apanha um punhado de folhas, tenta se limpar e, ainda de joelhos, joga folhas, raminhos, terra e pedras sobre a sujeira. Retorna, então, ao estacionamento, mas não entra na caminhonete. Sua mente rodopia inutilmente, feito um motor que não quer pegar.

Ele poderá encontrar as autoridades competentes em Tarrytown, que fica nas proximidades. Cidades pequenas têm um desenho previsível, ele não terá problemas para encontrar o distrito policial. Ou poderá chamar a polícia usando o telefone da primeira casa que encontrar. E poderá orientar os policiais até o local. Ou poderá acompanhá-los, sentado na traseira da viatura, explicando as coisas no caminho. Aconteça o que acontecer, ele provavelmente deverá chamar um advogado — embora o único que conheça seja o homem que vivia com Kate. Ou, talvez, não: há o advogado para quem Paul trabalhou no ano passado, Gilbert Silverman. Mora num loft, na rua Chambers. A claraboia do quarto estava com goteiras. Mas a clientela de Silverman é de artistas e donos de galerias de arte. Um homem morto no parque ao sul de Tarrytown não estaria dentro de sua especialidade.

E eu nem mesmo sou inocente. Não poderei dizer que foi legítima defesa, pois não corri perigo em momento algum. Eu fiz isso. Vou ser preso.

Mas o que é a possibilidade de prisão diante da esmagadora realidade de que a vida de um homem foi interrompida? Um homem está morto, um coração parou de bater, um futuro foi cancelado. Uma esposa. Filhos. Amigos. Todos os seus prazeres — amor, música, carícias, comida, vinhos, a visão do céu — acabaram de ser

O homem do bosque 59

eliminados para sempre. Um homem está morto e não poderá mais desfrutar as glórias do mundo. É como se nunca tivesse nascido. Paul aperta a cabeça com ambas as mãos.

Está muito difícil pensar. Mas uma coisa ele sabe: a moeda de sua vida foi jogada para o ar, e agora gira sem parar contra o pano de fundo do céu, cada vez mais escuro.

Da confusão de seus pensamentos, brota uma pergunta: *como isso pode estar acontecendo?* E, subitamente, ardentemente, ele deseja que exista um Deus olhando tudo, cuidando do pardal e de tudo o mais, sabendo o que fizemos e o que queríamos fazer, o que foi deliberado e o que foi acidental — coisas tão atordoantes e embaralhadas que não se pode dizer com certeza o que foi o quê.

Mas e se ele estiver errado e o homem estiver vivo? E se as coisas não forem tão ruins como parecem? Isso acontece muitas vezes.

No fim da trilha, o homem continua caído onde Paul o deixou. A noite parece estar se apressando; muitas árvores já estão invisíveis, e, ao se aproximar do homem, Paul percebe que as pernas deste foram obliteradas pela escuridão. O cachorro, ainda amarrado, mordisca diligentemente um graveto e às vezes o sacode, como faria com um pequeno animal cujo pescoço desejasse quebrar.

À luz minguante, Paul perscruta o chão, procurando alguma coisa que possa ter deixado cair. *Depressa, depressa*, pensa, sem saber se a pressa é para procurar ajuda ou para verificar se deixou alguma coisa que possa relacioná-lo a esta clareira. Enquanto descreve um círculo que engloba o local onde estava sentado e o local onde o homem apareceu pela primeira vez, Paul conjetura se deve cobrir suas pegadas. Mas logo percebe que jamais conseguirá apagar todas.

É melhor deixar que permaneçam entre as dezenas de outras existentes no local.

E não existe nenhum arquivo de pegadas. Além disso, suas impressões digitais e seu DNA não estão arquivados em lugar nenhum. Nadando no vasto oceano norte-americano, em meio às suas tarefas e prazeres, Paul sempre teve uma agradável sensação de invisibilidade. No que diz respeito às autoridades do país, ele poderia nunca ter nascido.

Na sexta volta em torno da circunferência que traçou em sua mente, algo chama a sua atenção. O relógio que Kate lhe deu de aniversário está sobre a mesa de piquenique. O potencial catastrófico do esquecimento é tão avassalador que o faz cambalear. Com um misto de terror e alívio, ele pega o relógio e o põe de novo no pulso. Enquanto o faz, sente uma repentina convicção: ele não é um criminoso. Um tribunal de justiça certamente o consideraria culpado e o condenaria à prisão. Qual seria a pena? Três anos? Sete? Mais?

Sejam quantos forem os meses ou anos que Paul passe na prisão, no entanto, o homem no chão da floresta não ficará menos morto.

O cachorro continua a mascar o graveto.

— Você vai ficar bem, se ficar aqui? — pergunta Paul.

Mas o cachorro não dá nenhum sinal de tê-lo ouvido, não mais do que reage ao fato de que seu dono está morto no chão.

Se o animal se sentisse motivado, poderia ir até o corpo de Will. Mas ele parece saber que qualquer utilidade que este homem possa ter tido agora é coisa do passado. Paul sente um início de pânico. Precisa ir embora. Mas permanece no local por mais alguns momentos, olhando para o cachorro, uma testemunha viva do que acaba de ocorrer.

O que a polícia faz com um cachorro encontrado ao lado de um corpo? E se matarem o animal? Levar o cachorro com ele seria procurar encrenca. Mas e se o deixarem num canil? Um cachorro marrom de meia-idade mordiscando um graveto. Quem iria querê-lo? E se a morte do homem significar a morte do cachorro?

— Tudo bem — diz Paul. — Você vem comigo.

Mas para onde? Para onde eu vou levá-lo? Ele se aproxima do animal devagar e lembra que cachorros maltratados às vezes se tornam cruéis. Quando chega mais perto, o cachorro morde o graveto com mais força e sacode a cabeça. Sua primeira preocupação parece ser manter o graveto fora do alcance de Paul.

— O graveto é seu — diz Paul, tocando o cachorro atrás de uma orelha, pronto para recolher a mão se este fizer um movimento súbito.

Na verdade, ele está preparado para deixar o animal onde está, caso necessário. Mas o cachorro não se incomoda em ser tocado. Larga o graveto e lambe as costas da mão de Paul, exibindo a língua arroxeada num lampejo de misteriosa intimidade.

— Ah, cachorro — diz Paul com voz embargada.

E desamarra a coleira preta de náilon. Ao se ver livre, o cachorro se põe de pé e pega o graveto, pronto para o que der e vier. Paul segura a ponta da coleira.

As árvores parecem negras contra o céu cor de ardósia, atadas por uma sedosa fita alaranjada que acompanha a linha do horizonte.

CAPÍTULO
CINCO

Paul segue para o norte, de volta para casa, verificando, com a língua, a estabilidade dos dentes. Os faróis da caminhonete não estão bem-direcionados. Iluminam as bordas da estrada, mas mal atingem o centro, o que deixa na escuridão o meio da Rodovia 100. Ele usou estradas vicinais durante todo o trajeto, o que acrescentou pelo menos uma hora à viagem. Dirige com lentidão, atento a algum gamo, peru ou mesmo gambá que possa surgir no caminho.

O cachorro sentado a seu lado, que Paul já batizou de Shep, saliva ansiosamente e solta pelos em ritmo alucinante. Visivelmente começou a se desintegrar, mas procura manter a dignidade. É como um personagem menor num filme sobre a Máfia: sabe que está sendo levado em um passeio sem volta, mas se submeteu por tanto tempo ao código responsável por sua própria destruição que protestar está abaixo da sua dignidade, ou além das suas forças.

Será que alguém está me observando?, conjetura Paul, olhando para o espelho retrovisor. Mas vê apenas os próprios olhos.

* * *

Kate está sentada no estúdio que Paul construiu para ela. As bem-concebidas janelas em estilo antigo que ele instalou parecem aumentar e enriquecer cada partícula de luz disponível. Até mesmo as trevas além do vidro corrugado parecem ter brilho. Acima de Kate está um ventilador de teto obtido numa casa de fazenda em Biloxi; ao lado da escrivaninha há uma lareira a lenha em metal esmaltado fabricada na Finlândia, nova em folha. Os pisos são de pinho claro, e o reboco das paredes esconde maravilhas da calefação moderna — principalmente um revestimento feito com papel jornal reciclado, lã e fibra de vidro, fabricado por um amigo de Paul em troca de uma mesa de cabeceira leve e graciosa, confeccionada em cerejeira, com pernas esguias e acabamento reluzente, que Paul levou um mês para construir e Kate adorava tanto que quase chorou quando o móvel deixou a casa.

— Todo ganho acarreta uma perda — disse ela a Paul, enquanto observavam a preciosa mesinha sacolejar na carroceria forrada de palha do velho caminhão de Ken Schmidt.

— Não se preocupe — respondeu ele. — Posso fazer cem mesas iguais a essa.

— Mas você não vai fazer.

O caminhão de Schmidt já havia sumido de vista, mas eles ainda o ouviam. As espirais de poeira levantadas por seus pneus traseiros pairavam preguiçosamente sob a luz do sol.

— Estou feliz por ter conseguido esse revestimento — disse Paul.

Kate meneou a cabeça com a tristeza passiva de alguém que só percebe um erro quando já é tarde demais para corrigi-lo.

— Nós deveríamos ter pagado pelo revestimento — disse ela. — Droga, quem é que precisa de revestimento?

— Katey, por favor — replicou Paul, passando o braço em torno da cintura dela e voltando-se para dentro de casa. — Agora, quando eu chegar aqui numa manhã fria de inverno e enfiar as minhas mãos embaixo da sua blusa, seus seios estarão bem quentinhos.

Ela parou e, com o bico do sapato, desenhou uma leve linha no cascalho.

— Não me deixe nunca — disse ela com abandono, sem se importar com a forma como isso soaria nem com o que ele pudesse responder.

Próximo à lareira, Paul empilhou pedaços de madeira seca, no tamanho adequado. E, ao lado da pilha, deixou um velho balde de latão, também uma antiguidade, repleto de aparas de madeira. Tudo o que Kate precisa fazer é acender um fósforo. O estúdio estará aquecido em dez minutos. Mas ela, com sentimento de culpa, ligou o aquecedor elétrico, que solta um cheiro de flanela queimada. Suas bobinas, dobradas como papel-celofane, parecem crispar o próprio ar. Kate está ao computador, respondendo a e-mails de seus leitores na ordem em que chegaram. Escreve rapidamente, como se não estivesse escrevendo, e sim falando. De vez em quando lhe ocorre uma ideia ou frase que pode ser usada em seus livros, e ela a registra em um caderno que mantém ao lado do computador. Qualquer coisinha ajuda — agora que sua carreira é lucrativa, ela adotou um sério cronograma de produção, entendendo que as coisas boas não duram para sempre.

O homem do bosque 65

A porta do estúdio se abre. Emoldurada pelas árvores desfolhadas e pelo ar cinza-escuro, surge sua filha, voltando da escola.

— Olá, querida — diz ela, fazendo o possível para parecer entusiasmada.

— Olá — responde Ruby, com sua voz potente.

Suas bochechas estão coradas por causa do frio e do vento; seus olhos verde-claros cintilam. Ela tira dos ombros a mochila cor de alfazema e a deixa cair no assoalho.

— Oi, querida — diz Kate, sacudindo o punho com empolgação. — Quer ver uma coisa que me enviaram?

Vai, então, até onde está a correspondência do dia e encontra o que está procurando — um delicado crucifixo numa corrente ainda mais delicada, que ela balança diante de Ruby como se estivesse tentando hipnotizá-la.

— É o crucifixo mais lindo do mundo — diz Ruby, conseguindo parecer entusiasmada e irônica ao mesmo tempo.

Depois, cruza as mãos e as posiciona sob o queixo, fazendo pose. Uma criança de nove anos tentando ser engraçada. Para Kate, ela realmente é engraçada — há algo de sincero na paixão da menina pelas hipérboles. Ultimamente, para Ruby, tudo o que é bom é o melhor, tudo o que é bonito é a coisa mais linda do mundo.

— Eu sei. Uma das minhas leitoras me mandou. É muito bonito — corrige Kate de forma indireta, com sua voz cuidadosamente modulada. — Acho que faz sentido dar esse crucifixo de presente para uma menina muito bonita.

Ruby balança a cabeça negativamente e faz um gesto de descarte com a mão, uma atriz representando para as galerias.

— Eu não sou bonita — diz ela. — Não sou, não sou, não sou.

Seus olhos se enchem de lágrimas.

Como ela consegue fazer isso? Com certeza, não está tão transtornada, não pode estar. Mas consegue simular todas as emoções. Consegue expressar uma alegria convincente com uma risada cristalina; consegue expressar medo e é particularmente hábil em expressar remorso. Todos esses ardis dramáticos foram desenvolvidos de forma autodidata, embora Ruby sempre peça para ter aulas de teatro. Kate resiste, preocupada (não declaradamente) com a possibilidade de que, caso Ruby desenvolva seu manejo de emoções, essa habilidade tenha de ser registrada na polícia, da mesma forma que dizem que boxeadores profissionais precisam registrar suas habilidades com os punhos. Mesmo assim, Kate não consegue deixar de se admirar com a atuação realista de Ruby. Aqueles olhos verdes se enchendo de lágrimas, a pequena mão trêmula tocando o queixo empinado: tudo é como um espetáculo de contorcionismo, admirável e, ao mesmo tempo, arrepiante.

O telefone toca — a linha particular recentemente instalada, da qual apenas Paul tem o número. O pulso de Kate se acelera. Ele ainda tem esse efeito sobre ela.

—Você está usando o seu telefone? — pergunta ela, com genuíno deleite.

O moderno e compacto Nokia foi um presente que ela lhe deu alguns meses atrás. Desde então, o aparelho pouco mais viu que o interior do porta-luvas da caminhonete de Paul.

— Ainda estou meio longe — diz Paul.

Sua voz está misturada aos ruídos da estrada e do vento. Além disso, ele não parece estar dirigindo a voz para os três pequenos buraquinhos do microfone. Kate sente uma pontada de irritação,

O homem do bosque   67

estranhamente erótica. Ele pode estar agindo assim de propósito, para demonstrar as deficiências da tecnologia. Os frequentes, mas fugazes momentos em que Kate se irrita com Paul, porém, são apenas oxigênio para alimentar o fogo.

— Onde você está, exatamente? — pergunta Kate.

— Vou chegar aí entre meia hora e uma hora — diz Paul.

Ele nunca responde de fato às perguntas que ela faz. E como pode não saber a diferença entre trinta e sessenta minutos? Não se trata de uma margem de erro para o trânsito. Não há trânsito a essa hora. Será que ele pretende fazer uma parada?

— Eu tenho que ir a uma reunião do AA às sete — diz Kate. — Você vai chegar aqui a tempo de eu poder ir?

— Não sei — diz Paul.

Ela espera pelas explicações ou pelas desculpas que deveriam vir em seguida, mas elas não vêm. Kate está sempre um pouco fora de sintonia em relação a Paul. É como eles dançam.

— Bem, acho que eu vou levar Ruby comigo — diz Kate.

— Tudo bem, mas eu gostaria de me encontrar com ela. Tenho uma surpresa para ela.

— É mesmo?

Nenhum som da parte de Paul. Talvez ele tenha saído da área de cobertura. Kate espera por mais alguns momentos e, então, admitindo a perda de conexão, desliga o telefone.

Ruby despejou o conteúdo de sua mochila no chão e agora remexe na mixórdia de livros, cadernos, papéis amassados, lápis, canetas e prendedores de cabelos, procurando uma embalagem de suco.

— Paul vai chegar daqui a pouco — diz Kate. — E tem uma surpresa maravilhosa para você.

No mesmo instante, ela lamenta ter dito isso. E se não for uma surpresa maravilhosa, se for apenas uma surpresa comum, como um anel de bijuteria ou um livro de quebra-cabeça? Agora, como ela promoveu demais o presente, Ruby poderá ficar decepcionada. Kate sente que cometeu um ato de inabilidade social, que lembra o que seu ex-marido — o pai de Ruby, ausente há muito tempo — costumava fazer com ela nos jantares festivos. Ele sempre dava um jeito de interferir nos melhores comentários de Kate, tinha um incrível instinto para tossir ou se oferecer para reabastecer o copo de alguém exatamente no momento em que Kate estava chegando ao fim de uma história. Quando não a estorvava dessa forma, ele encontrava outros métodos de sabotagem, como anunciar aos convivas reunidos à mesa: Ah, vocês têm de ouvir isso. *Kate acabou de ter a experiência mais incrível da vida dela.* E, quando todos os olhos se voltavam para ela, tudo o que ela podia fazer era contar como o homem que consertara a geladeira era um velho paciente de seu pai.

Kate se senta no chão e começa a prender o crucifixo no pescoço da filha.

— O que você está fazendo? — pergunta Ruby, sem olhar para cima.

— Estou colocando o crucifixo em você. Ele é muito bonito.

Por que é que fazem a porra do fecho tão pequeno?, diz Kate para si mesma. A circunferência em que está tentando encaixar o gancho é minúscula, do tamanho de uma bolha de ar lançada por um peixinho dourado. Pronto: finalmente.

O homem do bosque   69

Ruby sente o contato frio da corrente em seu pescoço e o peso ínfimo do crucifixo, não muito maior que o de uma sombra.

A poucas cidades ao sul de Leyden, Paul para em um supermercado para comprar um saco de comida canina e uma tigela para Shep comer, para o caso de Kate não permitir que um cachorro use seu aparelho de jantar. O shopping onde se localiza o mercado é cercado por elevados postes de iluminação, cuja luz prateada e brilhante seria suficiente para iluminar um estádio de beisebol. O estacionamento, entretanto, está quase vazio. Esse insensato desperdício de eletricidade, que exige tanto esforço para ser produzida, deprime Paul.

Quando ele abre a porta do carro, Shep faz menção de pular para fora.

— Não, não. Pare — diz Paul, segurando a coleira do animal.

Mas Shep está decidido a sair. Ele se livra de Paul e um segundo depois já está no asfalto, girando a cauda em seu estilo hélice.

— O que você está fazendo, cara? Volte para dentro da caminhonete — diz Paul, tentando encontrar um tom de voz que seja, ao mesmo tempo, imperativo e tranquilizador.

O cachorro vira as costas para Paul, trota até o poste de iluminação mais próximo e levanta a perna. A luz acima ilumina o jato de urina que ele ejeta.

— Bom garoto! — exclama Paul. — Que cachorro bom você é.

Shep olha para a frente, esperando pacientemente que sua bexiga se esvazie. Quando termina, volta para perto de Paul, que lhe dá uma batidinha na cabeça. O cachorro volta para dentro da caminhonete.

Isso o faz se lembrar, com atordoante clareza, do homem no bosque. Pois quem teria ensinado o cachorro a ter tão boas maneiras senão aquele homem? Paul permanece parado no lugar, assimilando esse pensamento. Depois, lenta e firmemente, com a mesma paciência requerida para lixar um pedaço de nogueira até que fique liso, ele se vale de um purificador raciocínio contrário: quem, senão um cachorro aterrorizado e brutalizado, reteria a urina por tanto tempo sem dar nem mesmo um ganido?

Ele caminha pelo estacionamento em direção ao supermercado. É a primeira vez que se afasta do cachorro desde que saiu do bosque. Uma dúzia de vezes disse a si mesmo que precisa encontrar um lugar para deixá-lo. Mesmo depois de atravessar Tarrytown, passando pelo distrito policial sem nem mesmo diminuir a marcha, ele pensava: *Se eu realmente tiver uma chance de escapar, preciso me livrar desse cachorro.* Mas ele não consegue raciocinar direito, não consegue imaginar para onde deveria levar o cachorro, em que lugar o cachorro estaria seguro. O cachorro já sofrera o bastante, isso estava claro. Não havia dúvida. Paul não poderia espancar um homem até a morte por ter chutado as costelas do cachorro e, então, simplesmente, abrir a porta da caminhonete e deixá-lo se virar sozinho.

O cachorro é sua testemunha, seu confessor. Depois de ter visto tudo, ainda pode se postar ao lado de Paul, respirar junto com ele, confiar nele. O cachorro é o motivo, o cachorro é o que se salvou do pior momento da vida de Paul, o cachorro é a ponte que Paul atravessa pé ante pé, equilibrando-se sobre o abismo, o cachorro é tudo. Paul se vira para dar uma olhada em Shep, mas não consegue vê-lo. O cachorro desapareceu nas profundezas da caminhonete.

O homem do bosque   71

O interior do supermercado parece desolado, apesar da ofuscante profusão de cores. Uma loja imensa com meia dúzia de clientes, pessoas de meia-idade com aparência esquálida, solitárias, sem pressa alguma de voltar para casa com as compras. Os alto-falantes estão tocando arranjos de cordas de sucessos de Rod Stewart. Mesmo nas melhores circunstâncias, há algo de inquietante na visão de tantos alimentos, frutas empilhadas como balas de canhão, pedaços de carne em embalagens de plástico a vácuo, alas inteiras reservadas para batatas fritas. A caminho da ala de comida para cachorros, Paul passa por dois homens idosos, cujos carrinhos colidiram. Um deles tem cabelos grisalhos mas meio amarelados como as teclas de um piano antigo, lembra um arquétipo de poeta laureado; o outro anda curvado, usando o carrinho como apoio. Estão rindo muito de alguma coisa. Quando o homem curvado tira uma coisa do carrinho — um pequeno vidro de molho tártaro — e o mostra ao amigo, as risadas aumentam. O som do riso daqueles homens idosos mergulha Paul numa sensação de desespero e remorso maior que qualquer uma que tenha sentido desde a briga no bosque. O simples som das vozes deles faz sua mão latejar e seu coração disparar alucinadamente.

— Podemos ajudar você em alguma coisa, meu jovem? — pergunta o homem de cabelos grisalhos, olhando para Paul.

— Não quer dizer que vamos ajudar! — graceja o amigo.

Paul põe no ombro um saco de vinte e cinco quilos de comida canina desidratada; alimentação para um mês faz a vida parecer previsível, dá a impressão de que há coisas que podem ser planejadas e medidas. Quando ele paga a mercadoria no caixa, a operadora olha para ele de modo estranho. Quando ele entrega o dinheiro, enxerga a própria mão: está inchada e vermelha. Seu rosto também deve contar alguma versão da história que ele protagonizou.

Algo precisa ser feito. Paul sai do estacionamento, dirigindo com a mão esquerda, deixando a direita repousar no dorso do cachorro. Ele só teve cachorro uma vez na vida — King Richard, um golden retriever que a sua mãe adquiriu de um criador local no primeiro Natal após Matthew ter deixado Connecticut e ido para Nova York. Paul e sua irmã ficaram estonteados de alegria quando a mãe deles chegou em casa com o filhotinho gorducho, de pelagem cor de mel.

— Ah, meu Deus, ah, meu Deus! — dizia Annabelle sem parar, de mãos cruzadas.

O cachorrinho parecia feliz em ficar com as crianças; brincava, arquejava e lambia as mãos delas — e também mordia seus dedos, não conseguia se conter de tanta exuberância e vontade de se conectar. Mas havia algo estranho com aquele cachorro. Quando repousava, permanecia irritantemente imóvel, com o olhar vazio. Era como um bêbado em uma festa que, após contar piadas hilárias para os presentes, cai num melancólico estupor. Pouco tempo depois, o cachorrinho começou a tossir, uma tosse profunda e devastadora. Paul não conseguia acreditar que um som tão sinistro pudesse sair de uma criatura tão pequena e fofa. Parecia uma buzina de bicicleta tocando dentro de uma tigela de cereais. Ao fim da semana, o cachorro estava morto, com a ponta da língua se projetando para fora da boca e os olhos lembrando fusíveis queimados.

— King! — gritara Paul, como que tentando trazer o filhote de volta à vida.

O homem do bosque   73

— Bem, não durou muito — disse sua mãe, em voz calma e desapaixonada.

Ela já havia entrado na fase da vida em que o infortúnio é a norma.

A cerca de vinte e cinco quilômetros da casa de Kate, Paul faz uma série de desvios e entra antes na estrada de mão dupla que leva a Victory Hill, uma casa de saúde para idosos que deverá servir a seus propósitos. A casa de saúde — antes a residência de verão de um negociante de condimentos estabelecido na cidade que, no início do século XIX, passou seus verões lá com diversas esposas que não viveram muito — está situada em uma elevação com vista parcial para o rio. Mas o objetivo de Paul é o estacionamento dos funcionários, quase vazio e protegido de olhares curiosos.

— Tudo bem, Shep. Hora de saltar.

O cachorro se enrodilhou no assento, com o nariz próximo ao traseiro, e não quer ser perturbado. Quando Paul toca sua orelha cor de mogno para acordá-lo, ele não abre os olhos, mas rosna mansamente.

— Você deve estar brincando comigo, porra — diz Paul.

Por alguma razão, isso faz com que Shep abra os olhos, redondos como bolinhas de gude e orlados de vermelho.

— Espere aqui.

Paul desliza para fora do assento. O ar noturno é seco, pungente. Folhas de carvalho, ressecadas e quebradiças, correm pelo estacionamento como ratos, sopradas pelo vento. Será que alguém está olhando? Será que alguém consegue ver? Paul ergue a gola da jaqueta de couro e abre a porta do carona. Shep não parece muito interessado em sair, mas, quando Paul o chama, ele se levanta esforçadamente, aos poucos. Quando se põe de pé, olha para Paul, como que esperando alguma mudança de ideia.

— Vai ser rápido — diz Paul.

Há algo de tranquilizador em sua voz que faz o cachorro deixar o calor da caminhonete e pular para o asfalto frio.

Paul conduz Shep com o dedo enfiado no enforcador da coleira. Não puxa com muita força para não despertar duras lembranças no animal, mas quer que o obedeça. Ele caminha com Shep até um velho Comet abandonado, com os pneus arriados e o para-brisa partido, e o manda se sentar.

— Fique aqui.

Ele aponta para Shep e olha severamente para ele, esperando comunicar a importância da ordem. Shep inclina a cabeça para a esquerda, abre a boca e exibe sua longa língua, com uma expressão inesperadamente descontraída. Paul começa a andar de costas, ainda gesticulando para que o cachorro permaneça onde está. Quando está a meio caminho da caminhonete, ele se vira e anda rapidamente até o veículo. Entra nela, solta o freio de mão, engrena a primeira marcha e acelera com vigor até a árvore mais próxima, que por acaso é um bordo vermelho, a julgar pelo diâmetro do tronco.

— Desculpe — sussurra ele para a árvore, ao atingi-la com a dianteira da caminhonete.

Embora tenha se esquecido de colocar o cinto de segurança, ele é pouco afetado pela colisão. Então, dá marcha a ré. Seus faróis revelam algumas lacerações na casca da árvore, mas o bordo é uma árvore resistente. Paul tem certeza de que mal será afetada pelo impacto.

O que mais o preocupa é saber se provocou danos suficientes a caminhonete para explicar as contusões em seu rosto e suas mãos. Ele salta do veículo e verifica os estragos. Ótimo. Sente-se animado, como se tivesse acabado de resolver todos os seus problemas. Há uma grande e profunda depressão no lado esquerdo do para-choque dianteiro, e o farol esquerdo está com o vidro rachado. Shep está a seu lado, apoiando-se em sua perna. Paul estende a mão e o coça atrás das orelhas.

— Agora você sabe por que eu queria que você saísse da caminhonete — diz ele para o cachorro, abrindo a porta do passageiro.

Meia hora depois, Paul entra na longa alameda que faz parte do terreno de Kate. Alfarrobeiras altas e desfolhadas, muitas delas mortas, embora ainda de pé, margeiam toda a sua extensão. A casa é em estilo colonial, construída de forma simples e dividida em seções. A primeira delas data de 1766. Houve uma adição em 1810 e mais outra em 1890 — a parte vitoriana, com armários em pinho escuro, uma lareira de mármore e teto decorado com sancas.

Quando Paul entrou nesta casa pela primeira vez, foi para atender a uma oferta de trabalho. Kate lhe disse:

— Eu soube que você é o homem que entende de janelas.

E fez um gesto com a mão para que ele entrasse. Uma descarga elétrica percorreu seus corpos; foi um momento que eles recordaram juntos, meses mais tarde.

— Os antigos moradores colocaram essas drogas de molduras de alumínio, e eu queria umas janelas bonitas — disse Kate. — Talvez...

Quando ela fez uma pausa, Paul baixou os olhos, dizendo a si mesmo para não olhar tão fixamente para ela. Ela mencionou um tipo de janela sempre anunciado nas revistas de decoração, geralmente com a foto de uma família numa sala — marido, esposa, filha e dálmata —, confortável e à vontade, e uma deslumbrante paisagem de inverno ao fundo, vista através da vidraça dupla.

— Esta casa é linda — disse Paul —, e seria ótimo se tivesse vidros realmente antigos. Esses produzidos em massa? São bons, mas não como os antigos. Os antigos... — Ele fechou os olhos e balançou a cabeça: não tinha palavras para descrever a grandiosidade do vidro antigo.

— Vidro antigo, então — disse ela. — Onde a gente arranja isso?

— Senhora, eu tenho um carregamento do que está procurando. O problema é que a senhora tem molduras e caixilhos novos. As pessoas que moraram aqui antes da senhora não se preocupavam com o que instalavam. — Paul falou em voz baixa, como se os moradores precedentes pudessem ouvir. — O que eu preciso fazer é instalar molduras novas e colocar os vidros antigos nelas. Vai parecer que são as janelas originais e que elas sempre estiveram aqui. Se a senhora quiser preservar a calefação, eu posso instalar vidros duplos. Mas devo dizer que não vai ficar barato. A senhora pode preferir comprar as coisas do Home Depot.*

— Não, não, eu prefiro ficar com o que você recomendar — disse Kate.

---

* Maior varejista norte-americana de material de construção e implementos para o lar (exceto mobiliário). (N.T.)

O homem do bosque   77

Paul sorriu. Ele tinha a ausência de vaidade típica de um homem bonito — não cuidava muito da aparência. Seus dentes de baixo eram encavalados, e suas unhas estavam pretas de sujeira.

—Vou dizer uma coisa: — comentou ele — a decisão da senhora me deixa muito feliz. Eu adorei esta construção.

Ele andou, então, até a frente da casa e deu umas batidinhas no reboco próximo a uma das janelas que iria substituir, como que garantindo às paredes mudas que elas teriam dias melhores pela frente: aquelas janelas horrorosas seriam removidas como espinhos da pata de um formidável leão.

Agora, enquanto manobra a caminhonete no estacionamento em frente à casa, Paul avista Ruby diante de uma das tremeluzentes janelas que instalou. Ela está protegendo os olhos com sua minúscula mãozinha. A visão de uma criança perturba o frágil equilíbrio em que ele se encontra, entre lembrar e não lembrar. O rosto dela, sua pequenez, sua pouca idade deflagram em Paul um súbito caos de arrependimento. Ele começa a falar com o cachorro, pois isso o faz se sentir melhor.

—Tudo bem, o negócio é o seguinte: vou entrar em casa por um minuto e falar com Ruby. Depois, nós dois vamos entrar em casa. Certo, Shep?

O cachorro parece não ter escutado. Alguma coisa em sua pata captou sua atenção, e ele agora está lambendo e mordiscando, alternadamente, o tecido entre suas garras negras e rombudas.

Paul desliga o motor da caminhonete. Até essa pequena mudança na realidade é angustiante — o ronco do motor interrompido, os faróis apagados. Tudo precisa correr sem incidentes para que ele possa tolerar as lembranças desta tarde. Ele é como um homem incumbido de transportar um fardo muito pesado, mas que descobriu um meio de içá-lo e dar alguns passos trôpegos. Se seu equilíbrio for perturbado, o verdadeiro peso acabará se impondo, e a tarefa se tornará impossível. Ele salta da caminhonete e sente os familiares estalidos dos seixos sob seus pés. Quando olha novamente para a janela, Ruby não está mais lá. Uma faixa de luz se projeta sobre o cascalho. Ruby abriu a porta da frente. Está usando calça jeans e uma blusa arroxeada, de gola rulê.

— Oi, Paul — diz ela. — Sua caminhonete parece amassada.

— E você parece uma menina que gostaria muito de uma surpresa.

Paul se sente mais calmo com o tom alegre da própria voz. O papel de pai é reconfortante para ele, uma máscara poderosa e envolvente.

— Você tem alguma? — diz Ruby.

A brisa fria agita seus cabelos. A luz da casa a ilumina pelas costas, e o luar se reflete em seus dentes. *Crianças não deveriam ficar no escuro*, pensa Paul. Ele a vê tremer e a põe no colo. Um dos dedos dela está bem em cima da contusão que ele tem no lado direito da testa. Os joelhos dela apertam suas costelas.

— Tudo bem — diz ele. — Eu vou lhe mostrar.

Ele a leva até a caminhonete. Shep apareceu à janela. Enfiou o focinho na pequena fresta que Paul deixou aberta e está abanando a cauda. Seus olhos estão inchados, mas ele parou de babar.

A primeira reação de Ruby é se encolher.

— Não, não, tudo bem — diz Paul. — Ele é bonzinho.

— De quem é esse cachorro? — pergunta Ruby.

O homem do bosque 79

— É um cachorro perdido, isso é o que ele é — responde Paul. — Eu encontrei esse bom e velho cachorro e achei que ele está precisando de um lar.

Ainda no colo de Paul, Ruby se inclina para a frente e olha Shep mais de perto. O cachorro parece entender que é alguma espécie de teste e pressiona mais o nariz na fresta da janela. Suas narinas se expandem e se contraem.

— Onde você achou? — pergunta Ruby.

Paul já ensaiou a resposta a qualquer pergunta que alguém possa fazer a respeito do cachorro. O crime pode ter sido completamente espontâneo, mas seus desdobramentos são cheios de complexidades e espertezas.

— Eu encontrei um caminhoneiro quando fiz uma parada naquele lugar em que sua mãe gosta de parar quando vamos à cidade. Ele chegou para mim e disse que tinha encontrado um cachorro na Carolina do Norte, e que queria levar o cachorro para casa. Mas, quando conversou com a mulher dele, ela disse que, se ele chegasse em casa com um cachorro, ficaria furiosa.

— Por quê? — pergunta Ruby.

— Nem todo mundo gosta de cachorros.

Ruby meneia a cabeça, assimilando esse triste fato da vida.

— Nós vamos ficar com ele? — pergunta ela, com voz interessada.

— Não sei. Tenho que conversar com a sua mãe. Um cachorro dá um bocado de trabalho. Pode não ser uma boa ideia. Mas eu queria que vocês dois se conhecessem.

Ruby se desvencilha de Paul. No chão, ela abre a porta da caminhonete. Shep, sem estar acostumado a pular de um assento dianteiro tão alto, hesita por alguns momentos, arfando e reunindo coragem. Finalmente, baixa a cabeça, ergue o traseiro e salta. Não parece interessado em Ruby nem em Paul: é o cascalho que atrai sua atenção. Ele fareja o chão avidamente, fungando e abanando a cauda cada vez mais rápido. Depois, levanta a perna e marca o lugar. *Bem-vindo ao lar*, pensa Paul.

— Posso fazer carinho nele? — pergunta Ruby.

— Por que você não estende a mão para ele cheirar?

É o que Ruby faz. Ao ver a mão estendida, Shep vai até a menina com seu trote característico e lhe cheira as pontas dos dedos. Ruby estica os lábios e arregala os olhos como se estivesse numa montanha-russa.

— Está vendo? — diz Paul. — Ele está começando a conhecer você.

Kate sai da casa, abotoando um casaco pesado e olhando para eles com ar curioso.

— Acho que vi um cachorro — diz. Kate ainda está a uns quinze metros, perfilada contra as luzes amarelas da casa, mas Paul tem certeza de que a vê sorrir. — Você realmente trouxe um cachorro para nós?

A língua de Shep desliza timidamente pela mão de Ruby.

— Ele gosta de mim! — grita ela.

O repentino som de sua voz deliciada faz o cachorro se encolher, como que esperando ser espancado.

— Que diabo aconteceu com a sua caminhonete? — pergunta Kate.

CAPÍTULO
SEIS

Quatro dias após a sua morte, William Robert Claff tem sua foto estampada no jornal semanal de Tarrytown. Ao vê-la pela primeira vez, Frank Mazzerelli não percebe que o homem na foto é alguém que ele conhece; mas, ao olhar para ela novamente, durante uma refeição solitária em que tenta ocupar a mente com coisas melhores que lembranças bolorentas do passado, percebe claramente tratar-se de uma foto de seu inquilino, o homem que ele conhece como Alfred Krane. A pergunta agora é: o que ele deve fazer a respeito? Entrar em contato com a polícia local é a última coisa que deseja.

Frank Mazzerelli é um antigo policial de Yonkers, cuja carreira no departamento de polícia sempre foi assombrada pelo medo de que, algum dia, sua secreta e esporádica vida homossexual se tornasse pública. Em seus trinta anos de serviço, ninguém com quem trabalhou jamais lhe perguntou por que ele não era casado nem, pelo menos, tinha namorada. Mas Frank não deixou de notar que ninguém jamais se oferecera para o apresentar a uma mulher. Em seu último dia de trabalho, na obrigatória festa de aposentadoria no Bennigan's — depois de todos os brindes monótonos e da forçada jovialidade por parte de pessoas que, após tantos anos, ele sentia que mal conhecia —, o costume ditava que o próprio Frank deveria fazer um brinde, de preferência misturando nostalgia a algum gracejo malicioso. Mas, para seu horror, Frank começou a chorar no meio do brinde. Mais tarde, ele concluiu que a emoção não se deveu ao fato de estar dizendo adeus às pessoas ali presentes; fora uma manifestação de puro alívio, como só sentira uma vez na vida, quando fora baleado na rodovia Sprain por dois assaltantes de banco adolescentes que estava perseguindo desde a agência do Washington Mutual.

O projeto de Frank para a aposentadoria era se mudar para o Oeste e comprar imóveis para alugar, talvez na Califórnia, ou até mesmo no Havaí, onde sua irmã vivia com os filhos. Mas, de alguma forma, ele acabara em Tarrytown, a apenas alguns quilômetros de Yonkers, pois percebera que fazia mais sentido se estabelecer em um lugar que conhecia. Musculoso, moreno, cabelos grisalhos cortados no estilo César, olhar pouco amistoso e um jeito taciturno e brusco, Mazzerelli agora possui dois prédios de apartamentos. Um deles tem quatro unidades residenciais e o outro, seis — além das lojas no térreo. Tudo isso, somado à sua pensão do Departamento de Polícia de Yonkers, resulta em uma aposentadoria confortável. Ele é escrupuloso no que se refere à manutenção das propriedades. Seus inquilinos o consideram justo, embora não amistoso, e apreciam os corredores limpos, a calefação eficiente, a água quente, a calçada limpa e a dedetização mensal. O fato é que ele *ama* suas propriedades. E os locatários sabem que não devem atrasar o aluguel. O lema de Mazzerelli é: *o primeiro dia do mês significa o primeiro dia do mês.*

O homem do bosque 83

Sabe-se que já houve ocasiões em que ele estacionou seu Infiniti preto, encerado à mão, em frente a um ou outro de seus prédios e almoçou debruçado no volante.

Quando algum candidato a inquilino lhe telefona, ele o encontra no Fonz's Corner, um restaurante na South Broadway onde ele comia ocasionalmente quando ainda estava na ativa. É um lugar decorado em vermelho e prateado, um bastião da nostalgia norte-americana pelos produtos fabricados na década de 1950. Os bancos dos boxes lembram os bancos traseiros do velho Impala, e as mesas são de alumínio brilhante. Frank sempre chega alguns minutos antes da hora combinada e se acomoda em algum lugar com vista para o estacionamento, de modo a ver o carro do pretendente e o modo como ele anda — coisas que, acredita ele, são mais informativas que qualquer contracheque ou cópia da declaração de renda. Após uma breve entrevista, o candidato entra no automóvel de Frank, e ambos se dirigem ao apartamento em vista. Enquanto cruzam as ruas de Tarrytown, Frank levanta a perna esquerda o bastante para que o novo inquilino veja a Glock que ele carrega num coldre de náilon enrolado no tornozelo. São duas as coisas necessárias para que Frank não tenha problemas em suas operações: um mês de aluguel, pago com antecedência, e um vislumbre de sua pistola.

Alfred Krane/Will Claff chegou atrasado para o primeiro encontro no Fonz's Corner. Quando finalmente entrou no estabelecimento, Frank percebeu que vira Krane/Claff alguns minutos antes, andando pelo estacionamento e depois entrando em seu Honda branco; com certeza, o comportamento de um homem se resguardando contra inimigos. E havia outra coisa que Frank vira como um sinal vermelho: Claff fora para o encontro com o aspecto de quem dormira na soleira de uma porta. Não fizera a barba, seu paletó estava amarrotado, seus cabelos, desgrenhados, e suas unhas, imundas. A gravata parecia ter um alfinete em forma de joaninha, mas, ao observar melhor, Frank percebeu que era uma joaninha de verdade. Quando apontou o inseto para Claff, este o esmagou entre o polegar e o indicador, e o jogou no chão. Mas Frank estava com dois apartamentos vazios naquela oportunidade e se sentia inclinado a dizer sim. No trajeto até o apartamento, quando Frank ergueu a perna da calça e deixou que Claff visse a arma, Claff fez algo que nenhum dos outros inquilinos ousara fazer: mencionou a arma.

— Eu adoraria ter uma pistola dessas — disse ele, apontando para o pé esquerdo de Frank.

— Você tem alguma arma? — perguntou Frank rapidamente.

Claff fez que não com a cabeça.

— Eu preciso saber — disse Frank. — Preciso que você seja muito sincero comigo sobre isso, muito sincero mesmo.

— Eu nunca tive uma arma, sr. Senhorio — disse Claff. — Sou muito bom garoto.

E deu um leve sorriso de desculpa, cujo significado Frank entendeu como sendo: *Você me pegou agora, mas algum dia vai ser a minha vez.* Frank não se aborreceu com isso; a maioria dos homens tem uma lista de vinganças.

A foto no semanário de Tarrytown fora tirada da carteira de motorista de Claff, que os policiais encontraram enfiada entre o banco do motorista e o console central do carro, no setor oeste do Parque Estadual de Martingham. Mas, mesmo com a carteira de motorista, os policiais não tinham como saber ao certo qual era o verdadeiro nome do homem. Dentro da carteira havia: um cartão

O homem do bosque   85

com a imagem de um ursinho que, segurando uma escova de dentes, lembrava a Alfred Krane que ele tinha consulta marcada com um dentista de Sleepy Hollow; um cartão de crédito pertencente a um tal de Henry Lloyd; um cartão de biblioteca de Evanston, Illinois, em nome de Ivan Kline; um cartão de fidelidade emitido pelo The Running Emporium, uma loja de artigos para corredores, também em nome de Ivan Kline; um cartão de uma casa de massagens chamada Happy Valley Massage, sem nenhum endereço ou telefone; e um cartão do bufê Elkins Park Gourmet, com um telefone da Filadélfia. Os policiais inseriram as impressões digitais do morto no sistema, mas não encontraram nada. E o estado da Califórnia parecia ter perdido a pista de William Claff. O último endereço que constava no Departamento de Veículos Motorizados de lá era um prédio de apartamentos que fora completamente destruído por um incêndio três anos antes.

Ao reconhecer o retrato de Claff no jornal local, o primeiro impulso de Frank Mazzerelli foi virar a página. Ele não quer envolvimento algum com a polícia, seja a polícia local, seja a estadual... com polícia nenhuma. A aversão que nutre pela polícia rivaliza com a que sente pelos criminosos profissionais. Ele também receia que seu apartamento seja envolvido num possível homicídio. A simples presença da polícia no local atrasaria uma nova locação. Mas, finalmente, uma coisa tão simples, antiquada e boba chamada *boa cidadania* faz com que ele mude de ideia e decida se apresentar.

Antes de se dirigir ao distrito policial, Mazzerelli vai até o prédio e entra no apartamento de Will. Não é a primeira vez que entra no apartamento de um homem morto. Por isso mesmo, acha estranho não ver cartas espalhadas pelo chão, jornais acumulados, moscas esvoaçando sobre um prato de comida estragada nem nenhuma luz vermelha piscando na secretária eletrônica, indicando dezenas de chamadas não respondidas.

Frank permanece na sala da frente por alguns instantes. O silêncio e o abafamento do ambiente transmitem uma sensação de finitude que parece quase fatal. Ele percebe que a janela está aberta alguns centímetros. Jatos de neve pulverizada entram no apartamento como faíscas saindo de um amolador. Frank fecha a janela, vai até o quarto e abre o armário. Algumas roupas estão penduradas ali, juntamente com cinquenta cabides vazios, como que numa expectativa de dias melhores. A cama não foi feita, e há meias jogadas pelo chão. Um vidro de loção Armani repousa sobre a mesinha de cabeceira. O ar cheira a ranço. Na cozinha: uma geladeira contendo garrafas com água, vitaminas e uma galinha cozida dentro de um recipiente plástico. Ao lado do refrigerador está um saco de comida canina, exibindo a imagem de um golden retriever correndo sobre um gramado viçoso, indo ao encontro de uma arquetípica família de quatro pessoas.

Aquele veadinho, pensa Frank. *Ele tinha um cachorro. Se eu soubesse disso, eu mesmo teria matado aquele filho da puta.*

CAPÍTULO
SETE

Ruby tenta, mais uma vez, levar o cachorro para dormir na cama dela. Embora normalmente não goste de fechar a porta do quarto à noite, agora ela a tranca, esperando inibir a habilidade em fugir demonstrada pelo animal. Mesmo assim, Shep surge na escada, descendo os vinte degraus. Durante o dia, ele é cheio de energia, mas, à noite, seus passos são cautelosos, miúdos.

— Epa, veja quem está aqui — diz Kate.

O cachorro se aproxima da sala de estar, onde Paul está agachado em frente à lareira, golpeando com o atiçador alguns troncos crepitantes, de um modo que, para Kate, parece desordenado e um tanto enraivecido, mas que costuma ser eficiente. De fato, as chamas se levantam, e a fumaça, que se limitava a espiralar pelo piso da lareira, está agora sendo sugada pela chaminé.

— Olá, amigo — diz ele.

Em vez de se levantar de sua posição acocorada, Paul se senta no tapete semicircular em frente à lareira. Com a cabeça inclinada, numa elaborada demonstração de deferência, Shep se acomoda a seu lado.

— Como você conseguia viver antes de encontrar esse cachorro? — pergunta Kate.

Ela levou um bule de chá e um prato com maçãs fatiadas para a sala. Sempre que executa tarefas domésticas, ela o faz com um ar irônico e parece não se sentir à vontade.

— Esqueci o açúcar — diz ela.

— Para mim, está bom — diz Paul. — As maçãs são doces. — Ele se põe de pé, pega uma fatia fina, quase translúcida, de maçã e a segura contra a luz da lareira. — Você cortou muito bem essas maçãs.

Kate olha para ele com uma expressão interrogativa.

— Você me cumprimenta pelas coisas mais esquisitas. Me disse que minha bolsa é muito bem-arrumada. Você realmente está se esforçando, tentando me elogiar por *alguma coisa*.

Paul continua a inspecionar a maçã.

— Estão muito bem-cortadas e com um corte só. Estou certo? Sem hesitação.

— É, sou impressionante — diz Kate. — Você realmente teve sorte comigo.

Ela lhe serve chá numa xícara preta e dourada que ostenta o título de seu livro, apenas um dos itens que seu editor e diversas livrarias encomendaram para promoção — entre camisetas, copos, vasos, marcadores de páginas confeccionados em seda, cachecóis, pastas com monograma, canetas, lápis, capas para celulares e pôsteres que anunciam sua presença em livrarias, igrejas, centros de artes e faculdades. Ela ganhou até um relógio de pulso com seu rosto no mostrador, presente do editor. Os ponteiros das horas e dos minutos às vezes se projetam das laterais do seu nariz, como se fossem os bigodes de um gato. Kate trata essas pequenas lembranças

O homem do bosque 89

de seu sucesso como se fossem parte de uma brincadeira. Mas não joga fora nenhuma delas. Não consegue.

Ela percebe que Paul está olhando fixamente para a xícara, dá de ombros e faz uma cara engraçada. Depois, uma careta.

— Como se faz chá mesmo? — diz ela, rindo e pousando a xícara no tampo da lareira.

Está de calça jeans, blusa de gola rulê e um suéter tricotado. Ela enfia a mão no bolso do suéter. De vez em quando, acha algumas balas nos bolsos de suas roupas. Desde que parou de beber, sente ânsia por doces. Na verdade, todos os seus gostos e desejos se tornaram mais vívidos e urgentes: sal, risos, sexo. Ela acha dois chocolates enrolados em papel laminado: *e tem gente que não acredita em Deus!*

— Às vezes, eu sinto que estamos perdendo contato um com o outro — diz ela, sentando-se no sofá e batendo no assento ao lado dela, chamando Paul. Ele continua a brincar com o cachorro. — O que o cara da seguradora falou sobre a sua caminhonete? — pergunta ela.

— Não sei — responde Paul.

Kate reflete sobre o assunto por alguns momentos. Isso não faz sentido para ela — ela sabe que a caminhonete está segurada e sabe que o agente de seguros dele, que é também seu agente de seguros, fala claro e em inglês; e sabe também que nenhum conserto foi feito na caminhonete. Ele também não foi consultar um médico a respeito de seus arranhões e suas contusões. *Deixa pra lá*, aconselha a si mesma.

— Como você não sabe? — pergunta ela. — Você, pelo menos, telefonou?

— Vou cuidar disso — diz Paul. — De qualquer forma, a culpa foi minha.

Parece uma coisa simples, mas o modo de vida e a tomada de decisões implícitas na declaração de Paul são tão conflitantes com o temperamento de Kate que ela, apesar de novamente lembrar a si mesma que o fato é um perfeito exemplo de algo que pode ser ignorado — algo que não necessita de sua participação nem de seus comentários —, ela se pega dizendo:

— Mas é para isso que servem os seguros, querido. Por que você tomou essa decisão? Não estou entendendo.

Paul respira fundo. Mesmo nas melhores circunstâncias, é muitas vezes difícil para ele ordenar os pensamentos quando precisa expressá-los. Frequentemente, soa como uma criança a seus próprios ouvidos, interrompendo o que estava falando para acrescentar detalhes que esqueceu e se interrompendo de novo para acrescentar pensamentos intercalados — tantos os parênteses implícitos que acabam se arrebentando como sacos de papel molhados. O pior é que ele pode se imaginar sendo eloquente; opiniões e lembranças ecoam como uma canção quando ele conta alguma história sobre trabalhos ou viagens que fez durante a juventude, ou sobre os machos alfas radicais que encontrou no decurso de suas atividades. Mas essas canções não são cantadas, permanecem enterradas sob uma avalanche de interjeições e risadas nervosas. Ele consegue ser articulado com crianças, colegas marceneiros e estranhos. Mas Kate é uma história muito diferente. Por mais que ele a ame e confie em seus sentimentos por ele, às vezes emudece ou gagueja quando está com ela. E outras vezes, quando consegue dizer o que pretende, sua voz sai fraca e sem expressão, com uma involuntária entonação de desencorajamento, assim como os parasitos sob a casca de uma árvore que projetam padrões espiralados na superfície do tronco.

O homem do bosque   91

Kate sente que Paul não telefonou para o agente de seguros por alguma razão. Seu melhor palpite é que ele se esqueceu de pagar o seguro há algum tempo, ou talvez tenha deixado a carteira de motorista vencer. Agora, prefere pagar os prejuízos e deixar a caminhonete como está a enfrentar as consequências do seu estilo de vida desleixado. Tudo bem no que diz respeito a ela. Já há muita gente pontual no mundo, muitos banqueiros e muitos programadores de computador — os indivíduos que acompanharão todos os outros no apocalipse, quando suas máquinas não reconhecerem o fim do século XX, no fim do mês que vem.

Não, Kate não necessita que Paul fique mais atento aos assuntos mundanos e com certeza não necessita que ele se torne mais esperto em assuntos de dinheiro. Ela está ganhando bastante e, na verdade, a seu modo, sempre encontra tempo para atender seus clientes sofisticados. Sim, todos os trabalhos demoram muito, muito mais tempo do que ele esperava, mas no fim ele sempre é bem-pago. O que Kate precisa de Paul é o que Paul já lhe oferece: sua honestidade, sua beleza, sua ternura com Ruby e sua atenção apaixonada.

Ela se junta a ele no chão, aconchega-se nele e o puxa para baixo com uma insistência gentil, de modo que ambos fiquem deitados em frente à lareira, com o sonolento cachorro entre eles e as chamas. Enquanto beija o nariz dele e seus olhos fechados, ela pensa: *Quem se importa com o seguro?* E depois: *Não faria mais sentido se nós tivéssemos uma só apólice?*

— Ei — diz ela. — Quer saber de uma coisa? A gente deveria se casar.

Ela vê no rosto dele o que espera ser apenas surpresa.

— Você está me deixando meio nervosa — diz ela.

— Desculpe, foi sem querer.

— Só o que eu fiz foi uma proposta de casamento e parece que enfiei uma faca em você.

Paul a abraça e a aninha para reconfortá-la, para que ela se sinta amada e não fique estudando seu rosto em busca de pistas. Ele se sente indefeso e abandonado: como é que ela não reparou que ele é um homem destroçado?

— Meu Deus — diz Kate —, seu coração está acelerado.

— Eu estou bem.

— Quer saber de uma coisa? — Kate se desvencilha do abraço dele, pigarreando. — Nós não precisamos nos casar. Talvez seja melhor dar uma festa, uma grande festa no estilo antigo, para que todo mundo em Leyden possa nos ver juntos e, claro, para que todas as mulheres morram de inveja porque o homem mais desejável do estado de Nova York é meu.

Ela espera que ele fale alguma coisa.

— Nós podemos dar a festa na véspera do Ano-novo. Todo mundo precisa de um lugar para ir na véspera do Ano-novo, principalmente nesta véspera, já que estão dizendo que o mundo vai acabar. Posso convidar todos os meus amigos sóbrios que precisam de um lugar onde haja muitos refrigerantes e sucos. Também vamos ter bebidas alcoólicas e bastante chocolate. E vai ser permitido fumar, porque alguns dos meus amigos do AA precisam fumar. Acho que a auto-imagem deles exige que tenham pelo menos um hábito horrível.

Ela se deita de costas, enfia as mãos por trás da cabeça e olha para o teto. A luz da lareira tremula no reboco branco. Ela ainda está esperando que Paul fale alguma coisa — não necessariamente sobre

O homem do bosque   93

a proposta de casamento, nem mesmo sobre a proposta da festa. Ela gostaria apenas que ele dissesse *alguma coisa*.

Meia-noite. Frio. A lua estacionou no lado de fora da janela. Kate ressona alto, um som estranhamente tranquilizador para Paul, que adoraria conseguir dormir também. Ele levanta o edredom e sai da cama. Sente a frieza do assoalho de tábuas largas sob os pés descalços.

Eu fiz isso.

Eu acabei com uma vida.

O ar noturno se move pelo quarto como água negra. Paul dá um passo para trás e tropeça em Shep, que ainda não encontrou um lugar permanente para dormir. Seu rabo tamborila no chão.

— Psiu, Sheppy, psiu — diz Paul. O som da voz de Paul faz Shep agitar a cauda com mais vigor. — Tudo bem, venna, vamos sair — sussurra Paul.

O cachorro se levanta fazendo barulho.

O quarto de Kate e Paul fica no segundo andar; o outro quarto grande, o de Ruby, fica na outra extremidade do andar. Entre ambos os quartos há três pequenos aposentos, inclusive uma espécie de mansarda com papel de parede cor-de-rosa, que a corretora descreveu como sala de costura e Kate utilizava como escritório, antes que Paul lhe construísse um estúdio de verdade. Paul também construiu seu próprio estúdio, onde guarda ferramentas, catálogos e revistas de arquitetura e decoração em que seus trabalhos apareceram, e onde, com o auxílio de um pequeno computador que Kate lhe deu alguns meses antes, pesquisa materiais na internet. Para encontrar velhas janelas, tábuas de celeiros, lareiras descartadas e madeira de qualidade, ele antes estava restrito a um raio de cento e sessenta quilômetros. Agora, dispõe de uma rede de empreiteiros, marceneiros, madeireiras, colecionadores de objetos, sucateiros e arqueólogos rurais que vendem de tudo. Recentemente, ele sucumbiu ao impulso de comprar seis escadas de mão com cento e vinte e cinco anos de idade, resgatadas de um pomar de maçãs em Yakima, estado de Washington. De madeira lisa, cinzenta como fumaça, eram tão lindas, tão perfeitas, tão evocativas do passado que Paul quase chorou quando as desmontou para incorporar as partes em novas construções.

Ele aprecia o formato gracioso e compacto de seu computador, assim como sua econômica funcionalidade, mas, além da ação do teclado e das dobradiças do estojo, o modo como o laptop realmente opera é um mistério para ele. Em sua vida particular, o que lhe traz alegria são os prazeres animais — comida, bebida, sexo, ar, liberdade. A maioria das coisas que o mundo oferece mediante o apertar de um botão ou o estalido de um interruptor não lhe atraem em nada.

O computador repousa sobre uma mesa que sua assistente, Evangeline Durand, lhe deu de aniversário há dois meses — uma bela peça de carvalho-branco, que conseguiu confeccionar e polir sem que ele notasse. O cartão que ela anexou informava que o dia do aniversário dele era antigamente conhecido na Inglaterra como o Dia do Carvalho.* Ela colou um raminho de carvalho no cartão,

---

* Royal Oak Day — dia 29 de maio. Neste dia, era comemorada a restauração da monarquia inglesa, em maio de 1660. O nome do feriado faz alusão à batalha de Worcester, travada em 1651, quando o futuro rei Carlos II se escondeu de seus inimigos atrás de um carvalho. (N.T.)

O homem do bosque

onde também copiou um poema de John Evelyn, que ligava o carvalho à monarquia:

> *As rústicas Raízes se tornam um Trono*
> *E Galhos prestativos um rico Dossel*
> *A Árvore protege e ampara seu Dono*
> *O Rei que glorifica em silêncio fiel.**

— Você tem certeza de que ela é lésbica? — perguntou Kate, quando Paul lhe mostrou o cartão. Depois, franzindo a testa, deslizou a palma da mão sobre o tampo liso e encerado da mesa. — Acho que você está tão acostumado com mulheres dando em cima de você que não percebe a paquera nem quando está bem na sua frente.

— Ela vive com uma mulher — respondeu Paul. — Que ela chama de marido.

— Não sei — insistiu Kate. — Ela usa aquele colarzinho de pérolas no trabalho.

— Pode ter ganhado do marido dela — sugeriu Paul.

O computador já ensinou a ele a diferença entre homicídio doloso e homicídio culposo. Se fosse julgado por este crime e considerado culpado, ele seria condenado a uma pena de três a dez anos. Provavelmente, receberia a pena mais dura possível, pois a lei parece

---

* A rugged Seat of Wood became a Throne/ Th' obsequious Boughs his Canopy of State/ With bowing Tops the Tree their King did own/ And silently ador'd him as he sate. (N.T.)

ter uma aversão especial aos foragidos. Esta noite, Paul pretende descobrir tudo o que puder a respeito do homem que morreu no bosque. Então, liga o computador, encolhendo-se diante do implacável acorde que soa quando a máquina carrega. Shep está deitado ao lado dele, no chão nu, suspirando e roncando quase de forma humana, com o focinho apoiado nas patas dianteiras. O cachorro — esses trinta e cinco quilos de consciência — é a única parte do universo, afora as árvores e o céu, que viu o que Paul pode fazer quando fúria e instinto ocupam o lugar da razão. Mesmo assim, parece ter lhe dedicado uma fidelidade total e inabalável.

Obrigado, Shep, velho amigo, pensa Paul enquanto entra no AOL e digita: Mortes Recentes Westchester. Uma enorme lista de opções se abre diante dele, a maioria delas de meses atrás. Além de as entradas serem antigas, ele já as viu nas noites anteriores, embora numa ordem um tanto diferente. De súbito, ele se depara com uma nova: "Recente Estudo Universitário sobre as Mortes em Westchester".

Paul clica na história e aguarda nervoso que esta apareça na tela.

> Se você for encontrado morto no condado de Westchester, há 1 em 22 chances de que as autoridades locais farão pouco ou nada para determinar a causa de sua morte. Mesmo nos casos em que está claro que um crime foi cometido, Westchester lidera os condados do estado de Nova York no que se refere à inação policial. Essa é a conclusão a que chegou o dr. Mansfield Trumbull, professor de direito da Universidade de Connecticut.

O homem do bosque   97

"Considerando o número de policiais locais e estaduais que temos em Westchester", disse o dr. Trumbull, "o número de mortes e desaparecimentos não explicados e não investigados é impressionante. As únicas áreas dos Estados Unidos em que há um número comparável de mortes e desaparecimentos não explicados são as reservas nativo-americanas de Dakota do Norte, onde a atuação da polícia tem sido quase inexistente. Westchester, com seus numerosos efetivos policiais e recursos suficientes, não deverá ser o próximo Dakota do Norte, mas o padrão de inação oficial que está se configurando é francamente perturbador."

Paul lê a notícia e balança a cabeça, aborrecido. Essa voz proveniente das misteriosas regiões de seu computador, esse palavreado que pode ter sido escrito cinco anos atrás e talvez nunca mais tenha sido lido desde então, esses pixels que flutuam pela internet como lixo no espaço sideral... *Cale a porra da boca, professor*, pensa ele.

Perambulando pela internet, passando devagar de um site a outro, Paul encontra uma página que é muito mais do que ele esperava. O site se chama *Sentimos Falta Deles*. Basicamente, é um quadro de avisos para a postagem de retratos e informações abreviadas sobre pessoas desaparecidas. Páginas e mais páginas de fotos — rostos sorridentes extraídos de anuários escolares, olhares sérios escaneados de carteiras de motorista ou carteiras de trabalho, rapazes de smoking, moças em vestidos de casamento. Homens, mulheres, meninos e meninas desaparecidos, com as cabeças inclinadas, testas franzidas, rostos amorosos, furiosos, depauperados pela bebida ou pelas drogas. Muitas dessas pessoas — um número assustador delas — foram vistas pela última vez saindo para ir a uma loja de conveniência durante a madrugada; outras tantas, também em número assustador, eram provenientes do Texas ou de Maryland. São negros, brancos, asiáticos, latinos, cidadãos de um vasto arquipélago de sofrimento, cujos habitantes não incluem apenas os mortos ou os desaparecidos, mas também aqueles que os amavam e que aguardam uma palavra final. E também os que foram responsáveis por essas mortes violentas. Esses também foram condenados a viver no arquipélago.

Paul olha para cada uma das pessoas desaparecidas, mas não acha ninguém que se pareça com o homem do bosque. Em seguida, examina as páginas com imagens de corpos que a polícia ainda não identificou. Mas, antes que o site lhe permita acessar as imagens, há um aviso: *Parte do conteúdo exibido na seção de Não Identificados pode ser perturbadora e contém fotografias de cadáveres que não devem ser vistas por crianças. Você deseja continuar?* Paul não tem opção a não ser clicar Sim. Então, semicerrando os olhos temerosamente, como se suas pestanas pudessem suavizar o impacto das fotos reduzidas, ele procura em rostos horrivelmente decompostos indícios do que fez. Em alguns casos, as pessoas mortas de forma suspeita são retratadas a lápis — quando o corpo (geralmente encontrado por caçadores, corredores ou gente passeando com o cachorro) está em decomposição avançada demais para ser fotografado.

Paul ouve uma batida na porta e rapidamente fecha o computador.

— Paul? Você está aí? — diz Kate, num murmúrio seco e entrecortado. Ela abre a porta e olha para ele com ar de curiosidade. — Eu me virei e você não estava na cama.

— Bem, você me encontrou — diz Paul, levantando-se da cadeira e abraçando-a.

Ela exala o odor da cama e do sabonete de lilás que usou no banho noturno. Mesmo abraçado a ela, Paul tem a sensação de estar se lembrando dela.

— Obrigado por me encontrar — sussurra.

CAPÍTULO
OITO

Caminhar no bosque é andar passo a passo, colocar um pé adiante do outro. O que poderia ser mais fundamental? É como respirar — inalar pelas narinas, expirar pela boca, o gosto e o titilar da mortalidade correndo sobre seus lábios como água sobre pedras. Estamos sob um oceano de ar, ao qual nos adaptamos assim como os peixes se adaptaram à vida submarina.

Uma caminhada no bosque é como vadear um rio; é impossível caminhar pelo mesmo bosque duas vezes, não importa quantas vezes tentemos. Podemos tomar a mesma trilha no mesmo ritmo e na mesma hora que no dia anterior; podemos medir os passos para que a caminhada da terça-feira se equipare o máximo possível à de segunda-feira. Mas, por mais que nos esforcemos, a caminhada será única. Folhas terão caído desde a nossa última passagem, pinhas, bolotas, bagas, cocô, uma lata de cerveja, um papel de bala. Procriações e perseguições terão ocorrido, rebentos terão sido comidos, mato terá sido pisado, cascas terão descascado, raízes terão se aprofundado. Decomposição e regeneração constituem uma roda

O homem do bosque   101

que não pode parar de girar, mesmo agora, outono, segundo o calendário, inverno, segundo nossos ossos, quando o céu está de um cinza lavado e as folhas se liquefazem sob nossos pés. Mesmo agora a roda gira, mais devagar que nos meses mais quentes, mas com desolada grandiosidade.

— Minha nossa — diz Paul —, tem vapor saindo dessa pilha de cocô de cervo.

Minha nossa, minha nossa, repete ele para si mesmo. Era uma das frases da sua mãe, uma lembrança oral agora. Ela costumava pronunciá-la com ironia, assim como fazia com *Deus do céu*, pois tudo era parte de uma representação, do papel que ela gostava de desempenhar — uma boa mulher do campo que se aferrava a seus princípios cristãos num mundo perverso e louco. Era uma pose entre muitas outras, nem mais nem menos verdadeira que suas outras identidades — a antimaterialista com filhos, a aristocrata norte-americana arruinada, mas mantendo as virtudes dos pioneiros, a mãe superprotetora que se sacrifica por sua prole, a artista nata, a mulher com bom senso de sobra.

Shep está circundando a bosta fresca, com o nariz a menos de meio centímetro da pilha fofa, que parece um montículo de passas grandes.

— Não faça isso, garoto — diz Paul, mas o cachorro mal escuta. Ele ainda não pôs o cocô de cervo na boca, mas suas narinas se dilatam e contraem enquanto ele apreende todo o prazer sensual de sua descoberta. Seus finos lábios negros se separam e sua língua emerge da boca, para saborear aquela dádiva da natureza. — Shep, isso não é bom — insiste Paul, dessa vez pressionando com dois dedos o pescoço do cachorro.

— É bom se lembrar disso na próxima vez que for dar aquele beijão na boca do cachorro — diz Todd Lawson, com quem Paul está caminhando.

Assim como ocorre com muitos outros indivíduos em Leyden, é difícil situar Lawson profissional ou socioeconomicamente. Ele é parente distante de diversos figurões locais, políticos, ministros e proprietários de imóveis à beira do rio. Mas, seja qual for o pedigree que possa reivindicar, não lhe serve para muita coisa em termos materiais. No momento, Lawson tem cinco empregos, que, somados, geram renda suficiente para sustentar uma vida modesta e solitária, que inclui passar no México a parte mais fria do inverno de Nova York, o que pode parecer luxo para um homem que costuma atrasar o aluguel, mas o impulso de rumar para o sul no inverno é um traço que Lawson herdou de seus ricos antepassados. Os artífices da fortuna da família eram homens trabalhadores e determinados, mas foram seguidos por gerações de vadios, culminando com o pai de Lawson, Harley, que trabalhava dois dias por semana com compra e venda de imóveis na Maiden Lane, em Manhattan, conseguindo perder tanto dinheiro que sua família se sentia grata por ele não trabalhar em tempo integral.

O ócio não é opção para Todd. Parte de sua renda provém da Faculdade de Marlowe, onde ele treina a equipe de tênis. Também trabalha em um haras na periferia de Leyden, dando aulas de equitação, e ganha duzentos dólares por mês para guiar os visitantes de uma das mais espetaculares propriedades do rio: uma monstruosidade vitoriana pintada de preto e cinza cujo exterior tem sido usado por diversos produtores de filmes de terror e o interior sombrio, repleto de madeira escura, papéis de parede desarmônicos, faz com que os turistas se sintam satisfeitos por não terem nascido na classe

O homem do bosque   103

abastada do século XIX. Todd também faz entregas para a Of the Manor, uma loja de antiguidades que pertence a seu irmão. Outra de suas fontes de renda é a escolha de vinhos para três restaurantes locais, cuja dona é uma mulher chamada Indigo Blue, que sente atração por Lawson mas reluta em se envolver com ele. Tê-lo por perto como contratado ocasional lhe parece a solução perfeita.

O terreno em que Paul e Lawson caminham no momento está à venda. Após passarem por um pequeno amontoado de pinheiros caídos, eles se aproximam de algumas grandes pedras de granito, cortadas por veios de mica reluzente. Lawson pegou um pequeno galho desfolhado e o usa como bengala.

— É quase tão alto quanto você — observa Paul.

— Bem — diz Lawson —, Daniel Boone era pouco maior que a arma dele, que pesava mais de quatro quilos. Ele ainda carregava o chifre de búfalo cheio de pólvora e um saco cheio de chumbo. Depois de algum tempo, deve ter ficado velho demais para carregar isso tudo. Acho que é por isso que gostava tanto de carne-seca de búfalo e broa de milho. Não pesam quase nada e ele sempre tentava diminuir o peso que carregava.

Paul e Lawson costumam conversar sobre Daniel Boone quando se encontram para seus passeios no bosque. Eles vêm mantendo esse seminário informal há cerca de um ano, mas hoje Paul está encontrando dificuldade para entrar no espírito da coisa. Quando acordou de manhã e lembrou que iria se encontrar com Lawson, sentiu, como ainda sente, que seria uma boa oportunidade para passar algum tempo com uma pessoa a quem pode revelar sua pior parte; ou, para não desfiar todo o show de horrores, com todos os monstros enjaulados, poderia puxar momentaneamente a cortina, oferecendo um vislumbre a Todd. Não, ele não acha que algum dia contará a Todd

104   Scott Spencer

o que aconteceu no bosque de Westchester, mas devem existir palavras que ele possa dizer para aliviar sua febre silenciosa.

Eles ouvem um ruído distante. Shep levanta a cabeça e tensiona o corpo. Lawson se vira na direção do som, brandindo sua bengala como um rifle.

— Cervo — diz Paul.

— Boone era bom atirador, mas precisava ser — diz Lawson. — Se errasse, levaria quase um minuto para recarregar o mosquete. E, a essa altura, poderia ser tarde demais.

Paul para de andar e escuta os trinados e grasnidos dos pássaros nas árvores. Esses são os durões, os que estão dispostos a enfrentar o inverno que se aproxima.

— Aqui é muito bonito — sussurra Paul. — Ah, por falar nisso, você conhece o Parque Estadual de Martingham, perto de Tarrytown?

Ou a pergunta não interessa a Lawson ou ele não a ouviu.

— Vamos sentar — diz ele, fisgando um cigarro do bolso de seu casaco jeans.

Lawson tem uma compleição morena e longos cabelos negros; a julgar pelo aspecto, poderia ter ascendência indígena. Entretanto, apesar de sua aparência vigorosa, é sempre ele quem precisa descansar quando estão andando juntos. Seu corpo acumulou os diversos infortúnios que ele tem enfrentado para ganhar a vida. A estrebaria cobrou seu preço, assim como o transporte de móveis — o peso de algumas das peças espreme a vida de dentro dele. No ano passado, a bainha de sua calça ficou presa no eixo propulsor de um trator, e durante meses ele arrastou a perna direita como se fosse um inútil pedaço de carne. A perna acabou ficando boa, mas ele sempre está com alguma coisa, sempre machucado. Ele não tem certeza, mas talvez tenha ficado dependente de analgésicos.

Eles sentam em uma das pedras. O cachorro senta no chão, de costas para eles, olhando para o bosque, para o embaçado mundo ao longe, fragmentado pela interseção de inúmeras árvores.

— Antigamente — diz Lawson —, era aqui que os pregadores mandavam as pessoas virem, para encontrar Deus. Diziam que Jesus não está na sala de visitas.

— Vou contar essa para Kate — comenta Paul.

— E aí? — continua Lawson, reclinando-se sobre os cotovelos e esticando as pernas. — Como estão as coisas lá no pedaço?

Paul já reparou que Lawson nunca chama de casa a casa onde Paul mora. Nem de lar. Ele diz cafofo, domicílio, habitação, residência. Já a chamou de tenda e até se referiu a ela como endereço de Paul no código postal. Mas evita chamá-la de casa de Paul. Isso só pode ter um significado: Lawson não acredita que Paul se encaixe na casa de Kate. Será que considera Paul bom demais para ocupar uma posição que pode pôr em xeque sua independência? Será que se preocupa com a possibilidade de que Paul tenha se tornado um desses homens humildes que coabitam com a dona da casa durante algum tempo, um tempo que, pelo menos em Windsor County, é sempre muito curto e sempre termina com a madame burguesa recuperando seus sentimentos burgueses e dando um chute em seu traseiro proletário? Ou será que Todd Lawson acredita que Paul Phillips não é digno de viver naquela casa? Haveria, na visão de Lawson, algo de incongruente no fato de Paul habitar aqueles aposentos grã-finos, uma coisa inerentemente absurda, constrangedora e desagradável como um chimpanzé vestindo smoking?

— Desde quando você começou a fumar? — pergunta Paul.

— Há pouco tempo — responde Lawson. — Quer um? Esses são livres de química. — Ele exala uma longa espiral de fumaça, da mesma cor do ar outonal. — Então, está tudo bem?

Paul permanece em silêncio durante alguns momentos, vendo a chance de dizer alguma coisa e tentando avaliar como seria sua vida se de fato contasse seu segredo. Quando sente que não pode mais prolongar o silêncio, diz:

— Kate está chateada comigo, eu acho.

— Você acha? Esse é o problema. Você não pode ficar tentando adivinhar o que ela sente, você tem de saber.

— Eu trouxe o cachorro para a nossa vida, mas não recebi exatamente um sinal verde para ele.

— Você já chegou com ele?

A entonação de Lawson indica que ele está impressionado.

Paul sente mais uma abertura, uma situação em que pode se aproximar mais da verdade — como alguém que está perdido no canto mais escuro de uma floresta e vê um clarão de luz que pode indicar uma saída. Mas, por enquanto, permanece nas trevas.

— Essa é outra história — diz Paul. — Mas Shep é um cachorro perdido.

— Bem, não é mais — contrapôs Lawson, dando uma risada.

Depois, estala os dedos, chamando o cachorro. Shep vira a cabeça na direção do som, mas não sai do lugar.

— Ele é do tipo prático — explica Paul. — Se você não faz nada por ele, ele acha que não lhe deve nada.

Lawson dá de ombros.

O homem do bosque   107

— Já percebi — diz ele. Depois, dá um tapinha no joelho de Paul e olha para ele com ar de curiosidade. — Você parece meio cansado.

— Fiquei acordado até tarde. Três da manhã. Isso não é bom.

Lawson sorri.

— Talvez seja sobre isso que nós devêssemos estar conversando, meu amigo. O que um bom marceneiro como você poderia estar fazendo às três da manhã? Por que você deixaria a cama da sua adorável companheira? Por que se exporia aos demônios que governam o mundo nessa hora absurda?

Lawson molha as pontas dos dedos com a saliva, espreme a ponta do cigarro para apagá-lo e enfia a guimba retorcida no bolso do casaco.

— Tenho muita coisa para pensar — diz Paul, desviando o olhar.

Shep viu, ouviu ou farejou alguma coisa. Não é o suficiente para que se levante, mas ele apruma a coluna, estica as orelhas e levanta o focinho.

— Tem alguma coisa que você gostaria de me contar? — pergunta Todd.

Quando Paul nega com a cabeça, Lawson parece um tanto aliviado. Ele se levanta da pedra. Paul também já está preparado para prosseguir a caminhada. Ambos começam a andar. Ao se aproximarem de um velho abeto, Lawson ergue o galho mais baixo, para poder passar por baixo. Depois o levanta mais um pouco, para que Paul passe também, seguido por Shep.

— Tudo bem. Eis o teste de Todd Lawson para um bom relacionamento — diz Lawson. — Vocês ainda riem juntos? Quer dizer, ainda se divertem juntos?

108   Scott Spencer

Como seria engraçado, pensa Paul, *se eu chegasse agora e dissesse: "Aí, eu matei um cara há umas semanas."* Mas, em vez disso, ele responde:

— Nenhum problema quanto a isso.

— Bem, se vocês dois ainda estão rindo... e estou supondo que as outras coisas, as coisas não mencionáveis, estão indo muito bem.

— Muito bem, mesmo — confirma Paul.

— Então, tudo bem.

Paul tem certeza de que o interrogatório terminou. Algumas mulheres lhe contaram que as amigas trocam todos os tipos de confidências sexuais, muitas vezes de forma bastante explícita. Mas, na experiência de Paul, não é isso o que ocorre com os homens. Os homens protegem os pormenores de suas vidas íntimas como jogadores de pôquer que mantêm suas cartas fora de vista. E pelas mesmas razões: ou querem dar a entender que receberam ases ou querem poder terminar a rodada calmamente, sem ter que revelar a mão. Conhecimento é poder, e os homens não gostam de entregá-lo.

— Bem, se vocês ainda estão rindo e se a vida noturna ainda está funcionando, quem sabe? Pode ser que valha a pena ficar com ela.

— Ficar com Kate não é o que me preocupa — responde Paul. — O que me preocupa é ela ficar comigo.

— Você? Um espécime jovem e forte como você?

— Quando foi a última vez que você bateu em alguém? — pergunta Paul. — Quero dizer, que realmente meteu a porrada num momento de raiva.

— Ih, cara, não faço ideia — diz Lawson. — Faz anos, muitos anos. Eu ainda era garoto. — Ele esfrega a mão no queixo, cuja barba está por fazer. — Você não bateu nela, bateu? — Paul nega com a cabeça. — Então, o quê? O cachorro? A menina?

— Nada disso. Só estava pensando. Tenho uma coisa dentro de mim que me deixa apavorado.

— Só isso? — pergunta Lawson, passando o braço em torno dos ombros de Paul. — Bem-vindo ao mundo. E, a propósito, bem-vindo aos Estados Unidos. Ontem à noite, eu estava lendo uma história escrita por D.H. Lawrence na qual ele diz que o norte-americano típico é reservado, independente e, no fundo, meio que um assassino. — Lawson passa o polegar no peito, como se estivesse alisando o casaco. — Qualquer dia eu lhe empresto o livro, se você quiser.

Paul enfia as mãos nos bolsos da calça. De repente ficaram frias, rígidas. Folhas caídas cobrem o chão com tonalidades douradas, amarelas, marrons e alaranjadas, e tornam o caminho escorregadio e difícil. Mas não para Shep, cujos olhos estão faiscantes, como se ele estivesse se lembrando de algum incidente divertido de seu passado. As árvores estão cheias de pássaros que permanecerão no local durante o inverno — pica-paus, gaios, cardeais e chapins. Um grande corvo pousa no alto de um abeto próximo e permanece ali, oscilando para a frente e para trás, como uma estrela negra na ponta de uma árvore de natal. A temperatura parece estar caindo, mas uma súbita luminosidade surge a oeste, quando o sol poente começa a percorrer os dez últimos graus de sua trajetória rumo ao horizonte livre de nuvens. Tonalidades alaranjadas e vermelhas lampejam em meio às ramagens das árvores. A luz, a luz. Mas Paul está pensando: *A cada passo que eu dou, afundo mais nas trevas.*

CAPÍTULO
NOVE

— Não toque em mais nada no apartamento — diz Jerry Caltagirone a Frank Mazzerelli. — Vou mandar alguém lá, ou melhor, eu mesmo vou. No que me diz respeito, se você tocar em alguma coisa lá, estará adulterando provas. Mas quer saber de uma coisa? Ainda não entendi por que você demorou tanto tempo para aparecer.

A pedido de Mazzerelli, eles saíram do distrito policial. Agora, estão numa lanchonete Wendy's das proximidades, sentados frente a frente diante de uma mesa ensebada.

— Alguma razão para isso? — insiste Caltagirone. — Você sabe muito bem que deveria ter vindo logo.

Ele está se recuperando da caminhada. Engordou mais de vinte quilos nos últimos anos. Seu coração ainda não se acostumou com o trabalho adicional e está sempre um pouco cansado, atrasado nas batidas. Pelo menos esta é a impressão de Caltagirone: seu coração sempre deixa de mandar a quantidade adequada de sangue para algumas partes de seu corpo, que ele sente frias e viscosas — os pés,

O homem do bosque   111

as mãos e, às vezes, a área entre as escápulas, presumindo-se que estas ainda existam.

Mazzerelli balança a cabeça e estica o lábio inferior. Sente-se monstruosamente azarado. É verdade que escolheu este lugar porque não queria falar com Caltagirone nem com ninguém dentro do distrito policial. Só sentir o cheiro dos policiais — loção após-barba, graxa de sapato, cebola e tabaco —, só cinco minutos naquele lugar, vendo a luz gélida das lâmpadas fluorescentes cair sobre as escrivaninhas de metal com aqueles retratos de família desatualizados, era mais do que ele conseguiria suportar. No entanto, quais seriam as probabilidades, quais seriam as *porras das probabilidades*, de sair da Depot Plaza, ir para esta Wendy's, e a primeira coisa que se vê é o único homem com quem tem tido relações nos últimos dezoito meses? O nome do cara é Lester Ortiz, pelo menos é o nome que ele deu. Quando Frank entra no estabelecimento, Lester não dá o menor sinal de tê-lo visto. Talvez o fato de estar trabalhando atrás do balcão, como um garoto, faz com que ele se sinta um bosta. Frank se lembra de que Ortiz disse que lecionava numa escola secundária. Frank olha para o relógio. Já passa das quatro. Talvez Ortiz já tenha terminado o trabalho na escola. Mas isso parece um pensamento idiota, pois que razão teria para acreditar em qualquer coisa dita por Ortiz, inclusive seu nome, embora Frank tenha sido mais ou menos sincero, dizendo seu nome verdadeiro, ao menos o primeiro. Mas não revelou o sobrenome e disse que morava em Yonkers quando Ortiz lhe perguntou isso, embora já não esteja morando em Yonkers e não pretenda voltar a morar. Na verdade, chega a prender a respiração quando passa pela saída de Yonkers a caminho da cidade. Mas é o lugar onde ele nasceu, onde trabalhou, onde passou tantos anos. Como um amigo dele dizia, é o lugar onde as coisas aconteceram.

— Eu não acompanho o noticiário, exceto na temporada de beisebol — diz Frank, sentindo o olhar de Ortiz pesar sobre ele. — Mas vi a foto e aqui estou.

— E você está dizendo que conhecia esse cara como Alfred Krane, com K.

— Correto — diz Frank. — Parece que não é o nome dele.

— Quem é que sabe alguma porra a essa altura do campeonato? — diz Caltagirone. — Nós colocamos as digitais dele no sistema e não conseguimos nada. E temos três identidades diferentes com um nome diferente em cada uma. Achamos que a nossa melhor chance seria com a carteira de motorista, mas o endereço não existe mais e o Departamento de Trânsito da Califórnia nem tem o nome dele no sistema, o que não é incomum, pelo que eu sei. E agora você... como você chamava ele?

— Klein. Alfred Klein.

— Klein ou Krane?

— Krane — responde Frank.

— É, mas você falou Klein — insiste Caltagirone.

— Foi só um lapso. Eu queria dizer Krane.

Caltagirone olha para Frank por mais alguns momentos e deixa passar.

— Bem, não importa o nome que ele informou a você. — comentou Caltagirone balançando os dedos no ar, indicando a falta de importância, a inutilidade de tudo em um mundo de pistas falsas e becos sem saída, o tédio das coisas que não fazem sentido. — Você pediu algum comprovante quando alugou o apartamento para ele?

O homem do bosque   113

— Que tipo de comprovante?

— De identidade — diz Caltagirone. Sua bandeja tem um milk-shake, três hambúrgueres, uma grande porção de fritas e um tipo de torta. Ele pediu muita coisa, mas agora, de repente, está fazendo o possível para resistir àquilo que o apetite colocou à sua frente. — Comprovante de emprego, conta bancária, referências. Esse cara vai até você e você não o conhece. Ele poderia estar sendo procurado em seis estados. Acho que você iria querer alguma garantia.

— Não é assim que eu faço — diz Frank.

Ele pega uma batata frita com o indicador e o polegar e sacode um pouco do sal. Ortiz continua dando duro atrás do balcão. Parece estar dirigindo o lugar, gritando ordens para os quatro adolescentes que estão na cozinha. Mas também parece estar fazendo o mesmo serviço que os outros.

— Eu tenho meu próprio método — acrescenta Frank.

E se arrepende imediatamente. Anos no serviço lhe ensinaram que o caminho para o inferno é pavimentado com palavras adicionais. Pessoas que sabem como o mundo funciona falam o mínimo possível.

— É — diz Caltagirone. — Já percebi. Bem, o seu *método* — Caltagirone pronuncia a palavra como se ela significasse alguma coisa suspeita — pode ser o que causou toda essa confusão no meu quintal.

Apressadamente, ele desembrulha um dos hambúrgueres e o cutuca com o indicador, olhando para o sanduíche como se este fosse um penetra numa festa. Começa, então, a embrulhá-lo de novo, mas muda de ideia, dá uma grande mordida nele e o larga na bandeja.

Frank cruza os braços. Gostaria de perguntar a Caltagirone o que é que alugar um apartamento sem examinar as referências do locatário tem a ver com o caso, mas se refreia.

— Você sabia que daqui a três dias esse cara pode ser enterrado como indigente? — observa Caltagirone. — Eu tenho impressões digitais que não me levam a lugar nenhum, não tenho testemunhas e não tenho nenhum motivo, já que não sei quem ele é. Então, como eu vou saber quem é que gostaria de meter a porrada na merda do cara? Por falar em merda, alguém deu uma cagada a cem metros do crime. Sabe como é que estão me chamando lá no posto? É só eu entrar que a coisa começa: "Oi, Saco de Merda, como vão as coisas? Boa-noite, Saco de Merda."

— Está tudo bem, senhores?

É Ortiz. Está de pé ao lado da mesa como se ela estivesse coberta com uma toalha branca e ele segurasse a rolha de uma garrafa de vinho para que eles cheirassem.

— Os senhores precisam de mais alguma coisa?

Ele diz isso com uma expressão impassível e olhando principalmente para Caltagirone. Frank se sente como se alguém tivesse despejado um balde de mijo em seu rosto.

— Tudo bem — diz Caltagirone, agindo como se não houvesse nada de mais em um cara da Wendy's ir até a mesa.

— Certo — diz Ortiz. — Só para me certificar. A satisfação do cliente é a nossa primeira obrigação.

Mas ele continua de pé ali, em seu uniforme da Wendy's, com uma espécie de touca de banho na cabeça e um conjunto de fones de ouvido e microfone que o conecta com as coisas importantes que ocorrem atrás do balcão e na cozinha. Ortiz parece ter entrado

O homem do bosque 115

em transe. Frank olha tão intensamente para as próprias mãos que parece estar soldando os dedos um no outro. Por fim, Ortiz sai do transe e volta a si.

— Tudo bem, bom apetite — diz ele.

E se dirige para o balcão, onde, a essa altura, pelo menos quinze pessoas estão esperando seus pedidos. Isso lembra Frank que, microfone ou não, as responsabilidades de Ortiz não são diferentes das de qualquer garoto de dezessete anos que esteja trabalhando ao balcão, pois, se ele fosse o gerente, seu afastamento do local não teria provocado um congestionamento.

— Vou lhe dizer outra coisa — acrescenta Frank, sentindo-se subitamente loquaz após a saída de Ortiz. Então, respira fundo. — Outra mentira que o cara me contou. — Ele dá um tapinha no lado da cabeça, querendo mostrar que a lembrança acabou de lhe ocorrer. — Ele tinha um cachorro.

— Ele tinha um cachorro — repete Caltagirone.

— É, tinha um cachorro.

— E o quê? Ele lhe disse que não tinha um cachorro?

— Não, ele nunca tocou no assunto. Nada sobre cachorros, de jeito nenhum. Foi uma mentira por omissão.

— Tudo bem, ele tinha um cachorro. Isso pode ser importante.

— Ele tinha mesmo um cachorro. — Eu entrei no apartamento dele e vi um saco de comida de cachorro. Também vi uma tigela e pelos de cachorro no chão, muitos pelos.

— Eu não quero que você entre nesse apartamento — avisa Caltagirone.

— Entendi. As quarenta e oito horas seguintes. O apartamento é todo seu. Mas, depois disso...

Frank dá de ombros, como se seu direito de limpar o apartamento e alugá-lo novamente fosse uma lei imutável da natureza.

— Mas o cachorro não está lá, certo? — diz Caltagirone.

— Não, nada de cachorro.

— Estou me lembrando que às vezes os cachorros andam com microchips — comenta Caltagirone. — Com o cachorro nós podemos checar o microchip, isso pode ajudar. Se ele pôs um microchip no cachorro é porque não quer que ele se perca. Nesse caso, eu apostaria qualquer coisa que ele deu ao veterinário seu nome verdadeiro e o número do telefone. Se o cara tem o trabalho e as despesas de colocar um microchip no cachorro, não seria lógico gravar um monte de besteiras.

— É, mas eu não estou com o cachorro — replica Frank.

— Eu estava falando na hipótese de você estar com ele — diz Caltagirone.

De repente, chegando a rasgar o papel, Caltagirone desembrulha outro de seus hambúrgueres e começa a comê-lo. Ele move a boca em círculo. Frank imagina a comida girando como roupa lavada numa secadora. Mal terminando de engolir o segundo, Caltagirone começa a comer o terceiro. É como se achasse que, talvez por um minuto, pode ignorar a sequência de causa e efeito, um minuto de sonho em que poderá comer como imagina amargamente que as outras pessoas comem — livremente, sofregamente e sem nenhuma consequência. Ele acredita que o espesso casaco de calorias que usa é uma maldição especial que carrega, um infortúnio metabólico. E tem diversas formas mágicas de consumir alimentos — comer bem

O homem do bosque 117

depressa é uma delas. Assim como dividir a comida em pequenas porções, comer de pé, comer depois da meia-noite e comer no automóvel. Entretanto, na maior parte do tempo, ele sabe que um dia desmoronará sobre sua mesa e acabará com a boca cheia de sangue e porcelana. Ou, talvez, apague dentro do carro e atravesse uma vitrine. E todas as pessoas que o conhecem — até sua esposa e seus filhos — irão pensar: *Mas que merda, Jerry, o que você achava que iria acontecer?*

— Eu acho o seguinte — diz Caltagirone —: tem alguém esperando por esse cara. — Enquanto fala, ele volta a embrulhar o que restou do terceiro hambúrguer. Ao fazer isso, bate com a mão no saco de batatas fritas e as derrama na bandeja. — Talvez ele fosse um pilantra — continua Caltagirone, olhando para a pilha oleosa de batatas fritas. — Talvez, no fim das contas, a gente descubra que foi um homicídio acidental. Mas, por enquanto, pode haver pessoas por aí esperando por ele, talvez morrendo de preocupação. Talvez a mãe dele, ou a irmã. Talvez ele seja casado. Então, eu vou sossegar esse pessoal, porque saber que alguém está morto é melhor que não saber e ficar esperando uma coisa que nunca acontece.

— Não acharam nada no Pessoas Desaparecidas? — pergunta Frank.

Um tremor de nostalgia atravessa seu corpo. Por mais que se possa falar mal daquele trabalho — e Frank o odiava, odiava o modo como as pessoas olhavam para ele, odiava o modo como as pessoas o odiavam, odiava o distrito policial e todas as pessoas que trabalhavam lá —, o fato é que ele estava sempre fazendo, ou estava para fazer ou tinha acabado de fazer, alguma coisa importante.

— Vou continuar pesquisando — diz Caltagirone. — Talvez alguém esteja esperando passar mais algum tempo. Ou, talvez ninguém ainda tenha se dado conta de que ele desapareceu.

O detetive Caltagirone levanta a tampa plástica de seu copo de Coca-Cola e o inclina um pouco, derramando refrigerante sobre as batatas fritas e os restos do hambúrguer, como se estivesse apagando um incêndio.

CAPÍTULO
DEZ

Kate foi convidada a fazer uma palestra para um grupo de Harrisburg, Pensilvânia — um encontro que ela chamou de Assembleia de Pastores Extremamente Liberais e seus Parceiros. No entendimento de Paul, isso significa que os participantes são gays ou diferentes em algum aspecto, o que os torna merecedores da afeição trocista e sarcástica de Kate. Os pastores enviaram um motorista para buscá-la, contratado em uma cooperativa de táxis das proximidades. Às oito e quarenta e cinco de uma fria manhã de terça-feira, com Shep latindo ansiosamente à janela, um Ford Taurus para em frente à casa. O para-choque traseiro tem um adesivo nas cores prata e roxa com os seguintes dizeres: TODOS OS HOMENS SÃO IDIOTAS, E MEU MARIDO É O REI DELES. Mas a pessoa que dirige o carro é um homem, com um topete no melhor estilo country e óculos de aro preto. Os colarinhos de sua japona estão levantados, para protegê-lo do vento. Ele olha para a casa com ar cético, volta para dentro do carro e consulta um pedaço de papel.

— Eles não mandaram uma limusine — diz Kate, virando as costas para a janela. — Minha carreira está em queda livre! — Depois abraça Paul e sussurra em seu ouvido: — Estou sentindo você vazar de mim.

Paul dá um sorriso gelado. Em situações normais, ele gosta das obscenidades inócuas de Kate. E até aceita, com reservada imodéstia, parte do crédito por essa faceta — acreditando, quando ela lhe diz que era muito circunspecta em seus comentários conjugais, e que, se a Antiga Kate pudesse escutar a Nova Kate, ficaria com o rosto roxo de vergonha. Mas hoje ele não se sente normal, e a conversa indecorosa dela, estranhamente, parece não ter o charme habitual. Talvez ele não queira ser lembrado dos prazeres desta manhã. Não que todos os rituais e alegrias de sua vida anterior tenham cessado, mas parece que sua personalidade, este "eu" rudimentar que ele imaginava ser o agente e o juiz de suas ações diárias, está agora acompanhado por um gêmeo nunca antes notado e que antes permanecia nas sombras, um gêmeo cuja existência depende da capacidade negativa, um gêmeo que diz um não a cada sim.

— Ei — diz Kate, tocando seu rosto.

Por um momento, ela pensa se não seria melhor ficar em casa.

— Não se esqueça de dar uma gorjeta para o motorista — diz ele.

— Não esquente sua linda cabeça com isso — responde Kate, erguendo-se nas pontas dos pés e beijando-lhe a testa.

Paul olha pela janela, enquanto enche a chaleira na pia da cozinha. O motorista abre a porta para ela e olha seu traseiro quando Kate entra no carro. A água gorgoleja na chaleira. Shep está sentado perto dele agora, agitando a cauda de um lado para outro no chão da cozinha. Parece particularmente alegre. Como que pensando: Que

O homem do bosque   121

bom, ela foi embora, vamos grelhar uns bifes e tirar uns cochilos juntos. O Taurus dá marcha a ré e começa a manobrar. Paul vê seu próprio reflexo na superfície da chaleira e pensa: *Ele nunca mais verá ninguém pela janela, ele nunca mais ouvirá o som da água. Ele não existe.*

Paul segue o cachorro até o pátio pavimentado com pedras, adjacente à cozinha, e ouve o som da serra de fita, proveniente da oficina, onde Evangeline trabalha desde as oito horas. Ela sempre leva uma garrafa térmica com café expresso, generosamente adoçado com açúcar mascavo; é sempre um prazer beber café com ela de manhã, e até filar um cigarro dela. Mas ele prometeu a Kate — e a Ruby — que iria até o Externato Windsor esta manhã para assistir ao seminário que será realizado lá, cujo tema é "Contagem Regressiva para o Novo Milênio", no qual Ruby terá uma participação que não revelou. Ele precisa tomar banho, mas primeiro vai até o computador e, em vez de digitar Mortes Recentes em Westchester, digita Assassinatos – Westchester. Quando não encontra nada, ele digita Morto – Parque Estadual de Martingham, o que lhe dá a impressão de estar fazendo uma confissão para a polícia. Mas, mesmo com uma consulta tão direta, ele não consegue nada. Conjetura como a morte do homem poderia ter passado despercebida. Tenta, então, dizer a si mesmo que esta é uma boa notícia. E, por alguns momentos, pungentemente, penosamente, pergunta a si mesmo se o homem de fato morreu. Talvez. Mas talvez tenha desmaiado, e Paul, dominado pela adrenalina, não conseguiu sentir sua pulsação e presumiu o pior. Talvez, quinze minutos depois, o homem tenha se arrastado para fora do bosque. Mas o mais provável, pensa Paul, é que ele esteja formulando a consulta de forma errada. Ele procura na internet nomes de jornais de Tarrytown, ou de cidades próximas, mas não acha nada. Não consegue imaginar como se chamariam os jornais da região. *Tarrytown Tribune? The Westchester Times?* É claro que não pode perguntar a ninguém. Perambulando pela internet, sente-se não só perdido como *seguido*, ao se lembrar de que tudo o que digita na internet e qualquer lugar aonde vá é recuperável, que o disco dentro do computador mantém um registro indelével de suas atividades. Às vezes, a polícia remove o disco da máquina e o usa como prova.

Sua concentração no computador é quebrada repentinamente por alguém chamando seu nome. Ele leva alguns momentos para perceber que é Evangeline, no andar de baixo. Cada surpresa que ele tem lhe dá a sensação de que o chão foi tirado.

— Estou aqui em cima — diz, com uma ênfase excessiva.

Após alguns instantes de silêncio, ele ouve os passos de Evangeline subindo a escada. O som vai se tornando cada vez mais audível — ela tem um passo pesado; suas pernas esguias não foram feitas para carregar o peso de suas botas de trabalho, com biqueiras de aço.

Ela tem o rosto delicado, com sobrancelhas escuras, olhos incrivelmente azuis e cabelos puxados para trás, formando um rabo de cavalo. Hoje está vestida com uma calça de veludo cotelê, um casaco de lã e um colete sobre uma camisa da Carhartt marrom e vermelha. Nas orelhas, usa um par de brincos de pérola. Os brincos são novos, devem ter sido um presente de seus pais, que moram em Nova Orleans e tentam conduzir a filha de volta ao estilo de vida que haviam projetado para ela enviando-lhe joias, suéteres de caxemira e passes para o Leisure Time — o spa de Leyden —, coisas que, esperam eles, poderão afastar Evangeline de sua vida de lesbianismo e marcenaria.

— Tudo bem com você? — pergunta ela.

O homem do bosque 123

— Sim, tudo bem — diz Paul. — Estou meio atrasado.

— É mesmo? Atrasado para quê?

— Ah, tem um negócio da Ruby na escola. Kate foi fazer uma palestra; então, eu vou no lugar dela.

Evangeline respira fundo e acena com a cabeça.

—Você é muito bom — diz ela, parecendo estar brincando um pouco com ele. Mas seus olhos irradiam ternura. — De qualquer forma — prossegue ela —, estamos recebendo uma entrega. George está aqui. Presumo que seja a teca. É isso mesmo? Se for, é bom demais!

Paul pensa por alguns momentos. George? Ah, sim, George. O entregador da UPS. Evangeline sabe o nome de todo mundo, de cada caminhoneiro, de cada fornecedor, de cada revendedor. Ela acredita que estamos todos conectados e formamos uma unidade.

— Ele está esperando para que eu assine a entrega? — pergunta Paul.

— Eu posso fazer isso — diz Evangeline.

Ele a observa enquanto ela se vira e desce a escada. Ela balança os ombros enquanto anda; tem o traseiro largo e achatado. Paul baixa os olhos, aborrecido consigo mesmo por estar invadindo sua privacidade.

De repente, Evangeline para no meio da escada e se vira.

—Você quer que eu fique com Sheppy? — diz ela. — Ele já está se acostumando com o barulho.

— Claro, seria ótimo — diz Paul.

Shep está no andar de baixo, próximo à escada. Encontrou um lugar onde pode desfrutar o calor do radiador, vigiar dois cômodos e meio, e manter um olho na escada. Embora esteja escarrapachado no assoalho, seus olhos estão alertas.

— Está ouvindo, Sheppy? — diz Evangeline. — Você vai para a oficina comigo. Depois, eu vou conferir a madeira que chegou e organizar umas coisas. Assim, você não vai ter que ouvir aquela serra horrível.

Ouvindo seu nome, Shep se levanta vagarosamente. Parece estar destinado a sofrer de artrite. Quando Evangeline acaba de descer a escada, ele se posta junto a ela, como se a estivesse protegendo.

— Que cachorro maravilhoso — diz Evangeline. — Você teve sorte de encontrar esse cachorro. É incrível como as coisas dão certo.

Ela entrelaça os dedos, ilustrando um universo em que as peças se encaixam lindamente.

O Externato Windsor está instalado numa mansão do século XIX, cercada de acácias. Durante um século e meio, pertenceu a uma austera família de negociantes chamada Norris. Quando a escola foi inaugurada, a casa era grande o bastante para abrigar um número restrito de alunos. Mas, agora que a quantidade de pessoas com dinheiro aumentou no condado de Windsor, a mansão de dezoito aposentos já não é suficiente. Um novo prédio, moderno, está sendo construído ao lado. Assim que a obra terminar, a antiga construção será destinada exclusivamente aos serviços administrativos.

Todos os envolvidos na expansão do Externato Windsor, presume-se, estão comprometidos com o esforço de preservar parte

O homem do bosque   125

do esplendor da antiga escola, protegendo tantas árvores quanto possível e poupando da retroescavadeira o jardim de peônias, famoso nas redondezas. As esculturas pseudorromanas foram isoladas com fitas amarelas, como se fizessem parte da cena de um crime. A diretoria do colégio concordou em arcar com despesas extras para que a nova área de estacionamento não ficasse próxima demais da sepultura de Caroline Norris, fundadora, mecenas e primeira diretora do Externato Windsor. Ainda assim, a natureza do lugar será alterada para sempre, e a presença de uma enorme escavação drena não só a beleza da propriedade, como também seu significado, de um modo que, para Paul, parece irrevogável. As árvores, estátuas e até a casa lembram agora animais em um zoológico, testemunhas silenciosas de sua própria subjugação.

Paul conhece a propriedade desde que visitou o condado de Windsor pela primeira vez, quando tinha vinte anos, após um verão em que trabalhou num barco de pesca no Alasca. Ele fora a Leyden à procura de uma garota chamada Roberta McNulty, que encontrara em Seward, onde ela tomava banho de sol numa tarde quente, à beira da baía da Ressurreição. Ela cursava o último ano do ensino médio. Estava viajando com os pais e o irmão mais novo, mas conseguiu passar algum tempo sozinha com Paul. Ele sentia de tudo por Roberta, desde admiração até lascívia. *Venha me ver,* cochichara ela no ouvido dele durante a despedida, com sua família a seis metros de distância — o pai com o pé sobre uma das malas e a mãe com os braços estranhamente curtos cruzados sobre o peito amplo. *Eu vou,* cochichou ele de volta. *Prometo.*

Assim que recebeu o pagamento de sua última semana de trabalho, Paul rumou para Leyden, no estado de Nova York, a cidade dela. Era bom ter um lugar para ir, e bom pensar que havia alguém à sua espera, uma pessoa com quem, embora de modo superficial, havia se comprometido. Paul jamais quebrara uma promessa e não pretendia fazê-lo. Ele se deslocava lentamente, como uma carta enviada no menor valor de postagem, viajando em barcos, ônibus e trens, além dos bancos traseiros de veículos cujos motoristas conseguia atrair com sua boa aparência. Ele achava que o trajeto levaria no máximo duas semanas, mas certas distrações se apresentaram ao longo do caminho. Ele ficou sem dinheiro, ajudou a apagar um incêndio florestal, colaborou na busca frenética, porém inútil, a um investigador de seguros que fugira com o filho de cinco anos de um vizinho, deslocou o ombro num jogo de basquete na quadra de uma escola, passou três semanas em Colorado Springs na companhia de dois irmãos que o recolheram numa estrada certa noite, quando ele estava com trinta e nove graus de febre, conheceu um cara que confeccionava bandolins, o qual pacientemente lhe ensinou muita coisa sobre trabalhos em madeira e sobre a própria madeira, cedeu aos encantos de uma esbelta garota de rosto triste que trabalhava numa padaria de Lima, Ohio, e passou uma semana beijando a garota e escutando seus sonhos de se tornar compositora — tudo isso enquanto tentava manter seu coração concentrado na imagem de Roberta McNulty, cuja lembrança estava começando a se esfumar. Ele se imaginava chegando a Leyden, indo até a escola dela à tarde, no horário da saída, com o propósito de surpreendê-la, e, de repente, não conseguir reconhecê-la em meio à multidão de alunos. Não que já não se lembrasse dela, mas não havia nada de que se lembrasse tão vividamente quanto o audível arquejo que ela soltava antes de falar e o cheiro de chocolate em seus dedos quando ela lhe acariciava o rosto.

O homem do bosque   127

Quando ele enfim chegou a Leyden, era inverno. Não havia neve, apenas pancadas de chuva fria. A cidade o fez se lembrar de Connecticut: pessoas vivendo em confortável estupor, pequenas lojas, a mentalidade mesquinha do lugar. Nada a ver com a beleza rústica do Alasca. Na primeira noite, ele foi a um bar, com dinheiro suficiente apenas para uma cerveja, e conheceu Walter Seifert, um idoso técnico de aparelhos de rádio e televisão nascido em Praga, cuja esposa morrera alguns meses antes. Seifert disse a Paul que ele poderia se hospedar na casa dele, na rua Belmont, a trinta dólares por semana. Morando na casa ao lado de Seifert, havia um bêbado barulhento chamado Dave Markay, que, com seu velho amigo Butch Kirkwood, também beberrão contumaz, mas muito menos barulhento, tinha uma empresa de pintura chamada True Colors. Dave viu Paul removendo o gelo da calçada de Seifert e lhe perguntou se ele queria trabalhar como pintor por sete dólares a hora. Paul, que sempre tivera o costume de deixar que as coisas acontecessem com ele, disse que parecia uma ótima ideia. No dia seguinte, ele estava na mansão Norris, que já era o Externato Windsor, pintando o segundo pavimento ao lado de Dave e Butch, e ouvindo os Allman Brothers, enquanto os professores e os alunos tentavam trabalhar.

Semanas se passaram. Havia sempre alguma razão para adiar seu contato com Roberta. Ele perdera o número do telefone dela e não conseguia se lembrar de seu endereço. Além disso, queria juntar algum dinheiro para poder se aproximar dela como adulto, em vez de como um garoto patético — se ela quisesse um menininho havia um monte deles na escola em que estudava. Certa manhã, por um acaso infeliz, o pai de Roberta, que possuía uma loja de implementos para escritórios, apareceu na Windsor para entregar uma máquina de escrever elétrica. McNulty levou alguns momentos para identificar Paul, mas, assim que o fez, deixou claro que a distante cortesia com que o tratara no Alasca não prevaleceria ali, em seu território.

— Você pode me dizer que diabo está fazendo aqui? — perguntou ele.

Quando Paul, sem a confiança necessária para responder com calma e habilidade, permaneceu em silêncio, McNulty resmungou alguma coisa, balançou a cabeça e se afastou.

Agora, qualquer chance de reatar a atração que Paul e Roberta haviam sentido um pelo outro na pedregosa orla da baía da Ressurreição seria arruinada pela incompreensão e pelo ressentimento. Mas, quando chegou a hora de dormir, Paul estava pensando mais na dor recorrente que sentia no ombro do que no gorado encontro com Roberta. Dave lhe dera um livro chamado *Cure a si mesmo*, que tinha uma seção inteira dedicada a problemas no ombro. Paul adormeceu com o livro sobre o peito e a luz da lâmpada de cabeceira brilhando a poucos centímetros do rosto.

Embora Leyden fosse uma cidade pequena, com menos de cinco mil moradores permanentes, ele jamais se deparou com Roberta, uma única vez que fosse — nem no supermercado (com serragem espalhada no chão e cheiro de carne congelada), nem na agência de correio (com seu mural mostrando índios e colonos dividindo feixes de trigo e cestas de milho), nem no posto de gasolina, nem no pequeno parque. Ele achava possível que, vez por outra, Roberta o tivesse avistado e mudado de direção para poupar a ambos um encontro constrangedor. Mas as conjeturas sobre o paradeiro de Roberta, e sobre o que ela estaria fazendo, não eram muito frequentes.

O homem do bosque

Paul sabia como afastar um pensamento indesejável, como destituí-lo de atenção para que ele morresse por abandono. Naquela época, por exemplo, ele já não pensava havia mais de um ano em como tinha encontrado o pai naquele prédio sem elevador próximo à ferrovia. Quando o pensamento voltou a lhe ocorrer, foi como se tudo tivesse acontecido com outra pessoa. Não acontecera com outra pessoa, mas era isso o que o deixava perplexo e fascinado: como coisas que achamos que vão nos perturbar para sempre perdem seu poder com o passar do tempo.

Meninas bonitas, perdidas para o tempo.

Homens entregues à própria violência ou à violência de outros.

Hoje, caminhando rapidamente da caminhonete para a escola, Paul tem o pressentimento de que está atrasado para o seminário. E, quando sobe os degraus de pedra da entrada e não vê ninguém matando tempo, sente uma amarga pontada de autocensura. Ele realmente pretendia estar no local alguns minutos antes da hora, para encontrar lugar numa das primeiras fileiras, onde Ruby poderia vê-lo, sobretudo porque ela já havia manifestado seu desapontamento com o fato de sua mãe não ter condições de comparecer. Mas, infelizmente, isso não será possível. Uma combinação de não olhar para o relógio, conversar com Evangeline e ficar entretido com o computador conspirou para que ele chegasse à escola meia hora após o início do seminário.

No saguão de entrada, onde o antigo mordomo dos Norris recebia os visitantes, uma mesa pré-fabricada, confeccionada em bordo, ocupa o espaço entre duas escadarias — uma delas leva à ala leste da casa, descrevendo uma curva, e a outra à ala oeste.

Um espalhafatoso lustre, com algumas de suas lâmpadas queimadas, balança para trás e para a frente emitindo rangidos, ao sabor da brisa que entrou no aposento junto com Paul. Um dos professores está sentado à mesa. Parece inglês, com olhos azuis e cabelos finos, cor de areia.

— Posso ajudar em alguma coisa? — pergunta ele, pousando na mesa o exemplar do *New York Times* que estava lendo.

Paul não tem a aparência discreta e distinta dos pais de alunos do Externato Windsor, que são, na maioria, advogados, médicos, proprietários de terras, e dirigem automóveis de luxo. Em suma, são os clientes de Paul.

— Eu vim para o seminário — explica ele.

O professor inclina a cabeça para trás com ar curioso, sem fazer outras perguntas, para não ser indelicado, mas visivelmente aguardando mais esclarecimentos.

— Ruby Ellis — diz Paul.

O rosto do professor se desanuvia, e ele se levanta da cadeira.

— Ah, sim. Bem, acho que você está com sorte. Ainda não chegou a vez da turma de Ruby. Venha, eu vou lhe mostrar.

O professor conduz Paul pelo corredor, olhando para ele de poucos em poucos passos e sorrindo de forma encorajadora. O que antes fora o andar principal da casa dos Norris foi dividido em salas de aula, um laboratório de ciências, outro de idiomas, uma sala de música e outra de artes.

— Chegamos — diz o professor em sua voz amável.

Ele abre a porta do que um dia foi o salão de festas dos Norris, um aposento cavernoso com janelas francesas, que muitos anos atrás Paul ajudara a pintar. Embora as paredes azul-acinzentadas precisem muito de uma nova pintura e o teto branco esteja com manchas de umidade, ele se sente feliz ao ver que seu trabalho ainda se mantém — um trabalho que exigiu setenta litros de tinta Benjamin Moore Shaker Afternoon.

No salão de festas transformado em auditório, há um palco construído em compensado barato, que se mostra nos lugares onde o carpete se desgastou. Um enorme calendário feito à mão está pendurado no centro do palco. As demais paredes do salão foram decoradas com relógios de pêndulo, relógios de pulso, relógios de sol, cronômetros e ampulhetas. Mais acima, um galhardete azul e branco diz: EXTERNATO WINDSOR EM CONTAGEM REGRESSIVA PARA O ANO 2000! Diante do palco estão cerca de cem cadeiras dobráveis, quase todas ocupadas. As lembranças que Paul tem de sua escola são dominadas por mulheres, mas ele vê alguns homens de cabelos brancos ou grisalhos — provavelmente em suas segundas famílias, determinados, agora, a não perder os eventos importantes da vida de seus filhos. No momento, um menino pequeno, com os cabelos à altura dos ombros, está tocando uma guitarra quase tão grande quanto ele e cantando "Stairway to Heaven", numa voz chorosa e instável.

Paul ocupa uma cadeira vazia ao lado de uma mulher chamada Joyce Drazen, que está com o marido, Leonard Fahey, com quem dirige um negócio de mapas e globos terrestres antigos, os quais entregam por via postal. A filha deles, Nina, está a um ano de se formar. Joyce tem tentado conseguir ajuda de Kate para que Nina consiga ingressar em Harvard, Yale ou Princeton, embora ajuda possa não ser a palavra certa, pois a própria Nina já disse que prefere ingressar na universidade estadual, onde sua melhor amiga já foi aceita. Convencida de que o talento de Nina como escritora será seu passaporte para a universidade escolhida por sua mãe —

e convencida também de que tudo o que Kate precisa para escrever uma carta de recomendação elogiosa é ler o trabalho de Nina —, Joyce apareceu recentemente na casa de Kate, sem nenhum aviso, levando algumas redações da filha, um ensaio sobre o "Caso Dred Scott"* e outro sobre pinguins.

Paul tem seu próprio relacionamento com Joyce e Leonard, que data de muitos anos, quando eles o contrataram para reparar um globo terrestre feito em bordo, com setenta e seis centímetros de diâmetro e mais de mil partes, fabricado no Vietnã. Só os oceanos ocupavam cerca de setecentas peças de madeira finíssima, unidas como em um quebra-cabeça. Os continentes formavam um arco-íris de cores vivas e as letras eram de ouro, assim como as linhas de latitude e longitude. O globo fora vendido a Joyce e Leonard por uma biblioteca na região dos Adirondacks e chegou com uma rachadura na França e grandes rachaduras na Austrália. Outros comerciantes de antiguidades e obras de arte informaram a eles que Paul Phillips era o homem capaz de colocar o globo em condições vendáveis. E, embora o casal tivesse ficado um tanto ressentido quando Paul demorou três meses para entregar o trabalho, em vez das três semanas combinadas, a restauração ficou impecável. Na verdade, ele trabalhou mais que o combinado, pois descobriu que metade do Alasca fora feita em mogno, não em bordo, e substituiu a peça discordante sem nem mesmo mencionar o fato a Joyce ou a Leonard.

---

* Célebre julgamento realizado nos Estados Unidos em 1857, em que um escravo pleiteava sua libertação e a de sua família. Embora a lei estivesse a seu favor, Dred Scott perdeu a causa. (N.T.)

O homem do bosque   133

O casal agora está querendo cercar a varanda, trocar as janelas e restaurar a velha estrebaria atrás da propriedade, que está desmoronando aos poucos, em um longo e fragmentado suspiro de derrota. Mas, até o momento, Paul não conseguiu encaixá-los em sua agenda. Joyce faz uma careta cômica e sacode o dedo para ele, que se acomoda na cadeira ao lado.

Normalmente, Paul reage a seu fingido olhar de reprovação com um sorriso encabulado, mas hoje tem vontade de segurar o dedo dela e lhe dizer — dizer a ambos — que, se querem que ele trabalhe na casa deles de novo, é melhor esperarem a vez. Esse súbito rompante de temperamento é tão inesperado, mas também tão claro e intenso, que ele fica perplexo. Como quando nos olhamos no espelho e vemos alguém que não sabíamos que existia.

— A turma de Nina está cheia de jovens incrivelmente talentosos — diz Sam Robbins, o professor.

Ele tem cabelos grisalhos, encaracolados, e está de suéter e gravata-borboleta. A julgar pela aclamação que acompanha sua entrada no palco, é o professor preferido dos alunos.

— Nós temos entre nós um mágico e prestidigitador, alguns músicos fantásticos, artistas plásticos que, pelas minhas previsões, estarão expondo nos grandes museus do mundo dentro de dez anos e alguns escritores incríveis. Um desses escritores, Nina Drazen-Fahey, vai ler um poema. Ela me disse que é sobre o que acontecerá no mundo quando os nossos computadores tiverem um colapso nervoso. Pessoalmente, eu gostaria de acrescentar que, se os computadores tiverem um colapso nervoso, por mim tudo bem. É como Picasso disse certa vez: "Os computadores são totalmente desinteressantes, tudo o que eles sabem fazer é dar respostas."

Robbins empina o queixo, como se esperasse uma onda de desaprovação, mas só se ouvem risos, além de pessoas mudando de posição na cadeira e papéis sendo remexidos.

— Bem, como eu disse, esta é apenas a minha opinião minoritária. Vamos agora chamar Nina, certo? Nina?

Com ar compenetrado, a filha de Joyce e Leonard sobe os degraus do palco com a dignidade de uma mártir, acompanhada por alguns aplausos esparsos. Seus pais sorriem orgulhosamente. Mas o amor deles parece incluir um pouco de apreensão, como se temessem que a vida de Nina não vá ser fácil. Joyce aplaude entusiasticamente. Leonard, que está segurando uma câmera em frente a um dos olhos, contenta-se em bater com a mão esquerda na coxa.

Paul olha para as próprias mãos, que repousam em seu colo, e então as cobre com o paletó, como se fossem coisas vergonhosas.

Nina demora alguns momentos ajustando a altura do microfone. Depois, pigarreia suavemente e começa a falar, segurando a folha com seu poema ao lado do corpo. Sua voz é inesperadamente vigorosa.

> *Ano 2000 dos horrores*
> *Quantas vidas serão arruinadas?*
> *Cidades e estradas paralisadas*
> *Pelas falhas nos computadores*
> *IBM, Gateway, Apple e Dell*
> *E outras firmas afamadas*
> *Todas se desmilinguindo*
> *Em cibernética babel*
> *Uma coisa nunca sonhada*

O homem do bosque   135

Mas quem poderia saber?
Minha mente está arrasada
Minhas pernas começam a tremer.

Leonard estende o braço livre na direção de Joyce, e ambos juntam as palmas das mãos, em silenciosa homenagem à filha.

Se você quer viajar de avião
Eu lhe peço: pense bem
Pois sem os computadores
Como a aeronave sairá do chão?
Se você está pensando em dinheiro
Não vou lhe causar preocupação
Como os bancos estarão quebrados
*Recomendo um bom colchão.**

Enquanto o poema se aproxima do desfecho, Paul começa a achá-lo estranhamente tranquilizador. E começa a sonhar acordado com um mundo de anarquia universal, um mundo de caos, já não mais governado por Deus e imune às súplicas da humanidade,

---

* Hey, hey Y2K/ How many lives have you ruined today? Town and village, crossroads and junction/ All laid low by computer malfunction/ IBM and Gateway/ Apple and Delf/ All flashing and crashing/ A cyberspace hell/ Who would have guessed it?/ Who would have known? My knees are knocking/ my mind is blown./ If you're thinking of flying/ I beg you: hesitate/ Without computers/ How will your plane navigate?/ If you're thinking of money/ Well I don't want to cause you stress/ But since the banks will be broken/ I recommend a good mattress. (N. T.)

varrido por uma loucura destrutiva acarretada pelo fato de que todos os computadores foram abandonados por seus relógios internos e mergulharam em um estado de lobotomia, incapazes de monitorar o trânsito do dinheiro através do mundo, as decolagens e aterrissagens dos jatos, o tráfego dos navios de carga, o fluxo da eletricidade, os telefones, as escolas, o correio, os hospitais — o zero final no ano 2000 explodindo no cérebro da civilização como um vaso sanguíneo rompido e nos colocando de joelhos.

Na noite anterior, Paul entrou na sala onde Kate estava assistindo à TV. Ambos ouviram um senador de Utah discorrer sobre o que acontecerá a todos nós quando o fim do século XX estropiar nossos computadores. O senador estava de terno cinza, gravata vermelha e óculos ovais. Tinha um sorriso agradável e irresistível. Mesmo enquanto transmitia sua mensagem apocalíptica, ele manteve o sorriso, destinado provavelmente a ser tranquilizador. Mas era apenas irritante.

O senador pousou as mãos sobre sua lustrosa escrivaninha.

— Quando as pessoas me perguntam "O mundo vai acabar?", eu digo que não sei. Não sei se isso vai ser apenas um solavanco na estrada, esta é a previsão mais otimista que temos, um solavanco na estrada, porém bastante sério, ou se isso na verdade deflagrará uma recessão mundial, com efeitos econômicos devastadores em algumas partes do mundo... Nós precisamos calcular friamente o que podemos e o que não podemos fazer nas próximas semanas. Então, devemos fazer o que podemos e elaborar planos de contingência para o que não podemos.

— Que porra é essa? — disse Kate. — Pela primeira vez na vida eu estou ganhando dinheiro e agora o sistema monetário vai desmoronar? Isso não é justo!

O homem do bosque   137

Mas Paul vê uma centelha de esperança no iminente caos do ano 2000. Uma justiça tosca e imperfeita que, por incrível que pareça, poderá livrá-lo da justiça. Se o dia do juízo final para a contabilidade se concretizar, mesmo que pela metade, tanta coisa irá se perder, tantas informações irão desaparecer, que será como se o mundo tivesse que começar do zero, uma anistia universal.

Enquanto isso, Ruby e quatro outras crianças da turma acabam de subir ao palco. Todas de calças e camisetas pretas, com exceção de Ruby, que deve ter se esquecido da roupa combinada e está vestindo uma calça jeans azul e uma camisa vermelha e bege, embora seja concebível que ela se veja como a principal vocalista do quinteto, com seus companheiros lhe fazendo coro.

Eles estão cantando "Time After Time", a velha canção de Cindy Lauper, acompanhados por um piano invisível. Parecem entusiasmados, mas inseguros. Ruby é a criança maior, uma cabeça mais alta que o menino ao lado dela, um garoto ruivo e ossudo, com sardas no rosto. Ruby, que parece estar em um mundo à parte, olha para os lados, talvez em busca de apoio.

Será que ela ensaiou a canção? Será que sabe a letra? Quando os meninos cantam *Sometimes you picture me/ I'm walking too far ahead*, Ruby, de forma inconsciente, encosta a mão na cabeça. Parece perdida, não totalmente funcional. E, embora tenha sido posicionada no centro do grupo, por ser a maior criança do quinteto, os outros meninos se afastaram dela de modo sutil, formando um quarteto, e a deixaram um pouco para trás. Ruby agora está olhando para a plateia, alarmada e de olhos arregalados, como se tivesse acabado de acordar de um sonho.

Isso deixa Paul nauseado. Normalmente, ele acha que Ruby tem uma sorte incrível por ter Kate como mãe, sorte por morar numa casa segura onde a prestação da hipoteca não é um problema, sorte pelo bom humor de Kate, sorte por ser ensinada, mediante exemplos, que as mulheres podem alcançar um sucesso extraordinário. A irmã de Paul, Annabelle, não teve a mesma sorte, foi criada por uma mãe deprimida, com olheiras fundas em torno dos olhos e cheiro de remédios no hálito.

— Ela foi o meu grande exemplo — costuma dizer Annabelle. — Tudo o que eu sei sobre pijamas aprendi com a mamãe.

Da mesma forma, que grandes lições de vida Paul poderia ter aprendido com o pai? A coreografia de abandonar a família? A teimosia egomaníaca de dedicar a vida à pintura quando ninguém queria seus quadros, nem mesmo de graça? A sabedoria de deixar a porta destrancada para que alguém — de preferência jovem e impressionável — não encontrasse dificuldade em abri-la e encontrar seu corpo?

Não, Ruby era uma criança de sorte; sorte por ser saudável e sorte por ser amada, ainda que agora — fazendo gestos burlescos num momento e caindo em imobilidade catatônica no momento seguinte — não pareça ter saúde nem amor, nem a menor ideia da impressão que está causando.

Mas como seria possível uma pessoa ver a si mesma (muito menos ver a si mesma como as outras a veem) quando a pessoa que está vendo é a mesma que é vista? Quantas chances terá ela de vislumbrar a si mesma como os outros a veem, quando seus sentidos estão turvados por desejos, temores e imagens preexistentes?

De forma bastante enfática, Joyce cutuca Leonard, que levanta a câmera novamente, enquadrando Ruby. Ruby está cada vez mais para trás — *o que teria acontecido a essa pobre criança?* —, com o rosto

O homem do bosque   139

quase obstruído pelos braços que seus colegas levantam de repente, enquanto se balançam para a frente e para trás, cantando "time after time" repetidas vezes. Paul sente uma pontada de puro e acachapante terror.

Quando termina o seminário do milênio, um pelotão de alunos mais velhos afasta eficientemente as cadeiras para um dos lados, e o velho salão de festas dos Norris se transforma em uma área de recepção para pais e alunos, que perambulam por ali, bebendo ponche em copos de papel e comendo docinhos em pratos de papelão. Paul leva algum tempo para abrir caminho entre a multidão e encontrar Ruby. Quando consegue, ela está sentada na escada do palco, juntamente com um garoto pequeno, de olhar enfezado, vestindo uma camiseta do White Zombie* e com os cabelos azuis empastados de gel.

Ela olha para Paul como se estivesse surpresa em vê-lo ali. Sem arregalar os olhos de modo teatral. Qualquer tipo de expressão abandona seu rosto liso e miúdo, e o que resta é a simples beleza de uma menininha indefesa.

— Você estava aqui? — pergunta ela.

— Claro. Eu estava sentado na fila de trás.

Ele aponta, mas já não há fileiras, apenas adultos e crianças formando uma massa confusa, enquanto as luzes estroboscópicas piscam incessantemente — tantas crianças maravilhosas e pais radiantes, mas qualquer um está mais feliz do que eles dois.

---

* Conjunto musical norte-americano das décadas de 1980 e 1990. (N.T.)

— Tenho que ir embora — diz o garoto de cabelos azuis, parceiro de Ruby no desajustamento.

Ruby não responde nada e nem mesmo olha na direção dele, que se dirige para o centro do salão sem rumo certo, esticando o pescoço como se estivesse procurando alguém.

— Eu sempre gostei dessa música — diz Paul. — Cindy Lauper, certo?

Ruby dá de ombros. Seu rosto está manchado, e seus olhos faíscam; ela tem o aspecto de quem levou um tapa. Paul nunca tentou ser um pai para ela — preferiu assumir o papel de um tio. Mas mesmo um tio precisa ser protetor. E, nos meses em que viveu na mesma casa que Ruby, que a levou de carro de um lado para outro, que partilhou refeições com ela e que leu para ela à noite, ele nunca a viu tão humilde e arrasada. A garotinha impetuosa e barulhenta, tão cheia de personalidade e poses dramáticas, pode ter posto sua paciência à prova algumas vezes, mas esta menina sensível, magoada e indefesa é mais do que ele pode suportar.

— Você já almoçou?

— Mais ou menos — diz ela.

— Eu estou com muita fome. Por que não vamos comer um bom almoço no George Washington Inn em comemoração à passagem do milênio? Eles fazem uns hambúrgueres incríveis lá.

— Eu tenho aula — responde Ruby, com ar desamparado.

— Tudo bem — replica Paul. — Eu ouvi no rádio que as escolas públicas, hoje, funcionarão em meio expediente. Nós podemos usar esse argumento. — Ele estende a mão para ajudá-la a se levantar. — Onde está a sua professora?

Uma hora depois eles já almoçaram e estão passeando em Leyden. Há algumas crianças nas ruas esta tarde, mas, em sua maior parte,

O homem do bosque   141

estudam em escolas públicas, Ruby não as conhece. Dois garotos de uns dez anos passam por eles em seus skates. Ruby olha para eles por cima dos ombros, com uma expressão que, para Paul, parece de inveja. Ele pensa que Ruby talvez fosse mais feliz frequentando a Leyden Central School. Enquanto essa ideia lhe ocorre, Ruby inesperadamente lhe dá a mão.

Quando a tarde chega ao fim, o ar parece se tornar mais leve; já é quase inverno, mas a temperatura está tépida. O céu está azul com amontoados de nuvens brancas. Paul e Ruby visitam a loja de velas e incensos, a sorveteria, a butique que vende suéteres sul-americanos, o restaurante onde a velha guarda ainda se reúne para conversar — comendo hambúrgueres e ovos fritos —, e a lanchonete de comida natural, onde os jovens comem folhas de dentes-de-leão e bebem chás especiais provenientes da África. Quando não restam mais lojas a serem visitadas e o céu escurece repentinamente, recobrando seu austero matiz outonal, eles retornam ao lar e levam Shep para uma caminhada no bosque.

— Olhem como ele abana o rabo — diz Evangeline, enquanto o cachorro faz festa para Paul. — Para mim, ele não abana nem por cortesia.

Paul leva Ruby para passear no bosque que faz parte da propriedade. Um dia, ela poderá ser a dona daquelas árvores, pedras e diferentes tipos de solo. Ele quer que ela ame o lugar, que saiba que existe um lugar ao qual pertence.

— Posso lhe dizer uma coisa, um segredo? — diz ele.

Apesar da tepidez do início da tarde, caiu uma breve pancada de neve. As folhas douradas e vermelhas que recobriam o chão agora apresentam uma camada translúcida de gelo. Ele segura a mão da menina enquanto caminham. Ela tropeçou duas vezes — a primeira,

142   Scott Spencer

num emaranhado de trepadeiras; depois, nos restos amolecidos de um tronco tombado. As árvores formam silhuetas negras e prateadas contra o céu.

— Eu não conto pra ninguém — responde Ruby.

Ela balança os braços de ambos para a frente e para trás, como se eles estarem de mãos dadas fizesse parte de um jogo, mas aperta a mão dele com força exagerada. Está usando uma parca com capuz, calça jeans e tênis de caminhada. Suas roupas parecem apertadas.

Paul para e faz um gesto em direção às árvores que os cercam.

—Você escolhe uma árvore, uma árvore de que você goste muito. Então, eu corto a árvore e uso a madeira para fazer uma coisa para você.

— O que você vai fazer?

— Bem, depende da árvore que você escolher. Árvores diferentes servem para coisas diferentes.

— Mas e se eu escolher a árvore errada?

— É impossível, querida, não existe árvore errada. Na natureza não existe nada errado.

— Deus diz que algumas coisas são erradas — insiste Ruby.

—Você sabe que esse não é o Deus da sua mãe, querida.

— Bem, é o meu — diz Ruby.

—As coisas não funcionam assim na natureza. Na natureza, não há certo nem errado, só vida e morte.

Ele houve um som que o assusta — mas é apenas Shep, que encontrou um galho atraente semienterrado nas folhas e o está puxando.

Ruby olha para as árvores, anônimas e misteriosas.

Shep larga o galho e inclina a cabeça, olhando para Paul com expressão desconfiada. Por algum motivo, está achando que Paul

O homem do bosque   143

pode abandoná-lo, e, mesmo envolvido pelo fétido e penetrante miasma do solo do bosque, lança olhares ansiosos por sobre o ombro. Mas alguma coisa nova chama sua atenção e por alguns momentos ele escava e fareja o chão, deslocando folhas secas de colorido brilhante, raminhos e matéria orgânica, úmida e pegajosa como o miolo de uma abóbora.

— O que o Shep está fazendo? — pergunta Ruby.

— Ele achou alguma coisa — diz Paul.

Ela meneia a cabeça com ar de sabedoria.

— Eu gostaria de saber se ele sente falta da antiga família dele — reflete ela.

Shep cavou alguns centímetros de terra e está com o nariz enfiado no buraco, inalando as informações. Há alguma coisa ali embaixo, e ele deseja matá-la.

— Shep! — grita Ruby, como que para quebrar o encanto.

Shep olha para cima, com os olhos brilhando e o nariz coberto de terra.

— Venha cá, Shep — diz Ruby, batendo as mãos.

O cachorro olha para Paul, que faz um rápido aceno de cabeça. Ele trota, então, na direção da menina.

— Ele está começando a me obedecer — diz Ruby.

Quando o cachorro se aproxima o suficiente, ela pega a coleira dele e o puxa mais para perto.

— Você tem que me obedecer — diz ela, com voz profunda e trêmula, como um hipnotizador com más intenções.

Shep vira o corpo, de modo a encostar o tronco nos joelhos de Ruby.

— Ele está protegendo você — diz Paul.

O fato de que um animal, uma coisa selvagem da natureza, faça uma coisa assim a deixa sem palavras por alguns instantes.

— Obrigada, Shep — diz ela, na voz mais suave que Paul já ouviu sair de seus lábios.

Ela acaricia as orelhas do cachorro, que se encosta nela com mais força, quase a derrubando.

— Você sabe o que eu gostaria? — pergunta Ruby. — Eu gostaria que a gente pudesse ver a vida dele desde o início. Eu queria que a gente pudesse rebobinar Shep.

Paul ri e pousa a mão suavemente no ombro dela.

— E então? Você gostou de alguma árvore? Nós vamos cortar essa árvore e plantar outra no lugar. A gente pode fazer uma estante de livros.

Ela inclina a cabeça para o lado.

— É esse o segredo que você queria me contar?

— É esse.

— Por que é um segredo? Porque as árvores são da mamãe?

— Acho que não é bem um segredo — responde Paul. — Exceto que você vai construir a estante junto comigo.

— Eu não sei fazer isso — insiste Ruby.

— Bem, eu vou lhe ensinar. Vou lhe ensinar como cortar as coisas bem-cortadas. Vamos tomar muito cuidado. Você vai ser boa nisso, é o que eu acho. Você vai ser muito boa nisso.

— Está bem — diz Ruby.

De repente, parece preocupada.

— Tudo bem com você? — pergunta Paul.

Ela balança a cabeça de forma irresoluta. Paul deixa passar.

— Venha cá — diz ele. — Vou lhe mostrar uma coisa.

O homem do bosque   145

Ele a guia até um lugar onde estão algumas velhas cerejeiras silvestres, cujas cascas, no fim de seu ciclo, estão da cor de cinzas incandescentes, manchadas e retorcidas. Ele posiciona a mão em uma das árvores, como se estivesse segurando alguém pela nuca.

— Essas provavelmente estão com uns quarenta anos. Os abetos bloqueiam a luz e as cerejeiras não apanham sol de forma suficiente. Logo elas vão cair. Mas a madeira é boa, meio avermelhada. E envelhece bem. Se a gente fizer a estante com ela, vai ser uma coisa que você terá para sempre. Pode até levar para a faculdade quando for estudar em uma delas.

— Acho que não vou entrar em nenhuma faculdade — diz Ruby.

— Bem, você é quem sabe. Eu frequentei uma durante um ano e gostaria de ter ficado mais. É bom aprender coisas. Quando meus amigos conversam comigo sobre os anos que passaram na faculdade, fico com a impressão de que se divertiram muito.

—A colega de quarto da minha mãe cometeu suicídio na faculdade — comenta Ruby.

— Que coisa horrível! — diz Paul. Ele dá uns tapinhas na árvore. — E então? O que você acha? Vamos construir a estante juntos. Assim, ela vai ser uma parte de você. Vai ter suor dos seus dedos nela. Vai guardar até os erros que você cometer, pois todos nós erramos, até os melhores marceneiros.

Paul se senta em uma rocha coberta de líquen próxima às cerejeiras, e Ruby se acomoda ao lado dele. São quase quatro da tarde. A lua já está alta, mas pequena, pálida e sem volume.

—Você sabe o que me faz rir às vezes? — pergunta ele.

Ele nunca viu Ruby tão calma e silenciosa; ela olha para o rosto dele com ar perscrutador.

— O quê? — murmura ela.

— Essas pessoas, as pessoas ricas, que mostram sua nova cozinha para os amigos, ou sua varanda nova, e dizem: *Ah, eu fiz isso no ano passado*. Mas elas não fizeram nada, só pagaram pelo serviço. Para elas, preencher um cheque e levar uma garrafa de água gelada para o marceneiro é a mesma coisa que fazer.

— É engraçado. Mamãe não sabe fazer nem arroz.

— Arroz pode ser chato de fazer.

— Mas você sabe fazer, faz o melhor arroz que existe.

— Arroz é uma das minhas especialidades. Comi muito arroz em épocas passadas. — Ele bate com o dedo no joelho da menina. — Você tem uma mãe fantástica. Acho que você sabe disso. Por falar em fazer coisas, as árvores fazem metade do que eu faço, as árvores, suas raízes e folhas, junto com a água, o sol, as pessoas que cortam as árvores e as pessoas que levam as árvores até as serrarias. E eu até tenho uma assistente. Mas sua mãe faz tudo sozinha, partindo do nada. Ela pega um pedaço de papel em branco e enche com palavras. E então, um dia, surge um livro. Isso me deixa bobo. Ela é como um gladiador, vai fazendo tudo sozinha a cada passo do caminho. Se ela comete algum erro, todo mundo vê. Um dia, quando ler os livros dela, você vai ficar encantada e orgulhosa.

— Eu não gosto de ler. Eu gosto de música.

— Música é uma coisa maravilhosa — concorda Paul. — Onde nós estaríamos sem a música?

Faltam menos de três semanas para o solstício. De repente, a luz parece despencar do céu, como algo pesado demais para se sustentar.

O homem do bosque   147

O que resta é um verde escuro e perturbador, como a luminescência que atravessava as folhagens das árvores em Tarrytown. Paul salta da pedra, levanta Ruby e a pousa no chão.

— Tenho que lhe contar uma coisa — diz ela.

— Fale enquanto a gente caminha — diz Paul, dando a mão para ela. — Venha, Shep. Seja lá o que for que você esteja procurando no chão, já fugiu.

— Sabe aquilo que eu disse sobre rebobinar o Shep? — Ela fala com voz abafada, insegura. — Não fui eu que inventei. — Como alguém que está aprendendo a andar, ela olha para os próprios pés enquanto atravessa o bosque. — Sabe aquele garoto da minha turma, Noah? Foi ele quem disse isso. Eu só copiei.

— Tudo bem. Noah também pode ter ouvido de alguém.

As árvores ficaram para trás. Agora só se veem samambaias e trepadeiras, um pequeno regato e o início do gramado da casa de Kate. Shep encosta o focinho na água e começa a beber. Então, avista a casa e se lembra de que já é hora de comer. Após algumas cabriolas excitadas no regato, ele começa a trotar no gramado, com seu rebolado característico. Cada vez que suas patas dianteiras pisam a grama, ele olha para trás, verificando se Paul e Ruby estão atrás dele. Kate está em casa, e luzes resplandecem nas janelas. A casa baixa e comprida lembra um barco navegando pelos mares indistintos da noite.

CAPÍTULO
ONZE

Graças a ninguém menos que ele mesmo, as coisas estão começando a se encaixar no caso William Claff. O detetive Jerry Caltagirone está começando a ter aquela velha sensação de dez anos atrás e trinta e cinco quilos a menos. A sensação de que não só está realizando um trabalho que faz diferença no mundo, mas também de que está se saindo bem. Ele vê sua profissão como um trabalho doméstico sagrado — ele arruma a bagunça do mundo, lentamente traz o mundo de volta à ordem, quando este se aproxima do caos, pois alguém que queira viver em um mundo em que as coisas acontecem sem nenhum motivo especial, um mundo sem previsibilidade e sem justiça, só pode ser maluco. Peça por peça, ele está começando a deslindar o caso. Já sabe com certeza o nome do homem; todas as outras formas de identificação podem ser ignoradas. O último lugar em que ele viveu antes de chegar ao estado de Nova York foi a Filadélfia, onde morou com uma mulher chamada Dinah Maloney. O cartão de visita dela estava na carteira dele. Ele a deixou de repente e ainda por cima roubou seu cachorro, o que poderia ser um motivo para

O homem do bosque　　149

que Maloney o espancasse até a morte, exceto que ela pesa o mesmo que um vestido, pode comprovar onde estava em cada segundo no dia do homicídio e ainda está procurando o cachorro.

Além disso, Caltagirone sabe que Claff tinha exatamente quarenta e um anos e dezenove semanas no dia em que morreu. Sabe que ele nasceu em uma cidade chamada Phillips, na Califórnia, um lugar montanhoso e gelado. Quando Caltagirone procurou saber se Claff ainda tinha parentes nessa cidade, não descobriu nenhum, mas não se importou. Isso significava que não teria que contar à mãe ou ao pai de Claff, ou a quem quer que fosse, que seu ente querido fora encontrado morto a pancadas em um bosque. No andamento de uma investigação, a maior parte das coisas não dá resultado. Temos que confiar no método, acreditar nos indícios que irão nos tirar das trevas e nos trazer à luz. E devemos ser pacientes. Paciência é o forte de Caltagirone. Ele não desanima e não tira conclusões precipitadas.

Ele escreveu o que já sabe com certeza em um caderno de capa avermelhada: nome, idade, altura, peso, sinais característicos. Todos os dias acrescenta alguma coisa à lista de fatos conhecidos, até que, por fim, descobre onde Claff morou pela última vez em Los Angeles — o endereço que ele deixou de comunicar ao Departamento de Trânsito da Califórnia. E essa peça que faltava é uma maravilha, pois não só conduz Caltagirone ao local onde Claff estava trabalhando (Bank of America, departamento de contabilidade), como lhe dá acesso a uma contadora do BOA, Madeline Powers, com quem Claff teve um relacionamento e, embora tivesse seu próprio apartamento, dividiu com ele outro apartamento, próximo ao Ventura Boulevard.

Na semana anterior, examinando suas anotações juntamente com a esposa, Caltagirone espetou o dedo no trecho que trazia essas informações.

— Agora, tudo o que eu preciso fazer é dar um jeito de falar com ela sem ter que ir a Los Angeles — disse ele.

O que fez Stephanie se lembrar de que ambos haviam passado umas ótimas férias em Fort Myers, onde encontraram um detetive chamado Rudolf Sanchez, que trabalhava na Homicídios de Los Angeles e também estava de férias. Como nunca jogava nada fora, ela estava certa de que poderia encontrar o cartão de visita de Sanchez, que este lhe entregara quando os Caltagirone estavam tomando banho de sol à beira da piscina, aquecidos e molhados em suas espreguiçadeiras brancas. Sanchez, vestido com um terno escuro, já acertara as contas com o hotel e estava a caminho do aeroporto.

— Veja se consegue encontrar o cartão — disse Caltagirone. — Mas, primeiro, uma coisa — acrescentou, abrindo os braços para ela.

Embora seja baixa, magra, use os cabelos cortados curtos e tenha uma expressão ansiosa, sobretudo quando conversam sobre a carreira dele, Stephanie até que é bem bonita.

— Jerry ama Stephanie — disse ele, tomando cuidado para não apertá-la com muita força.

Agora, só resta mais um dia para que alguém reclame o corpo de Claff. Os túmulos do cemitério de indigentes estão repletos de corpos anônimos. Mas tudo indica que o corpo de William Claff será identificado de forma inquestionável. Sentado à sua mesa no distrito policial, falando baixo e cobrindo o bocal do fone com as mãos, como alguém que não quer, de modo nenhum, que pessoas ao redor ouçam sua conversa — o que realmente não quer —, Caltagirone está falando com Madeline Powers, a quem está dando um minuto para se recuperar, após informá-la sobre a morte de Claff, embora o próprio Sanchez já tenha lhe dado a notícia. Caltagirone sabe como essas coisas acontecem, como alguém pode receber uma informação de uma pessoa e então, quando ouve a mesma coisa de outra pessoa, isso parece uma confirmação de que aquela coisa horrível aconteceu de fato, ou talvez a mente relembre tudo de novo, e isso provoca um choque que reverbera até o fundo do coração.

Depois que Madeline se recompõe, Caltagirone faz a pergunta-padrão:

— Você conhece alguém que poderia querer mal ao sr. Claff, srta. Powers?

O que normalmente se ouve é: "Oh, não, ele era a melhor pessoa do mundo, ele era adorado, não tinha nenhum inimigo." Caltagirone acha que a esposa de Albert Anastasia* teria dito algo assim: "Ele era um homem tão bom, tão bem-barbeado."

Mas Madeline Powers o surpreende.

— Eu simplesmente não levei aquilo a sério — diz ela, com voz carregada de mágoa e autorrecriminação.

Caltagirone se apruma melhor em sua rangente cadeira giratória. Uma coisa ele aprendeu em seus anos como policial: há pessoas que sabem muito menos do que querem que os outros

---

* Famoso gângster que atuou nos Estados Unidos na primeira metade do século XX. Um dos fundadores da Máfia. (N.T.)

pensem que sabem; e há pessoas que sabem muito mais. A arte do trabalho é adivinhar quem é quem.

— O que foi que você não levou a sério? — pergunta ele.

Caltagirone usa um tom de voz que chama de policial Pachorrento. Significa que a pergunta soa como se não tivesse muita importância, mas a pessoa deve respondê-la mesmo assim.

— Por que você acha que ele estava correndo pelo país como um maluco? — diz ela, com uma leve entonação acusatória. — Para manter a forma?

Caltagirone não leva a coisa para o lado pessoal. Sabe que a infelicidade é como uma vela queimando dentro das pessoas; seu odor está sempre presente no ar.

— O que eu preciso é que você me diga o que sabe — diz ele, como se tivesse uma longa lista de fatos que deseja conferir. — E nós continuamos a partir daí.

— Will jogava — informa Madeline. — Bem, ele tinha *problemas* com o jogo. Ele nunca comentou nada comigo, mas, de qualquer forma, eu fiquei sabendo. Meu pai jogava muito. Nós morávamos em Bakersfield, e meu pai tinha uma empresa de lavagem a seco que estava indo muito bem. Ele trabalhava duro, muito duro, mas às vezes se levantava da mesa, durante o jantar, e dizia: "Tenho que sair." Isso significava que ele iria pegar o carro e dirigir até Las Vegas. É quase uma linha reta e a estrada é boa, mas são mais de quatrocentos quilômetros de distância. Só que, quando lhe dava vontade de jogar, não havia nada que ele pudesse fazer. O jogo dele era o blackjack. Mas ele também gostava de bingo. Quando saía do transe e percebia que era melhor pegar a estrada se quisesse voltar a tempo de abrir a loja, ele ia para as máquinas caça-níqueis. Havia

O homem do bosque 153

um milhão de caça-níqueis entre as mesas de blackjack e as portas de saída, e às vezes ele não conseguia retornar.

Ela está se desviando muito do assunto, mas Caltagirone a deixa dar voltas, emitindo pequenos sons, como se todas as informações fossem valiosas e ele estivesse tomando nota. E logo ela está falando sobre Claff novamente.

— Eu acho que Will não sabia com quem estava lidando — diz ela.

— Com quem ele estava lidando? — pergunta Caltagirone.

— Estou falando a meu respeito. Como se eu fosse fazer críticas a ele só porque ele apostava. Um homem viril como ele, que sabia cuidar do corpo, que tinha um bom emprego... eu acabaria arranjando encrenca, ou ele procuraria outra mulher. De qualquer forma, nem em um milhão de anos eu criticaria alguém por apostar. É uma coisa a que eu já estou acostumada. Eu sou mais do tipo que diria "se você tiver alguma barbada me diga, e eu também faço uma fezinha". Mas Will...

A menção do nome faz a voz dela tremer. Caltagirone a ouve engolir em seco e respirar fundo, para se recompor.

— Talvez ele estivesse com medo de que eu também começasse a perder dinheiro. Sei lá. Ele não me contava nada. Eu sabia que ele apostava, mas não sabia quanto nem com que frequência. Eu não percebi o que isso estava fazendo com ele.

O peso desse último comentário é mais do que sua voz, já fraca, pode suportar.

— Então, ele estava fugindo por causa de dívidas de apostas. É isso o que você está dizendo?

— É isso o que eu estou dizendo.

Tudo está começando a fazer sentido. Caltagirone mal pode acreditar na própria sorte.

— Você sabe com quem ele fazia as apostas? — pergunta ele. — Ou, pelo menos, que tipo de apostas ele fazia? Esportes?

— Não sei. Ele gostava de esportes. Via um bocado de jogos na TV. Mas não ficava sobressaltado, nem nada. Ele não parecia estar fazendo nada a não ser relaxar e assistir à televisão. Olhe, eu vou até aí. Quero recolher o corpo dele. Ele não tem família e não era oficialmente casado. Mas não quero que seja enterrado num lugar qualquer, como se não fosse ninguém.

— Nós podemos cuidar disso. Não se preocupe, Madeline.

Caltagirone se esquece de cobrir o bocal do telefone, e sua voz chega até Joe Pierpont, que está reclinado em sua cadeira, com seus sapatos de tamanho 44 sobre o tampo da mesa. Tudo o que Pierpont ouviu foi Caltagirone tranquilizando uma mulher chamada Madeline. Então, dá uma piscada para Caltagirone, como se este estivesse aprontando alguma coisa, o que Pierpont sempre gosta de imaginar ao menor pretexto.

— Então, a história do jogo — diz Caltagirone.

— Meu pai acabou quebrado, sabia? — diz Madeline. — Tivemos que vender tudo, a loja, a casa. Eu tive que trabalhar em dois empregos para pagar os meus estudos, e mesmo assim fiz tantos empréstimos que estou pagando dívidas até hoje.

— Mas você conseguiu, você teve sucesso — diz Caltagirone.

— É, acho que sim. Só que não tenho essa impressão.

— É sempre assim, não importa o que a gente faça. Todo mundo acha que poderia estar melhor.

— Acho que sim.

O homem do bosque   155

— Então, tem algum nome? Ele nunca mencionou ninguém?

— De quem estamos falando?

— De Will — responde Caltagirone, usando o primeiro nome para motivá-la mais.

— Droga. Ele acabou fugindo.

— Então, quem ele mencionou?

— Um cara — diz Madeline. — Eu sei que Willy tinha medo dele.

— Um cara?

— É, mas ele não mencionou nenhum nome. Willy nunca o chamou de nada, que eu consiga me lembrar.

Caltagirone permanece ao telefone por mais algum tempo, enquanto Madeline se aflige com sua viagem ao estado de Nova York e depois volta a falar do pai, de quem, ao que parece, não consegue deixar de falar por mais de um minuto. Quando finalmente se livra dela, ele se põe de pé e tateia os bolsos, como se fosse sair para fumar, embora sua intenção seja telefonar para a esposa pelo celular. Ela tem demonstrado curiosidade sobre o homem do bosque, e ele quer deixá-la atualizada.

Stephanie leciona no quarto ano do ensino fundamental, e só em uma emergência Caltagirone lhe telefonaria durante uma aula. Mas ele conhece a rotina dela de cor, e, ao meio-dia e vinte de uma quinta-feira, ela está na sala dos professores com o telefone ligado, pois tem o costume de ligá-lo nesse horário, para o caso de alguém da família querer falar com ela.

Ele lhe conta que entrou em contato com a namorada de Claff, que chegará no sábado de manhã para identificar o corpo e providenciar sua cremação, de modo a poder levar suas cinzas para a Califórnia. Mas o que Caltagirone realmente quer conversar com Stephanie é sobre um fato que ele tem observado: o costume que as pessoas têm de mudar de assunto quando ouvem notícias ruins, como se parte de suas mentes precisasse se ocupar com alguma coisa, enquanto a outra parte assimila a informação.

— O que ela queria mesmo falar era a respeito da jogatina do pai dela, e toda aquela bobajada sobre as fugas dele para Las Vegas. Foi como se ela tivesse voltado ao passado.

Caltagirone está recostado em seu carro, no estacionamento do distrito policial, onde a temperatura é de doze graus negativos. O ar frio endureceu e escureceu o tecido de seu casaco esporte. O vapor formado por sua respiração dá a impressão de que ele está fumando.

— Deixe eu adivinhar — diz Stephanie. — Você deixou a mulher falar à vontade.

— Sim. Claro que deixei. Por que não?

— Eu poderia citar algumas razões — observa Stephanie.

— As pessoas sempre fazem isso, é o que eu vejo. O que está acontecendo no momento é demais para elas, então a mente delas volta para o passado. O passado, não importa como tenha sido, já aconteceu e já foi vivido. Então, não é tão ruim.

— Não existe ninguém como você, Jerry, você sabia? Nem um único policial desse distrito. Você compreende a dor das pessoas. Elas despejam o sofrimento, e você compreende.

Caltagirone não diz nada, tomado de gratidão por Stephanie. Começa, então, a caminhar pelo estacionamento. De repente, a conexão é interrompida por uma onda de estática. Ele volta sobre seus passos até que seja restabelecida.

O homem do bosque   157

— É que eu me preocupo com você, Jer — está dizendo Stephanie.

Caltagirone estava ouvindo o burburinho dos outros professores na sala, mas o som começa a diminuir à medida que Stephanie se afasta deles. Ele ouve o barulho de uma porta e percebe que ela saiu para o corredor —.pode ouvir as vozes das crianças e o barulho de um armário.

— Você sabe por que está tão acima do peso? — pergunta Stephanie. Seus lábios parecem estar sobre as aberturas do microfone do celular e sua voz se despeja sobre ele como se fosse chá e seu ouvido, uma xícara. — Não precisa procurar longe. Você sempre escuta todo mundo, Jerry. As pessoas jogam os problemas em cima de você, e você assimila.

— Eu gosto de um bom hambúrguer — diz Caltagirone.

— Estou falando sério, Jerry.

— Você quer saber qual é o verdadeiro motivo, na minha opinião? — replica Caltagirone. — É que eu não aceito a ideia de que as coisas não fazem sentido. Existe alguma coisa que diz que uma coisa está certa e outra não está certa, e eu quero pegar as pessoas que fazem o que não está certo. É como ser um padre, só que eu realmente vou para a porra da rua e faço as coisas acontecerem.

CAPÍTULO
DOZE

Na noite seguinte, a irmã de Paul, Annabelle, aparece para jantar trazendo seu marido irano-libanês, Bernard Maby, que, além de problemas de imigração, tem a distinção de ser vinte anos mais velho que ela. Mas a diferença de idade entre sua irmã e o marido não surpreende Paul. Carente de amor quando adolescente, temperamental e voluptuosa, Annabelle menosprezava os garotos da idade dela, os quais achava superficiais e irresponsáveis. Ela ouvia discos do Tony Bennett e nutria paixonites febris por alguns professores. Foi uma sorte que nenhum deles tenha sido fútil ou insensível o bastante para levar suas investidas a sério. Nas paredes caramelo de seu quarto, o que estava pendurado não eram pôsteres de astros do rock, cartazes com símbolos da paz ou fotos de girafas com olhos arregalados, mas pôsteres de atores másculos de velhos filmes de Hollywood, como Clark Gable, Jimmy Stewart e até mesmo Telly Savalas. Durante a infância de ambos, Paul era mais ligado ao pai — apesar de tudo —, enquanto Annabelle era mais centrada na mãe, o que deve ter sido uma escolha mais desafortunada que dedicar

O homem do bosque   159

a afeição a qualquer pessoa da rua. Assim como sua mãe, Annabelle estava longe de manter a infelicidade em segredo, mas as manifestações de melancolia eram caracteristicamente suas. Ela se tornava pedante ao extremo, assumindo o papel de juíza do modo de falar e da conduta dos alunos de sua escola, em Connecticut. Para ela, as regras que governavam o comportamento pessoal haviam atingido o ápice durante o reinado da rainha Vitória.

Após o ensino médio, Annabelle conseguiu ingressar no Mitchell College, em New London, onde estudou dois anos, até que enxaquecas debilitantes — convulsivas, vertiginosas e assustadoras — puseram fim à sua carreira universitária. A essa altura, a mãe deles estava morrendo de câncer na bexiga. Annabelle voltou, então, para casa, onde passava metade do dia cuidando da mãe e a outra metade deitada em um quarto escuro, com um pano sobre os olhos. Paul já havia saído de casa e estava entre o Novo México e a Califórnia, a caminho do Alasca. Annabelle tinha a impressão de que ele havia perdido todo o interesse nela, mas fazia o possível para acompanhar sua movimentação. Quando a mãe deles morreu — em casa, como era seu desejo —, Annabelle juntou algum dinheiro e o enviou a Paul, para que ele pudesse ir a Kent para o funeral. Ele chegou macérrimo, com um aspecto desmazelado, os cabelos abaixo dos ombros e uma barba malcuidada. Houve um horário para visitação no dia anterior ao sepultamento, mas ao longo dos anos a mãe dele se isolara tão completamente que menos de uma dúzia de pessoas assinou o livro de presença na Casa Funerária Hammer-Dooley, e cinco delas faziam parte do grupo de apoio aos portadores de enxaqueca, frequentado por Annabelle.

Paul fez a barba para a visita. Aparou os próprios cabelos, com resultados aceitáveis, e até conseguiu um terno azul e uma camisa branca. Sentado numa cadeira dobrável ao lado do caixão fechado, chorou abertamente, assim como chorou no dia seguinte, quando a mãe foi enterrada.

— Bem, somos a família agora — disse Annabelle, enquanto deixavam o cemitério em meio a um nevoeiro gélido.

A transformação física dele, a sinceridade de seu sofrimento, o modo terno com que ele passou o braço ao redor dos ombros dela, tudo isso a levou a acreditar que ambos poderiam vivenciar uma ressurreição emocional, uma nova proximidade que os transformasse em um time, em uma unidade que jamais haviam formado. Mas, naquela mesma noite, na casa tranquila e triste da alameda Wycoop, enquanto comiam os frios comprados para quem quisesse ir até a casa, e que permaneciam intactos — pois eles tinham se esquecido de estender os convites —, Paul, farto de chorar, de estar de luto e de Connecticut em geral, anunciou de repente que precisaria voltar para o Alasca no dia seguinte. Annabelle, sentindo-se como se tivesse levado uma bofetada, disse:

— Vou levar você até o aeroporto.

Ela acabou arranjando emprego no correio. No início, trabalhou na separação de correspondência; depois, na entrega de cartas e, finalmente, no setor de recursos humanos, onde ajudou a desenvolver um programa de treinamento para os funcionários — o que a levou a ser transferida para Los Angeles. Lá, conheceu Bernard Maby, que trabalhava como contador da Continental Airlines. Mas as luzes brilhantes de Los Angeles provocavam enxaquecas em Annabelle, e Bernard tinha relações conflituosas com os iranianos locais, quase todos mais ricos que ele. Muitos o consideravam mais libanês que persa, e alguns ainda se lembravam dele como proprietário de uma boate chamada Cessez-Feu, na rue Monot, em Beirute, lugar de reputação duvidosa e com fama de ser a fachada de uma operação para lavagem de dinheiro, embora nada tivesse sido provado.

Certo dia, Annabelle telefonou para Paul e lhe comunicou que não conseguia mais aguentar seu trabalho no setor de relações humanas, que ela e Bernard não estavam felizes em Los Angeles e que, além disso, ela se candidatara a uma vaga de carteiro recém-aberta no leste. Quando Paul disse que isso lhe parecia bom, ela retrucou:

— Bem, é capaz de você mudar de ideia quando eu lhe disser onde é a vaga.

Ela esperou que ele lhe perguntasse onde era, mas Paul raramente fazia perguntas diretas. Então, ela simplesmente lhe disse que o novo trabalho era em Leyden. Ele disse que isso lhe parecia ótimo, e ela respondeu:

— Ah, você diz isso da boca pra fora. Mas pense melhor no assunto, certo? Eu e meu marido não queremos ser tratados como estranhos quando chegarmos aí.

Annabelle e Bernard chegaram a Leyden há dois meses, e Paul às vezes se esquece de que eles estão na cidade. Não porque não esteja feliz por sua irmã ter voltado a fazer parte de sua vida, mas porque se acostumou a viver longe dela e sua mente não está habituada a levá-la em consideração. Entretanto, ele já a viu algumas vezes e tentou visitá-la por duas vezes, apenas para ouvir, de certa forma com alívio, que ela estava cansada ou ocupada. Hoje à noite, porém,

162   Scott Spencer

é a primeira vez que ele a vê desde o que ocorreu no bosque, e ele passou parte do dia conjeturando se o segredo que se aloja em suas entranhas não exalará algum cheiro que Annabelle possa detectar.

O jantar está planejado para as seis horas, em deferência a Annabelle, que se levanta cedo para trabalhar. Mas ela e Bernard se atrasam uma hora e, quando chegam, parecem distraídos, reservados. Para Kate, exibem os sinais de um casal que acabou de discutir no carro. Annabelle mal se desculpa pelo atraso e, embora cumprimente Paul efusivamente, trata Kate com frieza e mal olha para Ruby. É uma mulher alta, com porte atlético e bonita quando sorri. Mas, em geral, sua expressão é a de alguém que desconfia ter entrado num recinto onde as pessoas teciam comentários maldosos a seu respeito. Paul lhe disse que Kate não bebe, mas ela e Bernard levaram vinho, que é servido na sala de estar, com a lareira acesa, juntamente com uma tigela de azeitonas e um prato de biscoitos com queijo, tudo o que poderia contribuir para um ambiente de camaradagem. O que falta é a camaradagem em si.

Quando passam para a sala de jantar, Annabelle concentra sua atenção em Bernard, que está com as pequenas mãos dobradas sobre a mesa, olhando para um prato vazio. Parece desamparado em seu terno marrom, com seu bigode pendente e seu olhar melancólico. Ele é calvo, exceto por duas faixas de cabelos escuros em cada lado da cabeça, lisos e brilhantes como os para-lamas de um carro fúnebre.

— Bernard está meio chateado por ter deixado o emprego e vindo para o leste — diz Annabelle. — Mas ele fez tantos contatos, quando estava na Continental, que agora pode trabalhar em casa. E tem mais clientes do que consegue atender.

O homem do bosque   163

Ela estende a mão e dá umas palmadinhas no braço do marido.

O lugar de Paul à mesa — o qual construiu com seu melhor carvalho, lixada e envernizada a mão, sem nenhum prego ou parafuso — está vazio. Ele levou o frango de volta à cozinha depois que começou a trinchá-lo e percebeu que as juntas úmidas e translúcidas estavam minando sangue.

— Peço desculpas a todos — grita ele da cozinha. — Eu comecei a preparar isso um pouco tarde.

Kate sorri para Bernard. Sente-se estimulada pela presença dele, empolgada por estar em contato com um muçulmano.

— Parece estranho? Um homem na cozinha? — pergunta ela.

— O frango precisa estar bem assado — responde Bernard.

— Agora, por falar nisso — diz Kate —, eu soube que carneiro cru é uma iguaria no Líbano.

Bernard sacode os ombros estreitos, mantendo o olhar no prato.

— *Kibbe nayah* — sussurra ele.

— Carneiro cru? — exclamou Ruby, dando um tapa na testa, para o caso de alguém não ter notado seu espanto.

— Deixa pra lá, Ruby, você não entende — diz Annabelle, tomando a si a tarefa de incutir um senso de limites naquela criança, coisa que a mãe dela parece não estar fazendo.

— Nós comemos com hortelã e azeite — murmura Bernard.

— Fascinante — diz Kate. — Eu também estou curiosa para saber outra coisa. Sei que existem algumas sinagogas no condado de Windsor, mas será que existem mesquitas?

— Eu espero que não — diz Bernard.

Na cozinha, Paul retira o frango do forno, torcendo por algum golpe de sorte que rapidamente transforme a ave dura e sanguinolenta em um assado dourado e apetitoso. Mas uma torção na coxa do frango lhe mostra que falta muito para que a carne fique no ponto. Ele olha para as mãos salpicadas de sangue, enfia a assadeira de volta no forno, fecha a tampa e vai até a pia lavar as mãos. O sangue temperado com sal e pimenta é estranhamente resistente. De pé diante da pia, ele tenta remover a substância vermelha que se alojou entre as unhas e nas juntas dos dedos.

— Você civilizou mesmo o meu irmão — diz Annabelle ao escutar a batida da tampa do forno.

— Como assim? — pergunta Kate.

— É que Paul está muito diferente — diz Annabelle. — Ele era meio selvagem. A gente nunca sabia o que esperar. Ele nunca fazia nada do jeito habitual. Sem mais nem menos, podia lhe dar uma pulseira de presente. Então, chegava o dia do seu aniversário e ele não tinha a menor ideia de que dia era aquele, que aquele era o dia certo para se dar um presente a alguém.

Alguns minutos depois, Paul retorna da cozinha. Ele trinchou a galinha para apressar o cozimento, mas arrumou os pedaços na bandeja e os serve formalmente, parando ao lado de cada cadeira.

Quando se aproxima de Kate com a bandeja, observa a própria mão. Está com uma coloração avermelhada e translúcida, e nela brotou uma pústula, redonda como uma bolha de sabão.

—Você se queimou, amor — diz Kate.

Paul sorri, de um modo que para ela não faz sentido, como se estivesse satisfeito.

No lado de fora, uivam ventos invernais, que chacoalham as janelas. O céu está pontilhado de estrelas, e a lua cheia exibe um branco gelado.

— Ah, a propósito — diz Kate. — Paul falou com vocês sobre nossa festa na véspera do Ano-novo?

— Claro que não — diz Annabelle.

— Bem, vocês têm que ir.

— Será um prazer para nós — diz Bernard.

— Você esqueceu? — pergunta Annabelle ao irmão.

— Mais ou menos — responde ele.

— Paul está com muita coisa na cabeça — diz Kate.

A intenção dela é resguardá-lo, por isso o olhar que ele lhe lança a deixa surpresa.

— Nós não vamos fazer a oração das refeições? — diz Ruby.

— Está bem assim, querida — explica Kate. — Nós temos convidados.

— Ah, mamãe, você faz as melhores orações.

Kate olha ao redor da mesa e diz:

— Não é bem assim. É que ela está acostumada a que as coisas sejam feitas de um determinado jeito.

— Claro — diz Bernard, enfatizando a concordância com um aceno.

— Acho que seria ótimo se você fizesse a oração, Bernard — sugere Kate.

— Acho que seria ótimo se a gente apenas comesse — diz Annabelle. — Essa galinha está com um cheiro muito bom, Paul.

— Desculpem por eu ter trazido a galinha meio crua — responde ele.

— E então, Bernard? — questiona Kate.

Há certa truculência no tom de voz. Ela mesma percebe isso e se pergunta por que estaria querendo alfinetar seu convidado. Não há tempo para pensar nisso agora, não agora, embora ela se lembre de que estava na cidade sete anos atrás, quando muçulmanos do Brooklyn e de Nova Jersey dirigiram carros carregados de explosivos até a garagem do World Trade Center. Naquela noite, ela estava com seu namorado, um advogado, e um velho amigo dele, escritor de livros infantis meio esquisito. Ela falou com inesperada eloquência a respeito do islã e de seus seguidores, o moralismo deles, sua crença na vingança e o horrendo tratamento que dispensam às mulheres. O namorado dela começou a discorrer sobre como defenderia os terroristas na justiça, como se a justiça fosse um jogo; e o autor de livros infantis disse que os extremistas muçulmanos estavam mais próximos dos extremistas cristãos que dos outros muçulmanos. Kate chamou o garçom e pediu a conta, principalmente porque nenhum dos homens com quem estava parecia levar seus sentimentos muito a sério.

— Os muçulmanos fazem orações à mesa? — pergunta Kate a Bernard.

— Os muçulmanos fazem *bismillahi* — responde Bernard —, o que significa em nome de Alá.

— Muito bonito — diz Kate. — Como é mesmo que se pronuncia isso?

— Você tem essa ideia de que Bernard é muçulmano — diz Annabelle. — E ele não é. — As últimas palavras são enfáticas, e Annabelle fica ruborizada, notando a veemência de seu tom de voz.

— De qualquer forma — diz ela —, quem se importa com a religião dos outros? É tudo muito dúbio, não é? E só serve para dar às pessoas um motivo para bater nas cabeças uns dos outros. Paul e eu nunca demos a mínima para essa droga.

Ruby fica de queixo caído, como se tivesse ouvido alguém confessar a mais estarrecedora depravação.

— Isso é verdade? — pergunta ela a Paul.

Antes que ele possa responder, Bernard começa a falar.

— Na minha casa, que era de uma família maronita muito tradicional, nossa avó pedia que inclinássemos a cabeça antes de comer, até que nossas testas tocassem a mesa. Eu sempre fiz isso, com uma obediência cega. Até que, um dia, decidi que já era hora de me rebelar e só fingi inclinar a cabeça. Olhei em volta da mesa. Éramos doze e estávamos todos lá. Nossa família vivia em duas casas adjacentes, e fazíamos as refeições juntos, sem exceção. E lá estava a minha avó com sua cabecinha branca inclinada e olhos bem fechados. Minha mãe e meu tio Fady também estavam com a cabeça inclinada. Mas todos os outros, meu avô, minha irmã, meus dois outros tios, e até meu irmão caçula, estavam simplesmente olhando para a frente, de olhos bem abertos e cabeça erguida. Então, eu percebi que em todas aquelas noites, em todas aquelas preces, só quatro de nós participávamos. Os outros apenas mantinham silêncio por respeito à minha avó.

— E, enquanto isso — diz Annabelle —, a galinha do meu irmão está esfriando.

Ela corta sua porção de carne, leva um pedaço até a boca e mastiga.

— Ah, Paul, brilhante.

Ela sente o rubor lhe subir pelo pescoço como se fosse um exército de formigas: *brilhante* era uma das palavras que ela e Paul costumavam usar para caçoar dos grã-finos de Kent, Connecticut, que imaginavam ter algo de britânicos.

— A propósito, Kate — acrescenta ela —, eu comprei seu livro e pretendo ler.

— Ah — diz Kate sacudindo a mão —, não precisa.

— Eu adoro ler. Sempre adorei ler. — Annabelle pousa o garfo e a faca, e dá umas batidinhas nos lábios com a ponta do guardanapo. — Eu tive que deixar a faculdade por motivo de saúde. Pode perguntar ao Paul, se quiser.

— Eu não preciso conferir suas afirmações — diz Kate. — De qualquer forma, Paul sempre fala a seu respeito e já me contou como ficou chateado quando você teve que sair da faculdade. Ele admira muito você.

Nada disso é especialmente verdadeiro; ela elaborou a declaração como um presente de Dia dos Namorados para Paul.

— Acho que muita gente... não estou falando de você, Kate. Muita gente acredita que, se alguém trabalha no correio, automaticamente é burro — diz Annabelle, lutando para controlar a voz.

— Você entrega cartas — afirma Ruby, embora sua intenção tenha sido fazer uma pergunta.

— É verdade — diz Annabelle —, eu transporto correspondência. Tenho duzentas e dezesseis paradas na minha rota. Eu me desvio de cervos o tempo todo. Antes, eu me empolgava quando via um cervo. Bem, em uma semana isso, passou. Mas o que realmente dá medo é parar o carro na beira da estrada e colocar a correspondência na caixa postal de alguém.

O homem do bosque   169

— Porque pode haver alguma coisa na caixa postal? — pergunta Ruby.

— Não, não. Nada disso. Eu tenho medo mesmo é de que algum filho da mãe idiota não veja as minhas luzes de alerta piscando e bata em mim a toda a velocidade. Pode ser também algum maluco, fazendo isso de propósito.

— Por que alguém faria isso? — pergunta Ruby.

— Ninguém faria isso — Kate se apressa a dizer.

— Faria — diz Annabelle. — Tem muita gente ruim por aí, e alguns indivíduos odeiam tudo o que tem a ver com o governo, e aqui não há muitos símbolos governamentais além do entregador de cartas. — Ela desvia o olhar de Ruby e se dirige a Paul: — Às vezes, eu quase consigo ver isso acontecendo. Quase posso ouvir o barulho de alguém me atropelando pelas costas.

— Eu tenho uma coisa que dá sorte — diz Ruby, sem atrair a atenção de ninguém.

— Cadê aquele seu cachorro? — pergunta Annabelle, fixando o olhar em Paul.

— No meu pé! — informa Ruby.

— Está embaixo da mesa — diz Paul.

— É o campo de caça dele — acrescenta Kate.

— Ei, eu tenho um negócio que dá sorte — diz Ruby. — Vou dar para você.

— Você realmente progrediu muito, Paul — diz Annabelle, fazendo um gesto com o garfo. — Esta casa. Uma família. Está cozinhando. E agora um cachorro? Acho isso maravilhoso.

Bernard levantou a toalha e está olhando embaixo da mesa, com ar de profunda preocupação.

— Tem mesmo um cachorro — diz ele.

Depois, reapruma o corpo.

— O nome dele é Shep — diz Ruby. — Nós o achamos.

— Você se lembra do nosso cachorro? — pergunta Annabelle a Paul.

— Talvez seja melhor não falar nisso — diz Paul.

— Eu não ia falar dele, do King — diz Annabelle. — Eu só estava perguntando.

— Quem é King? — Ruby dirige a pergunta à mãe.

Bernard levanta a toalha novamente e pergunta:

— Será que ele quer comida?

— King Richard era um filhotinho — explica Annabelle a Ruby. — Um cachorro que nós ganhamos de Natal. Ele era muito, muito bonito. Costumava lamber as pontas dos meus dedos, como se estivesse tentando conseguir leite na teta da mãe.

Kate olha para Paul.

— Eu vou à casa de vocês nos próximos dias para ver se conserto os degraus do alpendre — diz Paul a Annabelle. — Vamos dar um jeito nisso.

— O senhorio é completamente irresponsável — diz Bernard. — Quase enfiei meu pé num buraco.

Ele continua a segurar a borda da toalha, mas se abstém de olhar Shep novamente.

— Acho que nós deveríamos tirar Shep de debaixo da mesa — diz Kate. — Paul?

— Mas onde você encontrou esse cachorro? — Annabelle pergunta a Paul.

O homem do bosque   171

— Voltando da cidade — diz Paul. Ao ouvir um desalento na própria voz, dá um pigarro. — Venha, Shep — diz ele, ao se levantar. — Vamos arranjar um lugar melhor para você.

Shep sai de debaixo da mesa, ainda com certo ar de esperança na expressão. Talvez ainda alimentando a possibilidade de ter sido chamado para receber um pedaço de galinha.

— Ele tem um pouco da cor do King — diz Annabelle. — Foi um presente da minha mãe. — Ela se vira para Ruby. — Minha mãe trouxe ele de uma petshop vagabunda. Tinha alguma coisa errada com ele.

— O quê? — pergunta Ruby.

— Não sei. Eu não conheço doenças de cachorros. Só sei que o King Richard morreu em quatro dias.

Ela profere esta última declaração em tom meio melodramático, erguendo quatro dedos da mão para que Ruby fique ainda mais impressionada com o pouco tempo de vida do cachorro.

Kate fica aliviada ao ver que Ruby não está demonstrando nenhum interesse especial pela história de Annabelle. Annabelle também parece ter notado isso e se vira para Paul, em busca de apoio.

— Está lembrado de como você chorou?

— Claro — diz Paul, franzindo a testa. — É uma coisa natural.

— Você era sempre tão... — Annabelle procura a palavra exata. — Eu acho que fiquei mais triste ao ver você chorar do que com a morte do pobrezinho do King.

— Bem, ele era seu irmão e você o conhecia bem melhor — diz Ruby.

172   Scott Spencer

Kate sente uma torrente de amor por Ruby. *Você é uma menina maravilhosa.* A insubordinação do comentário de Ruby não escapa a Annabelle. Mas, em vez de insistir no assunto, ela solta um suspiro.

— Minha família tinha um cachorro, um cachorro dos Pireneus — diz Bernard. — Eu implorei pela vida dele quando meu pai anunciou que nós iríamos comê-lo.

— Ah, Bernard, por favor — diz Annabelle. — Chega de histórias de guerra.

— Qual era o nome dele? — pergunta Ruby. Quando Bernard dá a entender, erguendo uma sobrancelha, que não entendeu a pergunta, ela acrescenta: — O cachorro que vocês comeram.

— Nós o chamávamos de Roger — diz Bernard. — Ele era muito bonito e inteligente. Nós não comemos Roger. Meu pai queria, mas foi voto vencido. Havia combates nas ruas. E não havia nenhum lugar seguro na cidade. Nós estávamos aprisionados em casa, onze de nós, de todas as idades. Não havia nada para comer. Meu pai amava o cachorro, mas era responsável pelo nosso bem-estar. A vida é uma luta por proteínas. Por proteínas e pelo direito de reproduzir os nossos genes. Está entendendo? Para formar uma família.

Ruby meneia a cabeça gravemente.

— Claro que entende — diz Bernard, apontando para a comida em seu prato. — Ter o bastante para comer é o significado da vida, para as plantas, para os animais, para as menininhas e para os adultos também.

— Estou pensando em Jesus — diz Ruby.

— Jesus! — grita Annabelle, como se fosse um nome que todos ali tivessem prometido jamais invocar.

O homem do bosque   173

— Ela quer dizer Deus — diz Kate, esperando proteger a filha de Annabelle e Bernard, os quais, ela acredita agora, não têm a menor ideia de como falar com uma criança, ou então sofrem de algum problema mental.

— Por que vocês acham que as pessoas estavam brigando na cidade de Bernard? — exclama Annabelle. — O motivo de toda a matança? Era Deus. Alguém fazia a prece errada, tchau. Alguém comia a comida errada, *adiós*. Quando chega a primavera e um diz Feliz ramadã, outro diz Feliz Pessach e mais outro diz Feliz Páscoa, cada um pega sua espada e tenta decepar a cabeça do outro.

Ruby começa a remexer em alguma coisa atrás do pescoço, até que desprende a corrente com o pequeno crucifixo que Kate lhe deu algumas semanas antes. Ela a coloca na palma da mão, olha para ela por alguns momentos e a oferece a Annabelle.

— Aqui está uma coisa para manter você segura quando estiver no carro do correio — diz ela. — Você deve pendurar a corrente no espelho retrovisor para ela proteger você.

Oh, não, não, não, isso não vai acabar bem, pensa Kate.

Por alguns momentos, parece que Annabelle ficou comovida com a bondade do gesto de Ruby, mas logo se recupera.

— Vou botar isso no meu espelho retrovisor e ver o que acontece — diz ela. — Mas não vamos esquecer que, no mundo inteiro, as pessoas estão se ferindo por causa dessa coisa chamada religião, o que, para mim, é como lutar por causa de contos de fadas. Está entendendo, Ruby? É como se as pessoas estivessem indo à guerra porque um dos lados acredita na Cinderela e o outro, na Pequena Sereia.

— A Pequena Sereia é um saco — emenda Ruby.

***

Paul se senta na beirada da banheira e observa Ruby escovar os dentes com fanática meticulosidade. Por fim, ela cospe a espuma na pia; depois, enxágua a boca com água, como se uma bola de golfe alternasse de bochecha repetidamente. Annabelle e Bernard foram embora, e Paul sente-se grato pela paciência que Kate demonstrou durante a noite. Como forma de gratidão, ele vai pôr Ruby na cama e limpar a cozinha, enquanto Kate relaxa, assistindo a um programa na PBS sobre a iminente ameaça do ano 2000. Pôr Ruby na cama não é coisa fácil, envolve supervisionar suas diversas atividades higiênicas, levá-la até o quarto, ler para ela por, pelo menos, vinte minutos, cantar algumas canções reconfortantes e dar tapinhas em suas costas até que ela pegue no sono.

— Vejo você de manhã — diz ela para o próprio reflexo no espelho.

Depois, pega a mão de Paul, e ambos caminham até o quarto dela, bege e azul, com estrelas pintadas no teto. Nas paredes estão penduradas fotos que a própria Ruby tirou, no curso livre de fotografia, retratos das outras crianças de sua turma, nenhuma das quais está sorrindo; todas parecem aborrecidas e imitam o beicinho amuado das modelos de passarela. Até a señorita Nariz Manchado, a gata preto e branca que mora no porão do externato, parece ter aderido ao mau humor — suas orelhas estão coladas no crânio e seus olhos, vermelhos como sangue, por causa do flash da câmera.

Paul lê para Ruby enquanto ela move os dedos ao longo da beira do cobertor, fingindo que está digitando as palavras que ele pronuncia. Após a leitura, vêm as canções. Finalmente, Paul desliga

O homem do bosque   175

a luminária à beira da cama e dá um beijo na testa de Ruby. Quando começa a se afastar, Ruby o segura pelos ombros, com força.

— Ainda não — diz ela.

Seu hálito cheira a creme dental e calor, como um doce saído do forno. A certa distância, ressoa o som de um carro. Está indo em direção à casa; a luz dos faróis invade o quarto de Ruby, alongando as sombras dos móveis e dos ursinhos de pelúcia, que sobem pelas paredes e chegam ao meio do teto. Shep, que seguiu Paul e está esperando por ele no lado de fora do quarto de Ruby, levanta-se e corre para o primeiro andar, latindo um aviso em tom de barítono. Paul, ainda retido pelas mãos de Ruby, sente uma onda de ansiedade percorrer-lhe o corpo. Quem apareceria a essa hora?

— Durma muito bem — diz ele a Ruby, com a voz mais descontraída possível.

Então, desprende-se das mãos dela. Ruby cai de volta na cama. Parece muito longe de dormir; todo o ritual foi desperdiçado.

— Não vá embora até eu dormir — diz ela. — Com tapinhas.

A essa altura, o latido de Shep adquiriu um tom de desespero.

— É melhor eu ir ver o que está acontecendo lá embaixo — diz Paul, pondo-se de pé.

O sangue foge de sua cabeça; sua consciência se agita como uma bandeira ao vento.

No andar de baixo, um motorista do correio está sentado diante da bancada da cozinha, retirando o boné de pele; seus ralos cabelos escuros estão úmidos de transpiração. Ele limpa a testa com as costas da mão. Um grande envelope com a palavra URGENTE está pousado sobre a bancada. Kate coloca uma xícara diante do motorista e, levando o envelope consigo, reassume seu posto ao lado do fogão, enquanto espera que a água ferva.

— Oi, Paul — diz ela, por cima do ombro, quando Paul entra na cozinha. — Esse é Casper. Ele se perdeu em algum lugar entre o aeroporto de LaGuardia e aqui.

— Eu não estou muito acostumado com as estradas daqui — diz Casper.

Sua voz é a de quem bebeu, desamparada e escusatória. Kate encontrou um estilete numa gaveta e abriu o envelope. A chaleira começa a assoviar, mas ela está entretida com o conteúdo do envelope — uma carta, algumas fitas de áudio, alguns folhetos. Paul desliga o fogão, pega a chaleira para verificar se há água suficiente para mais uma xícara e olha para a carta nas mãos de Kate. No alto da página, há um desenho antiquado de uma torre de rádio com círculos concêntricos emanando do topo, simbolizando a energia radiodifusora.

— É da Rádio Heartland — diz Kate, remexendo os olhos e afundando o queixo, enquanto examina a folha.

— O que é isso? — pergunta Paul.

Kate aperta a carta contra o peito e inspira profundamente.

— Depois nós falamos sobre isso — diz ela. — Casper tem um longo caminho de volta até Nova York.

— Tarrytown — diz Casper, passando as unhas nos cabelos, como que para penteá-los.

Ele tem todo o jeito de um homem desacostumado a passar tempo na companhia de outras pessoas.

— Chamaram você a Tarrytown para pegar isso no LaGuardia? — pergunta Kate. — E depois trazer para cá?

O homem do bosque   177

— Por mim, tudo bem — diz Casper. — Tarrytown fica no centro de tudo, e eu gosto do trabalho.

Paul luta para se manter calmo. *Esse cara não tem nada a ver com o assunto. Às vezes, uma coincidência é só uma coincidência.* Mas, no fim de um longo dia, quando suas defesas estão baixas, o medo e a incoerência conseguem se infiltrar nele.

Kate entrega o café a Casper.

— Ah, isso é bom, isso é bom — diz ele, tomando um gole.

— É muito tarde para fazer entregas — diz Kate.

— Eu peguei sua encomenda no aeroporto um pouco depois das seis — diz Casper. — Não queria incomodar.

— Não, não — diz Kate. — Tudo bem.

— A gente nunca sabe o que vai acontecer — diz Casper. — Estou no correio desde 1979 e já aconteceu muita coisa estranha comigo. Uma vez, eu peguei um coração humano, enviado de Chicago numa caixa de metal.

Ele toma outro gole de café e respira fundo. Depois, levanta os ombros e empina o queixo. O rapaz que ele fora um dia, bem-apessoado e atraente, transparece por alguns instantes.

— Posso jurar que ouvi o coração batendo — acrescenta ele.

— Nada de transplante de órgãos para mim — diz Kate. — Só fama e fortuna.

— Então, eu trouxe boas notícias — observa Casper, pousando a xícara na bancada e deslizando para fora do banco, como se estivesse desmontando de um cavalo. — Qual é o melhor caminho daqui até Tarrytown? — pergunta ele.

— Tarrytown — diz Paul. — Eu não sei. Nunca fui lá.

Ele olha para a janela acima da pia, tentando ver como está o tempo, mas a noite escura e sem lua transformou o vidro em um espelho. Seu próprio rosto é a última coisa que deseja ver nesse momento.

Casper lança a Paul um olhar demorado e inquisidor, mas apenas diz:

— Só me aponte a direção certa.

— Vou levar você lá fora — diz Paul, abrindo a porta.

Enquanto explica ao carteiro como chegar à rodovia Taconic, Paul sai com ele para a noite gélida. Casper deixou o motor de seu Honda ligado; uma fumaça branca como giz sai pelo cano de descarga do carro, cujos faróis iluminam os flocos de neve, que caem obliquamente.

— Só um segundo — diz Paul.

Ele enfia a mão no bolso e puxa o que lhe parece a cédula mais nova e limpa que já viu. É uma nota de cinquenta, está de bom tamanho. Então a estende para Casper. Parecendo surpreso, sem saber se deve aceitá-la, Casper fica olhando para o rosto de Grant, melancólico e inchado de bebida.*

— Muito agradecido — murmura.

Quando as luzes traseiras do carro de Casper desaparecem lentamente na estrada, Paul continua de pé onde está, de certa forma reconfortado pelas trevas da noite gelada. Quando volta à cozinha,

---

* A nota de cinquenta dólares traz a efígie de Ulisses S. Grant, general que atuou durante a guerra de secessão dos Estados Unidos e posteriormente, em 1869, tornou-se o décimo oitavo presidente norte-americano. Consta que bebia em excesso. (N.T.)

O homem do bosque

a luz lhe parece excessivamente brilhante e o súbito calor lhe dá a impressão de estar submerso em água morna.

Kate está tentando distrair a atenção de Shep, enquanto o cachorro, com o traseiro para o ar, girando a cauda e emitindo uma série de ganidos, arranha freneticamente as portas dos armários sob a pia.

— Pare com isso, Shep — diz Kate. — Você está estragando a pintura.

— Shep — ordena Paul, batendo palmas.

Mas o cachorro continua a patear as portas do armário. Agora, deitado de lado, puxa as portas com as unhas, tentando abri-las.

— Por que ele está fazendo isso? — pergunta Kate. — Tem alguma coisa aí dentro?

— Não sei. Não acho que ele esteja só brincando.

Paul se agacha ao lado do cachorro e enfia o dedo no enforcador de metal da coleira — o único artefato que restou da antiga vida do animal. No momento em que sente o enforcador apertando, Shep se vira para a mão de Paul com uma velocidade atordoante. Não há medida de tempo que possa descrever a rapidez do movimento. Paul só escapa de ser mordido porque o próprio Shep se refreia.

— Ah, meu Deus! — diz Kate. — Você está bem?

Ela se afasta cada vez mais da pia.

— O que você está fazendo, cara? — murmura Paul para o cachorro. — Ficou maluco?

Shep está arfando, com um brilho nos olhos. Sua avidez é disfarçada por uma alegria ruidosa. Parece conformado com o aperto de Paul na coleira, mas, quando Paul empurra sua cauda para baixo e lhe pede que se sente, é como se seu esqueleto fosse construído de tal forma que isso se torna impossível. Quando Paul o empurra com mais força, as pernas da frente do cachorro começam a deslizar no piso da cozinha e um rosnado baixo sai de suas profundezas.

— Paul — diz Kate, levantando a voz. — Esse cachorro vai morder você.

Para demonstrar a Kate, ao cachorro e a si mesmo que não tem medo de nada, Paul coloca a mão sobre o focinho de Shep. O bafo do cachorro excitado é morno e úmido. Os olhos castanhos de Shep, normalmente pacíficos, começam a revelar uma inquietante quantidade de branco. Embora o cachorro não vá morder Paul, não pretende desistir de pegar o que está dentro do armário da pia. Assim que Paul relaxa o aperto, Shep investe contra as portas, ganindo, e começa a arranhá-las de novo.

— O que tem lá dentro? —- pergunta Kate.

— Não sei. Alguma coisa. Um camundongo, um esquilo, uma cobra.

— Uma cobra?

Para Kate, este é o pior cenário, muito mais perturbador que a chegada do ano 2000.

— Não existem cobras venenosas por aqui — diz Paul.

— Todas as cobras são venenosas. Elas envenenam a nossa mente. Nós sentimos um terror tão incontrolável e penetrante que as substâncias químicas que o medo libera no nosso cérebro nos transformam em idiotas, com baba escorrendo pelo queixo.

— Bem — diz Paul —, você tira o Shep daqui e eu vou lidar com o que estiver ali dentro, seja lá o que for.

O homem do bosque   181

Contra a vontade de Shep, Paul o puxa pela coleira para entregá-lo a Kate. No meio do caminho, Shep consegue se soltar e volta correndo para perto do armário. Dessa vez, seu sucesso é instantâneo: ele consegue abrir as portas.

— Essa não! — grita Kate, cobrindo o rosto com as mãos.

Uma cobra-rateira acinzentada com dois metros e meio de comprimento está aproveitando o calor do cano de água quente, no qual enroscou sua metade inferior. De repente, solta-se do cano e desliza lentamente na direção deles. Sua cabeça chata, muito pequena, é branca na parte de baixo; os buracos negros de seus olhos são aureolados por diversos matizes de cinza, mais claros que a cota de malha que lhe recobre o resto do corpo.

Kate está praticamente paralisada de medo. Por mais que queira se afastar, também tem medo de ficar sozinha.

— O que é aquela protuberância? — ela consegue dizer.

— Acho que ela acabou de comer um rato — diz Paul.

— Porra — sussurra Kate, como se fosse impossível haver notícia pior. Depois cobre a boca e o nariz. — Ela tem cheiro de pepino podre.

Shep, descobrindo agora a desconcertante natureza do barulho que ouvira embaixo da pia, decidiu que o melhor lugar para ele é ao lado de Paul, em cuja perna se encosta, enquanto observa a cobra se arrastar lentamente pela cozinha.

— O que você vai fazer? — grita Kate. — Você está só parado aí!

— Não se preocupe — diz Paul. — Vou tirar essa cobra daqui.

Seja o que for que a cobra tenha engolido, parece ainda estar vivo, pulsando no seu trato digestivo enquanto seus nutrientes são lenta e inexoravelmente sugados. Alimentada, a cobra se move em direção à mesa da cozinha. Paul se coloca em seu caminho com rapidez e bate com o pé no piso para que ela mude de direção. A cobra para, levanta a cabeça e inspeciona o terreno. Então, cada vez mais rápido, dirige-se à porta do porão, onde há um espaço entre a porta e o chão, largo o bastante para que ela passe por baixo e rume para as entranhas da casa, onde deve ter passado o inverno.

— Pegue-a antes que ela vá lá para baixo! — diz Kate.

— Estou tentando — diz Paul, sentindo a raiva crescer e o coração se angustiar: algo lhe diz que ele vai matar aquela cobra.

Em passadas rápidas, ele se aproxima dela e tenta pisar em sua cauda. Mas tem a impressão de que esta realmente *encolhe* ao sentir a pressão do sapato. Com a cobra a apenas alguns metros da porta do porão, Paul a agarra — parece tão dura e viva quanto uma mangueira de jardim com água irrompendo de repente — e tenta arremessá-la em direção à porta dos fundos, de onde poderá empurrá-la para o lado de fora. Mas a cobra é pesada, difícil de controlar, e acaba aterrissando no meio da cozinha, onde Shep, cujos instintos foram reativados pelo tumulto, investe contra ela e crava os dentes em seu corpo, mais ou menos no meio. Kate cobre a boca com a mão para que seus gritos abafados não despertem Ruby. Paul está tentando fazer Shep largar a cobra, que ele agora sacode com violência, na esperança de lhe quebrar o pescoço. A cobra, no entanto, é flexível demais para ser morta dessa forma; de fato, mesmo entre os dentes do cachorro, conseguiu virar a cabeça e abrir a boca, exibindo uma língua tremulante. A essa altura, Shep já sentiu o gosto do que mordeu e está achando horrível, a julgar por sua expressão. Então, apruma o corpo e abre a boca; a cobra, ensanguentada e lacerada, cai no chão, mas continua a se mover, dessa vez na direção dos armários da pia, que ainda estão escancarados. Shep observa

O homem do bosque   183

a cobra com a cabeça inclinada para o lado, numa pose que poderia ser erroneamente interpretada como adorável. Embora ainda esteja com o gosto ruim na boca, os movimentos da cobra são irresistíveis para ele — que está dando todas as indicações de que pretende atacá-la de novo. Mas Paul pegou a chaleira que estava no fogão e a usa como arma, batendo com a base na cabeça da cobra, o que a deixa aturdida. Paul bate de novo e termina o serviço.

— Ela morreu? — pergunta Kate.

Avultando sobre a criatura, agora inerte, Paul procura sinais de vida. Shep, de pé entre Paul e Kate, olha para a cobra e depois para Paul, que, ainda ofegante devido ao esforço e à emoção de haver tirado uma vida, pergunta a si mesmo se o cachorro estaria se lembrando do que ele próprio está se lembrando.

Paul leva a cobra morta para fora e a atira no capinzal alto que margeia a alameda de entrada da casa, onde os corvos a encontrarão e a reduzirão a pedaços. Depois, permanece imóvel por algum tempo, olhando a lua, enquanto pensamentos rápidos e indecifráveis lhe acorrem à cabeça. Por fim, volta para dentro de casa, onde Kate está limpando a mancha deixada pela cobra.

— Bem, isso foi como beber duzentas e cinquenta xícaras de café — diz ela, jogando no lixo as toalhas de papel e lavando a chaleira na torneira de água quente.

—Você está bem? — pergunta Paul.

— Acho que nem preciso dizer que eu não era uma grande fã da cobra.

Paul se deixa cair em uma das cadeiras da cozinha. Quando Kate acaba de lavar a chaleira, chega por trás dele e tenta levantá-lo da cadeira.

— Vamos até a sala de jantar — diz ela. — Preciso lhe contar uma coisa.

Eles se acomodam à mesa de jantar, frente a frente. O anel de umidade deixado pela bandeja com a galinha assada ainda é visível. Kate está segurando a carta que recebeu dos programadores da estação de rádio. Ela molha os lábios com a ponta da língua, inspira fundo e tenta estabilizar a respiração.

— "Prezada sra. Ellis" — lê ela. — "Como a senhora sabe, nós, da Rádio Heartland, somos grandes fãs seus e do seu trabalho. *Orando com os outros* tem sido um dos livros favoritos do pessoal da empresa, e temos acompanhado com enorme interesse suas numerosas aparições públicas, em pessoa, na televisão e no rádio." — De repente, ela pousa a carta. — Tudo bem, eu não vou ler a carta toda. Para encurtar o assunto: eles querem que eu tenha meu próprio programa. Uma vez por semana. Vai ser transmitido em duzentas das estações deles. — Ela sorri. — Eu costumava achar que esses conglomerados, essa concentração dos meios de comunicação em poucas mãos, eram uma coisa ruim para a nossa cultura e a nossa democracia. Mas, agora que eu entrei no jogo, estou achando tudo ótimo.

Paul apoia o queixo na mão, esforçando-se para tomar parte na conversa.

— Parece bom — diz finalmente.

Kate não dá nenhuma demonstração de que achou a resposta fria.

— Não sei — diz ela. — Eles não mencionam dinheiro. Talvez nem valha muito a pena. E não faço ideia de como isso vai afetar o que eu escrevo. Não quero desperdiçar as minhas ideias em conversas pelo rádio. — Ela pega a carta de novo, olha para ela e a pousa cuidadosamente na mesa; depois alisa o papel. — O que você acha? Eu no rádio. Você acha que seria... quer dizer, você se sentiria bem com isso?, quer dizer, isso lhe parece uma boa ideia?

— Não sei, eu nunca pensei em estar no rádio. Eles querem que você fale sobre a Bíblia?

— Eu não sou teóloga e não vou bancar a teóloga no rádio. Eu realmente não conheço a Bíblia tão bem assim. Muitas transações com terras, muita vingança.

— Então, o que você vai fazer?

— Falar. Sobre... — Ela pestaneja rapidamente e coloca a mão sobre o coração. — ...moi. As mesmas coisas que falo nos meus livros, as mesmas coisas que falo nas minhas palestras. Eu só sei o que sei. A história de ter encontrado um pouquinho de encanto numa vida muito louca.

— Eu vou ouvir com certeza.

— Isso está me deixando tão assustada. Estou acostumada a que as coisas sejam de um jeito, e agora tudo está mudando. — Ela estende a mão por cima da mesa e segura a mão dele. — Tudo está muito diferente agora, muito mais do que eu esperava. Às vezes, eu não me reconheço. É como se eu acordasse de manhã com cabelos ruivos e um metro e oitenta de altura. Quer dizer, ser alta e ter cabelos ruivos é interessante, mas o que aconteceu comigo? Você entende?

— Acho que sim. Mas a gente tem que estar disposto a mudar — sugere ele, um tanto hesitante.

— Eu sei — concorda ela. — A vida tem seus próprios termos. Tudo bem, estou dentro. Podem me dar as cartas. Certo? Você quer saber o que eu sei? Eu sei que as nossas vidas se desenrolam sob os olhos de Deus. Ele realmente está lá, da forma mais absoluta e primitiva. Exatamente da forma que as pessoas pensavam milhares de anos atrás, pessoas que não sabiam porra nenhuma, mas isso elas sabiam, e tinham razão.

— Mas ninguém consegue ver Deus.

— Claro que não. Você pode imaginar como tudo seria maçante se a gente pudesse ver Deus assim como a gente pode ver Cleveland ou uma caixa de clipes?

Kate se levanta da cadeira, vai até onde Paul está sentado e o conduz para fora da sala de jantar. Sobem, então, a escada e entram no quarto. Eles ainda estão vestidos, mas ela se escarrancha sobre ele assim mesmo.

— Quanta felicidade uma mulher pode aguentar? — pergunta ela, relanceando os olhos para o alto, para onde Deus pode estar. Depois os baixa suavemente e olha para Paul. Seu olhar é como um cobertor macio. — Estou assustando você? É muita coisa, não é?

Paul faz que não com a cabeça, sem se atrever a falar. Em algum lugar na noite, na vastidão gelada entre o topo das árvores e a eternidade, zumbe um pequeno avião. Seus motores parecem estar começando a ratear. Paul imagina o piloto rígido de medo, enquanto o avião perde altitude; depois, imagina o avião caindo através do telhado, cortando a frágil carne de ambos com suas hélices mortais. Kate se deita sobre ele, sem deixar de olhá-lo, e posiciona a cabeça de tal forma que as pontas de seus cabelos roçam o rosto dele.

— Tudo bem — murmura ela. — Chega de enrolação.

Ela baixa a cabeça para beijá-lo. Paul segura os quadris dela para deter o movimento, mas ela interpreta seu gesto erradamente e os pressiona contra ele. Ele a empurra com mais força, mantendo seu corpo a alguns centímetros de distância.

O homem do bosque 187

— Posso falar mais uma coisa? — pergunta Kate.

— Tudo bem. — Você pode dizer quantas coisas quiser. Eu adoro quando você fala.

— Adora mesmo?

— Quem não adora?

— Tudo bem, isso resolve o assunto. Nós temos que nos casar. Eu preciso botar esse negócio todo por escrito. Preciso de tudo assinado, selado e entregue. Preciso ter a lei do meu lado.

Ela o beija enquanto fala, até que ele vira a cabeça.

— Que foi?

— Eu tenho que lhe dizer uma coisa — diz ele.

Ela mal consegue enxergá-lo à luz fraca do corredor.

— Isso nunca é bom — diz ela.

Ele fica em silêncio por alguns momentos. Sabe o que ela não sabe e está prestes a mudar tudo.

— Não é — confirma ele. — Não é bom.

— Ah, Paul... O que é? Me diga.

— Umas duas semanas atrás — diz ele, e se interrompe.

Ele quer viver por mais um momento em um mundo onde não tenha dito isso. No entanto, uma vez que começou, não há como parar; é como ir com um machado até uma árvore.

— O quê? — pergunta ela. — Umas duas semanas atrás. O quê?

— Eu matei um homem. Umas duas semanas atrás, eu matei um homem.

Pelo modo como ele estava conduzindo a conversa, ela teria apostado que ele iria lhe dizer que estava envolvido com outra pessoa. Assim, sua primeira reação foi de alívio. A segunda é o restante de sua vida.

CAPÍTULO
TREZE

—Você está muito calado hoje — diz Todd Lawson.

Paul não sente confiança para falar. Está fazendo o que pode para manter a mente ocupada com os estalidos de seus passos sobre o solo da floresta — cada vez mais duro — e com os grasnidos furiosos e territoriais dos gaios-azuis, pássaros caseiros, que nunca vão embora. Uma dúzia deles está descrevendo círculos no ar. O céu é um xale amarrotado, em tons roxos e cinzentos. No chão, a mistura de chuva, neve derretida e terra formou uma frágil capa de gelo. É difícil resistir ao impulso de pisar nas poças congeladas, transformando-as em teias de rachaduras.

Agora que ele contou a Kate o que fez, a pressão de contá-lo a mais alguém aumenta dia a dia. Hoje, Paul, Evangeline e Shep foram até a casa do pintor Hunter DeMille, um farol reformado no meio do rio Hudson. Paul estava mostrando a DeMille seus projetos para a construção de uma rede de passarelas de madeira, sobre a qual se poderá atravessar o hectare de terra pantanosa onde se ergue o farol. Enquanto conversavam, Shep, sem nenhum esforço, conquistou

O homem do bosque   189

o coração do filho de DeMille, Cooper, de sete anos, que ria com tão pouca frequência que DeMille, imediatamente, fez uma oferta pelo cachorro. Embora a ideia de se desfazer de seu cachorro fosse ultrajante para Paul, DeMille continuou insistindo em comprar Shep. Evangeline observava tudo, desalentada por ver um homem cujo trabalho estudara nas aulas de história da arte da Faculdade de Marlowe se comportar de maneira tão presunçosa. Paul, fantasiando silenciar o teimoso pintor, começou a ensaiar mentalmente a chocante revelação do motivo pelo qual jamais poderia abrir mão de Shep. Quando DeMille, furioso e oferecendo um preço cada vez mais alto, chegou a dez mil dólares, o impulso de dizer ao velhote que matara um homem por aquele cachorro se tornou tão intenso que o desejo de confessar a violência se transformou na própria violência. Da mesma forma, ele teve vontade de contar a Evangeline a verdadeira história de como encontrara Shep, assim como sentiu vontade de contar a história a Annabelle, que, no último domingo, quando Paul apareceu para consertar os degraus do alpendre, comentou que ele estava muito calado.

A necessidade de falar sobre o que fizera irrompe por trás de uma represa de bom senso, mas bom senso não é o bastante para conter uma força tão profunda e poderosa. Portanto, a represa precisa ser reforçada, impermeabilizada com palavras. Mas conversa fiada é impossível para Paul neste momento. As palavras que diz estão perigosamente próximas das palavras que ele tem medo de dizer.

— Você acha que conseguiria aguentar se fosse posto numa prisão? — pergunta Paul a Lawson.

Lawson, que estava andando de um lado para outro na frente de Paul, para e se vira.

— Por uma noite?

— Por um ano, ou dez anos.

— Viva em liberdade ou morra, como dizem as placas dos carros.* Mas por quê? Está pensando em cometer algum crime?

Lawson arranca uma pequena pinha murcha de um galho coberto de gelo e a esfrega entre o polegar e o indicador. Depois, deixa os fragmentos caírem. Shep se aproxima para verificar o que foi jogado no chão, fareja o material e olha para Lawson com uma expressão alegre, como que tentando induzi-lo a largar algo mais valioso.

— Então, você acha que aguentaria? — insiste Paul.

— Não sei. Seria difícil. Eu não consigo aguentar nem uma sessão de cinema.

Eles estão caminhando no que antes fora o Clube de Tiro de Leyden, recentemente vendido para ser transformado em um condomínio com cem unidades que receberá o nome de Recanto do Peru — presumivelmente em homenagem aos muitos perus-selvagens abatidos na área. De repente, chegam à beira de uma estrada asfaltada. Dois corredores passam em frente a eles, ofegantes, dois homens na casa dos quarenta anos. Pelo aspecto, são executivos, com cabelos grisalhos, pernas finas, camisetas apregoando seu

---

* Live Free or Die — lema oficial do estado de New Hampshire, que se popularizou em todo o território norte-americano. Por determinação do governo estadual, é gravado em todas as placas de veículos locais. (N.T.)

O homem do bosque

apego ao Four Seasons Istanbul* e a um lugar chamado Smuggler's Cove, que, com suas palmeiras e papagaios, parece ser algum lugar do Caribe. Alguns fragmentos da conversa entre ambos podem ser ouvidos — o que veste a camiseta do Four Seasons está falando sobre as medidas que sua empresa tem tomado para fazer cópias de seus dados, na hipótese de que as piores previsões sobre o ano 2000 se concretizem.

— Sabe aquele cara com a camisa de Istambul? — diz Lawson quando os corredores já se encontram a uma distância segura. — Ele é casado com uma velha amiga sua.

— É?

— Lynn Dobkin.

— Eu pensei que ela havia se mudado para Londres, ou coisa assim.

— Acho que foi onde eles se encontraram, mas agora estão aqui. Pelo menos, parte do tempo. — Lawson respira fundo, do modo como as pessoas fazem quando seus pensamentos se voltam para o passado. — Ela era tão bonita que fazia você parecer bonito.

Todd estende a mão para receber uma palmada, mas Paul finge que não percebeu.

— Aquilo nunca iria chegar a lugar nenhum.

— Como assim? — questiona Todd. — Você já estava no lugar, não havia mais para onde ir.

— Lynn estava muito envolvida com essa história de ser judia. Eu fui o primeiro não judeu com quem ela saiu.

---

* Hotel de altíssimo luxo, localizado em Istambul, na Turquia. (N.T.)

— E com quem você estava saindo antes dela? — pergunta Todd.
— A acupunturista?

— Pauline. Ela não era acupunturista. Era massagista de *shiatsu*. E sabe do que mais? Alguém chamado Paul não pode sair com alguém chamada Pauline.

— É mesmo? — exclama Todd. — Eu poderia lidar com esse problema. Ela era um espetáculo.

Paul dá de ombros, enquanto ouve o zumbido distante do motor de um automóvel e o chapinhar difuso de pneus em asfalto molhado. Estala, então, os dedos, e Shep se posiciona a seu lado. Paul enfia um dedo sob o enforcador da coleira do cachorro. Shep parece estar acostumado com carros, mas nunca se sabe. Um animal é capaz de fazer qualquer coisa. Qualquer animal.

— Ela era um espetáculo e o sexo era incrível — diz Todd. — Lembra?

Paul franze a testa. Duvida que tenha dito uma coisa dessas, mas de onde Todd tirou a ideia? Porque era verdade, nunca houve palavras tão verdadeiras. Por vezes, a lembrança sensorial de ter estado com Pauline lhe ocorre nítida e espontaneamente.

— E quanto a Indigo Albright? — pergunta Lawson.

— Agora você está mesmo remexendo no passado — diz Paul.

Mas ele sente a doce sensação de alguém conhecê-lo. É incrível que Todd tenha prestado tanta atenção durante todos esses anos. Há quanto tempo eles de fato se conhecem? Paul não consegue fixar uma data para o primeiro encontro que tiveram. Todd é uma dessas pessoas que a gente acha que conhece desde sempre, mesmo tendo dificuldade em imaginar onde ele se encontra quando não está bem à sua frente. Ele parece não ter motivos para suas observações

O homem do bosque   193

e ações — mas uma coisa assim é possível? Existe algum ser humano que não tenha motivos? Os motivos não regulam nossa vida interior tão completamente quanto a gravidade regula nossa vida exterior?

— Posso fazer uma pergunta? — diz Paul.

Eles chegaram à parte da estrada que limita a extremidade leste da propriedade de Kate. Numa acácia agonizante, com o tronco inchado de câncer, está pregada uma placa de plástico amarelo com um aviso de PROIBIDO CAÇAR e o nome de Kate escrito com caneta hidrocor. As luzes da casa não são visíveis desse ponto, mas o brilho delas paira no ar neste fim de tarde, como uma fria névoa amarelada. Paul sente a pressão de Shep contra suas pernas.

— Você conheceu o cara que estava com Kate antes de mim? — completa ele.

— Com certeza. E ainda conheço. Daniel Emerson. Por quê? Você está precisando de um advogado?

— Posso precisar — diz Paul, forçando-se a sorrir. — Mas o que aconteceu com ele? Alguma coisa ruim, não foi?

— É. Um acidente com fogos de artifício. No terreno do Ferguson Richmond. O problema é que quando os homens entram no mato... nós retornamos à nossa essência elementar, e dá merda. De qualquer forma, o cara se recuperou, apesar de ter demorado um pouco. E, nesse meio-tempo, ele acabou ficando com a mulher do cara. Bem-vindo a Leyden.

— Ele realmente partiu o coração de Kate — diz Paul.

— Eu sei. Todo mundo sabe.

— Ela nunca pronuncia o nome dele.

— Bem, agora você tem ela toda pra você.

Paul meneia a cabeça negativamente.

— Qual é o problema conosco?

— Com quem?

— Com os homens.

— Os homens fazem o que fazem. Nós somos só parte da ordem das coisas — diz Todd, batendo levemente no braço de Paul. — Nós somos só natureza.

— Coitada da Kate — diz Paul.

— Bom, tudo acabou bem. Ela agora tem você.

Todd se abaixa, pega uma pedra na beira da estrada e a arremessa no ar, por cima das árvores. Longos segundos se passam antes que eles a ouçam cair no chão.

— Mas o que está havendo, Paul? — pergunta Todd mansamente. —Você está com algum problema? Tem alguma coisa que queira me contar? Quer dizer, você não precisa me contar. Mas, se quiser, eu estou aqui.

— Eu sei — diz Paul. — E fico muito grato.

Eles fazem outra curva na estrada. O lado norte da casa de Kate está visível agora; as luzes no quarto que ela transformou em biblioteca são de um amarelo forte, que contrasta vivamente com o azul profundo do fim da tarde. Se o coração de Paul tivesse joelhos, cairia sobre eles agora.

— Metade do tempo, eu meio que me sinto como se estivesse na prisão — diz Paul. — Estou vivendo do jeito que se supõe que deve ser quando trancam você na cadeia e você fica lá sentado, ruminando as coisas erradas que fez.

— Ei — diz Todd. — Escute o que eu estou dizendo. Não sei que porra é essa que você está falando, mas uma coisa eu sei: seu lugar não é na cadeia, de jeito nenhum, não importa o que você tenha feito.

O homem do bosque   195

Paul ri. Incrível o ânimo que sente ao ouvir essas palavras.

— Você quer entrar? — pergunta a Todd. — Podemos tomar uma xícara de chá. Ou a gente pode abrir uma garrafa de vinho.

— Não, obrigado. Tenho um encontro com uma *señorita*.

— Bem, eu não vou atrapalhar isso.

— É literalmente uma *señorita* — explica Todd. — Você conhece Vicky Rodriguez? Ela toma conta dos filhos dos Rosenberg, na Southwind. Meu avô costumava jantar nessa casa. Os Rosenberg não sabem nada da história desse lugar que agora é a casa deles. Vou ter que contar a eles. A cidade está mudando muito rápido.

— Só mudaram os ricos — comenta Paul. — Os ricos novos vão fazer a história deles.

— Não é só isso. Agora, há cinco vezes mais casas. Se puserem um trem rápido na linha, nós vamos virar um subúrbio. Ninguém faz nada, ninguém conserta nada. Todo mundo vive de acordo com as suas regrinhas, todo mundo está pensando na aposentadoria e pagando os prêmios dos seguros. A aventura desapareceu. Cortaram os colhões deste lugar. Isso não é para mim. E nem para você. Não é para nós.

Eles estão parados no início da alameda que leva à casa de Kate. Ao lado, a alguma distância, um pequeno bando de cervos pasta o que restou da grama do verão. De vez em quando, um deles levanta a cabeça; seus olhos brilham como ametistas. Dessa posição, a casa não é visível, exceto pelo halo de luz. No início, Shep perseguia os cervos, mas com tão pouco sucesso que agora *finge* que não os vê. Suas energias estão concentradas em voltar para casa. A metade posterior de seu corpo treme de excitação. Suas partes favoritas de um passeio são ser convidado a ir e ter permissão para voltar.

— Bem — diz Paul. — A gente se vê.

— O negócio é o seguinte — diz Todd, pousando a mão no ombro de Paul. — Se você fez alguma coisa, tem que confiar em si mesmo e lidar com o assunto do seu jeito. É a ética do "faça você mesmo", meu amigo. Homens como nós não esperam que outras pessoas resolvam o nosso problema. Quando uma pia entope, não chamamos um encanador: arrancamos tudo, trocamos as gaxetas, fazemos o que for preciso. E se uma árvore é atingida por um raio e cai em cima da casa, nós pegamos uma serra elétrica, cortamos a árvore em pedaços de um metro e consertamos o teto. Seja lá o que for que estiver incomodando você, vai saber lidar com isso. Eu sei que vai, porque sempre soube. Você tem uma coisa que vai muito além da obediência às regras: honra.

Todd sorri. Há uma lacuna entre seu dente incisivo direito e o dente seguinte, um túnel que conduz às suas profundezas.

CAPÍTULO
QUATORZE

No silêncio do carro, ele começa a compor uma carta em sua mente, ou uma declaração. *Querida Kate, eu te amo demais.* Mas percebe que ela está olhando para ele e fala:

— Dizem que os assassinos sempre retornam à cena do crime.

Ele se afunda no banco do passageiro, enquanto Kate sai da rodovia Taconic e entra na Saw Mill.

— Ninguém aqui é assassino; portanto, você podia parar de falar isso — diz Kate.

Ela acha que se mostrou afetuosa, leal e confiante, mas, ao ver a expressão indecisa de Paul, estende o braço e pousa a mão no joelho dele.

— Desculpe.

Ele olha para ela com ar incrédulo, como se um mundo em que precise se desculpar seja algo bizarro. *Mas acho que eu não fui feito para viver com outra pessoa.*

— Próxima saída, certo? — pergunta Kate.

Paul move os joelhos para cima e para baixo, nervoso. Como alguém que, numa sala de interrogatório, começa a perceber que não aguentará muito mais tempo. Alguém prestes a desmoronar. Ao se aproximarem de Tarrytown, sua mente está assolada por medos irracionais, medos que tiveram início quando Kate lhe pediu para ver o lugar onde ele fizera aquilo, espancara um homem até a morte, e ele concordara; e que se intensificam cada vez mais, à medida que eles se aproximam de Martingham. Mesmo assim, ele mantém a resolução de ir até o fim. Kate está tentando ajustar sua própria concepção sobre o que aconteceu naquela tarde de novembro, sobre o que está acontecendo com Paul e, por extensão, através dos indomáveis caminhos do amor, sobre o que está aconteceu com ela. Paul não se sente com direito de interferir.

Até aquele momento, ela não lhe perguntara em que bosque ele havia parado, e Paul nunca lhe contou. Certa vez — talvez na noite em que contou a ela o que tinha feito, talvez no dia seguinte —, ele começou a lhe explicar qual fora o lugar onde saíra da estrada e o lugar em que estacionara a caminhonete. Mas alguma reação instintiva fez com que ela o interrompesse. Kate, normalmente curiosa, às vezes insaciavelmente curiosa, não quis visualizar com muita clareza a façanha de Paul. Já ingressara no caminho escolhido, o de proteger Paul, seu homem, um homem que, exceto por uma coisa, essa coisa horrível, só fazia melhorar a vida de todos que o cercavam. A ignorância não foi uma bênção, mas um abajur que envolveu a lâmpada do conhecimento, colorindo a luz e tornando-a menos ofuscante.

Mas era estranho saber tão pouco a respeito do que de fato aconteceu naquela tarde de novembro. Kate começa a conjeturar sobre

O homem do bosque   199

como os golpes foram desfechados, em que local o corpo caiu, o que aconteceu primeiro, o que aconteceu em seguida, o que aconteceu depois. E onde tudo aconteceu? Como Paul e o homem conseguiram se encontrar tão sozinhos naquele lugar ermo, encarando-se como dois fugitivos, como isso pôde acontecer em pleno condado de Westchester, tão perto de Manhattan que é como se fosse a bainha da longa saia da cidade?

A sua vida era boa, muito boa, quando eu encontrei você... São onze da manhã. Agora que eles saíram da Saw Mill; não há outros carros à vista. Kate nota que Paul não fala nada há vários minutos, nem estabeleceu nenhum contato visual com ela. Continua a chacoalhar os joelhos e mantém o olhar fixo na paisagem. Ela chega a um cruzamento.

— Vire à direita, depois à direita de novo e vai encontrar uma entrada — diz Paul.

— Desculpe — diz Kate.

Paul balança a cabeça negativamente. Ele não vai aceitar esse tipo de coisa. *Você tem sua vida, seus livros, Ruby...*

— Eu simplesmente preciso fazer isso — acrescenta ela.

— Estamos aqui. Estamos fazendo isso. Assim é melhor.

— Eu acho que é mesmo.

Paul dá de ombros e se vira para ela, sem nenhuma bondade no rosto. Por alguns momentos, ela quase consegue vislumbrar o que vai acontecer.

— Talvez Deus queira que a gente esteja aqui. É isso o que você está pensando? — pergunta ele.

Ela sente as palavras como um golpe, e sua primeira reação é dizer algo igualmente irritante. Mas é pega de surpresa pela inusitada agressividade de Paul, cujos raros momentos de irritação eram sempre expressados por alheamento e silêncio.

— Talvez você tenha razão — diz ela —, talvez seja exatamente isso o que Deus quer.

— Então, eu gostaria de saber mais sobre os desejos dele, porque esse silêncio é uma droga. Eu matei um homem e o universo está totalmente silencioso.

Ela entra na estrada de acesso ao Parque Estadual de Martingham. Abetos azuis margeiam o asfalto; a linha branca que divide a estrada parece ter sido pintada recentemente. O céu está de um cinza manchado, como a casca de uma ostra.

— Nós vamos ficar bem — diz ela. — Você nunca será apanhado, nós não vamos contar para ninguém. Vamos viver com isso. Que mais a gente pode fazer?

— Não sei. Talvez seja melhor eu me entregar. Mais fácil.

Ele enfia a mão sob o casaco; tem a sensação de que seu estômago está digerindo pedras. *Eu me sinto como uma infecção... Acho que é hora de desaparecer.*

— Não faria sentido — diz Kate, um tanto asperamente. — O negócio é que ninguém viu você. Eu costumava escrever sobre esse assunto, Paul; eu sei o que estou falando. Quem são os indivíduos capturados? A maioria deles já é fichada com uma longa folha corrida. E quase todos são idiotas ou malucos. Ou, então, o crime é tão óbvio, como no caso de O.J. Simpson, que quem mais poderia ser? Maridos que matam as esposas, esposas que matam os maridos, empregados ressentidos, herdeiros impacientes: esses são os indivíduos capturados.

O homem do bosque   201

— Eu já fui capturado — diz Paul.

Hoje há outros veículos no estacionamento leste do parque, seis deles. Qualquer um poderia ser um carro de polícia sem identificação. Quando Kate segue em direção à vaga em que Paul estacionou a caminhonete, ele se sente dominado pelo medo; é como se mil mãos pequeninas estivessem dentro dele, rasgando seu raciocínio. Seu pânico é tão feroz, amplo e vergonhoso que ele mal consegue respirar. Kate, que na noite anterior permaneceu acordada até tarde, bebendo sucos e assistindo a uma antiga versão de *Macbeth* na PBS, lembra-se com carinho de um comentário de Banquo no primeiro ato: *Ou será que comemos a raiz da insanidade/ Que aprisiona a razão?** Boa pergunta, pensa Kate acelerando, quando percebe que Paul está examinando todos os veículos pelos quais eles passam.

— Acho que a melhor coisa é agir com naturalidade — diz ela.

— Tem duas pessoas no Buick preto — sussurra Paul. *Ela fez isso comigo...*

Kate estica o pescoço para enxergar melhor. Paul tem razão, duas pessoas. Mas parecem adolescentes, um garoto com um boné dos Mets e outro com cabelos pintados de cor-de-rosa. Provavelmente, estavam ali para fumar maconha. Mas ela não quer discutir com Paul. Continuando a dirigir, sai do estacionamento e retorna à estrada de acesso.

— E agora? — pergunta ela.

— Não sei — responde Paul. — Estamos aqui por sua causa.

Ele percebe a expressão no rosto dela. Não queria magoá-la. *Monstro...*

---

* *Or have we eaten on the insane root/ That takes the reason prisoner?* (N.T.)

— Talvez tenha sido uma ideia ruim — diz ela. — Não preciso ver mais nada. Podemos voltar para casa.

Casa. A palavra machuca Paul — a lembrança de que existe um lugar no mundo ao qual ele pertence —, assim como a facilidade de Kate em dizê-la. Ele segura a mão dela.

— Não, tudo bem. Vamos voltar. Vou lhe mostrar onde aconteceu.

— Não precisa. Eu entendo. Para começar, nem sei por que quis fazer isso.

— Eu só estava olhando para aqueles carros.

— Naquele Buick havia dois garotos. Acho que estavam curtindo um barato.

— Na última vez, o lugar estava vazio. É estranho ver tantos carros.

— É um estacionamento. As pessoas vêm e vão.

Kate olha para Paul, que está com as mãos no colo, cruzando e descruzando os dedos.

— Eu fui à agência do correio ontem — diz Paul. — Um fornecedor me enviou uns pedaços de cipreste da Louisiana e eu fui lá buscar.

— E? — pergunta ela.

A voz de Paul soa cavernosa, distante. Kate já está começando a sentir falta dele e ansiar por ele, como se ela tivesse sido traída e não conseguisse perdoá-lo.

— Tinha um cara na minha frente, já sendo atendido. Estava comprando selos. Mas era muito exigente, só queria selos bonitos. Gerald mostrou a ele alguns selos do Elvis, aqueles com a palavra

O homem do bosque   203

"amor" desenhados pelo Robert Indiana,* e mais alguma coisa. O cara tinha uns cinquenta anos. Fazia um calor infernal dentro da agência, mas ele estava usando luvas e protetores de orelha. Demorava a tomar sua grande decisão do dia. Eu tinha um monte de coisas para fazer na oficina, mas fiquei esperando, olhando para a nuca do cara, tentando me controlar para não fazê-lo se apressar. Ele pensou, pensou e finalmente escolheu a folha de selos que ia comprar. Então, começou a tirar moedas da pochete, dez, vinte, vinte e cinco, trinta e cinco, quarenta, e eu só pensava que queria quebrar o pescoço daquele cara. — Paul se vira para Kate com olhar suplicante. — Você sabe o que estou dizendo. Aquele cara estava me dando nos nervos, e a primeira coisa que eu quis fazer foi acabar com a vida dele com as próprias mãos.

— Todos nós pensamos coisas assim.

— Mas eu realmente fiz isso — diz Paul. — E, então, comecei a reparar em quantas vezes eu penso nisso, quantas vezes eu só penso nisso. Alguém está dirigindo devagar na minha frente, ou eu vejo algum porcalhão jogando lixo pela janela da caminhonete, ou alguém me trata como empregado. Eu sinto vontade de encher o cara de porrada, dar uns safanões nele. Sinto vontade de matar o cara. Mas o que acontece quando você realmente já matou um cara? — Ele balança a cabeça. — Eu espero que você nunca tenha que pensar nisso do jeito que eu penso.

Eles param em um sinal fechado.

-----

* Robert Indiana (n. 1928) — artista plástico norte-americano ligado à arte pop. Desenhou uma série de selos com a palavra "amor", estilizada, para o correio dos Estados Unidos. (N.T.)

— O que você quer que eu faça, Paul? Quer que eu dê meia-volta? Ou vamos direto para Leyden?

— Eu só estava pensando... nós não vamos dar uma baita festa dentro em breve? Eu acho que vai ser estranho. Não me parece certo.

— Vai ser ótimo! Nós precisamos ver pessoas. E devemos agir o mais normalmente possível.

Ela quer reconfortá-lo, incutir nele um pouco de bom senso, mas a seus ouvidos soa como alguém que acabou de se juntar a uma conspiração.

— Eu me sinto esquisito perto das pessoas — diz Paul. — Eu não sou uma delas. Sou uma coisa diferente.

— As pessoas adoram você, Paul. Realmente adoram.

— Estou com medo de mim mesmo.

Ela pega a mão dele e a coloca na própria garganta.

— Eu não tenho medo de você, não acho que tenha se tornado um selvagem ou coisa parecida. Eu te amo, confio em você e meu conselho, se estiver querendo um, é que ame a si mesmo e confie em si mesmo, porque você merece isso.

— Mas e o...

— Não há nada que a gente possa fazer a respeito disso agora. Está nas mãos de Deus e, ao que parece, ninguém está se importando.

— Tudo bem. Eu vou lhe mostrar onde foi.

Na metade da estrada, Kate manobra o carro, e eles retornam ao Parque Estadual de Martingham. Quando já estão caminhando pelo estacionamento em direção à trilha, Paul repara numa placa

O homem do bosque   205

informando o que é proibido no interior do parque, como fogueiras, garrafas, armas e cachorros. Cachorros. O sinal gráfico é a silhueta de um pastor-alemão atravessada por uma linha diagonal. Paul não tem nenhuma lembrança de ter visto essa placa no mês passado e pergunta a si mesmo se é nova. De repente, leva um susto, ao sentir alguma coisa tocá-lo. Mas é apenas Kate, dando a mão para ele.

Se tiver que ser preso pelo crime algum dia, pensa ele, este dia será hoje. A perspectiva o deixa aterrorizado e aliviado ao mesmo tempo. Então, numa bétula das proximidades, algo lhe chama atenção — seria uma câmera? Talvez isso faça parte dos procedimentos dos policiais, eles filmam os que vão até o local e depois conferem suas pegadas com as pegadas que moldaram no dia do crime. Ele faz uma careta para a câmera. *Podem filmar, filhos da puta.* Depois, é tomado pelo remorso: ele não quer ser preso. Sim, ele quer. Não, não quer. Sim, quer. Não quer. Quer. Não quer. Mas, ao se aproximar da árvore, percebe que a câmera na verdade é somente um tumor canceroso. Ainda assim, isso não quer dizer nada.

— Foi assim que eu entrei. Depois, fui para lá.

Ele abaixa a voz, pois chegaram a uma curva do caminho e alguém — qualquer um — pode estar a poucos metros.

— É ali que ficam as mesas de piquenique. Ou era ali, pelo menos — acrescenta ele.

As mesas ainda estão lá e, nesta fria manhã de inverno, deso-cupadas e envolvidas por uma reluzente película de gelo. Com as batidas do coração retumbando nos ouvidos, Paul mostra a Kate onde deixou o relógio, um presente da própria Kate. Embora não haja ninguém nas proximidades, ele se dirige a ela em murmúrios. Quando o vento fica mais forte, ela não consegue entender algumas palavras, mas deixa passar, pois, embora sua voz seja destituída de emoção, ele está ofegante e não para de engolir em seco. Ela tem a impressão de que qualquer barulho alto ou movimento súbito o fará desmoronar completamente. Quando ele a leva da mesa em que estava sentado até a mesa onde o homem estava batendo em Shep, seus passos são trêmulos e hesitantes; e, quando aponta para a perna da mesa onde o cachorro estava amarrado, interrompe de repente a narrativa e fica parado, em silêncio. *Eu te amo, Kate... Você fez uma casa para mim, eu nunca me senti tão em casa em lugar nenhum... Eu amo seu corpo, sua mente, sua alma louca...*

Kate olha para as árvores que cercam a clareira, com seus braços que se estendem para o céu. Está tentando entender a situação, assimilar os fatos e torná-los indeléveis, mas tudo lhe parece um desses sonhos que a gente sabe que vai esquecer ainda enquanto está sonhando.

— Foi aqui? — pergunta ela. — Foi aqui que ele... — Ela aponta para uma área do chão, perto da mesa.

— Foi. Talvez um pouco mais perto. Mais para ali.

Os gestos dele são largos, vagos. *Você está me segurando e eu estou afundando. Preciso libertar você.*

Um grande e rendilhado floco de neve flutua entre eles; depois mais outro, e mais outro. Kate estende a mão e apara um deles, que se dissolve em sua luva de couro. Quando ambos retornam ao carro, já sob uma tempestade de neve, ela abraça Paul pela cintura. Gaios-azuis crocitam ao longe. Os galhos dos pinheiros estão acumulando neve. A luz do sol se filtra por entre as nuvens escuras, iluminando tudo: as árvores, as mesas de piquenique, as pedras

O homem do bosque 207

do chão e a própria nevasca — uma enorme massa espiralante que conecta o céu e a terra.

Por um instante, ambos sentem a mesma coisa.

— Nós estamos sendo perdoados — sussurra Kate.

—Você acha mesmo?

Paul pergunta a si mesmo se suas pernas conseguirão suportá-lo. E se agarra a Kate para manter o equilíbrio.

— Não me deixe nunca — diz Kate.

Eu não tenho o direito de lhe pedir isso.

— Não vou deixar você — diz Paul.

Não posso.

Jerry Caltagirone se afasta de Madeline Powers. A decência recomenda que faça isso. Ela está prestes a olhar para um homem morto, estendido numa gaveta refrigerada. As probabilidades são de que esse homem seja alguém que ela amava. Um jovem que ele nunca viu antes está trabalhando no turno da manhã do necrotério. Caltagirone sente vontade de lhe dar um cascudo: não se fica ao lado de uma pessoa que está identificando um corpo, porra. Ainda mais mascando chiclete.

Uma nuvem de vapor se forma quando o ar gelado da gaveta se mistura com o ar apenas frio do aposento ladrilhado. Caltagirone cruza os braços e respeitosamente baixa os olhos, enquanto Madeline executa a dança que todos parecem executar aqui — a inclinação para a frente, o recuo, a nova aproximação, as mãos sobre o rosto e, finalmente, o tremor.

Caltagirone dá um passo à frente e sinaliza com o olhar para que o garoto feche a gaveta. Percebe, então, que o garoto não é tão garoto assim; na verdade, suas costeletas já estão grisalhas. *Estou ficando velho mesmo*, pensa ele, enquanto conduz Madeline para fora do recinto.

— Por que Deus permitiria que uma coisa assim acontecesse? — pergunta ela.

Há algo em suas palavras e no modo como ela as diz que soa um tanto insípido aos ouvidos de Caltagirone. Se Madeline quer ser vista como uma viúva inconsolável, realmente está vestida de acordo com o papel: saia e casaco pretos, sapatos de salto pretos, meias de náilon pretas, um simples colar de pérolas e óculos escuros erguidos para cima dos cabelos louros. Sua voz é neutra, sem muito vigor, como a das pessoas que não gostam de discutir, que concordam com tudo o que os outros querem, embora isso não signifique que farão o que os outros querem.

— Eu fico muito grato por você ter vindo de tão longe — diz Caltagirone.

— Desculpe por não ter vindo antes. Todo mundo está comprando imóveis na Califórnia atualmente, e o meu banco está um caos. Metade da equipe está trabalhando aos sábados.

— O importante é que você veio — observa Caltagirone.

Ele abre a porta, e ambos entram no corredor. De vez em quando, sem saber por quê, Caltagirone sente muito calor — seu rosto fica vermelho, e ele começa a suar a camisa, e até o paletó.

— Acho que todas as coisas acontecem por algum motivo — diz Madeline. Ela é uma mulher alta, com mãos aparentemente fortes e ombros largos. Usa um penetrante perfume floral. — Eu realmente acredito que Deus, ou seja lá quem for, não põe nada à nossa frente que nós não possamos enfrentar.

Caltagirone acena com a cabeça de forma evasiva. Ele não entra numa igreja desde a primeira comunhão. Sua esposa e ele não quiseram fazer os filhos passarem pelos horrores de uma educação religiosa. Não só por causa de freiras perversas; agora são padres famintos por sexo. Por que alguém desejaria matricular seus filhos numa coisa dessas? Ele não acredita que, com sete anos de idade, uma criança tenha atingido a idade da razão e saiba a diferença entre o Bem e o Mal. O que ele aprendeu com anos de trabalho foi que a idade da razão talvez não chegue nunca. E quanto a Deus... ele fica lá em cima e deixa a gente fazer o trabalho sujo.

— Você está bem, Madeline? — pergunta ele.

— Estou bem. É bom que tudo esteja resolvido.

Sim, pensa Caltagirone, resolvido. Uma das palavras que as pessoas usam quando estão penduradas no abismo. Fazendo de conta que a vida é uma jornada que leva a algum lugar.

— Por que não vamos lá para cima? — sugere ele. — Podemos sentar à minha mesa; ou, se preferir, podemos ir a um restaurante.

— Eu realmente não estou com fome — desculpa-se Madeline.

Merda. Você acabou de olhar para o seu namorado morto e não quer ovos com presunto?

— Eu realmente agradeço muito você ter viajado essa distância toda, e tudo o mais.

— Tudo bem, detetive. Eu tenho uma novidade que o senhor vai gostar.

— Como assim?

— Eu me lembrei do cara, o cara de quem Will tinha medo.

— Tem certeza?

— Eu sei quem matou Will.

— É?

Caltagirone está começando a se entusiasmar, mas não quer fazer pressão.

— Sei com toda a certeza. Sei sem nenhuma dúvida.

— E como é que só agora estamos falando sobre isso?

Eles estão de pé em frente à porta do elevador, cuja janela gradeada se ilumina de repente. As portas da cabine se abrem com estrondo.

— Você tem que procurar um pilantra havaiano chamado Tom Butler. Eu o vi uma vez. Ele foi até a minha casa uma semana depois que o coitado do Will caiu fora. Esse é o cara de quem ele estava fugindo. Ele acabou encontrando e matando Will. E para quê?

Ela espalma a mão, exibindo os cinco dedos. Caltagirone presume que ela está indicando cinco mil dólares. Ele conhece muitos caras que mataram por menos.

O homem do bosque   211

CAPÍTULO
QUINZE

No fim do mês seguinte, na última noite do ano, na última noite da década, na última noite do século XX e na última noite de Nova York dentro do Segundo Milênio, as chaminés de ambas as extremidades da comprida casa de Kate expelem uma fumaça prateada em direção à lua de ouro. As janelas estão vivamente iluminadas. Por trás das cortinas, silhuetas se movem como em um jogo de sombras.

Annabelle e Bernard estão em seu carro, parados diante da casa. Annabelle desliga o motor. O calor da calefação se esvai rapidamente, deixando no rastro o cheiro de veludo úmido dos assentos e um aroma de pinho, da loção de barbear de Bernard. Ela mantém as mãos no volante. Bernard está ao lado dela com as mãos sobre os joelhos, quase invisível na escuridão.

— Como você está, amiguinho? — pergunta Annabelle.

—Vou indo — responde Bernard, balançando a cabeça.

— Eu sei. Sinto muito por você, sinto mesmo. Sei que não é fácil estar longe da sua terra.

Ele se vira para ela, com ar agradecido.

— Eu estou preocupado com a minha família — observa. — Sinto falta de todos. E da minha cidade, da minha casa.

— Eu quero ser a sua casa, Bernard — diz Annabelle, na mais profunda declaração de amor que já fez.

Ela mal pode acreditar que disse isso no banco do calhambeque. Tirando uma das luvas com os dentes, ela a cospe no colo e toca o rosto dele com a mão desnudada.

— Talvez, no futuro, a gente possa viver em Beirute por algum tempo.

— Minha linda amiga — diz Bernard, segurando a mão de Annabelle e encostando os lábios em seu rosto frio.

Pelo para-brisa do carro eles veem Paul saindo com o cachorro. O vapor de sua respiração se evola sobre seu ombro como um cachecol soprado pelo vento. Ele está usando um casaco de couro cujo zíper não se deu ao trabalho de fechar e mantém as mãos cruzadas sobre o peito, como um monge orando enquanto caminha.

Annabelle bate com a mão na lateral do volante, dando uma rápida buzinada. Paul se vira na direção do som e espreita a escuridão, até enxergar o rosto da irmã por trás do para-brisa, flutuando em meio aos reflexos dos galhos desfolhados.

Eles se encontram na penumbra da alameda. Annabelle estranha a dureza do cascalho congelado sob as solas de seus sapatos — ela estava sonhando com a festa havia semanas, mas lamenta tê-los calçado. Paul a beija, não apenas em uma das faces, mas em ambas. A gentileza, embora inusitada, a anima. Paul aperta a mão de Bernard com a mão direita e a envolve com a esquerda; a última vez que Annabelle viu um homem usar esse tipo de aperto

O homem do bosque　　213

de mão, ultrassincero e caloroso, foi quando um cara tentou vender um seguro de vida para Bernard.

— Você está bem-disposto — diz Annabelle.

Ela percebe um tom acusatório na própria voz e dá um largo sorriso, para acertar as coisas.

— Acho que estou meio tonto.

— Até que enfim alguém está bebendo de verdade nessa casa — comenta Annabelle.

— Na verdade, eu estava doando sangue. O hospital está prevendo uma noite atarefada. Mas vamos entrando. Lá dentro está mais quente.

Assim que abrem a porta, eles são envolvidos pelo calor e pelo burburinho da festa. Annabelle nota o olhar apreensivo de Bernard. Como outros médio-orientais que conheceu, Bernard se sente incomodado com o que considera falta de higiene dos norte-americanos. Para ele, uma sala lotada como aquela é tão cheia de micróbios quanto uma creche. Ela cruza o braço no dele e diz:

— Olhe só, Bernard, como todo mundo parece feliz.

Luzes pisca-piscas azuis cercam as janelas. Uma árvore de Natal enfeitada com festões avulta a um canto. Os tapetes foram enrolados, e quase todos os móveis, levados para os fundos da casa ou encostados às paredes. Há um aparelho de som ligado sobre a lareira, mas ninguém ouve a música direito devido ao barulho de vozes. Alguns jovens, vestindo calças pretas e camisas brancas, circulam pela sala carregando bandejas com canapés. Uma mesa de carvalho foi coberta com uma toalha branca e transformada em bar. Dois alunos da Faculdade de Marlowe estão servindo os drinques. Ambos são do Brasil e, sem ter para onde ir, estão passando o feriado nos alojamentos do colégio fechado. Seus sorrisos são largos, radiantes e permanentes; cada um deles tomou meio comprimido de ecstasy antes de ir trabalhar.

Os dois aposentos principais da casa estão repletos de pessoas segurando copos plásticos com vinho e pequenas bandejas de papelão, ornamentadas com confetes, chocalhos e os números do ano desenhados em bonequinhos de papel. Há velas em quase todas as superfícies horizontais da casa, e algumas lamparinas a querosene — para que a casa não fique às escuras, caso falte eletricidade.

— É um bom lugar para estarmos — diz Bernard.

A generosidade e a serenidade dessa observação enche Annabelle de felicidade; ela entrelaça os dedos nos dedos dele e se aperta contra seu corpo.

— Aquela é a irmã de Paul — informa Kate a um semicírculo de seis pessoas.

O homem para quem Kate está olhando neutramente é um sujeito musculoso, de cabelos ruivos encaracolados e bastas costeletas, bem mais escuras que os cabelos. Seu nome é Joseph Van Leuchtenmueller, mas gosta de ser chamado de Joe Alemão. Ele ensina adestramento de cavalos em um haras nos arredores de Leyden. Vive numa casa de porteiro antiga e úmida numa das propriedades à beira do rio, um amplo terreno pertencente a uma alemã chamada Ilse Wagner, que dizem ser parente de Richard Wagner.

Joseph parece flutuar em um mar de boa vontade, principalmente por parte dos ricaços de Leyden, cujos filhos ensinou a montar. Ele não ganha muito no haras Windsor, mas paga uma ninharia pela casa. Há nele um quê de histrionismo e bondade que sempre lhe vale convites — não só para piqueniques e jantares, mas também para

O homem do bosque   215

viagens à Europa e ao Caribe. Kate e Joe Alemão se conhecem das reuniões dos AA, que são realizadas numa cidade chamada Freedom Trail, vinte e nove quilômetros ao sul de Leyden. *Eu sou o brinquedinho das dondocas locais*, declarou Joseph certa vez, durante uma reunião.

— Ilse ia visitar as irmãs em Colônia — diz ele —, mas eu fiz com que ela não fosse. Eu disse: imagine você dentro de um jato, sobrevoando algum lugar, quando de repente todos os computadores enlouquecem. Você gostaria de estar ali? É claro que Ilse acredita que os sistemas da Lufthansa são totalmente independentes dos outros computadores, portanto imunes a qualquer catástrofe cibernética que possa ocorrer com a chegada do ano 2000. Vocês sabem como ela pode ser convincente. Eu estava quase acreditando nela, até que resolvi dar o fora de lá.

— Você devia ter trazido ela — comenta Kate.

— Eu tentei. Mas agora ela está furiosa comigo. Está em casa sozinha, de roupão, assistindo à TV. Vou dizer uma coisa para vocês: se não houver um grande número de catástrofes aéreas por volta da meia-noite de hoje, ela vai demorar um bom tempo para me convidar a sentar à mesa dela novamente.

A risada dele é o canto territorial de um homem cuja vida é baseada na boa vontade de benfeitores ricos e que sabe que outros como ele, por enquanto nos bastidores, um dia subirão no palco e tomarão seu lugar.

Algumas pessoas levaram os filhos pequenos para a festa. Decidiram manter a família unida, temendo que pelo menos metade das previsões para o ano 2000 se transformasse em realidade. Os que têm filhos mais velhos, em sua grande maioria, não conseguiram convencê-los a ir à festa. Mas uns poucos levaram seus adolescentes, garotos que se conhecem desde que nasceram. Olharam-se nos carrinhos de bebê, com migalhas de cereais caídas no peito e sorrisos lambuzados de suco de maçã; pisaram nos dedos e nas cabeças uns dos outros, enquanto escalavam os trepa-trepas do Centro Recreativo de Leyden; competiram nos campos de futebol e de beisebol; sentaram-se juntos no ônibus da escola, sentindo o odor imemorial de ansiedade, leite e fumaça de combustível; e, apesar de estarem agora divididos por classes sociais — os filhos de pais mais ricos frequentando uma das duas escolas particulares, os filhos de pais mais modestos contentando-se com a Escola Municipal de Leyden —, nesta noite há entre eles um congraçamento de desterrados. Como os habitantes de um país ocupado, eles se agrupam e, mediante sussurros, tramam a subversão da festa. O propósito dessa subversão — alimentada por cigarros levados às escondidas e bebida surripiada do bar — é encontrar a caixa de luz e puxar a alavanca central à meia-noite, mergulhando a casa nas trevas e fazendo os idiotas acreditarem que a infraestrutura do mundo se transformou em fumaça.

Magra, cabelos esvoaçantes, grandes olhos castanhos, óculos e um longo vestido de musselina, como os usados pelas noivas mirins dos mórmons, Nina Drazen se mantém ao lado de sua mãe, afastada dos outros garotos.

—Tudo o que estou dizendo — explica Joyce a Nina, com entonação impositiva — é que não há nada de errado em ir até ela e perguntar se ela já teve tempo de ler as suas histórias. Como você acha que Kate Ellis se tornou Kate Ellis? Não foi sentada à toa, esperando ser descoberta. Ela insistiu. Ela procurou as pessoas certas e ficou conhecendo-as, isso eu garanto. Para ter sucesso é preciso mais

O homem do bosque   217

que fazer um bom trabalho. Às vezes, é preciso insistir, Nina. Esse é o segredo.

— Mas papai falou que... — começa Nina, empinando o corpo e rapidamente se encolhendo quando sua mãe volta à carga.

— Ah, por favor. Nem comece com isso. Seu pai é um tímido patológico — diz Joyce. —Você não pode se fiar no que ele diz.

Surpresa com a indiscrição do que acaba de dizer, ela olha ao redor, nervosa. Seu marido está conversando com dois curadores do Hospital do Condado de Windsor, onde atua como diretor de capitalização, levantando de três a cinco milhões de dólares por ano, apesar da timidez patológica percebida por sua esposa. Tão palpável quanto uma rajada de ar frio, ele sente a atenção de Joyce pesar sobre ele; olha, então, para ela, sorri e bate com o dedo no mostrador do relógio, o que pode significar que gostaria de ir embora daqui a pouco. Mas pode também significar que está chegando a hora mágica, quando o trem da civilização irá descarrilar, mergulhando nas águas do caos. Ou que milhões de pessoas gritarão Feliz Ano-novo, agitarão chocalhos, tocarão buzinas e beijarão as pessoas que amam — ou gostariam de amar —, como fazem todos os anos.

Joyce e Nina são saudadas por Paul, que entra em casa seguido por Shep. Shep patina no chão sem tapetes como se estivesse andando sobre gelo.

— Oi, Joyce — diz Paul. — Eu só quero lhe dizer que, se o universo sobreviver, vou passar lá na sua casa e dar uma olhada na cozinha.

— Posso dar um pedaço de queijo para o seu cachorro? — pergunta Nina.

— Aquela cozinha precisa de mais do que uma olhada, Paul — diz Joyce. — É uma zona de catástrofe.

— Claro — responde Paul a Nina. — Só fique um pouco atenta. Ele não tem muito cuidado com dedos.

Nina leva alguns momentos para escolher um cubo de queijo e o estende a Shep, que esfrega o focinho e os lábios na mão dela.

— Ele gosta de mim! — exclama Nina.

— Claro que gosta — diz Paul. — Quem não gosta?

Depois de abocanhar cautelosamente o queijo na mão de Nina, o cachorro o cospe fora e o observa com ar desconfiado. Até que, com alguma relutância, apanha-o de novo e o mastiga devagar, de ombros encolhidos e olhar fixo no chão.

— Ele está meio infeliz porque nós tiramos os móveis e enrolamos os tapetes — explica Paul. — Ele gosta que as coisas permaneçam como estão. Acho que vou levá-lo para um lugar sossegado.

Quando Paul sai de casa outra vez, conjetura se está agindo de modo estranho. Sua intenção é levar Shep até a oficina, acender o fogão a lenha para aquecê-la razoavelmente e retornar à festa. Mas permanecer dentro da casa com todas aquelas pessoas está se revelando mais difícil do que ele poderia imaginar. Pelo menos quinze dos convidados são pessoas que frequentam as reuniões dos AA juntamente com Kate. São horas da semana dedicadas a confissões, durante as quais os amigos de Bill W. recordam crimes cometidos contra pessoas amadas ou contra os próprios fígados. Kate mesmo já contou, em tom de troça, que existe uma competição não declarada nessas reuniões, uma corrida em direção ao fundo do poço em que o vencedor é aquele que sofreu as maiores humilhações, as mais espantosas perdas de memória, as mais irrevogáveis perdas no amor,

O homem do bosque 219

na vida profissional e no autorrespeito. Estaria fora do campo das possibilidades imaginar Kate chegar e dizer *eu quase bebi hoje porque meu namorado matou alguém com as próprias mãos?*

Paul abre a porta da oficina e acende as luzes. A oficina surge com suas serras, pranchetas de desenho, brocas, compressor, dúzias de caixilhos de janelas encostados às paredes, alguns com vidros, outros sem, pranchas de madeira empilhadas umas sobre as outras, secando, com cunhas de pinho entre cada uma para que o ar possa circular. As luminárias penduradas no teto têm quebra-luzes rudimentares, com uma tela de arame protegendo as lâmpadas. Um cheiro pungente de óleo paira no ar, misturado ao aroma de serragem.

Alguns meses antes, Kate convidou Paul a ocupar esse espaço, então vazio, e agora ele não consegue se imaginar trabalhando em qualquer outro lugar. Sejam quais forem os prazeres de se viver ao léu, é um alívio ter um lugar que ele quase pode chamar de seu. Ele passa horas, todas as semanas, retocando coisas na oficina, polindo o piso, pintando as paredes, substituindo as janelas, modernizando as tomadas, construindo prateleiras e armários. Instalou uma chapa elétrica e um minirrefrigerador, e até resgatou um gasto e desbotado tapete persa que estava no sótão de Kate, de modo a criar uma área de estar no canto nordeste, onde o fogão está empoleirado sobre uma base de velhos tijolos, com lenha empilhada ao lado, e onde Shep gosta de dormir, às vezes com um dos olhos aberto, outras tão profundamente que Paul sente ímpetos de cutucá-lo com a ponta da bota.

Shep agora está sentado, enquanto Paul coloca no queimador do fogão alguns dos pedaços de lenha menores — qualquer coisa maior poderá extinguir as frágeis chamas. Ele observa a nova madeira pegar fogo e fecha o tampo, assegurando-se de que ficou bem-ajustado.

— Tudo bem, amigo — diz a Shep, que, antes de se deixar cair no tapete, anda em círculos algumas vezes, revivendo o instinto ancestral de aplainar o mato.

— Porra, você acredita que estamos dando uma festa? — acrescenta ele.

Shep olha para ele com alegre indiferença.

— Você se lembra do dia em que nos conhecemos? — Shep fixa o olhar em Paul. — Aquele cara estava sendo tremendamente bruto com você, não estava? Por que ele estava fazendo aquilo com você, Shep? Por que alguém faria uma coisa daquelas?

Paul esfrega o dedo indicador para a frente e para trás embaixo do queixo de Shep, alisando o pelo grisalho. O cachorro ergue a cabeça, semicerra os olhos e estica seus finos lábios negros, numa involuntária careta de prazer.

— Eu achei que encontraria você aqui — diz Todd Lawson, da porta da oficina.

Por um momento, Paul mal o reconhece, vestido de smoking, com uma faixa vermelha na cintura, combinando com a gravata borboleta, e mocassins de cromo. O smoking e seus acessórios parecem ter sido herdados. O corte do paletó, o brilho gasto do tecido e o tamanho incorreto sugerem que alguém usou essas roupas muitos anos atrás, alguém que não era Lawson, talvez o pai dele. O armário do pai de Paul não guardava roupas formais. Havia alguns paletós esportivos, seis ou sete gravatas e um par de sapatos oxford ingleses, dentro dos quais as fôrmas de cedro permaneciam por tanto tempo que haviam se fundido com o couro, o que tornou

O homem do bosque   221

impossível removê-las durante a febril e lacrimosa limpeza realizada no apartamento de Matthew após a morte.

— Então, você veio ter uma conversa íntima com o seu cachorro? — diz Todd.

Os cabelos lhe caem sobre os olhos quando ele se recosta no caixilho da porta e sorri para Paul. Ele está segurando uma taça de champanhe. O champanhe está sendo guardado para ser aberto à meia-noite, mas Todd, de alguma forma, conseguiu se servir.

— Não é bem assim — responde Paul. — Só estou garantindo que ele não vai atacar o presunto.

Todd esvazia a taça, a qual pousa cuidadosamente no chão. Depois, passa ambas as mãos pelos cabelos e respira fundo.

— Escuta, Paul, eu tomei uma decisão hoje à tarde.

— É?

O coração de Paul bate mais rápido. Vendo Lawson agora, ele percebe que lhe contou coisas demais durante os passeios — mais que o suficiente, na verdade, para que Todd consiga montar, se não a história exata, pelo menos o bastante para presumir que Paul mergulhou no abismo. Quando se conta algo a uma pessoa, isso deixa de ser segredo, e Paul falara no assunto com duas pessoas. *Ah, eu vou ter que matar os dois agora*, pensa. O que não pretende fazer, mas o pensamento se faz presente de algum modo, como o fedor rançoso de um cervo em decomposição que se desprende de um ponto invisível na floresta.

— Vou embora daqui — diz Todd.

Paul perscruta o rosto do amigo, mas tudo o que encontra é alegria e autorrespeito.

— México — diz Todd.

—Você vai para o México todos os invernos.

— Dessa vez, não vou voltar. Este lugar está fodido. Loteamentos demais. Pessoas novas demais, idiotas demais. Tudo o que eu adorava no condado de Windsor está desaparecendo. Veja só, nós vamos dar uma volta no bosque, ouvimos o som de escavadeiras, e logo uns executivos babacas passam fazendo jogging. Jogging, cara. Não se fazem mais exercícios trabalhando de verdade?

—Vou sentir a sua falta — diz Paul.

Sua voz sai fraca e pouco convincente, embora ele esteja falando a verdade.

— Civilização demais. Estão asfaltando as estradas de terra, agora cada passagenzinha tem uma placa de rua. Pessoas como nós, Paul, não foram feitas para esse tipo de vida. A propósito: não é que o México seja nenhum paraíso. Mas lá ainda é possível viver longe da civilização. Ainda se pode respirar. A gente pode viver conforme as nossas próprias regras.

— E quais são, exatamente, essas regras?

— As do faça você mesmo, garoto. FVM. Tudo.

— É melhor eu voltar, Todd. Não posso deixar Kate sozinha na festa.

Todd olha para Paul com uma expressão atarantada, como se Paul tivesse acabado de se declarar a favor de tudo o que Todd rejeita.

—Tudo bem — diz ele. — Eu vou com você.

Apesar do frio, eles fazem um caminho indireto em direção à casa, que brilha sob o céu noturno. Eles dobram à esquerda da oficina e seguem a curva da alameda, passando pela dupla de bordos de cem anos, já muito além da plenitude, que agora estalam e se agitam no vento frio. Paul acredita que, num futuro não muito distante,

O homem do bosque   223

um deles cairá — provavelmente ambos. Ele já mediu a distância entre a copa das árvores e a casa; independentemente da direção em que caiam, a casa estará a salvo. Ah, mas será uma tragédia, mesmo assim. Ele podou essas árvores, ele as escorou, removeu as partes podres e preencheu os buracos com cimento. Mas seu palpite é de que, quando elas caírem, ele não estará presente para testemunhar o fato — nem a confusão acarretada pela queda, nem as feridas abertas no solo pela ausência delas.

— Você não precisa me contar nada que não queira — diz Todd, em meio aos estalidos do cascalho, premido pelos sapatos. À frente, com suas luzes brilhantes, a casa parece balançar. — Mas deixe que eu lhe diga uma coisa que andei pensando.

Paul faz um gesto como que dizendo *vá em frente*.

— Eu acho que você infringiu alguma regra. Acho que você fez alguma coisa. Não sei o quê, mas está nos seus olhos. Você fez alguma coisa que realmente está fazendo você ficar cismado.

Lawson ri, mas Paul não consegue saber o motivo do riso. Estaria brincando ou estaria se sentindo pouco à vontade por ter dito a verdade? O riso, às vezes, é como areia nos olhos.

— Eu espero que não seja por isso que você está se mudando para o México, porque, se for, está completamente errado — diz Paul.

Sua fala sai com facilidade.

— Você é um dos caras bons, Paul. Deus te ama. Seja o que for que tenha feito.

Paul balança a cabeça, como se o assunto fosse absurdo demais para ser discutido. Mas sente uma onda de alívio.

— Meu amigo — diz ele como se estivesse achando graça, passando o braço por sobre os ombros de Todd. — Você é maluco mesmo. Ou está muito, muito bêbado. — Após alguns momentos, ele acrescenta: — E se Deus *não* existir? E então?

— Então, nada tem significado e cada um faz o que quiser.

— Acho melhor voltarmos para casa.

— Espero não ter sido muito indiscreto — comenta Todd.

— É que não sei de onde você tirou essas coisas. São muito estranhas, só isso.

— Apenas se lembre de uma coisa — diz Todd. — Escapar impune pode ser mais fácil do que *permitir* a você mesmo escapar impune. Seja lá o que tenha feito.

— Eu acho que você está bêbado — replica Paul. — Alto, talvez. Deve ser esse chá de cogumelos que você toma às vezes.

Ou você também matou alguém?

— E a propósito, velho amigo — continua Todd —, não vamos esquecer que, se esse negócio do ano 2000 for verdade, cada ficha existente no mundo vai ser apagada. O caos, cara, o caos. Vai ser tanta merda em tantos ventiladores que ninguém saberá o que fazer.

No interior da casa, sentada no meio da escada com uma garrafa de água gasosa e algumas uvas sem caroço, Kate observa a festa e pensa: *Como isso pode estar acontecendo?* Olhando para a grande roda humana da festa girar lentamente nos cômodos abaixo, ela sente a ansiedade aumentar. Agora, esta é uma casa assombrada, e sempre será. É uma casa com um fantasma no sótão — ou talvez pairando sobre a festa neste exato momento, contando os minutos do velho milênio.

O homem do bosque 225

Kate bebe a água com gás, cuja efervescência borbulha em seus lábios. Há outros indivíduos ali bebendo água gasosa; uns quinze, mais ou menos, que formam uma festa dentro da festa. Não importa o que aconteça hoje à noite, eles terão sua sobriedade para mantê-los aquecidos. Mas os outros também parecem estar se comportando o melhor possível. Quaisquer que sejam as tristezas que carregam em suas vidas cotidianas, foram deixadas do lado de fora da porta. Agora, temporariamente liberados de arrastar seus sacos de mágoas, andam com o corpo ereto, protótipos da boa postura, e se movem com leveza, impelidos pelo gás da véspera do Ano-novo. Se acreditam que o mundo está prestes a mergulhar no caos ao soar da meia-noite, os cerca de cem convidados estão fazendo um excelente trabalho para manter uma expressão corajosa. Lá está, por exemplo, Sam Holland, que há uma década escreve uma história sobre o antissemitismo, conversando com seu filho Michael, que beira os trinta anos, no entender de Kate, e anda pelo condado fazendo biscates; e lá está a noiva de Michael, Melissa, a mulher mais elaboradamente trajada, uma professora de ensino médio da escola municipal que decidiu se despedir do milênio num vestido de crinolina comprido, azul-esverdeado, que parece ter pertencido à condessa Anastácia. Melissa serve um bolinho de carne a seu futuro sogro; logo em seguida, Michael passa o braço ao redor de seus ombros, de forma possessiva. Lá está Kurt Nelson, o teatrólogo viúvo, usando mocassins de feltro marrom e smoking estampado, cercado de jovens admiradores atentos, entre eles o prodigiosamente versátil presidente da Faculdade de Marlowe, com sua cabeça grande e sua minúscula gravata-borboleta. E lá está Evangeline com sua namorada, ambas vestindo smokings modificados, e lá está a babá favorita de Ruby, agora grávida, acompanhada pelo pai de seu bebê, um garoto de ar nervoso e pestanas brancas, e lá estão chegando Annabelle e Bernard, que conhecem poucas pessoas ali e cujas expressões são, ao mesmo tempo, distraídas e curiosas.

Kate joga uma uva dentro da água gasosa, levantando um turbilhão de bolhas. Ela se maravilha com o mundo, nosso pequeno, frágil e machucado mundo, com seus milhares de leis físicas, onde até os copos de água gasosa fremem de vida. Agora, na casa dos quarenta anos e muito religiosa, ela às vezes se pergunta, angustiada, por que algumas pessoas de inteligência avançada frequentemente não acreditam na existência de um ser superior; por que essas pessoas, e não os semiletrados, são aquelas que insistem que a lógica e todas as provas disponíveis demonstram que a religião é uma compilação de boatos, fábulas e completas bobagens reunidas por antigos comitês de homens bronzeados, destituídos de qualquer conhecimento científico. A constatação de que a inteligência média no mundo dos não crentes é drasticamente maior do que a inteligência média na comunidade dos devotos por vezes deixa Kate desesperada. Uma convenção de ateus, com certeza, teria um nível intelectual muito maior que as congregações da maioria das igrejas. Mas, se Cristo e sua mensagem são reais, os bobocas vencerão e os intelectuais perderão. Os aristocratas do QI se apaixonaram por suas próprias mentes, o que é uma coisa perigosa, tola e possivelmente insana, e a vaidade que sentem por possuírem um QI maior os enche de arrogância, e eles passam a acreditar que não têm superiores. Os gênios de verdade não são assim. Quem é assim são aqueles que estudaram em escolas de segunda categoria; estes são os que acham tão ridícula a ideia de que exista um ser superior,

O homem do bosque   227

os que batem em seus peitos magros e dizem *prove, prove*. E eis a verdade secreta sobre eles: não é Deus que eles querem superar, não é Deus que eles querem desmistificar. As pessoas que acreditam em Deus é que são o verdadeiro alvo do ateísmo...

Ninguém parece reparar em Kate. Ela poderia ser um fantasma. Uma lembrança: em algum ponto perto de seu oitavo aniversário, sentada da mesma forma na cinzenta e aromática Wilmington, olhando sonolentamente para seus pais e alguns amigos compartilhando o que diziam ser um cachimbo da paz. Eles tentavam se lembrar da letra de uma canção de Perry Como — *Pegue uma estrela cadente/ E a ponha no bolso/ Guarde essa estrela para um dia chuvoso*.* Seus erros e falhas de memória eram, para eles, motivo de enorme hilaridade. Kate vivenciava tudo com um misto de anseio e desdém, os risos, as tosses, os gritos, as correções e os corpos cambaleantes. Lá estava seu pai, com as mangas da camisa branca arregaçadas, revelando antebraços escuros e viris, e que, mesmo muitas horas, drinques e cigarros de haxixe após sair do consultório, ainda estava com o estetoscópio em torno do pescoço e a fria campânula prateada enfiada no bolso. E lá estava a mãe, que jamais permitiria palavras como *mamãe* ou *mãezinha*, apertando as narinas de seu nariz curto e pontudo e comprimindo os lábios pintados com batom cor-de-rosa, à Jackie Kennedy, tentando retardar ao máximo o momento de expelir a fumaça mágica. Quem mais estava lá naquela noite? Lá estava o sr. Cunningham, com os cabelos à escovinha e orelhas de abano, acompanhado por sua esposa, Jan, de grossas panturrilhas e óculos de gatinho. E o sr. Stevenson, que pedia que o chamassem

---

* *Catch a falling star/ And put it in your pocket/ Save it for a rainy day.* (N.T.)

de Chip, usava calças boca de sino e camisetas com dizeres, e jamais trabalhara um dia na vida, com sua esposa, Lulu, que se divorciara dele; depois adoecera com uma enfermidade óssea, e Chip voltara a se casar com ela, por bondade, segundo o pai de Kate — ou por insanidade, na opinião da mãe de Kate, que dizia ser esse o modo de Chip mostrar a todo mundo que era capaz de jogar sua vida fora como se fosse um lenço de papel usado. Kate jamais esquecerá o olhar que seu pai lançou à sua mãe quando ela disse essas palavras, o olhar amargo e magoado de um homem sentindo prazer ao ver confirmadas as suas piores suspeitas.

Como poderia ela ter percebido as tristezas daqueles seis adultos? Seis adultos falando bobagens e se entorpecendo com haxixe. Cada um com seu próprio verbete na enciclopédia da dor. Agora a mãe dela, o sr. Cunningham e Lulu estão enterrados; Chip vive na Tailândia e se tornou budista; o pai dela, surdo de um ouvido, cego de um olho, artrítico, bochechas caídas e andando de bengala por causa da obesidade, está na terceira esposa. Nostálgico e emotivo, transformou-se no maior chorão do mundo ocidental. Aquele homem cáustico e durão se foi; sua única existência é no inferno onde Kate o confinou em sua mente, cujas labaredas ardem apenas dentro dela — somente ela sente seu calor maléfico.

Ela vê Paul entrando em casa, com os cabelos desgrenhados pelo vento e as faces avermelhadas pelo frio. Seus olhos a encontram imediatamente; é como se ele fosse a única pessoa na casa que sabe que ela está sentada nos degraus da escada, observando todos de cima. Ele lhe lança um curto aceno com ar brincalhão e aponta para a mesa, como que lhe perguntando se deseja que ele prepare um prato para ela. O pequeno gesto de familiaridade doméstica a enche de tristeza — um dia ela o perderá. O que aconteceu, o que ele fez, eles nunca se livrarão disso, nunca superarão, isso se agarrará a ele, a eles, destruirá tudo, e a vida deles estará tão morta quanto aquele anônimo e indelével homem do bosque.

Ruby chega perto de Paul e lhe diz alguma coisa com aparente ansiedade. Ele aponta para Kate, e os olhos de Ruby se arregalam de alívio. No breve intervalo de tempo entre o momento em que Ruby a viu e o momento em que se aproxima dela, Kate sente algo que só pode definir como uma pontada indolor de luz, nem quente nem fria, mas clara como o sol de verão. Todos os presentes, todos aqueles rostos naquele aposento cheio de segredos, estão ali porque não conseguem sofrer sozinhos. *Precisamos uns dos outros.* Sam Holland; Richard e Sonya Martinez; os terríveis Drazen; Jeannie Malkiel, vestida monocromaticamente de bege; seu filho cego, Jonathan, de trinta anos; os Collier; os Trehan; Goldie Evans; os efervescentes Kufner; Sonny Reed, o bêbado mais velho do mundo; o arrogante e solitário Kurt Nelson; Evangeline e sua parceira, Cheryl; os DeMille; Dodie Pierce; Annabelle; Bernard; Joseph; e, surpreendentemente, Ray Pickert (*quem diabo o convidou?*). Todos amontoados numa clareira de luz em meio a um oceano de trevas porque é véspera de Ano-novo. O relógio clica com uma fúria especial; a passagem do tempo, de repente, perdeu toda a alegria.

— Por que você está aqui em cima? — pergunta Ruby, aboletando-se ao lado de Kate e mergulhando um dedo no copo de água gasosa, tentando capturar uma uva flutuante.

— Só olhando. Verificando se todos estão se divertindo.

— Essa é a melhor festa já registrada na história da humanidade — diz Ruby, com dicção tão inesperada, inflamada e teatral que arranca um gemido de Kate. — É mesmo, não estou brincando — acrescenta ela.

Kate passa o braço ao redor de seus ombros e a puxa para mais perto. Ruby se debate um pouco, mas se submete, agradecida, ao abraço da mãe; ela gosta de ser tocada.

Um súbito e inexplicável silêncio cai sobre a festa. É como se todos os que estavam falando tivessem chegado ao final de seus pensamentos exatamente no mesmo instante, e todos os que estavam prestes a responder tivessem feito uma pausa mais longa para respirar.

— Minha mãe costumava dizer que, quando uma sala fica em silêncio de repente, é porque um anjo passou voando — sussurra Kate para Ruby.

A menina ergue os olhos como se realmente pudesse ver o emissário divino se movendo pelos cômodos. Nos dois segundos de silêncio, Jackson Browne* pôde ser ouvido: *Doutor, meus olhos viram os anos...***

Num momento de claríssima certeza, Kate sente que, quando a meia-noite bater e todos os computadores responsáveis por manter todo mundo vivo e saudável falharem, ou não, o resultado final será basicamente nada. Não nos mantemos vivos por algoritmos de uns e zeros, não somos criaturas de algum arcabouço cósmico. O ano 2000 será um fracasso, um grande anticlímax que trará um grande

---

* Cantor norte-americano. (N.T.)

** *Doctor, my eyes have seen the years...* (N.T.)

alívio, um desapontamento que todos nós concordaremos em agradecer. Todas as precauções, discos rígidos copiados, despensas cheias, voos adiados, água estocada, informações pessoais fotocopiadas, contas bancárias transferidas para cofres no chão e cofres de paredes, colchões, velas, querosene, lenha e todos os discursos apocalípticos dos nossos líderes — tudo isso foi uma tentativa desesperada de encontrar um significado, uma narrativa previsível. A hora vai chegar e vai passar, e a única coisa horrível será esta — mais uma hora passou e depois outra passará, e depois outra. O ano 2000 logo será esquecido. As coisas para as quais nos preparamos febrilmente não são, de modo geral, as coisas que de fato acontecem. A anulação dos nossos esforços entra valsando por uma porta diferente...

Kate segura a mão de sua filha, que está quente e pegajosa, e sente uma onda de amor atravessá-la, tão poderosa quanto um maremoto.

—Vamos, menina, vamos nos juntar aos outros.

Enquanto ambas descem os degraus, os olhos de Kate encontram os de Bernard. Ele faz uma curta mesura em sua direção e ergue o copo de vinho tinto, num brinde silencioso. A ela, à festa, a todos, ao novo ano, à vida.

Os pratos sujos, os copos vazios, os pisos arranhados, os travesseiros amassados, os quadros tortos, a fumaça de tabaco aromatizado com cerejas, as marcas de dedos nos vidros das janelas, as castanhas esmagadas no chão, o leve fedor de madeira podre na lareira, que não quer ir embora, e a árvore de Natal entortada, com seus enfeites e festões — toda a arqueologia do finado século XX ainda ocupa o andar de baixo da casa, enquanto Paul, Kate, Ruby e Shep dormem no andar de cima, no século XXI.

São quatro horas da manhã do primeiro dia do novo milênio, e os computadores do mundo estão funcionando tão bem quanto no dia anterior. Kate sacode o ombro de Paul, que estende os braços para ela, semiadormecido, mas quente, muito quente.

— Você tem que se levantar — cochicha ela em tom tranquilizador, e depois em tom peremptório, ao ver que ele não se mexe.

Por fim, Paul empurra os cobertores e cambaleia para fora da cama, esfregando os olhos com as mãos. Ao contrário dos homens mimados que Kate conheceu, Paul sabe que, às vezes, a gente apenas faz o que mandam, não há tempo para perguntar por quê. Ele sabe que um pequeno rangido pode significar que o teto está para desabar e que um rosnado pode não ser o ronco da sua companheira na tenda, mas o som da aproximação de um urso-pardo faminto.

— Que foi? — pergunta ele, sem nenhum traço de sono na voz.

— Acho que devemos nos livrar do seu computador.

— Agora?

Ela acena que sim.

— Eu preciso dele para trabalhar. Estou comprando madeira no mundo inteiro.

— Eu compro outro para você. Todo mundo está dormindo. É a hora ideal.

— Eu também estava dormindo.

— Quem sabe a polícia não está monitorando quem entra em determinados sites? Você vive pesquisando informações sobre o assunto? E está tudo no seu disco rígido.

— Eu apaguei o que está no disco rígido.

— Ainda dá para recuperar tudo.

— Mas isso não vai acontecer — argumenta Paul.

— Por que arriscar?

Não muitos minutos depois, após uma discussão que poderia ter se prolongado muito mais e tido um desfecho diferente se Kate não tivesse começado a chorar, eles estão na caminhonete de Paul, seguindo em direção à rodovia C (ou não C, como Kate costuma chamar), que serpenteia até o aterro de lixo. Kate segura no colo o computador de Paul, observando as árvores congeladas sob o luar e os telhados cobertos de neve do novo milênio desfilarem pelas janelas.

— E se Ruby acordar?

— Nós estaremos em casa daqui a dez minutos.

— Não é bem assim — replica Paul.

— Tudo bem. Quinze minutos, vinte minutos. Não me importa. Shep toma conta dela.

Paul vê o brilho esverdeado dos olhos de algum animal alguns metros à frente, na lateral da estrada, e diminui a velocidade, esperando que a criatura faça algum movimento. Um gato doméstico, branco e marrom, com cauda e orelhas peludas, salta sobre uma pilha de neve e atravessa a estrada correndo.

Paul observa o gato percorrer um trecho de grama congelada em direção à fraca luz do alpendre da casa de Magda Tunis, que aparecera na festa com botas de neve, enrolada em cachecóis feitos em casa e os longos cabelos grisalhos cobertos de gelo, repleta de sabedoria da Nova Era. Ela pertencia à facção convencida de que o ano 2000 iria abalar o mundo, embora o cenário que ela imaginava não fosse o de um juízo final, e, sim, o de uma angustiante, mas finalmente libertadora, transformação. Quando o novo milênio se iniciou e um terceiro olho não apareceu na testa de ninguém, nenhuma onda de amor varreu os convidados e as lâmpadas voltaram a brilhar — depois que os adolescentes abaixaram a alavanca principal da caixa de luz, mergulhando a casa num animador momento de trevas, o aparelho de som continuou tocando e a calefação continuou funcionando, Magda recolocou as botas de neve, embrulhou-se de novo nos cachecóis, pôs alguns biscoitos nos bolsos de sua parca de esqui e foi embora.

— Às vezes, as coisas que a gente quer que continuem as mesmas mudam muito rápido — diz Paul —, e as coisas que a gente gostaria que desaparecessem parece que ficam para sempre.

Ele se encolhe um pouco. Nunca sentiu inibição para falar, mas, quando está com Kate, tem dificuldade em encontrar as palavras. Ela nunca esquece nenhuma palavra, às vezes parece que pratica o que vai dizer, talvez fale consigo mesma ou diante do espelho. Ele não se incomoda. Basicamente, é uma coisa ótima, que a está tornando famosa.

É maravilhoso estar com um homem que não quer competir comigo, disse ela uma vez, e na mesma hora o rosto dela demonstrou arrependimento e o desejo de não ter dito isso. Mas, para ele, estava tudo bem. A ideia de competir com ela ou de se ressentir do sucesso dela, de seus fãs, de seus vultosos e cada vez mais frequentes cachês era tão estranha para ele que nada do que ela pudesse dizer a respeito o afetaria. Ele jamais leria tanto quanto ela lera, nem em mil anos, e jamais lhe ocorreria folhear o Oxford English Dictionary para relaxar, como ele a via fazer.

— Vá em frente — diz Kate. — Diga o que você ia dizer.

O homem do bosque   235

— Não é nada — responde Paul. — Eu nem sei.

Na verdade, ele ia recontar uma longa história da época que passara no Alasca, quando retornara a um acampamento na ilha Barter e encontrara uma pequena poça de óleo de motor na neve, seis meses depois de Ed Bluemink, para quem estava trabalhando, ter derramado o óleo acidentalmente. Mas Paul não sabe ao certo o que a história ilustra — que as coisas duram mais do que se pensa?

— Aqui estamos — diz ele em vez disso, apontando com o queixo para o aterro sanitário de Leyden.

Os dias e horários de funcionamento estão indicados num letreiro vermelho e branco, pregado num poste de três metros; os faróis da caminhonete de Paul deslizam sobre as letras. Ele para a caminhonete a um ou dois passos da grossa corrente que pende na entrada, formando um sorriso teimoso e gelado. Alguns flocos de neve dançam no túnel de luz aberto nas trevas pelos faróis.

— Isso é loucura — comenta Paul.

— Faça isso por mim. Só para me agradar.

Paul entra no estacionamento e puxa o freio de mão. Dessa forma, poderá deixar o motor funcionando, de modo a manter a caminhonete aquecida; além disso, os faróis poderão iluminar o caminho. Ele estende a mão para pegar o laptop.

— Volto em um minuto — diz.

— Ah, não, eu vou com você.

Kate vira as costas para ele, protegendo o computador.

— Eu não consigo ver você andando num aterro de lixo — diz Paul, esperando lisonjeá-la para obter condescendência, embora nunca tenha conseguido nada usando esse recurso.

— A ideia foi minha — diz Kate. — E não quero ficar sentada sozinha na caminhonete no meio da noite.

— Talvez fosse melhor a gente voltar para casa — sugere Paul.

— Não, vamos nos livrar dessa coisa. Temos que fazer isso. Você deixou pegadas naquele bosque, marcas de pneus, tudo. E se alguma coisa acontecer?

— O quê, por exemplo?

— Não sei. Alguma coisa. Alguma coisa que leve eles até você. Talvez só para fazer perguntas. Por que você iria querer ter um computador que eles podem examinar e descobrir que você tentou encontrar informações sobre aquele cara? Por que deixar uma ponta solta quando nós sabemos muito bem que ela está lá? É isso o que os generais chamam de plano de contingência.

— Bem, nós não somos generais. E as coisas que a gente planeja nem sempre acontecem. Veja o que todo mundo dizia sobre o ano 2000, e aqui estamos nós.

Ele aponta para o céu vasto e plácido, com seu amontoado de estrelas indiferentes.

— Vamos logo com isso. Ruby está em casa sozinha.

Eles passam por cima da corrente e começam a andar pela trilha coberta de neve, com os faróis da caminhonete iluminando o caminho. A neve cadente esvoaça em torno deles como um frenesi de mariposas. O caminho de acesso ao aterro é limpíssimo, sem marcas de pneus ou pegadas. Numa medida de cautela não declarada, ambos arrastam os pés pela neve, na esperança de obliterar as pegadas. Paul tira o computador das mãos de Kate, que dá o braço a ele. Com a mão livre, ela a enfia no bolso da parca e tira uma lanterna.

— Você pensa em tudo — diz Paul.

— Espero que sim.

A lanterna abre um buraco na escuridão, que os flocos de neve fazem tremular. Eles chegam, então, à beira do aterro, um poço de um hectare coberto de neve e sujeira.

— Isso aqui é só para o lixo — diz Paul. — O terreno lá de trás é para aparelhos e objetos domésticos. É melhor fazer as coisas direito.

Eles contornam o primeiro aterro e se aproximam do segundo, um buraco menor, onde os refugos não estão cobertos. Kate aponta a lanterna para a mixórdia de geladeiras, luminárias, máquinas de lavar, fornos elétricos, torradeiras, aquecedores elétricos, pás de neve e espreguiçadeiras. Se existe algum outro computador ali, nenhum aparece à luz da lanterna.

—Tudo bem, lá vai — diz Paul.

Quando está prestes a arremessar o computador no buraco, Kate o detém.

— Assim, não. Temos que quebrar isso primeiro.

Paul não vê motivo, mas discutir consumiria mais tempo e esforço do que seguir a sugestão de Kate. Ele pousa o laptop no chão.

— Eu estou muito arrependido — diz.

— Está tudo bem.

— Não, não está. Eu fiz uma coisa horrível. Agora, todos os dias há alguma coisa de ruim, e fui eu que meti você nisso.

— Eu quero estar onde você está.

— Eu estou no escuro.

— Eu sei. Eu também.

Ele a puxa para mais perto e começa a beijá-la. Beijos tão famintos quanto o primeiro beijo deles e tão solenes quanto um adeus. Ele beija cada parte dela, sua felicidade, sua infelicidade, tudo o que aconteceu com ela até hoje, ele beija o dia em que ela nasceu e o dia em que morrerá. É quase insuportável.

Ao lado, quem quer que tenha limpado a trilha deixou um longo amontoado de neve suja, misturada com pedras e seixos. Com as mãos nuas, Paul desaloja uma pedra do tamanho de uma bola de futebol, ergue-a acima da cabeça e se aproxima do computador.

— É bom chegar para trás — diz ele a Kate, que faz o que ele pede.

Em meio ao caos de emoções conflitantes, ocorre a Paul que ele e Kate nunca estiveram envolvidos tão profundamente em algo errado. E nunca estiveram tão próximos.

Ele arremessa a pedra contra o envoltório plástico do computador. Para surpresa de ambos, a máquina suporta o golpe. O plástico azul racha, mas o computador permanece intacto. A energia da pancada é transmitida para a máquina, que gira para a esquerda e começa a deslizar para o buraco aberto do aterro.

— Kate — alerta Paul.

Kate move o pé rapidamente e intercepta o laptop, impedindo-o de cair no entulho abaixo. Paul pega o computador, leva-o para uma distância segura e joga a pedra sobre ele de novo. Dessa vez, a destruição tem sucesso. Paul separa os pedaços e os joga, um após outro, no buraco do aterro.

— Tudo bem? — pergunta ele.

Kate acena que sim, ofegante.

— Eu queria lhe dizer uma coisa — diz Paul. — Sabe aquela vez no bosque? Eu fico pensando, ou lembrando, ou talvez imaginando que não estava sozinho.

O homem do bosque   239

Ela se posta bem perto dele.

— Eu não estou surpresa — diz, reencontrando a voz.

— Não está?

— Não — confirma ela. — Porque havia alguém lá naquele dia, e ele está conosco agora também, neste aterro de lixo fedorento, no primeiro dia do Terceiro Milênio.

— O que você quer dizer com isso?

— Você sabe o que eu quero dizer. — Jesus. Deus. Como você queira chamar a divina beleza do universo.

— É por isso que ninguém me pegou? É por isso que a coisa toda parece estar terminando?

— Não brinque — diz ela.

E, então, percebe que ele não está brincando. Ele não está troçando. Ele não está especulando. Ele está falando sério. Num acesso de pânico espiritual, ela percebe que teria sido melhor não tocar no assunto. Uma coisa é você dizer a um homem que ele é seu anjo; outra, inteiramente diferente, é você ver esse homem começar a agitar os braços como se esperasse voar.

PARTE II

De onde virá o próximo?

— JOHN HIATT

CAPÍTULO
DEZESSEIS

Poderia realmente ser tão simples? Poderia um ser humano ser retirado das fileiras dos vivos sem muito esforço e sem nenhuma consequência? E a casa dele? E os pertences dele? Não haveria ninguém por aí para chegar e dizer: onde está o meu marido, onde está o meu pai, onde está o meu amante, onde está o homem que trabalhava para mim, onde está o cara da escrivaninha ao lado, onde está meu amigo, com quem eu fui às corridas de cavalo em julho, ou jogava cartas, ou praticava jogging, onde está aquele calhorda mal-humorado que tinha aquele lindo cachorro marrom, onde está o meu inquilino, onde está o meu vizinho de porta? Ninguém ficou curioso? Ninguém criou caso? Não haveria ninguém querendo uma resposta? Um homem podia ser arrancado da vida como uma pequena farpa na pele e simplesmente desaparecer sem deixar vestígio?

Mas ele deixou vestígio — em Paul. Aqui está ele, carregando um saco de lixo preto, no qual depositou algumas garrafas de cerveja quebradas, um vidro de detergente vazio, três maços de cigarros

O homem do bosque   243

amarrotados e uma encharcada edição de bolso de Bonjour Tristesse. Seu animal de estimação está correndo a poucos passos dele. Enquanto passeia com Shep, Paul tira da estrada que leva à sua casa o entulho acumulado no inverno que a primavera expôs, esperando remover as toxinas de sua corrente sanguínea com uma diálise de boas ações.

Uma vez por semana, Paul vai até a sede da SPCA* no condado de Windsor, onde se reúne a outros voluntários que retiram dos cubículos os cachorros abrigados na instituição e passeiam com eles por algumas horas. Uma vez por mês, ele vai até o Hospital do Norte de Windsor e doa plasma sanguíneo; e, uma vez por mês, vai até a Cruz Vermelha para doar sangue. Se existe alguma lei ridícula e intrometida contra fazer ambas as coisas no mesmo mês, Paul até agora não foi descoberto. E não sente nenhuma perda de vigor. Os diversos técnicos que espetam suas veias têm um toque delicado e o tratam bem. O hospital lhe paga cinquenta dólares pelo plasma. Ele desconta o cheque imediatamente e, como sua irmã nas rondas postais, dirige pela estrada serpenteante até um acampamento de trailers, onde põe notas de dez dólares em caixas postais escolhidas ao acaso. Isso o deixa de alma lavada.

Ele presta serviços a meia dúzia de pessoas idosas. Cal Bowen vive oitocentos metros ao sul da casa de Kate. Paul tira a neve da calçada dele, no inverno, e de vez em quando lhe faz uma visita, levando algumas peras maduras ou um pouco de queijo macio para acompanhar o vinho tinto que Cal gosta de servir. Ele vive modestamente,

---

* Society for the Prevention of Cruelty to Animals — Sociedade para a Prevenção da Crueldade contra os Animais. (N.T.)

mas no passado foi um enófilo; tem um porão cheio de bordeaux franceses, mas ninguém com quem bebê-los.

Após cada nevasca, Paul tira a neve da calçada de Margaret Hurley e Dorothy Freeman, ambas frágeis e cada vez mais apreensivas com desconhecidos, cujo pequeno chalé não fica muito longe da casa de Bowen. Elas preparam chá de gengibre com mel para ele, quando termina o trabalho. Margaret, a mais extrovertida das duas, invariavelmente diz: *Ah, menino, você gosta mesmo desse chá*, como se Paul só aparecesse na casa para obter uma xícara de chá grátis.

Ao sul da casa de Kate vive John Lucy, que, até alguns anos atrás, ensinava filosofia na Faculdade de Marlowe e que parece ter enlouquecido (cabeça raspada, delineador nos olhos). Embora com apenas cinquenta e sete anos, o dr. Lucy se atrapalha facilmente com os detalhes de sua vida cotidiana e passou a contar com Paul para desentupir esgotos, estancar goteiras e manter os insetos longe de sua cozinha, preenchendo os buracos nas fundações da casa — cuja rápida desintegração parece espelhar a do próprio Lucy.

Mais longe, a cerca de um quilômetro e meio do centro de Leyden, Bill Verdhuis, o fazendeiro de quem Paul tem comprado galinhas e ovos nos últimos dez anos, está praticamente entrevado pela artrite. Paul faz parte de uma equipe mais ou menos organizada, constituída em sua maioria pelos netos de Verdhuis, que trabalha para que o velho mandão de dedos avermelhados tenha tudo de que precisa, como comida na geladeira e roupas limpas.

Sempre que pode, Paul tenta ajudar Liza Moots, uma mulher que conheceu por intermédio de Kate — ninguém mencionou isso, mas Paul supõe que Liza e Kate frequentam, juntas, as reuniões dos AA. Liza vive em um apartamento de quatro cômodos, sobre o que

O homem do bosque   245

um dia foi a Forrestal's Refrigerantes, e que é agora a Impulsivamente Sua, uma loja de presentes cujo nome foi concebido para descrever, ou talvez conjurar, os hábitos de consumo dos ricos recém-chegados. Liza não é recém-chegada. Consegue sustentar suas duas filhas pequenas e a si mesma mediante uma espécie de arranjo econômico à Rube Goldberg,* em que leitura de mapas astrológicos, faxinas, fabricação de objetos de cerâmica e fotos de casamento se combinam para criar um dispositivo que a mantém pairando a poucos centímetros da linha de pobreza. Paul a visita uma vez por semana e, a pedido dela, leva Shep com ele, pois Liza tem pavor de cachorros e teme passar esse medo para as filhas. Seu medo também a impede de andar de bicicleta pelo condado de Windsor e a obrigou a deixar dois de seus serviços de limpeza mais lucrativos, um deles por causa de um rottweiler e outro por causa de um jack russell. Paul mantém Shep na coleira quando visita a casa de Liza, onde costuma permanecer uma hora, brincando com Maria e Florencia, enquanto Shep, amarrado a um tubo de radiador, cochila placidamente. Nas últimas semanas, Liza tomou coragem para se aproximar de Shep e lhe dar uns tapinhas no cocuruto. Shep, aparentemente percebendo a importância da ocasião, bateu com a cauda no piso de madeira e, com o queixo pousado nas patas dianteiras, levantou os olhos ternamente para Liza.

Kate não mencionou que a dedicação de Paul às boas ações dividiu a semana de trabalho dele. Dinheiro, na verdade, não

---

* Famoso cartunista norte-americano, também engenheiro e inventor. Ficou famoso com uma série de cartuns com aparelhos complexos para executar tarefas simples. Um bom exemplo é o guardanapo automático. (N.T.)

é problema. *Orando com os outros* continua a atrair leitores, e a distribuição inicial de seu programa de rádio aumentou de vinte e cinco estações para noventa e oito.

Para compensar a redução do trabalho remunerado, Paul elevou os preços dos serviços e dos materiais. Caprichosamente, isso o tornou mais requisitado, o que não foi para ele uma completa surpresa. Ficou assim demonstrado, em termos contábeis, que o trabalho voluntário não só é bom para a alma, como beneficia o bolso. Paul vem executando trabalhos em madeira para clientes ricos há mais de dez anos, e esta é a primeira vez que aumenta os preços. Ao longo do tempo, o preço dos materiais subiu, e ele repassou esses aumentos para seus clientes, mas o que ele precisa para viver não se alterou de modo significativo. Até agora, não lhe ocorrera que deveria estar guardando dinheiro, fazendo investimentos ou comprando imóveis. Ele ganha cerca de sessenta mil dólares por ano, embora, se trabalhasse mais depressa e dirigisse sua atividade com mais eficiência, pudesse triplicar esse valor. Mas dinheiro não é importante para ele. Na verdade, ele sempre sentiu certo desdém pelo dinheiro, o qual vê como um inimigo da liberdade. Ele acredita que as pessoas que dizem que precisam de dinheiro *para* serem livres estão apenas mordendo a isca da sociedade. E qualquer um sabe que o dinheiro não leva ninguém para o paraíso.

Paul e Shep chegam a uma elevação na estrada; a chaminé da casa de Kate está visível ao longe, emergindo do mar de verde como um periscópio. Paul para, transfere o peso do saco de lixo do ombro esquerdo para o direito e se abaixa para coçar a cabeça de Shep.

O homem do bosque   247

O dia esquentou e as árvores, ainda com sua delicada folhagem de primavera, parecem aturdidas e exaustas, como se já fosse meados de agosto. O zumbido incansável e laborioso dos insetos está no ar. No lado oeste da estrada, há um terreno de doze hectares onde um amontoado de reboco, pedaços de ardósia e caixilhos de janelas foi o que sobrou de uma casa; o lado leste está ocupado por uma vegetação que se tornou selvagem, um emaranhado de pinheiros raquíticos, bordos moribundos e tranças de espinheiros, tão perigosos quanto arames farpados.

Paul e seu cachorro logo estão de volta à alameda que conduz à casa de Kate. É o fim da manhã. Kate está no estúdio, preparando sua nova apresentação no rádio. O Subaru verde da namorada de Evangeline está em frente à oficina. Evangeline está lá dentro lixando uma dispendiosa prancha de nogueira-negra com três metros de comprimento. A porta dupla da oficina está aberta. Quando Paul se aproxima, ouve o gemido áspero da lixadeira.

O sol castiga o teto de zinco e, mesmo com a porta aberta, o calor na oficina está insuportável. Ainda é cedo, na estação, para ligar o condicionador de ar, e o barulho de seus exaustores irrita Evangeline. Debruçada sobre a tábua, ela movimenta a lixadeira em pequenos círculos. Seus cabelos estão grudados na testa e nas laterais do rosto, e sua camiseta escureceu nas axilas. Ela está usando shorts folgados e botas de trabalho, agora cobertas de serragem. Após desligar a lixadeira manual, ela a segura à altura do ombro, como se fosse uma pistola; em seguida, lambe a palma da mão livre e dá uma batida na área da tábua em que estava trabalhando.

— Devo esperar lá fora? — pergunta Paul.

— Ah, oi. Estou começando a preparar a madeira.

Paul encontra outra lixadeira e aperta o gatilho. A ferramenta ganha vida com um rugido belicoso. É uma coisa estranha e alarmante: há algo de violento em caminhar na direção de outro ser humano segurando uma ferramenta elétrica. Por baixo de todas as coisas que Paul entendia como sua natureza verdadeira e essencial, sua personalidade não agressiva, sua índole de viver e deixar viver, por baixo de todas as suas rígidas regras de autocontrole, dos limites do que ele acha que pode e não pode fazer, por baixo do que é familiar e presumido, por baixo de seu estilo e de seus ideais, por baixo de tudo isso, ele pode ser uma fera.

Ele percebe que Evangeline está falando, desliga a lixadeira e a pendura nos dedos.

— Muito obrigada por me contratar, Paul. Eu só quero lhe dizer que, para mim, você é tão artista quanto muitos dos caras que estão em galerias.

— Eu sou só um marceneiro.

— Isso é a mesma coisa que chamar Yves Saint Laurent de alfaiate.

— Não há nada de errado em ser um alfaiate. Eu sou um marceneiro. Seja lá como for — diz ele, assumindo as rédeas da conversa —, por que você veio trabalhar com o carro da Cheryl? Tem algum problema com o seu Honda?

— Ah, o Honda — diz Evangeline, no tom que usamos para falar de um amigo querido, mas incorrigível, aquele camarada que sempre incorre nos mesmos erros, mas que nós amamos, apesar das muitas frustrações. — Esses Hondas antigos precisam de correias

O homem do bosque   249

novas quando passam de 160 mil quilômetros. E ele também está precisando de uma bomba d'água.

— Bem, isso não vai funcionar. Você precisa ter um carro.

— Eu sei. Mas Cheryl está com dois carros, porque o irmão dela se mudou para o Brooklyn e guarda o Rabbit* aqui.

Evangeline se balança para a frente e para trás enquanto diz isso. Paul percebe que o movimento dela repete o seu, que ela apenas o está seguindo com os olhos, deixando o resto de seu corpo acompanhar o embalo.

—Tudo bem com você? — pergunta ela.

—Tudo bem.

Ele costumava dizer "estou bem", até que Kate lhe explicou que "tudo bem" é mais correto; quando alguém diz que está bem, a conotação é de que se recuperou de alguma doença. Mas, agora, além de tudo não estar bem, Paul também não se sente bem; sente-se meio tonto e, embora faça calor na oficina, está com frio.

— Você está branco feito alabastro — diz Evangeline.

— O inverno foi longo — responde Paul.

— Bem, pelo menos consegui usar a palavra *alabastro* numa frase.

Paul arrasta uma cadeira da prancheta e senta-se nela. O alívio que sente o deixa alarmado. Certa vez, ele viu seu pai se largando exausto numa cadeira, tirando os sapatos, massageando os pés e emitindo pequenos murmúrios de prazer. Esse procedimento lhe pareceu tão deplorável e derrotista que Paul jamais o reproduziu:

---

* Volkswagen Golf. (N.T.)

ele costuma sentar-se com as costas aprumadas e os pés firmemente plantados no chão.

— Estou preocupado com a situação do seu carro — diz ele.

— Na verdade eu tenho um plano — responde ela. Sua voz soa seca e arrastada, como a de uma menininha que permaneceu acordada após a hora de dormir. — Sabe aquelas duas lésbicas da Lemon Bridge que têm uma oficina de automóveis em casa? Cheryl é amiga delas, e eu acho que consigo que elas façam todo o trabalho no meu carro se eu fizer para elas uma daquelas tigelonas de salada.

— Em cerejeira? — pergunta Paul.

— Com certeza, em cerejeira.

—Você poderia vender uma dessas na cidade por mil dólares.

— Acho que não — replica Evangeline. — Tem uma loja na Madison chamada Maison Extraordinaire que me comprou uma por trezentos e cinquenta e vendeu por mil e trezentos.

— Não me parece muito justo.

Evangeline dá de ombros.

— Cheryl e eu tivemos vontade de dirigir até lá e incendiar a porra da loja, ou dar uma facada no cara, ou coisa assim. Mas que diabo! É assim que o mundo funciona.

— Quer saber de uma coisa? — diz Paul pousando as mãos nos joelhos e respirando fundo.

Ele se põe de pé com um pouco de dificuldade. Por um momento, tem a impressão de que uma força implacável e invisível o está empurrando para baixo. A oficina, as máquinas, as ferramentas, as tábuas, as prateleiras com diversos tipos de verniz, o novo computador ainda na caixa em que foi entregue, os bancos, as cadeiras,

O homem do bosque 251

os desenhos de futuros projetos, as fotos de trabalhos antigos, as vigas, as janelas, o pó de serragem espiralando à luz do sol — tudo escurece, quase a ponto de desaparecer. Mas, para seu alívio, tudo reaparece como se nada tivesse acontecido, essa súbita diminuição da consciência, essa arremetida até as fronteiras de seu próprio fim.

Em seu rastro, Paul sente um aturdimento rutilante, como se sua percepção do mundo, por um momento, tivesse sido transformada em pura luz. E, no âmago tremeluzente desse súbito resplendor, cintila uma ideia. Ele caminha até a prancheta arrastando a cadeira, senta-se, pega papel e caneta.

— Vou escrever um contrato — diz ele a Evangeline. — Vou colocar você de sócia na empresa. — Ele olha por cima do ombro para poder vê-la. — Está bem, Evangeline?

Evangeline abre a boca para falar, sem saber bem o que quer dizer. Por fim, com o rosto ruborizado e os olhos marejados de lágrimas, ela diz:

— Ou você é santo ou louco.

Kate aponta para os itens sobre a mesa, um por um.

— A lasanha veio da nova loja italiana. Comprei especialmente para Ruby, mas tem bastante para todo mundo. Os pimentões recheados vieram do Bufê Streamside, eles agora têm uma gôndola de self-service. Os brócolis e as almôndegas também vieram do Streamside. A galinha é daquela rotisseria que tem um nome que eu não consigo lembrar. E a salada, esteja como estiver, fui eu mesma que fiz.

Ela aponta para uma garrafa de molho para saladas.

— Com exceção daquilo. Aí quem recebe o crédito é o Paul Newman.*

Kate percebe uma entonação escusatória na própria voz e pensa em falar alguma coisa, no próximo programa de rádio, sobre sua necessidade de se desculpar por servir comida pronta.

Estirada na cadeira com o queixo sobre o esterno, Ruby olha para o envelope pardo em seu colo, enquanto estende a mão para o prato de pão e pega cinco fatias de baguete, cada uma do tamanho de um pequeno rim.

— O que você tem aí no colo? — pergunta Paul a Ruby.

— Prato, por favor — diz Kate, estendendo a mão para Paul.

— Não ponha muito.

— Eu sei — diz Kate, em voz tão neutra quanto possível.

Ela lhe serve uma pequena porção de cada coisa. Escolheu tudo pensando em Paul, como se esta fosse a refeição que restaurará o apetite dele.

— Querida? — diz ela, estendendo a mão para Ruby.

— Estou vendo o anjinho de um passarinho na parede — diz Ruby, apontando para um ponto diretamente acima de Kate.

— Está? — pergunta Kate, virando-se para olhar.

Mas tudo o que vê é o desenho de trinta por trinta e cinco centímetros, representando uma tigela com ovos, feito por uma mulher que também frequenta os encontros dos AA.

---

* O ator norte-americano Paul Newman (1925-2008) fundou uma empresa de produtos alimentícios chamada Newman's Own. Os molhos para saladas estavam entre seus destaques. (N.T.)

O homem do bosque   253

—Você está fazendo de conta?

Ruby balança a cabeça negativamente, mas sem ênfase, como se quisesse manter o assunto na própria mente. Ela olha para o envelope que tem no colo por alguns instantes e depois para Kate. Seu pequeno rosto reflete desafio e medo, como uma criança que olha para sua pobre mãe na plataforma da estação enquanto o trem se afasta, pensando *por que você está me deixando partir?*, enquanto a mãe pensa *por que você está me deixando?*

Quando todos os pratos estão cheios, Kate baixa a cabeça.

— Obrigada, Senhor, por este momento juntos.

Ela para e pensa. Sente um enorme silêncio interno. Algo que achava estar presente não está. É como alguém pensar que ouviu vozes de pessoas queridas na sala ao lado, mas, quando abre a porta, a sala está vazia. Se Jesus não quer ser evocado agora, tudo bem para Kate.

Ruby tinha cruzado as mãos e inclinado a cabeça, aguardando a prece da mãe, mas agora, diante do longo silêncio, desentrelaça os dedos e enfia uma das mãos por baixo da cintura de sua calça jeans. Inclina-se, então, para o lado, colocando todo o seu peso na nádega esquerda, enquanto levanta a direita, que começa a coçar com uma dedicação que parece mais animal que humana.

— Ruby? — diz Kate. A menina ergue os olhos escuros e opacos.

—Você está com coceira?

— Não — diz Ruby.

— Então, que tal parar de se coçar e comer? — sugere Kate.

A refeição começa. Os minutos se passam e ninguém fala nada. Ouvem-se apenas os incessantes e arrítmicos retinidos dos talheres. Até que Kate quebra o silêncio.

— Então, Ruby, e a escola? — Ruby levanta a cabeça como se tivesse ouvido o rugido de um leão. —Alguma coisa de interessante? — encoraja ela. —Alguma coisa empolgante, estranha? Agradável? Esquisita? Alguma coisa?

— Não sei — diz Ruby.

Ela pousa os talheres e lança um olhar suplicante à mãe. As unhas de sua mão direita, a que estava usando para se coçar, estão escuras.

— Nada? — pergunta Kate. — Oito horas da sua vida e nada para relatar?

Ruby pigarreia.

—Acho que a mãe de Jeremiah foi até a nossa sala e disse...

Ela vê que Paul está olhando para suas unhas e rapidamente enfia as mãos embaixo das nádegas. Depois, fica se balançando sobre elas.

— Disse o quê? — pergunta Kate.

— Não sei. Tudo. — Ela ri. Um riso nervoso, talvez, ou falso, mas sai alto demais, descontrolado. — O anjo do passarinho diz que eu preciso lavar as mãos — declara ela, pulando da cadeira.

O envelope pardo cai no tapete, derramando seu conteúdo — um desenho a crayon de uma menina petulante, com nariz de botão, longas pestanas e rabo de cavalo; e outra folha contendo apenas rabiscos frenéticos, como se feitos por um autômato cuja engrenagem quebrou.

—Você pode lavar as mãos no banheiro de baixo! — grita Kate para ela, mas Ruby sobe a escada correndo.

O próximo som que se ouve é o de uma porta batendo.

—Tem alguma coisa errada aí — diz Kate.

O homem do bosque   255

— Ser criança é um trabalho difícil — diz Paul, empurrando sua comida pelo prato.

Um clima emocional ruim começa a se instalar. Ele perdeu o apetite, o que é particularmente desanimador, pois achava que este era o tipo de refeição que iria comer e saborear.

— Não vai comer? — observa Kate, apontando com o queixo para a comida no prato de Paul.

— Não sei. Mas está bom.

— Pois é. Fico feliz em saber que os dentes do seu garfo estão gostando, mas eu esperava um pouco mais.

A involuntária aspereza em sua voz é um erro antigo que ela não pretendia mais repetir. Ela estende a mão por sobre a mesa e toca o braço de Paul.

— Você quer que eu faça seu shake de proteínas e vitaminas? — pergunta.

— Não, tudo bem. Eu já tomei.

— Já tomou? Você sabia que não iria comer?

— Não, eu achei que iria comer. Eu tinha certeza.

— Então, por que você tomou o coquetel?

— Porque eram seis horas e é isso que eu faço às seis horas.

Kate balança a cabeça negativamente.

— Tudo bem, eu sei que, no mundo de acordo com Paul, o que você disse faz sentido perfeitamente, então vamos deixar pra lá. — Ela estende a mão para o prato dele. — Antes que você dê isso para o cachorro — diz ela.

Ele entrega o prato a ela, sentindo-se como se estivesse devolvendo sua carteira de sócio do clube da vida normal.

— A propósito — diz Kate —, eu vi Evangeline saindo hoje à tarde. Ela me pareceu muito perturbada. Então, pensei comigo mesma que isso era muito estranho. Porque a Evangeline que eu vejo, que é a Evangeline que ela acha melhor me mostrar, está sempre sorridente.

Paul diz:

— Acho que já estou tão acostumado com ela que já nem penso nessas coisas. Mas você sabe o que deveríamos fazer?

Ele aponta para a porta dupla envidraçada que instalou na sala de jantar. Tem dois metros e setenta e cinco de altura, é sessenta e cinco por cento vidro — o restante é pinho — e está pintada de branco. Abre para um pátio calçado em arenito, mais ou menos na direção sudoeste. Às vezes, deixa passar tanta luz que Kate precisa fechar as cortinas.

— Nós deveríamos colocar uma bandeira acima da porta — prossegue ele —, entre o alto da porta e o teto. Assim, quando as cortinas estiverem fechadas, a luz ainda vai entrar. E eu adoro bandeiras. Há alguma coisa especial em bandeiras.

— O que nos traz de volta a Evangeline. O que está havendo com ela? Será que ela está se apaixonando por você?

— Está falando sério?

— Não me interessa que ela seja gay — replica Kate. — Amor é amor e derruba muros. Você me ensinou isso.

— Ela não está apaixonada por mim. Nós trabalhamos juntos. Nós gostamos um do outro.

— Então, o que está havendo? Ela estava perturbada com alguma coisa ou foi só a minha imaginação?

O homem do bosque   257

— Eu coloquei Evangeline como sócia na minha empresa.

— Sério? — pergunta Kate, mais rapidamente do que gostaria.

Bum, bum, bum, Ruby está descendo a escada tão pesadamente quanto um conquistador espanhol em armadura completa.

— Sim, ela está lá todos os dias — diz Paul. — E não tem dinheiro nem para consertar o carro.

— Por que você não lhe deu um aumento?

Ela consegue sentir a falsidade em seu sorriso tenso, sua perigosa proximidade com uma careta.

— Não sei — diz Paul. — Não me pareceu a coisa certa. E vou dizer uma coisa: a sensação foi boa. Assim que eu dei a notícia a ela, pensei que você tinha razão.

— Não estou entendendo — retruca Kate.

— A respeito de Deus, quero dizer. — Paul está quase sussurrando. — Eu senti isso, a energia de... alguma coisa. Foi incrível.

Ruby entra na sala de jantar e se encaminha para a mesa; os pratos e os talheres tremem à aproximação dela.

— Ruby, por favor — diz Kate. — Você não pode caminhar desse jeito. É falta de educação.

A garota está com o rosto manchado, vermelho aqui, branco como um cadáver ali, e seus olhos cintilam como luzes de Natal. Os punhos de sua camiseta marrom, de mangas compridas, estão molhados e escuros. Ela se deixa cair pesadamente na cadeira. Depois, fareja a comida e, ao que parece, acha que está boa, porque começa a comê-la.

— Tudo bem com você, Ruby? — pergunta Paul.

— Eu não entendo por que você teve que fazer isso — Kate está dizendo. — Não admira que ela estivesse com aquela cara depois do trabalho. Devia estar fora de si de felicidade, ou coisa parecida.

— Felicidade é uma coisa boa. Somos todos a favor da felicidade.

— Mas que droga, Paul — diz Kate.

— Mas que droga, Paul — acrescenta Ruby.

Sua voz é uma reprodução precisa da voz de sua mãe.

— Chega! — diz Kate a Ruby. — Isso é assunto sério.

— Tudo bem! — comenta Ruby alegremente. — Todo mundo entra na fila e bate as asas.

Kate faz um gesto exasperado.

— O que significa isso? — pergunta ela.

Mas Ruby murmura o que soa como *desculpe* e se concentra na comida, o que está bom para Kate, que pretende continuar a discutir o assunto de Evangeline com Paul.

— Então, agora vocês são sócios?

— Evangeline está lá todos os dias — responde Paul. — Faz o trabalho. Quer dizer, nada aconteceria sem ela. E ela realmente aprendeu muito. Acredita no que está fazendo. Então, acho que sempre fomos sócios, só que eu nunca tinha dito isso.

Kate está furiosa, e luta para se manter sob controle. Quando se trata de duelos verbais, ela sabe que Paul não é páreo para ela — ambos sabem disso. Na maior parte do tempo, Kate usa sua destreza como um recurso para se refrear, um meio para discutir menos com Paul e com menos intensidade, embora dizer o que pensa, até de modo acalorado, venha sendo algo tranquilizador para ela ultimamente. O fluxo de palavras atua como um calmante, assim como acontece com os lutadores de boxe, que, quando batem em alguém, dizem eles, se sentem mais relaxados.

O homem do bosque   259

— Paul, você sabe que não vai ser a mesma coisa. — A voz de Kate está tão calma que ela quase parece drogada. — Se ela é sócia, isso significa que você não pode despedi-la. Não estou dizendo que você deveria despedi-la, mas é uma relação muito diferente. Antes, você era o patrão e ela, a funcionária. Agora, vocês estão em pé de igualdade.

— Eu não estou querendo demitir ninguém. E não quero ter poder para despedir alguém. É desumano.

— É desumano? — pergunta Kate. Sua voz começou a se elevar, mas ela a abaixa de novo. — Não é desumano, é como as pessoas vivem. É como as pessoas sempre viveram. É assim que o trabalho é feito; é como o mundo funciona. Alguém é o patrão, alguém é o operário, existe uma cadeia de comando.

Ela respira fundo e faz o melhor possível para parecer desinteressada, divertida, mas alguma versão menor de si mesma, que vive em seu âmago, cospe as palavras que ela jamais se permitiria dizer em voz alta. *Eu arco com setenta e oito por cento das despesas desta casa e da nossa vida, e você de repente decide dar metade da sua empresa a uma garota de vinte e cinco anos que visivelmente está apaixonada por você?*

— Epa, o anjo passarinho voltou — diz Ruby, apontando para a parede.

Todas as emoções exageradas e quase insuportáveis que Ruby vem apresentando no último ano, ou nos últimos dois anos, de repente parecem ter sido ensaios para este momento, pois agora, quando ela arregala os olhos, eleva a voz com assombro e se encolhe na cadeira como que se protegendo do fogo do inferno. Não há nenhum sinal de representação ou de exagero. Seja qual for a atitude que Ruby tenha praticado, está se manifestando agora.

CAPÍTULO
DEZESSETE

— Sonny — diz Kate —, posso lhe fazer uma pergunta?

Embora Sonny seja seu motorista, é também um colega de AA. Eles se encontram todas as quartas-feiras à noite no porão de uma igreja, ao lado de vinte outros moradores de Leyden, que variam de um pediatra aposentado a um jovem ladrão de lojas. Foi Kate quem, percebendo o alcoolismo de Sonny quando ele dirigiu para ela pela primeira vez — o cheiro da bebida metabolizada era inconfundível, assim como olhar de uma criatura marinha —, insistiu com ele para que ingressasse no programa. E, embora haja um pouco de teatro no modo como se cumprimentam e se ignoram nos encontros, Sonny sempre leva para ela uma xícara de café antes do início da reunião, e Kate sempre lhe dá um pequeno chocolate Kiss, da Hershey.

— Eu estou curiosa a respeito do adesivo na traseira do seu carro. "Todos os Homens são Idiotas e meu Marido é o Rei Deles." Por que você usa isso?

— Caramba. Eu ia raspar essa droga.

O homem do bosque   261

Sonny tem se esforçado para elevar o nível de seus serviços, que ele percebe ter mais a ver com a apresentação do que com condução, embora se orgulhe de seu estilo de dirigir, calmo e relaxado, sempre em velocidade constante, com um mínimo de troca de pistas. Para parecer mais profissional, cortou bem curtos os cabelos, antes um monumento à testosterona agressiva, no estilo de Conway Twitty, o cantor favorito do seu pai. E usa o que, segundo espera, seja visto como um boné de chofer, mas que na realidade é o boné de um cobrador de trem da Amtrak, que lhe foi dado por seu primo. O trabalho de levar Kate até Nova York, aguardá-la durante a hora e meia, tempo que leva para fazer sua apresentação no rádio, e depois conduzi-la de volta a Leyden rende a Sonny mais da metade do que ele precisa para viver uma semana.

Eles estão se aproximando da cidade. Passam por um aglomerado de casas e por um grande lago vítreo, completamente tomado por gansos, pelo menos mil deles. Kate se maravilha com a beleza dessas aves elegantes, com seus longos pescoços, o andar pomposo e as barbelas brancas no queixo. Mas seu deslumbramento é tisnado pelo medo — por que tantos gansos estariam reunidos ali, a dois ou três quilômetros de Tarrytown? Com esse pensamento, toda a paisagem parece se deformar; as casas brancas parecem subitamente miseráveis, necessitadas de uma pintura, o verde da grama está escuro demais, talvez haja mais bosta do que grama, as árvores estão retorcidas em ângulos estranhos e têm um aspecto instável, e o céu, que momentos antes era de um azul pitoresco, como um par de calças de golfe, agora se tornou violeta, como a faixa usada na cintura por um padre à beira de um túmulo aberto. *Me tirem daqui*, pensa ela.

— Então, Sonny, me conte. — Kate vê os olhos curiosos de Sonny surgirem no espelho retrovisor e desaparecerem de forma igualmente rápida. — Como estão as coisas?

Sonny nunca conseguiu decidir se deve dizer às pessoas que está bem ou se é melhor acentuar o lado negativo e, talvez, conseguir o apoio delas. Ele tem um monte de problemas sobre os quais poderia falar. Os prêmios de seguros estão aumentando. Ele tem a sensação de que suas vértebras estão sendo comprimidas, por passar tanto tempo sentado. Sua esposa, Chantal, faz massagens em suas costas à noite, e, quando ambos saem juntos, ela faz questão de dirigir, dizendo que é a vez de ele relaxar e deixar alguém fazer o trabalho. Por mais tediosa e incerta que seja sua profissão, entretanto, ainda é melhor que reparar telhados, o que ele fez durante oito anos com vento no rosto, o horrendo fedor de alcatrão nos pulmões e as pernas tremendo de medo, pois não passava um dia sem o pressentimento de que escorregaria do telhado e cairia na laje de algum pátio — e que sua cabeça explodiria como um pote de geleia.

Eles estão se aproximando da cidade e o tráfego, insignificante na rodovia Taconic, está se tornando intenso na Saw Mill. Os amplos espaços abertos, aos poucos pontilhados por casas, foram agora tomados por prédios de cinco andares, entremeados com áreas industriais, pequenos escritórios e um estacionamento para caminhões de coleta de lixo.

— O que eu adoro nesse trabalho de transportar pessoas — diz Sonny — são as pessoas. Todos os tipos de pessoa. Eu achei que iria transportar banqueiros e a nata da sociedade, mas metade das pessoas que eu transporto é pobre. Aposto que você não sabia disso.

O homem do bosque   263

— Tem razão — diz Kate, quase tonta de alívio por ter alguma coisa para conversar. — Como é que gente pobre usa um serviço de táxis?

— Nem todos os pobres têm carro. E, no lugar onde moramos, nós precisamos de transporte. Não podemos tomar um ônibus porque não há ônibus, e não podemos caminhar porque a maioria das coisas está muito longe. Tem uma senhora que, toda segunda-feira à uma da tarde, eu levo até o Grand Union.* Ela faz as compras da semana e depois eu a levo de volta.

— Isso deve sair mais caro que as compras que ela faz.

— Não fica barato — concorda Sonny. — Eu tenho um cliente que precisa de mim para ir a consultas médicas, e tem um cara que eu levo para as audiências com seu supervisor de liberdade condicional. Acho que antigamente era comum um vizinho ajudar outro, mas agora é quase sempre cada um por si. — Ele dá de ombros e percebe como a sensação é boa, como o gesto alivia a tensão em seus ombros e pescoço. Movimenta, então, os ombros mais algumas vezes, só pelo prazer que isso lhe dá. E o prazer como que o encoraja. — Essa é uma coisa que um novo presidente deveria trazer de volta. Vizinho ajudando vizinho, e não esse negócio de todo mundo ficar esperando que algum burocrata poderoso do governo resolva tudo.

— Qual novo presidente? — pergunta Kate, temendo o pior.

— Não sei, não esse que a gente tem agora — diz Sonny. — Eu gostava muito do senador McCain, principalmente por causa do que ele passou. Mas o governador Bush, do Texas, é um de nós.

---

* Grand Union — cadeia de supermercados norte-americana. (N.T.)

264   Scott Spencer

— George Bush!? — exclama Kate. —Você deve estar brincando. Aquele pirralho mimado?

Sonny sorri. Só sendo muito maluco para discutir com uma cliente.

— Acho que sim — diz ele. — Mas o jeito que Clinton estava enganando todo mundo não faz você se sentir mal?

— Eu não me importo, Sonny — diz Kate, reclinando-se no assento e ajeitando as pernas. —Todos os homens são idiotas e meu presidente é o rei deles.

Os olhos de Kate repousam sobre sua calça de seda e linho, e veem um par de pelos caninos longos e recurvados, presos no tecido como as veias de uma folha. Shep. Os pelos resistem estranhamente a seus esforços de arrancá-los. Por fim, usando as unhas do polegar e indicador como pinças, ela os tira da calça. Mas, quando os joga no piso do carro, em vez de caírem diretamente, eles driblam a gravidade e flutuam de volta à sua perna.

Ela não gosta, nunca gostou, particularmente de cachorros, gatos e de nenhuma outra criatura de quatro patas. Durante toda a vida, escutar amigos falarem sobre seus animais de estimação tem sido uma maratona de falsos sorrisos e acenos vazios. Apesar de sua relação especial com Deus, Kate acha que existe algo errado na natureza de todos os cachorros. Ânus, língua, pelos caindo, peidos, bafo horrível, garras negras, dentes afiados e olhos ostensivamente adoradores, mas que Kate sempre viu como olhos *alertas*, olhos de um predador misturado com um carniceiro. No ensino médio, Kate teve um namorado *cajun** chamado Rick Laval, filho de

---

* Norte-americano, geralmente nascido na Louisiana, descendente de franceses. (N.T.)

um advogado, garoto de ossatura delicada e interesses limitados. Ricky conversava sobre pouquíssimos assuntos, mas um deles era Dolly, a cadela de sua família. E foi com Rick que Kate aprendeu a lei imutável que governa os homens e seus cachorros, que é a seguinte: você nunca deve ficar entre eles. Ricky, que parecia ter a língua presa para se desculpar, expressar seus sentimentos ou mesmo fazer um plano, nunca ficava sem palavras para falar sobre Dolly, chegando a ponto de discorrer sobre a vida ideal dela, que, segundo Rick, era repleta de corridas pelos campos e estafantes travessias de lagos. Kate não se importava com a companhia de Dolly nem se ressentia da feroz afeição que ela inspirava em Rick; tudo o que pedia era ser dispensada de participar da histeria que cercava a cadela e de fingir que esta possuía sentimentos complexos, não muito diferentes dos de Joni Mitchell ou de Vanessa Redgrave.*

Paul não é desse tipo de homem, apesar de sua adoração por Shep. Sua afeição é mais limpa, mais razoável. O simples fato de pensar nele faz Kate sentir vontade de puxar o celular e telefonar para ele. Mas não o fará, pois Paul mantém uma atitude antiquada em relação a telefones: acredita que são destinados à transmissão de mensagens importantes e curtas. A ideia de falar ao telefone sem objetivo definido e durante um longo tempo só porque está com saudade de alguém faz tanto sentido para ele quanto olhar para fotos de alimentos se estiver com fome.

---

* Joni Mitchell (1943) — cantora, compositora, guitarrista, poetisa e pintora canadense; Vanessa Redgrave (1937) — atriz britânica de teatro, cinema e televisão. (N.T.)

Apesar de tudo, ela gostaria de ouvir a voz dele neste momento, mesmo na aproximação metálica do telefone celular. Lembranças de suas inúmeras gentilezas enxameiam dentro dela. Sagrado é o silêncio que ele lhe concede quando vê que ela está pensando, sagradas são as janelas que ele instalou na casa dela, na vida dela, na alma dela, sagrado é o cheiro de madeira, sagrado é o marceneiro, sagrado é o olhar dele quando ela está falando, sagrada é a parada na respiração dele quando ela o beija, sagrado é ele quando goza, sagradas são as bolas do saco dele, sagrado é o peso dele, sagrada é a delicada atenção que ele dedica a Ruby, sagrado é seu amor pelas árvores, sagrados são os passos que ele dá sobre a face da Terra, sagrado é ele quando pega a caminhonete e alcança o carro dela rapidamente para entregar o caderno de notas que ela esqueceu, sagradas são as pilhas de lenha ao lado do fogão, sagradas são as mãos cruzadas dele enquanto escuta atentamente uma coisa que ela lê em voz alta, sagradas são as mãos dele, que gentilmente afagam as costas dela quando ela está numa daquelas noites, sagrado, sagrado, sagrado é o toque dos dedos dele ao passar pela cadeira dela, sagradas são as lágrimas dele ao pensar no mal que causou, sagrada é sua sede de absolvição, sagrado é o caminho dele, cambaleante e circular, em direção a Deus...

À frente do táxi, a ponte George Washington está tão vividamente refletida nas águas do rio Hudson que a imagem parece uma carta de baralho, com o lado de baixo espelhando o de cima. O céu é de um azul sujo. Acompanhando a curva de Manhattan, os prédios exibem sua riqueza e sucesso, desde a placidez parisiense da Riverside Drive até os desgraciosos pontos de exclamação das torres do World Trade Center, na extremidade sul da ilha.

O homem do bosque   267

A apresentação de Kate não é ao vivo, mas gravada, e Todd Hoffman, o produtor do programa, irá aguardá-la. Mesmo assim, o estômago dela se revolve nervosamente ante a perspectiva de um longo atraso. Ela não quer incomodar ninguém e não deseja ser vista como uma pessoa que faz os outros esperarem por ela. Além disso, se conseguir chegar à estação por volta da uma hora e sair de lá por volta das duas e meia, escapará do engarrafamento da tarde na cidade, que às vezes começa às três, e chegará em casa não muito depois das quatro. Se perder a oportunidade de sair antes do êxodo de veículos, seu retorno poderá ser adiado até as oito da noite. Sonny não se importa de se arrastar pelo tráfego, mas o metabolismo psíquico de Kate é pulverizado pelas frequentes e inexplicáveis paradas, seguidas por curtas arrancadas de dez ou quinze segundos de duração, características da hora do rush. Ela só ficou presa no trânsito da cidade uma vez até hoje e não deseja passar por isso novamente.

Sua impaciência para regressar a Leyden é para ter tempo de ficar com Paul, antes de apanhar Ruby no consultório de um especialista em aprendizado — isto é, se Paul estiver disposto a encerrar seu dia de trabalho e Evangeline, percebendo as vibrações conjugais, for embora para casa.

A maior parte do planejamento e das maquinações necessárias à vida amorosa do casal está a cargo de Kate. Não que Paul seja indiferente, mas nesse assunto ele é, como em todos os outros assuntos, enlouquecedoramente desligado. Parece não entender que, se ambos estão acordados às sete da manhã, têm exatamente trinta minutos antes que o alarme em forma de pato comece a grasnar ao lado da cama de Ruby, nem parece lhe ocorrer que, se ele vai doar

268   Scott Spencer

sangue numa quarta-feira, terça-feira será um bom dia para fazer sexo, pois ambos já perceberam — pelo menos ela percebeu, ele já deveria ter percebido — que um período de exaustão se segue à sua doação quinzenal. Também a respeito de sangue: Paul permanece inteiramente alheio ao ciclo menstrual de Kate, permitindo que os preciosos dias que o antecedem se escoem sem demonstrar nenhum interesse sexual, deixando para se aproximar dela com beijos ávidos e fogosos quando ela está usando absorvente e não suporta ser tocada.

Houve momentos em que ela conjeturou se a negligência dele em controlar o tempo de modo a conseguir o máximo de momentos junto a ela não se deveria tanto a sua espontaneidade selvagem de bicho do mato — avesso a estruturas e esquemas —, mas a uma tática passivo-agressiva para reduzir os contatos sexuais entre ambos a um patamar mínimo; ou, então, para fazê-los coincidir com os desejos *dele*. Ou talvez — e esta era a possibilidade mais perturbadora — fosse um modo de fazer com que ela se tornasse a responsável pela saúde sexual e emocional deles, um metrônomo humano mantendo o ritmo da vida íntima do casal.

Motivada pela recompensa, Kate não se importa em fazer esse trabalho. Quando o sente entrando nela lentamente, aproximando seus quadris centímetro a centímetro, é dominada por um delírio sexual fulgurante, uma sensação radical de abandono que nunca vivenciou antes e nunca acreditou realmente que outras pessoas vivenciassem. Assim, ela costuma fazer alterações em sua agenda para que ambos possam passar mais tempo juntos. É como limpar um canteiro para que as flores sejam vistas. Mas ela não tem nenhuma dúvida de que,

O homem do bosque   269

se Paul estivesse em seu lugar, neste momento, não estaria pensando em como sair da cidade rapidamente para ter tempo de se deitar com ela.

Na cidade, Paul está sujeito a mil e uma distrações. Pode ser atraído por algum restaurante coreano, pode deparar com um velho amigo que precise de sua ajuda para descarregar um caminhão ou pode passar uma hora perambulando pelo Central Park, tentando encontrar um plátano que adorava quando adolescente. São características adoráveis, fazem parte de seu carisma despreocupado, exceto por um ínfimo probleminha, que mal vale a pena mencionar: às vezes, ela sente vontade de torcer o pescoço dele. Afinal de contas, não faz muito tempo, ele esteve na cidade para tratar de um trabalho e, se tivesse retornado imediatamente, eles, teriam tido uma tarde inteira só para eles. Mas o que ele fez em vez disso? Dirigiu até o East Side e procurou o prédio onde tinha encontrado o corpo do pai. E, claro, atrasou mais ainda sua volta a Leyden parando no Parque Estadual de Martingham para arejar as ideias. Se fosse Kate ao volante, estaria passando dos limites de velocidade para chegar em casa. Pensar que ele acionou a lanterna de sinalização — não, nem isso ele deve ter feito —, pensar que ele de repente saiu da rodovia Saw Mill e se dirigiu a uma catedral de árvores para oferecer à natureza suas preces vagas e solitárias, pensar que tudo agora poderia ser profundamente diferente em suas vidas se ele não tivesse feito o que fez: tudo isso enche Kate de raiva, uma raiva horrível que mal vale a pena mencionar...

Eles chegam à estação de rádio com a habitual meia hora de antecedência; é o tempo que Kate precisa para esticar as pernas, organizar suas anotações, urinar, hidratar-se, urinar de novo e tagarelar amavelmente com a equipe do estúdio, sete homens e mulheres que, a Kate, parecem fazer parte de uma espécie subterrânea, alienígenas altamente inteligentes vindos de um mundo onde os habitantes não tentam causar nenhuma impressão visual uns aos outros. Após algumas semanas, Kate resolveu acompanhar o estilo do pessoal e foi trabalhar usando calça de moletom e uma das camisas xadrez verde e brancas de Paul. Mas foi sua pior apresentação. Agora, ela se veste para cada transmissão como se fosse para uma cerimônia pública, acreditando que algum cuidado com a roupa tem um efeito revigorante em seus processos mentais, teoria corroborada por um programa de televisão sobre um lendário treinador de basquete que pregava a importância de calçar as meias e amarrar os cadarços dos tênis com todo o cuidado.

— Talvez você possa estacionar o carro e entrar — sugere ela a Sonny, enquanto desliza pelo banco traseiro e abre a porta.

— Não, estou bem.

— Eles têm um filtro com água geladíssima — insiste ela — e um sofá de couro do último tipo.

— Estou bem — repete Sonny, segurando o volante com mais força.

— Tudo bem, então, senhor. A gente se vê. — Ela confere o relógio, um Cartier Tank, presente de uma fã particularmente dedicada. — Em exatamente noventa minutos, ou seja, às duas e meia, eu vou aparecer correndo e nós vamos botar a porra do carro na estrada, certo?

Kate percebe que Sonny se sentiu um pouco ofendido com o palavrão, mas ela gosta de falar palavrões, principalmente nos dias em que se apresenta na rádio. Isso lhe serve como vacina contra os riscos ocupacionais da religiosidade.

A Rádio Heartland, com estúdios em Burbank, Phoenix, Chicago, Orlando, Richmond e, agora, Nova York, assegurou um lugar na numeração baixa da FM, onde a frequência é poderosa. No ar das cinco da manhã até a meia-noite — pessoas acordadas após esse horário aparentemente estão excluídas da salvação —, a Heartland transmite várias horas de rock cristão bem-intencionado, o qual só se distingue do rock apresentado nas estações seculares pelas letras, que, em ritmo frenético, exaltam as virtudes da virgindade. Seus programas incluem *Tabernáculo da aliança ao vivo*, *Pergunte aos especialistas*, *Deus e o país*, *Fé e família*, *O décimo primeiro mandamento* e a apresentação de Kate — o programa mais bem-cotado. Como a vendagem de seus livros e as multidões que comparecem às suas palestras indicam, há muita gente como ela neste vasto, confuso, trágico e misterioso país: mães solteiras, alcoólatras em recuperação, bons cristãos à moda antiga e, é claro, pessoas simplesmente interessadas em Kate Ellis — as dúvidas que alimenta sobre sua maternidade, as lembranças de seu tempo como vencedora de concursos de beleza mirins, sua fé sendo testada nas reuniões dos AA — quando o tédio ameaça superar a empatia —, suas dúvidas sobre se ela cai no conceito de Jesus quando reza para que um corte de cabelo fique bom ou para perder cinco quilos.

O estúdio de Nova York é a mais recente aquisição da Heartland e reflete suas origens como uma empresa parcimoniosa, cujos diretores ganham salários modestos e vivem dentro de um padrão mais adequado a dentistas ou diretores de escola que a executivos da mídia. Os móveis foram totalmente adquiridos dos ocupantes anteriores e os contornos espectrais de molduras já retiradas são visíveis nas paredes encardidas. Um adesivo plástico do conjunto Black Crowes ainda está colado na parede de vidro do Estúdio 1; e o Estúdio 2, apesar das inúmeras faxinas, ainda conserva um penetrante cheiro de maconha.

A melhor coisa do estúdio são seus microfones, grandes antiguidades enodoadas, do tamanho de secadores de cabelos, que foram meticulosamente preservadas ao longo dos anos, assim como certos carros esportivos que encontram a imortalidade mecânica nas mãos de alguns devotos. Lendas do rádio, de Winchell a Cousin Brucie, usaram esses microfones. Os técnicos da Heartland não param de mexer neles. Kate, que sabe tanto sobre tecnologia radiofônica quanto sabe a respeito de boxe tailandês, ficou surpresa com a qualidade do som que sai do estúdio. Ouvir a reprodução da própria voz — filtrada pelo diafragma e a chapa traseira daqueles velhos Neumanns onidirecionais e burilada pelos magos que trabalham no console de mixagem — provoca em Kate a versão sonora da experiência de Narciso na lagoa. Ela se vê transformada de um apito em um clarinete; Deus abençoe os nerds cristãos e seus brinquedos recondicionados.

No Estúdio 2, alguém resolveu investir um bocado de dinheiro numa nova cadeira giratória. Ela tem espaldar alto, que faz Kate sentir-se mais segura que com a cadeira anterior, que ameaçava tombar a qualquer momento. O engenheiro-chefe, Tony Smithson, entra no recinto levando para ela duas garrafas de água mineral, embora, nos meses em que vem trabalhando nesse estúdio, ela nunca

O homem do bosque   273

tenha aberto nenhuma. Tony é magro e inglês, com pernas escuras e peludas, quase sempre expostas — está sempre usando bermudas de ciclismo ou calção de banho.

A assistente de Tony, Alison Kadar, está no outro lado do vidro, debruçada sobre o console de mixagem. Com suas pequenas luzes pisca-piscas e fileiras de chaves, o console lembra uma pequena cidade vista pela janela de um avião. Alison veste um esfiapado cardigã azul sobre uma blusa branca, chamuscada por um ferro de passar. Seus cabelos parecem ter sido cortados por ela mesma, após uma furiosa discussão com a família.

A introdução ao programa de Kate é a mesma todas as semanas e foi gravada alguns meses antes por um jovem ator, famoso por sua devoção. O tipo de crença dele provoca arrepios em Kate, que o considera ruim para o cristianismo, em geral, e talvez irritante para Jesus, pois consiste em uma exaltada defesa das estruturas tradicionais da família e parece condenar o modo como Kate viveu e continua vivendo.

— E agora — conclui o ator —, sem cortes e sem censura, Kate Ellis e *Orando com os outros*.

O que ele diz não é verdade. Se ela errar ou esquecer alguma palavra, pode fazer outra tentativa. Kate não consegue ouvir a introdução sem se perguntar por que a apresentação dela tem que ser iniciada com essa mentira boba.

Tony, agora de pé ao lado de Alison, aponta para Kate através do vidro.

Ah, estou precisando muito renovar a minha fé, começa Kate.

Ah, sim, esqueci de dizer olá. Olá, da retardada aqui. Quando eu estava a caminho da estação, vindo da minha casa no campo, pensei nos locutores que enlouquecem

274   Scott Spencer

quando estão no ar. Por exemplo, Howard Beale, o personagem do grande Peter Finch em Rede de intrigas, o cara que grita "Estou completamente louco, não aguento mais". Mas há muitos episódios da vida real em que pessoas perdem o controle durante uma transmissão. Quando eu estava percorrendo os cerca de cento e cinquenta quilômetros da minha casa até aqui, finalmente entendi isso. A propósito, quero pedir a vocês todos que escrevam para a Heartland e insistam para que o pessoal daqui compre alguns móveis e contrate um decorador, porque eu juro que esses estúdios parecem o Depósito de Livros de Dallas.*

Eu consigo entender por que os Howard Beales deste mundo chegam a um ponto de ruptura, pois, mesmo num programa como este, tão distante quanto se pode ser das chamadas reportagens de atualidades, lidamos sempre com pessoas que estão no imenso Por Aí, que é como as pessoas com microfones descrevem o resto do mundo, ou seja, as pessoas sem microfones. E o que acontece com todos vocês — e vocês, com certeza, não precisam de mim para lhes dizer isso — é que suas vidas são difíceis, cheias de sofrimento e vergonha, mesmo as vidas dos indivíduos ditos afortunados. É por isso que vocês estão me escutando, certo? É por isso que não estão em algum lugar comendo ambrosia, dando gargalhadas e executando dancinhas da vitória.** Já entenderam que suas vidas são basicamente incontroláveis sem Deus. Vocês não estão procurando Deus por achar que lhes deve um favor, mas sim porque precisam que Ele faça alguma coisa por vocês. Vocês precisam que Ele lhes dê coragem e paciência e os ajude a amar uns aos outros. Vocês não precisam de um pouco de ajuda, precisam de muita ajuda, e vamos encarar os fatos: precisam dessa ajuda agora.

Kate se interrompe por um momento. Sente-se súbita e enervantemente surpresa por estar sentada neste estúdio. O que foi

---

* Lugar de onde, presumivelmente, Lee Oswald alvejou o presidente John Kennedy, em 22 de novembro de 1963. (N.T.)

** Alusão aos deuses da mitologia grega. (N.T.)

O homem do bosque   275

mesmo que disse? O que é mesmo que deverá dizer? Uma faixa de dormência envolve sua cabeça. Suas mãos estão frias, úmidas, e seu coração inchou até o ponto de ruptura. Mas esse aturdimento desaparece de repente, como uma frenética revoada de passarinhos. Um frêmito e, depois, o silêncio. Ela posiciona os lábios alguns centímetros mais perto do microfone e abaixa a voz uma oitava.

Quando você fica sóbrio e sente Jesus com você a cada passo do caminho é como se vocês dois tivessem estado numa guerra. Estavam numa trincheira juntos quando alguém jogou uma granada lá — a vida é cheia dessas granadas, às vezes é uma pessoa, às vezes apenas um sentimento, como a inveja ou a solidão, e às vezes, ainda, é o cheiro de vinho — e Jesus pulou em cima da granada, absorvendo a explosão com o próprio corpo. E você está vivo, você realmente está vivo e ileso, e diz para ele: O que eu posso fazer, como posso retribuir? Como você sabe, Jesus é como o Poderoso Chefão. Ele coça o queixo e diz: Bem, um dia eu posso procurar você e pedir que você faça alguma coisa por mim. E você pensa, epa, onde é que eu fui me meter? E no dia seguinte, sem falta, o Poderoso Chefão Jesus aparece e diz: Ei, você se lembra de quando eu caí em cima daquela granada e impedi que você fosse despedaçado? E lembra que você me perguntou como poderia retribuir? Agora você está realmente com medo, e sua mente — que não é sua melhor parte, na verdade é pior que suas coxas —, sua mente começa a imaginar um monte de situações deprimentes, algumas do Velho Testamento, algumas do noticiário das seis. E você sabe o que ele quer? Quer que você trate as pessoas ao seu redor com amor e torne a vida na Terra um pouquinho melhor. Ele quer que você plante uma árvore, alimente uma criança faminta ou visite alguém num hospital. Você pode fazer companhia a uma pessoa sozinha e tratar essa pessoa com bondade e respeito, mesmo que, por acaso, essa pessoa sozinha seja você.

Kate para. Não se sente confusa nem com a garganta seca. Nem cansada. Mas não acha o que procura — sua próxima frase —, e essa ausência é enorme. É como se entrasse num quarto de sua casa e percebesse, sem saber exatamente como, que invasores estiveram lá e que ela foi roubada.

Kate sente um suor gelado deslizar pela espinha. Só para ter o que fazer, além de vivenciar o próprio aturdimento, ela abre uma garrafa de água e dá um pequeno gole. Depois, olha para a folha de papel, com suas poucas anotações, e vê as letras dançando.

— Me dê alguns segundos, Tony — murmura ela.

Tony está no console de mixagem, usando enormes fones de ouvido.

— Leve o tempo que quiser, querida. Quando estiver pronta, nós prosseguiremos a partir de... — Ele olha para Alison, que lhe informa a frase. — Essa pessoa sozinha seja você.

Certa vez, há quase cinco anos, sentada numa cadeira dobrável no porão de concreto de uma igreja metodista, tentando pensar em algo que simbolizasse o Poder Superior, Kate deu tratos à bola, conjeturando se seus escritos seriam seu poder superior, ou se este seria Ruby. Então, uma das frequentadoras dos AA — uma garota chamada Joy W., hoje desaparecida, talvez bebendo de novo, talvez na Califórnia correndo atrás de seu sonho de ser uma estrela da música —, que estava com sua guitarra, começou a dedilhar o instrumento disfarçadamente, cantarolando baixinho, fingindo que estava apenas se distraindo. Joy, a chata, estava cantando "Eu não quero me ajustar ao mundo", com uma voz clara, doce e bonita. A canção, singela e melancólica, obrigou Kate a olhar para outro lado. Foi então que viu uma cruz de madeira, rústica, pendurada na parede. Num impulso não muito elevado e até com um traço

O homem do bosque   277

de galhofa e autoironia, ela pensou nas palavras *Obrigada, Jesus.* E, quando as murmurou, *sentiu* uma presença — de fato e sem qualquer dúvida. Essa sensação de ter sido radiosamente invadida, preenchida e ocupada não a fez se sentir maior, pelo contrário: ela se sentiu menor, praticamente desmantelada, a ponto de não se reconhecer. Assim, não foi nenhuma surpresa que, tal como milhões antes dela, tenha chorado. Pela cruz, pelas palavras daquela velha canção de igreja cantada por Joy, pelo Pai e pelo Filho, pelos sofredores, pelo sacrifício, pelo amor. Ela chorou porque já não estava sozinha, chorou porque sabia que pararia de beber, chorou porque — ela mal conseguiu dizer as palavras, ainda que para si mesma — estava salva.

E agora, tão de repente quanto surgiram, essas sensações desapareceram.

Sumiram.

O sentimento sumiu.

Sumiu.

Eu antes podia ver e agora estou cega/ eu antes fui encontrada e agora estou perdida...

Ela tem uns cinco, talvez dez minutos, para decidir o que vai fazer. Sua sensação é a de ter sido abandonada por seu parceiro no baile da escola, quando ambos estavam dançando. Agora, ela se balança sozinha, no compasso de uma música quase inaudível, fingindo que tudo continua como antes. Não há lágrimas em seus olhos e nenhuma parece a caminho — a conversão é convulsiva, mas a reversão é fleumática.

Passa por sua cabeça a ideia de simplesmente se levantar e se despedir de seus ouvintes, assim como de toda a nação cristã, com uma afetuosa saudação. Não só de toda a nação cristã, aliás, mas também dos judeus, hindus, muçulmanos, adeptos da Nova Era, com seus cérebros de minhoca, e de quaisquer outras pessoas que gostem de fingir que há um arcabouço definido e um significado para a vida na Terra, benigno ou não, que há alguém a quem podemos recorrer nas horas de dificuldade, alguém a quem podemos homenagear com nossa gratidão, e que nós não estamos sozinhos agora e para sempre, traçando nosso destino à medida que avançamos.

Quando Kate se transformou de um tipo comum de agnóstica liberal em alguém que desejava falar ao mundo a respeito de Jesus, uma das suas maiores preocupações era que seus antigos amigos e as pessoas com quem trabalhava rissem dela. Agora, quando esse grande amor parece ter explodido como uma bolha de sabão, deixando apenas uma vaga nebulosidade em seu rastro, sua preocupação é bastante mundana: de que ela irá viver?

— Preparada, Kate?

A voz de Tony, embora retumbante nas caixas de som, tem um tremor de incerteza. Sem mais hesitações, Kate acena com a cabeça e ergue os polegares, como se o frio cubículo do Estúdio 2 fosse um módulo dentro do qual ela estivesse prestes a ser lançada no espaço. Há muita coisa em jogo. Ela tem bocas para alimentar, uma hipoteca para pagar. E quem sabe? A fé, como algum diabólico amante andarilho, pode decidir retornar tão rapidamente quanto partiu. Enquanto isso, o show tem que continuar.

Kate está no banco de trás do carro de Sonny quando seu telefone toca, nas profundezas da bolsa. Goma de mascar, batom,

O homem do bosque   279

pó compacto, chaves, agenda, carteira, medalha comemorativa de dois anos nos AA e, finalmente, o telefone.

— Alô? — diz ela.

— Mamãe!

— Ruby, o que houve?

— Mamãe, volte para casa, por favor.

— Estou no carro agora. Me diga o que aconteceu.

— A irmã de Paul.

Ela diz mais alguma coisa, mas suas palavras são soterradas por uma avalanche de soluços.

— Ruby, por favor. Respire fundo. Está bem? Você consegue fazer isso?

Sonny ultrapassa uma caminhonete imprudentemente e começa a dirigir mais depressa. Ruby respira fundo; algo no fundo de sua garganta range como uma porta.

— Me conte o que aconteceu, menina. Você pode fazer isso? Me conte. A irmã de Paul...

— Eu dei a cruz a ela. Aquela cruz linda.

— Eu sei que você fez isso.

— Um carro bateu nela, mãe.

— Bateu nela? Um carro bateu nela?

— Quando ela estava distribuindo a correspondência.

— Ela foi atropelada ou bateram no carro dela?

— Ela estava DENTRO do carro, mãe!

— Tudo bem, menina, por favor, por favor, tente ficar calma. Você pode chamar Paul para falar comigo?

— Ele não está aqui. Foi para o hospital.

— Você está sozinha?

A contrariedade enrouquece a voz de Kate.

— Alô? Kate? — Agora é a voz de Evangeline no outro lado da linha. Aparentemente, Ruby simplesmente entregou o telefone a ela. — Paul acabou de ir para o Hospital do Norte de Windsor. O carro de Annabelle foi atingido quando ela estava distribuindo a correspondência. E eu estou aqui com Ruby.

— Annabelle está...

— Ela está viva. Ninguém sabe a gravidade dos ferimentos, mas parece que ela vai escapar. Cheryl tem um irmão que trabalha no Hospital Monte Sinai, em Nova York. Ele vai entrar em contato com os médicos daqui; então, estamos aguardando.

Isso não faz muito sentido para Kate. Ela já reparou que as pessoas de Leyden se sentem melhor quando conseguem conectar suas experiências com o mundo exterior, achando que saber o nome de alguém ou conhecer alguém que conhece mais alguém é garantia de um tratamento melhor, seja num banco, na agência do correio, numa feira de produtos agrícolas ou no setor de emergência de um hospital. Alguém achar que vai adiantar alguma coisa o irmão de alguém telefonar para o hospital — um irmão que é basicamente um *estudante de medicina* — não passa de uma pequena fantasia, mas deixa Kate irritada, sem que ela própria saiba por quê. Ela não consegue evitar. E a irritação se generaliza a ponto de incluir todas as pessoas de Leyden que se referem aos caixas do banco pelo nome, que compram alguma coisa na padaria e insistem em dizer que *os muffins com sementes de papoula foram feitos pelo Charles*, que, dizem, seus ovos vêm da fazenda de Bill e que George, um motorista da UPS, entregou a nova luminária com o quebra-luz amassado. Por que tudo tem que ser tão pessoal, porra?

O homem do bosque   281

Kate respira fundo, consciente da súbita amargura em sua alma. Onde estão a bondade, a piedade, a afeição? Para onde foram, juntamente com Deus? Estariam atreladas à pipa que era sua fé, e, agora que a linha da pipa se rompeu, foram todas para o espaço?

Kate ouve a voz de Ruby ao fundo, chamando Evangeline.

— Estou aqui — responde Evangeline.

— Evangeline? — guincha Ruby.

É a voz de uma criança aterrorizada num universo em que nada é garantido e nada pode impedir que coisas ruins aconteçam, nem orações, nem velas, nem sermões, nem água benta, nem cânticos, nem danças, nem cruzes.

CAPÍTULO
DEZOITO

O sargento Lee Tarwater está postado diante de Jerry Caltagirone, retorcendo as longas mãos brancas enquanto fala. Tempos atrás, Caltagirone pensou que isso fosse um tique nervoso e achou que Tarwater era tenso demais para ser policial. Até saber que Tarwater tinha eczema e esfregava loção na pele.

— Tem duas pessoas lá na frente — diz Tarwater. — Pai e filha. Eles querem falar com alguém sobre aquele homicídio em Martingham em novembro passado. O caso está com você, certo?

E assim, sem maiores preparativos, surge uma ótima brecha no caso. Pode parecer sorte, mas Caltagirone acredita que um policial constrói a própria sorte; ele a constrói trabalhando no caso, mexendo a panela até que as coisas venham à tona.

Tarwater retorna, seguido pela dupla. A pequena estatura de ambos faz com que ele pareça um gigante. Tarwater deixa os dois com Caltagirone, não sem antes dar uma boa olhada na filha, de alto a baixo e de baixo a alto. Ela poderia muito bem estar segurando um cartaz com os dizeres ESTOU AQUI CONTRA A MINHA VONTADE.

O homem do bosque   283

Tem cerca de dezesseis anos, um metro e meio de altura, cabelos castanho-escuros, pele morena e é muito magra. Caltagirone sabe que a expressão de birra em seu rosto é puro blefe — se ela realmente soubesse impor sua vontade, não estaria ali. O pai dela está vestido para parecer rico, e talvez o seja, admite Caltagirone. Não é muito mais alto que a filha. Usa óculos escuros da Dolce & Gabbana, um suéter esportivo e um Rolex. Ele se chama Alan Slouka e a filha, Marmont.

Caltagirone pega duas cadeiras para eles. Com um olhar, o pai diz à filha que deseja que ela fale. Ela o encara; se tem medo de alguma coisa, do pai certamente não é.

— Tudo bem — diz Slouka. — Vou botar a bola em jogo. Minha filha aqui, que eu crio sozinho...

— Claro — diz Marmont.

— Bom, eu crio. Você pode não gostar, mas eu crio. O fato é que Marmont e eu nos mudamos para Purchase há pouco mais de dois anos, e, sem que eu notasse, Marmont desenvolveu uma atração por um dos jovens que trabalham na nossa propriedade.

Caltagirone muda de posição em sua nova cadeira ergonômica que comprou para si mesmo, com encosto acolchoado e apoio lombar inflável.

— E isso é sobre o homicídio de novembro passado — diz ele, erguendo o assento pneumático mais alguns centímetros.

Ele já é tão maior que os Slouka, pensa, que pode ir até o limite.

— É, sim — diz o pai. Ele olha para a filha. — Você quer que eu continue?

—Você gosta de contar a história — diz ela.

— Não — diz ele, com a raiva transparecendo na voz. — Eu gosto de falar a verdade. Na verdade, sou viciado em falar a verdade. — Virando-se para Caltagirone, ele sorri e dá de ombros. — Minha filha e esse indivíduo estavam no parque. — Ele diz a palavra *parque* como se fosse o equivalente moral de um motel. — Eles estavam escondidos e... — Ele respira fundo. — Digamos que eles não estavam em roupas de gala quando viram um homem ser atacado.

Caltagirone olha para a garota. De repente, Marmont é a única coisa que o interessa. No que lhe diz respeito, o pai deixou de existir, e ele quer que ela sinta isso, sinta a própria importância.

—Você viu?

Ela acena que sim.

— E só agora... — Caltagirone olha para o relógio. Hoje é dia 3 de junho. — Sete meses depois é que você resolve vir aqui?

Ela dá de ombros.

— Desculpe — murmura.

Para o pai dela, é difícil presenciar esse mínimo de angústia mental, e ele pousa a mão sobre o ombro da filha, de forma tranquilizadora.

— Ela tem seus motivos para ter ficado em silêncio. Eles estavam com medo de que eu pudesse me enfurecer com o fato de que um dos meus empregados estivesse, legalmente, cometendo estupro contra a minha filha. Estavam com medo de que eu o despedisse ou chamasse a polícia. E também, como ele está ilegalmente no país, ficaram com medo de que ele fosse deportado, mesmo sem a acusação de estupro.

O homem do bosque   285

— O medo é foda — diz Caltagirone a Marmont.

Ela sorri com ar distante; está tão longe de achar que ele é solidário a ela quanto de achar que ele é atraente, e ele sabe disso. Talvez seja melhor lidar com ela por intermédio do pai, afinal de contas.

— Escute aqui — diz Caltagirone. — Ocultar informações importantes sobre um crime durante uma investigação da polícia também é crime. Tenho certeza de que seu pai já lhe explicou isso.

— Eu pensei em vir aqui com meu advogado — diz Slouka. — Talvez fosse melhor se eu tivesse feito isso.

A filha olha para ele; também acha que ele deveria ter feito isso.

Caltagirone abre a gaveta de baixo de sua mesa, que geme como um porco em agonia.

— Meu Deus, Jerry, lubrifique essa coisa! — grita um policial no outro lado da sala.

Caltagirone remexe nas trinta ou quarenta pastas lá dentro, nenhuma delas com etiqueta.

— Aqui vamos nós — diz ele, resfolegando.

Ele abre a pasta e retira a foto de um homem e uma mulher em um píer, tirada à noite. Ao fundo, uma roda-gigante enfeitada como uma coroa, exibindo luzes vermelhas, amarelas, brancas e azuis. A mulher é loira, de ombros largos e masculinos; tem um largo sorriso estampado no rosto e está vestida como se fosse velejar. O homem tem cabelos escuros, peitoral amplo e está apontando para a câmera com a boca entreaberta; talvez esteja brincando, fingindo que vai cantar, ou talvez esteja dizendo ao fotógrafo para não bater a foto.

— Esse é William Claff, espancado até a morte, e você viu isso acontecer — diz Caltagirone, batendo com o dedo no rosto de Will. — Ninguém merece isso. Está me entendendo?

— Claro — diz Marmont. — Eu estou aqui, não estou?

— Ninguém merece isso, não se eu puder impedir.

Caltagirone percebe que a garota já concordou que aquilo não deveria ter acontecido e que ele não precisa mais continuar ressaltando o fato.

— E essa senhora aqui? Isso está matando ela também. Ela teve que atravessar o país para identificar o corpo, e sozinha. Ela não tem família. Esse homem era tudo para ela no mundo. Está me entendendo? Você precisa me dizer o que viu.

— Estava muito difícil enxergar — replica Marmont.

— Você me disse que viu — observa o pai dela.

— Tudo bem — diz Caltagirone. — Vamos começar com as coisas fáceis. Quando vocês pararam no estacionamento, viram outro carro? Você se lembra disso?

— A pessoa com quem eu estava não tem carro, *ela não ganha o suficiente*. E o meu carro estava na oficina. Nós fomos de bicicleta. Deixamos as bicicletas no bosque e começamos a caminhar.

— Então, vocês nunca estiveram no estacionamento?

— Não. Mas não importa. Eu o vi.

— Viu quem?

— Ele. — Marmont acena com o queixo para a foto na mão de Caltagirone. — Ele estava de roupa de corrida.

— Esse homem aqui está com Deus — diz Caltagirone. — Mas nós estamos aqui agora, neste minuto. É o outro cara quem interessa.

O homem do bosque

A expressão de Marmont é a de quem está procurando uma forma de discordar, mas ela acena que sim.

— O outro cara estava usando uma jaqueta de couro.

— Lá vamos nós — diz Caltagirone.

— Ele era mais jovem — diz ela. — Eu não sou muito boa em dizer a idade de adultos. Acho que todos têm mais ou menos quarenta anos.

O pai dela sorri e diz a Caltagirone:

— Eu tenho quarenta anos — como se houvesse algo de afetuoso na afirmação dela.

— O que mais? — pergunta Caltagirone. — Roupas? Qualquer coisa.

— Ele tinha cabelos castanhos, meio longos, como os roqueiros. E botas.

— Botas? Botas de caubói?

— Não. Sapatos esportivos. Ele era atlético. Não tinha barba nem bigode, nem nada que chamasse a atenção. Parecia um cara comum até a briga começar.

— E, então, parecia o quê?

— Completamente furioso. Olha, eu preciso ir ao banheiro.

— Não pode aguentar? — sugere Caltagirone.

— Eu aguentei até agora.

Caltagirone pede a ela que use o banheiro da sala de espera. Depois que ela sai, o pai começa a agir como se lamentasse tê-la levado até o distrito policial. O palpite de Caltagirone é que, por alguma razão, ela contou a ele o que tinha visto e falou sobre o cara com quem ela estava trepando; o papai, então, se irritou, mandou que ela entrasse no Lexus e a levou até ali para lhe dar uma lição.

Mas agora quer que Caltagirone saiba que boa menina Marmont é, e que tempos difíceis ele e a filha atravessaram após a morte da mãe dela. Pelo modo como fala, parece que o corpo da mulher ainda não esfriou, mas Caltagirone acaba sabendo que ela morreu quando Marmont tinha quatro anos de idade. Slouka informa que trabalha na indústria do rock, é promoter de shows. Diz a Caltagirone que, se ele algum dia quiser ingressos para, digamos, um show do Neil Diamond no Madison Square Garden, ou talvez do Bruce Springsteen na Meadowlands Arena, Slouka terá enorme prazer em providenciá-los. Inclinando-se sobre a mesa, ele pergunta a Caltagirone:

— Como você acha que nós devemos lidar com o garoto? É claro que ele foi despedido, mas não sei se devemos arranjar mais encrencas para ele.

Como se fosse uma coisa para Caltagirone e ele decidirem juntos.

— Vamos ter que trazer ele aqui também.

— É mais fácil falar do que fazer — comenta Slouka.

Nesse momento, Marmont retorna, sacudindo água da ponta dos dedos.

— Tem uma senhora chorando no banheiro — informa ela, como se tivesse visto assombração.

— Eu quero que você olhe outra foto para mim — pede Caltagirone.

Ele enfia a mão na pasta e retira a foto de um cara de rosto redondo, bochechudo, com cabelos penteados para trás e olhos encovados. Está usando uma camisa havaiana com imagens de abacaxis e papagaios. Sua expressão é neutra, mas um tanto ameaçadora — qualquer um que saiba alguma coisa sobre ameaças perceberia;

O homem do bosque   289

quando um homem põe uma expressão neutra no rosto, significa que vai haver problemas sérios.

Marmont estende a mão para a foto, mas se detém.

— Posso pegar a foto?

— À vontade — responde Caltagirone.

As luzes do teto provocam reflexos no papel brilhante. Marmont inclina a foto para olhar melhor.

— É esse o cara? — pergunta ela.

— Você é quem vai me dizer.

— Os cabelos dele estão diferentes.

— Cabelos mudam mesmo.

— Mas os olhos não mudam — diz ela.

— Tome cuidado, querida — diz Slouka.

— Você não precisa se preocupar com esse cara — informa Caltagirone.

— Bem, é ele, sem a menor dúvida — diz Marmont.

— Ele quem? — pergunta Caltagirone, apertando os olhos.

— O cara que nós vimos.

Ela ergue as mãos. O pai dela deve ter lhe dito para maneirar nas joias; há círculos pálidos em seus dedos, nos lugares em que estavam os anéis.

— Tem certeza? — questiona Caltagirone.

Marmont acena que sim.

— Positivamente?

— Sim — responde Marmont.

— Quem é esse homem? — pergunta Slouka.

Caltagirone se vira lentamente para ele, como se tivesse se esquecido de sua existência.

— Ele faz cobranças para *bookmakers* em Los Angeles.

Caltagirone abre a gaveta do meio de sua escrivaninha e retira um gravador. Examina, então, a pequena e encardida janelinha na lateral do gravador, assegurando-se de que há uma fita lá dentro. Depois, aperta o play, para verificar se as pilhas estão funcionando.

— E o cachorro? — pergunta Marmont.

— Cachorro!? — exclama Caltagirone.

— Eles estavam brigando por causa de um cachorro — explica Marmont. — O cara de roupa de corrida estava chutando o cachorro e... — Marmont sacode a foto; por um momento, parece que o cara de camisa havaiana está meneando a cabeça, concordando — ... esse cara estava tentando fazer com que ele parasse. É por isso que a gente estava a favor dele. Quer dizer, antes de a gente saber que tudo acabaria daquele jeito.

Caltagirone escreve a palavra *cachorro* no canto de seu bloco de notas e traça um círculo ao redor dela. De repente, lembra-se de ter falado com o senhorio sobre o cachorro. E também da senhora da Filadélfia que conheceu Claff como Robert King e disse que Claff roubara seu cachorro. Mas Caltagirone já deduziu que o cachorro não leva a lugar nenhum; o cachorro, onde quer que esteja, é um dano colateral. Então, risca a palavra, primeiro com uma linha, depois com outra. Por fim, esfrega a ponta da caneta sobre ela até torná-la invisível.

O homem do bosque   291

CAPÍTULO
DEZENOVE

O verão chega cedo, cheio de caprichos — dias abrasadores sob um céu azul-acinzentado; noites sem estrelas, incrivelmente tempestuosas, despejando cortinas de chuva com furioso estardalhaço. Durante metade do dia, Shep dorme no ar mais fresco sob a caminhonete de Paul, deixando apenas as patas à mostra. Ao lado da caminhonete está o novo Subaru Legacy de Evangeline, que, segundo ela, é o carro favorito das lésbicas. Estacionado mais perto da casa e, de certa forma, mais exposto ao sol, está o Lexus de Kate, com as maçanetas e o para-choque cromado refulgindo à luz solar e o para-brisa transformado num espelho verde-escuro, onde uma árvore de cabeça para baixo aninha o sol branco entre suas folhas negras.

Dentro da casa, Ruby dorme em sua cama, após ter passado quase toda a noite acordada, primeiro com um enjoo, depois cheia de energia febril, distribuindo observações como *o chão está feliz, agora é a vez de a escada subir em mim* ou *meus dedos não querem mais ser dedos.*

Enquanto Ruby dorme, Kate telefona para uma mulher chamada dra. Joan Montgomery, que é a única psicóloga infantil na área.

— Por acaso, eu tenho um horário disponível esta tarde, acabaram de cancelar a consulta — diz Montgomery.

Kate não sabe se deve acreditar nela, mas Montgomery tem uma voz agradável e elegante, e ela se sente aliviada por haver alguém na região capaz de examinar a pobre Ruby.

Kate agora se encontra sentada na sala, ostensivamente lendo um livro de suspense. Mas, após meia hora com o livro no colo, ela só conseguiu ler o primeiro parágrafo, e o leu quatro vezes, tentando enfiar as palavras na mente. Já subiu a escada algumas vezes, uma delas para abrir mais a porta do quarto de Ruby, a fim de que qualquer ruído alarmante seja ouvido do sofá; outras, apenas para observar Ruby, embora não se possa captar muita coisa simplesmente contemplando as pessoas dormirem: elas podem parecer ridículas em sua dócil seriedade, ou adoráveis e vulneráveis, mas, de qualquer forma, seus corpos são como conchas deixadas para trás depois que o conteúdo foi retirado.

Agora, uma hora mais tarde, levando Ruby à psicóloga, Kate quase colide com uma caminhonete do correio que está subindo a alameda da sua casa. O motorista, usando bermuda e capacete colonial, como se estivesse indo para um safári, para o veículo ao lado do carro de Kate, entrega-lhe um envelope e dá marcha a ré pela alameda, tão depressa que lembra um filme sendo rebobinado. Kate joga o envelope no assento traseiro — é de seu agente, e ela tem certeza de que sabe o que é: uma proposta da Heartland para renovar o contrato.

Ao parar o carro no estacionamento do Centro de Orientação Psicológica de Windsor, ela se dá conta de que é o mesmo lugar

O homem do bosque

ao qual ela e o último homem de sua vida compareceram para uma inútil sessão de terapia de casal, após ele ter se apaixonado por outra mulher. Ele nunca teve intenção de terminar com sua nova amada, e a consulta foi uma humilhante perda de tempo e dinheiro. Até mesmo o terapeuta, um tal dr. Fox, percebeu isso e nem se deu ao trabalho de lhes perguntar se queriam marcar uma segunda visita, enquanto nervosamente os escoltava até a porta do consultório. *Ah, meu Deus, pensa ela, eu estava metida num relacionamento tão sem futuro que fui chutada após uma terapia de casal!*

Naquela vez, pelo menos, ela pôde externar seu descontentamento. Agora, quando falar com a dra. Montgomery, ela só poderá aludir a pressões ocultas que Ruby pode estar absorvendo em casa. Pode mencionar suas frequentes ausências, mas não pode dizer que o novo homem da casa matou uma pessoa.

Ruby tem mantido um silêncio quase total desde que acordou e agora parece prestes a dormir novamente. Seus olhos estão pesados, e ela encostou a cabeça no vidro da janela. Está vestindo uma bermuda amarela e uma camiseta branca, ambas pequenas demais para ela. Mas não quer abrir mão delas. Seus pés estão enfiados em sandálias cor de salmão, também pequenas demais. Kate não sabe ao certo o que Ruby sabe ou entende a respeito do tipo de visita que estão fazendo.

— Há uma pessoa na cidade que é especialista em ajudar crianças com coisas que as estão perturbando — disse Kate antes de saírem. Ruby deu de ombros, como se isso não significasse quase nada para ela. — De qualquer forma, eu marquei uma consulta — completou Kate.

Tudo o que Ruby quis saber foi se Kate iria junto. Quando Kate disse que iria, Ruby mudou de assunto.

— Bem, aqui estamos — diz Kate.

Ela estende a mão e solta o cinto de segurança de Ruby.

— Ela é psiquiatra? — pergunta Ruby.

— Acho que não — responde Kate, ocultando-se atrás de uma pequena moita de pedantismo. — O título de doutora provavelmente significa que ela se formou em psicologia, não em medicina. Portanto, tecnicamente, ela não é psiquiatra. — De qualquer forma, o importante são as regras. Todos os lugares têm suas regras. Por exemplo, não se pode correr pelos corredores nas escolas e não se pode conversar no cinema. Você quer que eu lhe diga quais são as regras daqui?

— Provavelmente são regras de passarinho.

Kate franze a testa, fingindo que está analisando o que ouviu, embora esteja ficando cada vez mais desesperada com esses disparates de Ruby. Às vezes, tem certeza de que a erupção de absurdos é deliberada, uma continuação da antiga tendência da menina a exagerar as coisas e chamar a atenção, uma espécie de teatralidade primitiva. Outras vezes, acredita que os absurdos são, ao mesmo tempo, deliberados e involuntários, que Ruby sabe que não existem regras de passarinho, mas que se sente compelida a dizer que existem. E há ainda outras vezes — que estão começando a predominar — em que acredita que a pobre Ruby (o adjetivo vem se tornando permanente) está sendo lentamente roubada, talvez seduzida, por uma realidade alternativa que ela própria criou, pois a realidade em que vive se tornou insuportável. Ou talvez a pobre Ruby esteja se tornando uma pessoa diferente, no nível celular mais básico,

O homem do bosque   295

transformando-se nesta pessoa insone e febril devido ao lento gotejar de substâncias químicas nocivas. Se for um desequilíbrio químico, uma solução deverá ser encontrada. Nesse caso, a dra. Montgomery — que Kate imagina ser um manancial de bobagens inspiradas pela Nova Era — não terá muita utilidade. Ela poderá escrever um haicai, mas Ruby precisará de alguém que lhe prescreva uma receita.

— A regra aqui é que você — Kate toca o nariz de Ruby — tem permissão para dizer o que quiser, não existem segredos, não existe nada para você ter medo nem para você esconder.

O asfalto do estacionamento está pegajoso, cheirando a piche e quente como o inferno. Ruby faz um movimento para se coçar, mas Kate segura a mão dela. Depois, com assombro, lê os adesivos pregados nos para-choques dos veículos: COMETA ATOS IRRACIONAIS DE BONDADE e PSICÓLOGOS TREPAM COM COMPREENSÃO. Pobre Ruby, pobre, pobre Ruby. Ela leva a menina mais para perto de si. *Por que estamos aqui?*, pergunta a si mesma. *Por que não uma igreja, um clérigo, por que não Deus? Quando foi a última vez que eu rezei por esta criança? Quando foi a última vez que eu rezei?*

Kate abre a porta do Centro de Orientação Psicológica e recebe uma rajada de ar gelado. Vê um balcão de atendimento sem ninguém atendendo, uma sala de espera vazia, duas mesas baixas cobertas de revistas, um par de pequenos sofás e uma máquina de ruído branco* em um dos cantos. Quando o relógio de parede bate a meia hora, a dra. Montgomery aparece. É uma mulher baixa,

---

* Máquina que combina sons de diversas frequências, gerando o chamado "ruído branco". Destina-se a abafar outros ruídos e/ou produzir um efeito relaxante. (N.T.)

de beleza convencional. Parece vagamente familiar a Kate. Usa os cabelos cortados curtos, tingidos nas pontas. Tem sardas nos braços. Após um olhar de relance para Kate, ela concentra as atenções em Ruby.

— Olá, Ruby, prazer em conhecê-la. — Ela estende a mão, e Ruby a aperta. — Você pode vir comigo, se quiser.

— Eu devo ir também? — pergunta Kate.

— Nós todas podemos conversar juntas, para começar — responde Montgomery.

— Mim quer banheiro! — proclama Ruby.

Enquanto Montgomery mostra a Ruby o caminho do toalete, Kate se lembra de onde a viu — muitas quartas-feiras antes, numa reunião dos AA de Leyden. Montgomery compareceu só uma vez, talvez duas. Kate se recorda que ela se sentou em silêncio, tendo como retórica apenas as mãos trêmulas e os olhos prostrados. Kate a segue até o consultório, um espaço amplo com duas cadeiras para crianças, uma pequena cama elástica e uma mesa, sobre a qual repousa uma bandeja com areia e uma variedade de bonequinhos feitos de borracha pintada — um homem a cavalo, uma mulher segurando uma varinha, uma múmia, um criado, um rei. Montgomery senta-se em uma poltrona estofada e Kate, em outra.

— Pode me contar quais são as suas preocupações. Não precisa ter pressa — diz Montgomery, enrubescendo enquanto fala.

— Basicamente o que eu lhe disse ao telefone. Agitação, falta de sono, confusão entre fantasia e realidade, e reversão a um comportamento infantil, principalmente no que diz respeito à higiene.

Kate olha para as paredes, procurando diplomas, mas tudo o que encontra é uma foto de Einstein com a língua de fora e outra

O homem do bosque   297

de um sol enorme e assimétrico visto da beira do mar, cujas águas são uma aquarela de cores vibrantes.

— Ela tem um ótimo aperto de mão, muito firme — diz Montgomery.

— Então, acho que está tudo resolvido.

Montgomery sorri.

— Eu tenho que lhe dizer uma coisa, Kate. Eu li *Orando com os outros* há alguns meses. Foi um livro importante para mim. Eu ainda não ouvi seu programa no rádio, mas esse livro foi realmente extraordinário.

— Obrigada.

— Eu simplesmente amo as suas dificuldades. São muito engraçadas, mas sempre há aquele momento, o momento de revelação, quando você compreende tudo. Você é inspiradora, sabia disso?

— Eu não sou inspiradora nem inspirada, estou em pedaços. Mas obrigada, fico feliz em ter escrito algo que foi útil para você.

— Eu que agradeço. Não consigo engolir a maioria dos escritores de autoajuda, mas você é tão honesta, tão humana e tão... você mesma. Eu me sinto como se te conhecesse.

— Eu não me sinto de fato como uma escritora de autoajuda.

— Não?

— Eu me sinto mais como uma escritora, uma escritora comum.

— Mamãe?

A voz de Ruby, perturbada e confusa, soa no lado de fora. Kate pula da poltrona.

— Resumindo — diz ela a Montgomery —, eu dei a ela uma pequena cruz e ela a deu para a irmã do meu namorado, para dar sorte. Pouco depois, a irmã do meu namorado sofreu um grave acidente. Ruby está meio que culpando a si mesma.

A pobre Ruby está a três portas do consultório. Quando vê a mãe, cai de quatro no carpete e engatinha até ela, com o rosto avermelhado pelo exercício. *Claro*, pensa Kate, *serviço completo*.

Ruby entra se arrastando no consultório de Montgomery, seguida por Kate.

— Desculpe — diz Montgomery. — Esse corredor pode confundir uma pessoa.

Ela está ao lado da bandeja com areia, alisando a areia com um cartão.

— O que você está fazendo? — pergunta Ruby, ainda de quatro, levantando os olhos para a psicóloga.

— Essa é a minha bandeja de areia. Eu a uso para ajudar as crianças.

— É mesmo?

— Eu sei — diz Montgomery a Kate. — Eu também já fui cética. Mas funciona. A areia tem sido a essência de tudo o que nós construímos ao longo da história. Vidro, tijolos, concreto: é tudo **areia**. A infraestrutura da nossa vida física é feita de areia, e o nosso mundo interior também tem uma infraestrutura.

— Feita de areia? — pergunta Kate.

Montgomery ri.

— Quem sabe? Mas, se você quiser relaxar um pouco lá fora, ou fazer alguma coisa na cidade pelos próximos quarenta e cinco minutos. Talvez Ruby e eu possamos nos conhecer.

Ruby não parece preocupada com o fato de sua mãe deixá-la com uma pessoa praticamente desconhecida; na verdade, parece

O homem do bosque   299

descontraída quando Kate deixa a sala — Shep reage com mais emoção quando Paul sai de um aposento. Enquanto segue pelo corredor em direção à frente do prédio, Kate tem vívidas e indesejáveis lembranças de ter caminhado por este mesmo corredor com seu namorado traiçoeiro ha meia década. Quando entraram, ela estava à frente; quando saíram, ele estava à frente, ansioso para chegar ao que o esperava, fosse lá o que fosse.

Kate senta-se na sala de espera, ainda vazia, mas, após um minuto, pula do sofá e se dirige à saída. Um pensamento lhe passa pela cabeça: ir até a fresca e cavernosa igreja episcopal no centro da cidade. Não porque a preferisse às igrejas de outras denominações, mas porque sabe que suas portas nunca estão fechadas. Ela poderá sentar-se em meio a sombras azuladas enquanto seu coração bate cerca de 2.800 vezes, aproximadamente, aguardando que a graça chegue até ela, aguardando a sabedoria, como se fosse uma triste mulher vestida com uma capa de gabardine, sentada no banco de um parque à espera do homem perfeito. Ela vai até o carro e, de repente, se dá conta: um dia, ela *teve* o Homem Perfeito, o Marido Ideal que poderia guiá-la e reconfortá-la em um momento como este. Ele a deixou, ou ela O deixou, ou ambos desistiram um do outro, ou todo o chamado "relacionamento" não era mais que um monte de merda, para início de conversa. É difícil dizer. Eles nunca se despediram. Jesus saiu para comprar cigarros e jamais retornou. Seria isso? Ou ela simplesmente não aguentou mais os amigos Dele? Ou alguém se postara entre eles?

Sim, era isso. Claro. Alguém se postara entre eles.

O carro está tão quente que os ouvidos dela começam a zumbir e gotas de suor brotam em seu lábio superior. Mas ela permanece sentada ali dentro durante quase um minuto, com as mãos sobre o volante, antes de se lembrar de ligar o motor e o ar-condicionado.

Quando o carro esfria, ela pega o envelope entregue pelo carteiro, rasga a embalagem plástica e puxa o zíper de papel na lateral do envelope. Retira, então, um bilhete, que está dobrado sobre um envelope menor. O bilhete é de seu agente.

> Prezada K. Nós tentamos entrar em contato com você pelo telefone. Dentro do envelope está o cheque referente aos direitos autorais da segunda metade do ano passado. T. diz que o próximo cheque, referente ao período de janeiro a junho deste ano, vai ser ainda melhor. Acho que a hora de conversarmos sobre outro livro e outro contrato não poderia ser mais oportuna. Talvez este seja o momento de cortar o programa de rádio, que no meu entender está obstruindo uma continuação do *Orando*. Estarei fora do escritório nos próximos dois dias, mas a gente conversa na semana que vem. Promete? Enquanto isso, parabéns.

Kate abre o segundo envelope e olha para o balanço dos direitos autorais, praticamente indecifrável. Lenta e furtivamente olha, então, para o cheque. Seu valor é de 1.068.395,00 dólares. Após alguns momentos contemplando os números de olhos arregalados, ela abre o porta-luvas, enfia o cheque lá dentro — junto com os mapas, o cartão de seguros e o manual do proprietário do Lexus — e o empurra para o fundo do compartimento, em movimentos frenéticos, como se estivesse escondendo algum contrabando.

O homem do bosque   301

Mais tarde, naquela mesma tarde, com uma lista fornecida pela dra. Montgomery, Kate vai até a Healthy Valley, a loja de comida natural de Leyden, para comprar vitaminas, suplementos alimentares, sucos e vegetais orgânicos. Enquanto isso, Paul e Ruby vão visitar a irmã dele, o que é a segunda parte do plano de Montgomery.

Annabelle se recupera em casa, dormindo no sofá para não ter que subir a escada até o quarto.

—Vamos levar comida para eles — diz Paul a Ruby. — O importante é que Annabelle vai ficar boa, vai ficar completamente boa. Mas, no momento, ela está meio derrubada. No início, parece estranho, mas depois você se acostuma. Ela ficou muito feliz quando soube que você iria lhe fazer uma visita.

Ruby não dá nenhuma indicação de ter ouvido alguma coisa e senta-se com Paul na cabine da caminhonete. Shep, após muitos preparativos — pateadas no chão, gemidos e uivos —, pula na carroceria e vai até sua cama, um monte de trapos e camisas velhas que Paul preparou para ele.

Paul dirige lentamente pela alameda, para o caso de Ruby mudar de ideia e desejar voltar para casa.

— Lembre-se de uma coisa — diz ele —, minha irmã vai ficar boa.

O lábio inferior da menina treme de forma inocente. Antes uma especialista em simular emoções, Ruby parece ter perdido o gosto pelo ilusionismo.

—Tem certeza? — pergunta ela.

—Tenho muita, muita certeza. Eu conversei com os médicos.

— Me diga o que eles disseram. — Ruby franze as sobrancelhas.
— Mas me diga a verdade.

— Foi exatamente o que o médico disse. Annabelle teve fraturas múltiplas no pescoço e nas vértebras quatro, cinco e seis. Essas vértebras são o que os médicos chamam de ossos do pescoço. Eles fizeram uma incisão na frente do pescoço e removeram o disco que está entre as vértebras quatro e cinco. Depois, fizeram a mesma coisa com o disco entre as vértebras cinco e seis. Eles substituíram os discos com ossos de um banco de ossos. Você já viu uma coisa dessas? Um banco de ossos? Eu nem sabia que existia um banco de ossos.

— É onde as pessoas depositam ossos? — pergunta Ruby.

— É como um banco de sangue.

— Como o lugar aonde você vai.

— Por enquanto. Talvez, algum dia eu tenha que ir a um banco de ossos. Ainda bem que existe um.

— Então, eles colocaram um novo osso nela?

— Por aí.

Ruby pensa por alguns momentos.

— Como é que eles seguram os ossos lá dentro?

— Com coisas de médicos. Eles limaram os ossos de Annabelle até sangrar. Assim, quando os ossos crescerem de novo vão se fundir com o osso novo, e tudo se junta. Eles puseram uma placa no local, um pedaço de metal para segurar tudo enquanto os ossos estão se fundindo. A placa cola nos ossos. Quando tudo estiver estabilizado e a fratura, consolidada, minha irmã vai ficar novinha em folha.

A primeira parada é no supermercado para comprar algumas coisas que Bernard pediu. Enquanto enche o carrinho com biscoitos, refrigerantes, sorvete, xarope de chocolate, pão árabe e grão-de-bico, a atenção de Paul se desvia de Ruby. Quando ele olha em volta, ela desapareceu. Paul ainda se lembra de quando achava que

O homem do bosque   303

tudo acabaria bem, essencialmente, apesar das indicações em contrário. Encontrar seu pai morto na Primeira Avenida, ficar perdido no mato durante dias, não ter dinheiro, lutar contra uma febre sem ter onde morar — nenhuma dessas coisas perturbou sua íntima certeza de que ele e as coisas com que se importava sobreviveriam. Essa confiança se foi — mais uma coisa deixada no bosque de Tarrytown, Nova York, juntamente com suas pegadas, as marcas dos pneus de sua caminhonete e sabe-se lá quanto DNA. Ele agora é um homem preparado para o pior desfecho possível. Rapidamente, empurra o carrinho pelos corredores, com a ideia de que, após percorrer todo o supermercado, informará ao gerente do estabelecimento que uma criança desapareceu e chamará a polícia. Já há algum tempo ele tem vontade de chamar a polícia.

Mas logo encontra Ruby, parada diante de uma banca de peras, olhando como que hipnotizada para o que parece uma avalanche de lágrimas acobreadas. Ela está a salvo! O mago que dirige os nossos destinos, após mostrar uma carta significando catástrofe, colocou-a de volta no baralho e o embaralhou novamente.

— Você quer peras? — pergunta ele.

Ruby meneia negativamente a cabeça.

— Eu não sabia onde você estava, Ruby. Você não deveria fazer isso.

— Eu estava aqui. — Ela se vira lentamente para ele. — Eu ia morrer.

— Você não vai morrer.

— Sim, eu vou. Não seja burro.

Paul finge que não percebeu o insulto.

— Bem, mas isso vai demorar muito, muito tempo.

— Porque eu sou feia.

—Você não é feia. Você é uma menininha linda. Não sabia disso? Você é linda que nem a sua mãe.

— Minha cara parece um vômito de pênis — diz Ruby. — Você acha isso lindo?

Ela estica os braços para os lados e arregala os olhos; há algo de mecânico em seus movimentos.

— Psssiu. Não diga essas coisas. Você é muito, muito amada — diz Paul.

Suas palavras lhe parecem um tanto vazias. Mas quando alguém está se afogando a gente não joga um colete salva-vidas para ela? E os coletes salva-vidas também não são vazios?

— *Vômito de pênis vômito de pênis vômito de pênis vômito de pênis vômito de pênis vômito de pênis vômito de pênis* — sussurra Ruby para si mesma, juntando as palavras de tal forma que elas soam como latim.

Uma prece murmurada com fervor.

A casa de Bernard e Annabelle é na Guilford Drive, um beco não muito longe do centro de Leyden — uma curta caminhada até a agência do correio, para quem pode caminhar. Há quatorze casas no Guilford, todas construídas em 1970 por um empreiteiro que usou a mesma planta e os mesmos materiais para todas. Paul precisa dirigir lentamente e observar bem cada uma delas para descobrir qual é a de sua irmã. Seguindo seu melhor palpite, ele entra numa área de garagem, no momento vazia.

— Aqui estamos — diz a Ruby.

Se Ruby está com medo de visitar uma pessoa gravemente machucada — de se deparar com um odor pútrido, uma ferida aberta, o gorgolejo de um estômago —, ou se acredita que vai ser

O homem do bosque   305

inculpada de algum modo pelo que aconteceu com Annabelle, ela não dá nenhum sinal. Parece sonolenta. Quando Paul pousa a mão em seu ombro, ela dá um longo suspiro, como se ele a estivesse acordando de uma sesta numa tarde de verão.

Bernard está esperando por ele, de bermuda, camiseta e sandálias. O estilo da roupa lembra o de Ruby, mas o efeito é consideravelmente menos esportivo em um homem de cinquenta anos, ainda por cima pálido, com a barba por fazer e aspecto fatigado. Ele pega o saco de compras que Paul está segurando e enfia duas notas de vinte dólares na mão dele. Paul não quer dinheiro nenhum e, de qualquer forma, quarenta dólares são mais do que ele gastou; mas recusar o pagamento pode ser complicado demais.

— Esperem aqui até eu guardar essas coisas — diz Bernard, em voz pouco mais alta que um sussurro. — Ela está dormindo na sala.

— Estou droga nenhuma! — grita Annabelle.

— Ela está ansiosa pela sua visita — diz Bernard a Paul. — E pela sua também, Ruby.

— Você se lembra de quando disse que a gente ia derrubar uma cerejeira para fazer uma estante? — pergunta Ruby a Paul.

Paul pensa por alguns instantes.

— Sim, eu me lembro.

— Eu acho que você se esqueceu — diz Ruby.

— Bem, vocês vão entrar ou não?

A voz de Annabelle está uma oitava mais baixa que o normal, abafada pelo remédio contra a dor.

— Tudo bem — diz Ruby a Paul.

— Eu não esqueci — insiste Paul. — A gente vai fazer a estante.

Eles encontram Annabelle sentada no sofá, vestindo sua camisola de algodão cinzenta. Uma manta de crochê rosa e azul cobre sua metade inferior; seus pés descalços, longos e estreitos, estão pousados sobre a mesinha de centro. A TV está ligada sem som; um urso negro arrasta a pata pela correnteza de um riacho, presumivelmente esperando pegar um salmão. O braço direito de Annabelle está preso numa tipoia imobilizadora. Três dedos de sua mão direita estão enfaixados numa tala. Sua cabeça foi parcialmente raspada. Embora ela tenha penteado os cabelos restantes por sobre a área exposta, alarmantes manchas vermelhas e negras ainda estão visíveis, assim como alguns grampos cirúrgicos. Paul começa a sentir enjoo.

Annabelle estende a mão para o que parece um penico branco, que está ao lado dela no sofá. Na verdade é um colar cervical.

— Eu deveria usar isso noite e dia — diz ela —, mas esquenta e me dá coceira. — Ela levanta o aparelho para que Paul e Ruby o vejam; é branco, com acabamentos cromados nas laterais. — O nome é colar cervical. Quando eu ponho, fico parecendo a rainha Elizabeth I; se cubro e deixo de fora só a parte de cima, a coisa fica parecendo o colarinho de um padre. De qualquer jeito, fica ótimo.

Ruby dá apenas alguns passos na sala e para, olhando para Annabelle de olhos arregalados e respirando aos arquejos. A vida está se apresentando a ela como uma série de imagens projetadas numa tela — algumas lúgubres, outras inexplicáveis —, que ela contempla como se estivesse completamente sozinha.

— Estou de saco cheio — diz Annabelle —, o que provavelmente é um bom sinal. Sei que pareço horrível, mas não me importo nem um pouco, o que provavelmente não é um bom sinal. Mas acho que sempre quis ser esse tipo de pessoa, que se aboleta no sofá e não

O homem do bosque 307

dá a mínima para a aparência. Parece justo para mim. É o meu encontro em Samarra.* E também tem o Vicodin.**

— Você parece um milhão de vezes melhor que dois dias atrás — diz Paul.

Annabelle prende o colar cervical.

— O que você acha, Ruby? Estou parecendo um padre?

Ruby não diz nada, parece desalentada.

Bernard entra na sala trazendo uma bandeja de metal ornamentado, sobre a qual um bule de chá, três xícaras, pires e um copo de leite com chocolate não param de retinir.

— Ah, Bernard, Bernard, Bernard — canta Annabelle. Depois se dirige a Paul: — Eu poderia pegar isso.

— Estou só fazendo uma coisa normal — diz Bernard, pousando a bandeja na mesinha de centro e beliscando afetuosamente o dedão de Annabelle. — Eu gostava muito de leite achocolatado quando tinha a sua idade — diz ele a Ruby.

Devagar, como se estivesse lutando contra si mesma, Ruby se aproxima da bandeja e, cuidadosamente, pega o achocolatado. Resíduos de xarope de chocolate estão grudados nas laterais do copo.

— Sente-se ao meu lado — diz Annabelle para ela, dando umas batidinhas no sofá. — Paul? Você pode me servir uma xícara de chá com um pouco de leite?

Paul entende que está sendo convidado a abrir uma vaga no sofá, e o faz com alguma apreensão. No entanto, mesmo sem saber ao certo o que sua irmã está planejando para Ruby, quando a menina

---

* Referência a uma história contada no Talmude e celebrizada pelo escritor inglês Somerset Maugham, cujo tema é a inevitabilidade do destino. (N.T.)

** Remédio contra a dor. (N.T.)

lhe lança um olhar interrogativo, ele acena afirmativamente, enco-rajando-a a sentar ao lado de Annabelle.

— Bem — diz Annabelle —, eu sabia que isso iria acontecer. Era um acidente à procura de oportunidade. Eu tinha certeza.

— Não foi culpa sua — diz Paul. — De qualquer forma, as coisas que achamos que vão acontecer geralmente não acontecem.

— Nós não vivemos completamente no escuro — diz Annabelle. — As coisas não *acontecem*, simplesmente. Existem padrões, avisos. Quantas vezes eu visualizei algum idiota batendo na minha traseira? Acho que imaginei isso até quando estava na caixa de correio do acidente. Veja o que houve no país de Bernard. Você acha mesmo que Deus jogou um raio só porque as pessoas estavam bebendo cham-panhe demais? Pare com isso. As pessoas sabiam o que ia ocorrer muito antes de ter ocorrido. O nosso pai, o que aconteceu com ele. Meu Deus, qualquer um poderia perceber o que aconteceria, era como um desastre de trem filmado em câmera lenta.

— Eu não percebi — diz Paul.

— Você era criança — diz Annabelle. — Olhando para Ruby, ela pergunta: — Eu estou assustando muito você?

Ruby já bebeu metade do leite achocolatado e agora está lam-bendo o interior do copo, em busca dos restos do xarope.

— Bem, isso parece mais grave do que é — diz Annabelle. — Mas eu quero lhe dizer uma coisa.

Ruby olha interrogativamente para Paul, que dá de ombros e estica o lábio inferior, como que dizendo: também não faço ideia.

— Você quer biscoitos ou alguma outra coisa? — pergunta Annabelle a Ruby. — Na verdade, acho que nós não temos biscoitos. Temos, Bernard?

O homem do bosque

— Nós temos biscoitos ingleses de verdade — responde Bernard.

— Por que Paul não vem comigo para nós vermos o que temos?

— Eu? — diz Paul.

Primeiro removido do sofá e agora, da sala. O que viria em seguida? Seria mandado para a caminhonete e ficaria aguardando lá, junto com Shep?

— Sim. Faz muito tempo que eu não moro com uma criança. E confio em você para me dizer do que uma menininha vai gostar.

Tão logo Paul e Bernard deixam a sala, Annabelle se inclina, segura suas pernas abaixo das panturrilhas e, lentamente, pousa os pés no chão.

— Ah, que sensação boa — diz ela.

Ela olha para a embalagem de Vicodin pousada na beira da mesinha de centro e depois para o relógio. Acha que já poderia tomar a próxima dose. Mas, se for usar o remédio da forma correta, terá que esperar mais duas horas, que para ela significam sessenta minutos. Que podem ser arredondados para quarenta e cinco.

Annabelle aponta para um vaso sobre o aparelho de televisão, contendo duas dúzias de rosas brancas.

— Não são bonitas? Foi sua mãe quem mandou.

Ruby meneia a cabeça, mas apenas finge olhar para as rosas. Às vezes, tem que tomar cuidado com o que vê. Ver algo novo, para ela, é como ser empurrada do alto de uma escada alta, principalmente quando a novidade lhe dá a sensação de mãos deslizando sobre a base de sua coluna. Ela sabe como transformar os olhos

310   Scott Spencer

em escudos, que rechaçam as flechas do mundo exterior; e, quando os escudos falham, Ruby pode redirecionar as imagens antes que cheguem ao cérebro. Elas são enviadas para um arrabalde interior, onde as coisas que finge não ter visto se juntam às coisas que finge não ter ouvido e às coisas que decidiu esquecer, até que seu corpo se livre de tudo.

— Eu queria lhe dizer uma coisa, Ruby — repete Annabelle. — Paul disse que você anda se sentindo meio estranha porque me deu uma coisa para me proteger e agora acha que a coisa não funcionou. E me disse que você também acha que eu estou furiosa com você. É isso mesmo?

Ruby ouviu apenas umas poucas palavras, mas o bastante para lhes captar o sentido.

— Acho que sim — diz ela.

— Bem, eu vou lhe mostrar uma coisa — diz Annabelle.

Ela enfia a mão por baixo da manta de crochê e retira a cruz de ouro que Ruby lhe deu. Enrolando a delicada corrente em um dedo, ergue-a lentamente e, depois, fecha a mão sobre ela.

— Acho que isso salvou a minha vida, Ruby — continua ela. O carro que bateu no meu estava indo a cem por hora, muito rápido. Todo mundo está dizendo que eu tive uma sorte incrível por ter sobrevivido.

Os olhos de Ruby se arregalam. Seus lábios se abrem e se fecham. Ela baixa a cabeça e levanta os olhos para Annabelle.

No lado de fora da casa, ouvem-se os latidos de Shep, que está farto de esperar na caminhonete.

— Eu não sei se foi por causa da cruz ou pelo fato de você ter me dado a cruz — diz Annabelle. — Quem é que sabe o quê

O homem do bosque   311

ou por quê? Mas isso aqui... — Ela abre a mão e balança o crucifixo da esquerda para a direita. — Isso aqui salvou minha vida.

— Foi mesmo? — pergunta Ruby.

— Foi mesmo — afirma Annabelle. — Sem a menor dúvida. Vem aqui.

Ruby começa a deslizar no sofá, mas muda de ideia, porque pode desarrumá-lo. Então, fica de pé e, depois, senta novamente, bem ao lado de Annabelle. E, quando Annabelle lhe dá um beijo no alto da cabeça, Ruby encosta o rosto no ombro de Annabelle e fecha os olhos. Um anjo passarinho se encontra com ela no escuro, sorrindo e agitando as asas, mas ela diz para ele ir embora, e, desta vez, ele vai.

Paul sai da casa para dar atenção a Shep. Bernard disse que ele pode levar o cachorro para dentro de casa, mas, quando Paul o desamarra, Shep parece relutante em saltar da caminhonete. Paul abaixa a tampa traseira da caçamba e bate nela de modo encorajador, mas Shep só se adianta alguns passos. Paul poderia agarrar a coleira do cachorro, num movimento rápido, e meio que puxá-lo até a beirada da caçamba, posição em que Shep provavelmente não teria muita escolha a não ser pular no chão. Mas algo na atitude do cachorro diz a Paul que evite movimentos súbitos. Ele endureceu as pernas traseiras e suas garras estão estendidas, enquanto tenta se firmar no piso corrugado. Ele, então, baixa a cabeça e olha fixamente para Paul, que para de tentar persuadir o animal e se limita a olhá-lo também. Homem e animal parados em silêncio, olhando um para o outro, sem que nenhum deles saiba o que o outro está pensando.

— Paul! Paul!

Ruby sai correndo da casa. Está descalça, segurando as sandálias contra o peito. Seus cabelos, da cor de chá fraco, sobem e descem, sobem e descem.

Paul se vira para ela, com qualquer sentimento possível eclipsado pelo medo.

— O que houve? — pergunta ele.

— Você está indo embora?

— Não, não. Claro que não. Estou só dando uma olhada nesse boboca.

Ele aponta o polegar para Shep.

— Ah, eu fiquei com medo.

Ruby abraça a cintura de Paul e pressiona a orelha em seu peito. Paul sente a força da menina, a força singela e desarmada de sua essência biológica — como se ele estivesse de pé no meio de uma correnteza cuja palpitação lhe sacode os ossos.

Usando o antebraço, Tom Butler empurra para o outro lado da mesa da cozinha os pratos com torradas ressecadas, as xícaras com restos de café e a pequena tigela com metade de uma toranja. Usando uma toalha de papel, ele seca a área liberada e nela coloca um caderno e cinquenta pílulas para dormir. Recosta-se, então, na cadeira de madeira, fazendo-a ranger, e cruza os braços no peito. Está usando cuecas e uma camisa havaiana desabotoada. A garrafa azul com as pílulas e seu caderno azul de espiral são tudo o que resta de seu reino. Até os pratos e as xícaras desapareceram na escuridão.

O homem do bosque   313

O relógio que tiquetaqueia na parede ficou invisível. O exaustor sobre o fogão permanece ligado, para o caso de demorarem a encontrar seu corpo. Quanto ao restante de sua casa (uma casa de estuque perto do Griffith Park, com quatro aposentos embaixo e dois quartos em cima), poderia muito bem deixar de existir — a cama, o sofá, o televisor, o aparelho de exercícios, os pesos, o cofre na parede; e o mundo além das paredes, as casas, as palmeiras inclinadas, o céu amarelado, os cavalos de corrida, os jogadores, os uuhs, as probabilidades, os favoritos, os azarões, os rateios, as pessoas, o dinheiro, o dinheiro que é devido às pessoas e o dinheiro que as pessoas devem. Um sonho, um sonho, um sonho, um sonho impossível lembrar.

Ele derrama as pílulas na mesa. São ovaladas, de um branco ártico e soam como o chocalho de uma cascavel quando caem sobre a madeira. Ele as espalha com a mão aberta, como se fosse jogar dominó. Mas aqui, é claro, todos os números são o mesmo, ou seriam, se *adiós* fosse um número. Epa. Ele quase ia esquecendo. Precisa de alguma coisa para engolir essas malvadas.

Butler se levanta, um tanto rápido demais, e derruba a cadeira, que bate no linóleo azul e bege com estardalhaço. Ele abre o refrigerador. Tori e ele nunca comem em casa, e isso se nota. Lá dentro, estão alguns invólucros de molho de soja cor de sangue podre, um pote de fermento em tamanho econômico e cerca de vinte frascos de vitaminas e suplementos diversos, os quais ele olha com fúria. A gaveta de vegetais foi transformada em recipiente para cervejas. Ele pega uma garrafa e a leva até a mesa. Tomar as pílulas de Ambien*

---

* Marca de pílulas para dormir, popular nos Estados Unidos. (N.T.)

com cerveja o deixa um tanto apreensivo — seu maior medo é se afogar no próprio vômito. Mas tomar os comprimidos com água da torneira ou mesmo de garrafa é mais deprimente que o suicídio.

Ele abre a cerveja e engole uma pílula, só para começar o jogo. A vida era melhor quando abrir uma cerveja exigia um abridor de garrafas. Ele abre o caderno, que está limpo como num primeiro dia de aulas, tira a tampa da caneta e escreve:

Para: Tori Oliver

De: Thomas V. Butler

Assunto: Você é a Culpada

VOCÊ está me obrigando a fazer isso. SEU comportamento insensível, cruel, traiçoeiro, depravado, sacana e imperdoável está fazendo eu me suicidar, e você deveria ser julgada por assassinato. Vou ver você no inferno, mas você tem tanta, tanta sorte que provavelmente o inferno não existe. Como Lennon disse, não existe inferno abaixo de nós, acima de nós, só o céu. Eu sei que não existe mais nada, são cinzas virando cinzas e pó virando pó. Vou lhe dizer uma coisa, Tori: trabalhando no negócio de jogos durante tantos anos a gente aprende a odiar essas babaquices em que as pessoas acreditam. A gravata da sorte, a camisa da sorte, como teclar o número de telefone com a mão esquerda e segurar o fone com a direita dá sorte quando o cara está apostando em jogos da NFL, melhor ainda se o cara estiver sentado quando está apostando em jogos da AFC, ou no hóquei, e como um cinto

O homem do bosque   315

feito de pele de lagarto dá sorte quando o cara está apostando no beisebol, mas deixa o cara quebrado se ele estiver apostando no basquete.

Butler faz uma pausa para tomar outro comprimido, o qual engole quase sem cerveja, pois a última coisa que quer é uma bexiga cheia. O que ele quer é que ela encontre um corpo, não uma poça.

Ele nunca havia tomado um comprimido para dormir; conseguiu esses com Sonia Dropkin, cujo apartamento esquadrinhou duas noites atrás. Aos cinquenta anos, Sonia tem a magreza, a pele manchada e os esvoaçantes cabelos alaranjados de uma reclusa que está enlouquecendo aos poucos. Herdou dinheiro da família, mas não o suficiente para alimentar seu vício pelo jogo. Para alguém que aposta tanto, Sonia sabe muito pouco a respeito de cartas e quase nada sobre esportes. Em Las Vegas, joga *blackjack* e fica esperando o banqueiro levar suas fichas, ou suplementá-las com as dele. As apostas que faz com a organização de Butler são invariavelmente em azarões — todo mundo lá a chama de Dona Azarona. Ela não demonstra nenhum interesse no desempenho dos times, nem no emparceiramento, e parece não ter emoções. Concentra sua atenção em resultados improváveis e rateios altos. De fato, parece acreditar que probabilidades e cotações são obra do acaso, ou definidas por imbecis. Não percebe que há uma ciência em tudo e também não percebe que, no jogo, assim como na vida, os favoritos costumam vencer. Assim sendo, Sonia está sempre uns dois mil dólares no vermelho. Mas acaba acertando as contas, pelo menos até recentemente, quando os dois mil dólares se transformaram em quatro mil. E, de repente, ela estava devendo quase nove mil dólares. Esse negócio pode fugir do controle. Butler costuma chamar uma situação assim de endividamento-relâmpago, provocado por uma tempestade de decisões erradas.

Butler visitou Sonia presumindo que ela faria um pagamento significativo — pelo menos quatro mil dólares. Quando Sonia lhe entregou um envelope com seis notas de vinte dólares e três de dez dólares, ele revistou o torto e malventilado apartamento dela, procurando alguma coisa de valor. E também com o objetivo lhe dar um susto, para que ela tivesse um pouco de juízo. Sem o medo, todo o sistema desmoronaria. Mas, se ela algum dia possuiu alguma coisa de valor, essa coisa já deveria estar no prego. Ela quis lhe dar o próprio relógio, o qual tirou do pulso e estendeu a ele; mas o propósito de tomar coisas dela era deixá-la infeliz, e não recolher as quinquilharias que ela juntara ao longo de sua vida decadente. E ainda por cima era um relógio vagabundo. Fala sério!

Ele concordou em levar os remédios dela — comprimidos para dormir, alguns inaladores para asma e um anticoagulante. Ele lhe disse que retornaria dentro de três dias e que era melhor ela ter pelo menos quatro mil dólares para entregar; depois, puxou os cabelos dela, com força, como se estivesse dando partida em um aparador de grama. Ele meio que esperava que a juba alaranjada saísse facilmente da cabeça dela, mas eram cabelos de verdade, enraizados. Ela gritou de dor e o chamou de canalha. Isto é o que eu faço para viver, gritou ele. Sua própria emoção o surpreendeu, pois normalmente ele funcionava no piloto automático. Se eles não recebem, eu não recebo, disse ele. Gosta de fazer um monte de apostas idiotas? Ache a porra de um bingo e nos deixe em paz. Sonia começou a massagear o couro cabeludo; seus olhos grandes estavam molhados

O homem do bosque   317

de lágrimas. Ela lhe pediu que devolvesse os comprimidos. Quando ele respondeu que não, ela pediu os inaladores. Ele também respondeu que não. Então, ela lhe disse que estaria encrencada sem os anticoagulantes, seria candidata a uma embolia. Bem, boa sorte, disse ele. Percebendo que não conseguiria nada, ela cuspiu no assoalho, seu próprio assoalho, em sua própria casa. Me faça um favor, disse ela, leve esses comprimidos para dormir, enfie eles na sua boca nojenta e engula tudo. Você é um ser humano inútil, e nós não queremos mais você entre nós.

A ideia colou. Começou a circular na mente dele como um desses jingles horríveis que a gente não consegue parar de ouvir, uma musiquinha que, de alguma forma, domina a nossa consciência sem que possamos fazer nada para nos livrar dela. Não conseguimos interrompê-la nem substituí-la por outra melodia, mesmo que igualmente boba.

Ele toma mais uma pílula e promete a si mesmo que na próxima vez tomará dez, e depois mais dez. Mas, por enquanto, precisa se aferrar à consciência, que entra obliquamente no espaço escuro de sua mente como raios de luz através de persianas.

> Saber que você é a coisa mais próxima que tenho de uma família me deixa doente. Mas acho que, se minha mãe e meu pai ainda estivessem vivos, ou se eu tivesse uma irmã ou um irmão, eu pensaria: ah, merda, eles vão ficar mal. Mas você é a única que vai se sentir mal, e talvez seja porque, quando finalmente tirar da cama seu corpinho cruel, você vai me encontrar, e isso vai ser muito ruim, porque você vai ter de chamar

a defesa civil e a polícia e esperar aqui com meu CORPO até eles chegarem. Vai ser ruim demais para você, sua piranha.

Vai ser ruim demais para você, sua destruidora. E eu te amava, porra, eu te dei meu coração.

Butler para e lê o que escreveu. Parece que a folha está flutuando em água. No início, ele acha que os comprimidos começaram a fazer efeito, mas logo percebe que está chorando. Ele arranca a folha da espiral e a rasga na metade, depois na metade de novo, e de novo. Toma, então, mais dois comprimidos — o que totaliza quatro — com um discreto golinho de cerveja.

Depois de jogar o bilhete de suicídio rasgado na lata de lixo embaixo da pia, ele percebe que precisa mijar. Não quer ser encontrado com a calça molhada, mas, para esvaziar a bexiga uma última vez, precisa se esgueirar pelo quarto e passar por Tori, que está dormindo na cama. Ela chegou em casa às três da manhã e se recusou a lhe dizer onde esteve ou qualquer outra coisa. Sua maquiagem estava borrada por lágrimas. Ela segurava um dos sapatos, com o salto quebrado. Ele a forçou a beijá-lo — foi como beber cerveja em um cinzeiro sujo. Depois, ela o empurrou, atirou-se na cama e adormeceu em cinco segundos, ainda usando seu cardigã com botões perolados.

Agora, são nove da manhã e ela ainda está dormindo. Ele a observa. Suas mãozinhas gananciosas estão segurando a borda do cobertor como se ela achasse que alguém poderia tirá-lo dela.

— Olá, Tori — diz ele, ao lado da cama.

Ela continua dormindo.

O homem do bosque   319

—Você é uma piranha assassina — diz ele, com a voz um decibel acima do tom normal de uma conversa. Ele não suporta contemplar o sono profundo e embriagado dela, mas também não quer acordá-la. — E isso é muito ruim — continua ele. — Realmente, uma vergonha.

A vontade de urinar aumenta. Butler abre o zíper da calça e se aproxima mais de Tori. Estar entre a fina linha que separa a vida da morte é como estar no topo de uma montanha. Ele consegue ver mais longe do que antes. Pode ver o aspecto da terra, sua aridez e como foi conspurcada — e se convence mais do que nunca de sua solidão. *Acima de nós, só o céu.*

Imagine todas as pessoas. A letra plangente e suplicante, a lembrança da voz de Lennon... *Imagine todas as pe-pe...* De repente, ele ouve um riso aturdido que nada mais é que seu próprio riso. Percebendo o que está para fazer ele bota o pau para fora. Talvez fosse melhor acordar Tori. Ouvir um grande, lento e preguiçoso "não", e ver olhos castanho-escuros, com veias azuladas se dissolvendo nas bordas.

Na verdade, isso poderia funcionar. Seria melhor que o bilhete.

Ele volta à cozinha, pega os comprimidos com uma das mãos e a cerveja com a outra. Está cambaleante. Sua mente sentiu o primeiro mordiscar do fim.

Ele volta ao quarto, onde o ar parece um veludo sujo. Silenciosamente, pousa a cerveja na mesa de cabeceira dela, perto do exemplar de *A profecia celestina*, da máscara para dormir e de um pequeno frasco de Visine.* Sua braguilha ainda está aberta e seu

---

* Colírio fabricado nos Estados Unidos. (N.T.)

pênis meio exposto. Ele o puxa mais para fora, mas, com a movimentação, seu desejo de urinar desapareceu.

*Vá devagar, linda carruagem. Que veio me levar pra casa.**

Ah, que bom, está funcionando. Ele ouve a voz de Eric Clapton cantando junto com ele, um lindo dueto, com os acordes da guitarra os envolvendo numa luz prateada. Agora, ele sente sua urina, prateada também, subindo como mercúrio em um termômetro. O que as mulheres não entendem nos homens, pensa Butler, é que muitas vezes nós desafiamos a gravidade. Nós temos que subir cada vez mais alto num mundo em que tudo puxa para baixo.

Vádevagarlindacarruagemqueveiomelevarpracasa.

Esse Clapton é foda, cara. Que guitarra. Mesmo quando andava enrolado, ele era Deus.

Butler se move sorrateiramente até seu pênis ficar a cerca de cinco centímetros do rosto de Tori, com sua testa franzida e nariz aquilino. Ele pega a cerveja e bebe mais um gole. Depois, olha para o teto baixo, azul e ondulado como água. *Olhei para o rio Jordão e o que vi? Um bando de anjos que veio me buscar.***

Thomas abre os braços. Cerveja se derrama de sua boca aberta, chiando ao atingir o carpete. Suas pernas tremem. Por um instante, ele pensa que vai cair de joelhos. Ouve vozes. Alguma coisa está acontecendo. Quando estamos nos limites da vida, coisas ocorrem. Entramos num lugar secreto.

---

* *Swing low, sweet chariot/ Comin' for to carry me home.* Início da canção "Swing Low, Sweet Chariot", composta pelo norte-americano Wallis Willis por volta de 1909 e gravada por inúmeros cantores, entre eles Eric Clapton. (N.T.)

** *I looked over Jordan and what did I see? A band of angels coming after me* — mais um trecho de "Swing Low, Sweet Chariot". (N.T.)

— O que está havendo? — pergunta Tori, erguendo-se nos cotovelos. Seus olhos são apenas rugas. Ela chuta as cobertas para um dos lados e libera um pé descalço. — O que você está fazendo?

Butler cambaleia até a janela, levantando o zíper da calça. Um carro preto e branco, da polícia de Los Angeles, parou em frente à casa. Uma velha senhora, que ele nunca viu antes, vestindo um roupão de banho, está de pé na varanda de uma casa vizinha, esperando para ver o que vai acontecer. Um carteiro, que foi impedido de passar por um dos policiais, meneia a cabeça de forma complacente, dá meia-volta e se afasta.

Outro policial, mais jovem, junta-se ao que afastou o carteiro. Eles estão usando calças até a altura dos joelhos, presas por botas de cano alto — ou estariam em trajes civis? *A carruagem veio me levar para casa.* Butler nunca se lembrava muito bem desse momento que lhe salvou a vida, desse milagre fodido, desses anjos armados enviados para ele, especificamente para ele. Os policiais trocam algumas palavras. Um deles aponta para a casa de Butler, o outro encosta a palma da mão no cabo do revólver. Então, ambos se aproximam da casa de Butler.

Agora que o identificaram positivamente, podem prendê-lo pelo assassinato de William Claff, na cidade de Tarrytown, estado de Nova York.

CAPÍTULO
VINTE

De modo geral, os sonhos de que Paul se recorda são matutinos, narrativas frequentemente absurdas criadas por sua mente para mantê-lo adormecido. Nesta manhã, enquanto Kate sai da cama e Shep late para um esquilo em cima de uma árvore, ele sonha com Annabelle lhe dizendo que eles irão desenterrar o pai para enterrá-lo junto ao túmulo da mãe, em Kent. Enquanto Paul faz objeções a esse plano, os latidos de Shep se tornam mais insistentes e o deixam meio acordado. Quando retorna ao sonho, está subindo as escadas do apartamento do pai, na Primeira Avenida, junto com Annabelle, a quem está perguntando:

— Ele ainda está aqui?

Mas ela não responde. *Minha irmã tem uma bunda bonita*, pensa ele no sonho. Eles chegam, então, ao terceiro andar, onde indivíduos de ar melancólico perambulam pelo corredor, vestindo roupas de baixo encardidas, fumando cigarros e bebendo um café de aroma forte.

O homem do bosque   323

— Estão aqui para ver o pai de vocês? — pergunta um deles, um sujeito magricela, com a barba por fazer e atitude bajulatória.

Há algo de ruim nele. Paul segue Annabelle até o apartamento do pai, mas ela não está mais lá quando ele entra e atravessa o apartamento — vendo quadros encostados nas paredes — e ouve um cachorro latindo, um cachorro que não consegue ver. Então, para e procura Annabelle. Agora, ela está de volta ao sonho, porém mais jovem, com cerca de vinte anos. Paul pergunta:

— Ele ainda está aqui?

Ao que ela responde com veemência, praticamente sibilando:

— Ele está sempre aqui.

Neste ponto, Paul acorda e permanece deitado de costas na cama, imóvel, surpreso por descobrir que está contraído de ansiedade e prestes a chorar.

Ele sai da cama e vai até a janela. O céu está azul-claro, com um sol já inclemente. *Obrigado, meu Pai, por mais um dia.* Ele diz as palavras de modo hesitante, mas elas o deixam abalado. Kate, de calça jeans e blusa sem mangas, usa a correia da coleira para afastar Shep da árvore e do esquilo, e levá-lo de volta para casa. Ainda não se sente confiante para puxar o cachorro diretamente pelo enforcador.

Ela percebe que Paul está à janela e seu rosto se ilumina. Kate grita:

— Desculpe, eu não conseguia fazer ele parar de latir. Você vai ver aquele negócio comigo?

— Já estou indo.

Um programa de televisão chamado *Primeira coisa domingo de manhã* está interessado em fazer uma reportagem sobre Kate e o atual sucesso de seu livro. O *Primeira coisa* não é um programa religioso, mas Rebecca Adachi, a coapresentadora, uma mulher de aproximadamente trinta anos que sobreviveu a um câncer e cujo pai foi preso por fraude após um julgamento amplamente divulgado, leu *Orando com os outros* pelo menos três vezes, ouve a apresentação de Kate no rádio todas as semanas e já compareceu a algumas palestras de Kate em Nova York. Conseguir que os produtores do *Primeira coisa* e o canal de TV concordassem em gravar um segmento com Kate é tão excitante para Rebecca quanto foi apresentar Maxwell, no auge do sucesso com a canção "Fortunate". Mas a coisa quase não saiu. O coordenador de marketing da editora de Kate e o coordenador de marketing da Rádio Heartland, após selarem uma desconfortável aliança, já tinham quase convencido dois dos produtores do *60 minutos* a fazer uma reportagem sobre Kate e seu livro. Na última hora, alguém na CBS concluiu que um segmento sobre uma mulher de 41 anos, recentemente convertida à sobriedade e ao cristianismo, poderia não ter muito apelo para telespectadores do *60 minutos*. Os publicitários começaram, então, a procurar outros canais. Foi aí que Adachi entrou no esquema, passando por cima da editora e da estação de rádio, e fez contato direto com Kate, o que foi surpreendentemente fácil.

Kate nunca viu o programa de Rebecca Adachi — a presença de Paul na casa faz com que o ato de ligar o televisor pareça estranho e embaraçoso; quando ele a encontra assistindo à TV, olha para o aparelho como se este fosse uma rachadura na parede que precisasse de conserto. Mas o pessoal da Rádio Heartland e da editora de Kate garantem que Adachi é uma repórter cordial e decente, e que o segmento será uma vitrine digna e eficiente para Kate e seu livro.

O homem do bosque   325

O programa começa às nove da manhã. Levando café e tigelas com melão, Kate e Paul se instalam na sala para assisti-lo. Trata-se de uma mescla de notícias, boletins meteorológicos e histórias de interesse humano. A segunda meia hora consiste em dois segmentos com mensagens espirituais encorajadoras. A primeira história de hoje, apresentada pela coapresentadora de Adachi, é sobre os homens que fazem parte do grupo de orações, no Texas, do candidato à presidência George W. Bush. O segundo, apresentado pela própria Adachi, é sobre uma mulher em Saint Louis que perdeu o filho num acidente ocorrido numa obra e agora prepara merendas escolares para cerca de cem crianças no paupérrimo bairro onde mora.

— O que você acha dela? — pergunta Kate, apontando com a colher para o aparelho de TV.

— O que *você* acha dela? — replica Paul.

— Parece que ela tem doze anos.

— Que diferença faz?

— Só um homem perguntaria isso.

Paul se inclina para a frente.

— Ah, quer saber de uma coisa? Eu me sentei ao lado dela uma vez. Numa das suas palestras. Na cidade. Ela estava sentada ao meu lado com uma sacola da CBS, tomando notas.

Paul não sabe ao certo por quê, mas reconhecer Adachi o enche de felicidade. Qualquer coisa que conecte uma coisa a outra é uma fonte de tranquilidade para ele. Talvez Adachi estivesse destinada a convidar Kate para seu show. Se esse for o caso, existe alguma coisa no universo — algo inefável, uma força, uma inteligência, *alguma coisa* — que nos dá um sentido, que nos vê, que nos conhece, que nos castiga e recompensa. Ou, pelo menos, se importa conosco.

Quando Rebecca Adachi olhou para Paul naquela igreja do Upper West Side em novembro último, na noite anterior ao dia em que ele se deparou com o homem do bosque, ficou impressionado com a semelhança dela com Mary Jones, uma mulher para quem trabalhou há nove anos e que também é metade japonesa. Vê-la agora na TV parece ainda mais incrível. Tanto Rebecca quanto Mary têm ar de meninas travessas, embora sejam delicadas. Ambas usam cabelos curtos, gostam de usar joias grandes, em estilo mais ou menos cubista, e são meigas como uma professora de jardim de infância. E ambas irradiam uma espécie de jovialidade encorajadora, que nem sempre parece verdadeira.

Mary Jones, uma viúva jovem e abonada, contratou Paul para confeccionar um mostruário no qual pretendia exibir, em seu apartamento no Gramercy Park, sua pequena coleção de caixas de Joseph Cornell.* Certa noite, ela alugou um carro para levá-los até a avenida Utopia, no Queens, onde Cornell levara uma vida absurdamente triste em companhia de sua mãe e de seu irmão deficiente, e onde recolhia as maçanetas, os carretéis e refugos variados que constituíam sua arte. Eles não encontraram a velha casa em lugar nenhum, mas procurá-la os aproximou, e naquela mesma noite eles se tornaram amantes. Quanto tempo durou? Com certeza, durante

---

* Joseph Cornell (1903-1972) — artista norte-americano. Um dos pioneiros e mais importantes expoentes da chamada assemblagem, composição executada com materiais e objetos descartados. Cornell inseria algumas de suas obras em caixas de tamanhos variáveis. (N.T.)

O homem do bosque

o andamento do trabalho e, tanto quanto Paul se lembra, por mais uns dois meses. Agora, pensar em Mary enquanto observa Adachi conversar com a Dama da Merenda, ele descobre que não se recorda do término daquele relacionamento. Quando teria acontecido? Qual foi o ponto de ruptura? Ele se lembra do cheiro penetrante e floral do perfume dela, de sua bunda achatada, da extraordinária cor ebúrnea de sua pele, do moicano natural de seus pelos íntimos. Ele se lembra de sua voz, de sua tosse de origens misteriosas e de sua falta de confiança nos médicos. Mas por que deixaram de se ver? Ele não consegue se recordar de nada, de nenhuma discussão. Mas se lembra do início, consegue se lembrar do início com detalhes requintados: ambos observando as casas de Utopia, com seus tijolos cor de salmão no primeiro pavimento, PVC branco (onde antes havia madeira clara) no segundo, todas com um pequeno gramado em frente; e as pessoas na rua — indianos, coreanos e imigrantes judeus recém-chegados.

Adachi está perguntando à Dama da Merenda quanto ela gasta por semana para preparar os lanches para as crianças da comunidade. A Dama da Merenda responde:

— Ah, Rebecca, o dinheiro vem de todos os lugares, as pessoas ouvem falar de nós e querem colaborar. Pode ser que algumas delas já tenham ficado sem comer. Ou talvez estejam procurando uma forma de agradecer ao Pai Celestial.

Os olhos de Paul se enchem de lágrimas. Ele pigarreia e baixa a cabeça, mas não antes que Kate tenha reparado.

— Qual é o problema? — pergunta ela.

— É isso o que eu quero.

— Merenda num saco de papel pardo?

— Um pai celestial. Um pai com quem conversar. Um pai que me veja.

— É mesmo?

Ela lhe lança um sorriso hesitante.

— Sim. Alguém que eu possa venerar.

— A maioria dos pais é bem trivial — comenta Kate.

— O meu mora em Santa Barbara — diz Ruby.

Ambos levantam os olhos, surpresos em vê-la. As noites dela já não são tão tumultuadas quanto antes, mas ela continua dormindo até tarde, pelo menos até esta manhã. Agora, está de pé diante deles usando somente as roupas de baixo, com gotas de suor escorrendo dos cabelos e a franja colada na testa. Tem nas mãos uma tigela repleta de cereais. Shep, que não se interessou pelo melão nem pelo café, levanta-se ao sentir o cheiro dos cereais.

— Olá — diz Kate.

— Olá — responde Ruby. — O que vocês estão assistindo?

— Olá, você — completa Kate.

— Essa senhora quer que sua mãe participe do programa dela — diz Paul, afastando-se de Kate no sofá e abrindo espaço para Ruby.

Ruby caminha com extrema cautela, como se o piso já tivesse alguma vez cedido sob seus pés, comprometendo para sempre sua fé na durabilidade do mundo físico. Mas, apesar de suas passadas lentas, ela deixa cair alguns cereais no chão, os quais Shep abocanha rapidamente.

— Obrigada, Shepinho — diz Ruby, pousando a tigela sobre a mesa e se acomodando entre Paul e Kate.

Suas pernas nuas são uma constelação de estrelas vermelhas numa Via Láctea. Os mosquitos se fartaram com ela.

O homem do bosque   329

— Olhe para você — grita Kate. — Você foi comida viva.

— Eu não me importo — diz Ruby. — As picadas são engraçadas. Nós viramos comida — diz ela, pondo a tigela no colo e começando a comer.

Mas o ronco de um carro se aproximando, fazendo estalar o cascalho, capta sua atenção. Ela pousa a tigela no assoalho — Shep começa a comer os cereais antes que Paul ou Kate possam detê-lo — e corre para a janela.

— É Evangeline — anuncia ela.

Kate olha para Paul com ar interrogativo. Paul dá de ombros.

— Mas é domingo — insiste Kate.

— Ela está indo para a oficina — informa Ruby.

— Você a transformou numa viciada em trabalho — diz Kate. — Ela não para nunca.

— Ela gosta do trabalho — replica Paul.

— Agora, ela está me vendo — diz Ruby, enquanto acena para Evangeline. — E está vindo para a casa!

Kate pensa em pedir a Ruby que vista algumas roupas, mas conclui que ainda dispõe de mais um ou dois anos antes de precisar lhe dar lições de pudor. Ruby, no entanto, num surto de pudor, sobe a escada correndo. Um tipo diferente de pudor impele Kate a desligar a TV. Parece haver algo de repulsivo e impuro no fato de assistir à TV de manhã — ou mesmo a qualquer hora — na frente de outras pessoas, exceto as mais íntimas.

— Você acha que eu devo permitir que essa pessoa faça uma reportagem comigo? — pergunta Kate, pegando o controle remoto e falando rapidamente, para encorajar uma resposta rápida.

— Ela me parece legal — diz Paul.

A resposta é tão banal e desatenta que soa a Kate como presunçosa, quase desdenhosa. De repente, ela tem a sensação de estar caindo num abismo interno que jamais notara, sentindo uma solidão que a faz perder o fôlego. Em vez de desligar a TV, ela apenas retira o som. Momentos depois, Evangeline bate na porta e Kate lhe diz para entrar.

— Eu trouxe aquele café de que você gosta — diz Evangeline a Paul.

Sua exuberância e alegria a envolvem com uma aura de transbordante saúde. Ela parece estar se contendo para não dar cambalhotas na sala. Lançando um olhar encabulado para Kate, acrescenta:

— Na verdade, dá para dois. É o etíope com tripla torrefação. Se vocês beberem isso, provavelmente não vão conseguir fechar os olhos até terça-feira. — Ela se abaixa, pousa a garrafa térmica preta e prateada sobre a mesinha e afaga as orelhas de Shep, que geme afetuosamente.

— Parece que ele está fraco — diz.

— Eu também estou achando isso — concorda Paul.

— Você acha que ele pode estar com a doença de Lyme?

— Ah, porra — diz Paul. — Só faltava essa.

— Ele me parece bem — comenta Kate.

— Você não acha que ele está mancando um pouco? — pergunta Paul.

— Ele me parece como sempre — responde Kate. — Nós nem sabemos a idade dele. Nem seu histórico médico.

— Eu não quero que aconteça nada com esse cachorro — diz Paul. Depois, ouvindo a si mesmo, completa: — Nem com nenhum de nós.

O homem do bosque   331

— As energias dele estão mais pra lá do que pra cá. Com certeza — diz Evangeline, levantando-se. — E tem um monte de cervos por aí, todos infectados com a Lyme.

Ela olha para a TV por um momento. No interior de uma igreja, a Dama da Merenda inclina a cabeça, com uma expressão de tristeza e contemplação no rosto enrugado.

— Uau — diz ela. — Acho que eu nunca conseguiria fazer nada se tivesse TV. Eu não conseguiria desligar o aparelho nunca.

— Ah, não é tão difícil de desligar — replica Kate.

— É mesmo? Incrível — diz Evangeline.

— Evangeline — grita Ruby, do alto da escada —, você quer ver uma coisa que eu tenho?

— Tudo bem — responde Evangeline — Já vou subir. — Então, sussurra: — Como ela está?

Kate não acha que Evangeline esteja em posição de sussurrar perguntas a respeito de Ruby, mas responde mesmo assim.

— Na verdade, ela parece ótima.

— Beleza. Vou dar um pulo até lá em cima. Depois, vou até a oficina para ensamblar aquelas gavetas de mogno. Meu Deus, mogno não é fácil.

— Eu sei — diz Paul. — Mogno, às vezes, é teimoso. Mas acho que é disso que eu gosto nele.

— Teimoso demais para mim — comenta Evangeline. — Pinho é mais a minha, a gente não precisa seduzir nem forçar.

— Que nem eu! — diz Kate, sorrindo alegremente.

Depois, desliga a TV e arremessa o controle remoto no outro lado do sofá.

O telefone toca. Paul, em geral surdo às ligações, anda rapidamente até o aparelho. Após dizer alô, mergulha em uma agitação contida, mas visível, enquanto ouve as más notícias que alguém lhe transmite.

— Não estamos fazendo nada. Venham quando quiserem.

— Quem era? — pergunta Kate.

— Annabelle. Bernard recebeu más notícias do IMS.

— Você quer dizer INS.*

— Pois é. Ela quer vir aqui, eles não têm mais ninguém com quem falar sobre o assunto.

— Mas ela já está podendo sair de casa?

— Não sei. Ela é quem sabe.

Numa reação retardada, Paul se sente afrontado por Kate tê-lo corrigido quando ele enunciou erradamente a sigla do INS. De repente lhe vem a impressão de que ela está sempre consertando seus lapsos verbais. Ele não quer que ela repita isso, nem mais uma vez.

Kate respira fundo, mas, antes que possa falar, o telefone toca novamente.

— Minha vez — diz ela, atendendo à ligação. — Domingo de manhã.

— Alô, Kate, é Sonny. — Há uma pausa. O som de trânsito ecoa ao fundo. — Sonny B. — acrescenta ele. E depois, para que não paire nenhuma dúvida: — Sonny Briggs.

---

* Immigration and Naturalization Service — Serviço de Imigração e Naturalização. (N.T.)

Kate leva um susto: será que ela deveria ir a algum lugar hoje e Sonny está indo buscá-la?

— Alô, Sonny. Onde você está?

— Não sei — diz ele. Sua respiração está entrecortada e, pelo som, ele está chorando. — Eu escorreguei, Kate. Eu escorreguei e caí.

Por um instante, ela pensa que ele de fato caiu e se machucou. Mas, então, percebe que se trata de alguém que estava tentando viver sóbrio. Mas, mesmo enquanto um sentimento de piedade a atravessa como uma faca, ela pergunta a si mesma: *Por que ele está telefonando para mim?*

— Você ligou para o seu padrinho? — pergunta ela, andando até a sala de jantar.

— Eu não quero — diz Sonny. — Você, eu quero falar com você.

Agora, de repente, ele parece tão embriagado que lembra um canastrão representando um bêbado, do tipo que faz a gente pensar: a coisa não é assim, ele está extrapolando. É como se Sonny estivesse falando praticamente sem mover os lábios. Sua voz quase não apresenta modulações, não passa de murmúrio melancólico. Se essa voz fosse um chapéu, estaria torto; se fosse um queixo, estaria com a barba por fazer. Mas lembra a ela uma coisa importante: a embriaguez faz o indivíduo parecer um idiota. Por que dizer que ele está alto, alegre ou mesmo de pileque? Mamado talvez seja melhor, ou caindo de bêbado, ou chumbado. É isso. Chumbado.

— Pode me dizer onde você está, Sonny? — pergunta Kate.

Ela atravessa a sala de jantar, entra na cozinha e senta-se à mesa. Ruby deixou a caixa de cereais aberta, e a do leite também.

Há uma poça de leite no chão. Cadê o cachorro marrom quando alguém precisa dele?

— Estou dirigindo por aí — diz Sonny.

— Você pode ferir alguém, Sonny. Eu quero que você encoste o carro agora.

— Eu não posso ir para casa.

— Eu não quero que você vá para casa, Sonny. Você não está em condições de ir a lugar nenhum. Quero que você encoste o carro, me diga onde está, e eu vou buscar você.

— Você faz isso?

— Claro que faço. É o que nós fazemos.

— Merda — diz Sonny, por entre lágrimas.

— Você já fez o que lhe pedi? — pergunta Kate.

— O quê?

— Você encostou o carro em algum lugar seguro?

— Não.

— Vou desligar. Não vou ficar falando ao telefone com você quando você pode atropelar alguém ou se matar.

— Espere.

— Para quê? Esperar o quê?

— Eu estou na entrada da alameda da sua casa. Desculpe, desculpe. Ah, merda, alguém está me seguindo.

A ligação cai.

Kate vai até a pia. A janela lhe oferece uma vista do quintal nos fundos da casa, assim como da alameda. Tudo permanece calmo por alguns momentos, até que ela ouve o som familiar do Ford Taurus azul de Sonny, com seu adesivo de para-choque subitamente merecido. Pouco atrás vem um carro desconhecido, um sedã branco.

O homem do bosque   335

Ao volante do segundo carro está Bernard, com o braço esquerdo nu pendurado para fora da janela e os dedos batucando na porta.

Kate vai até a sala para dizer a Paul que sua irmã e Bernard chegaram, e Sonny também. Paul se encontra sentado com Shep no sofá — no sofá! — com o braço em torno do cachorro, que está arfando. Paul encosta a testa na lateral da cabeça de Shep.

— Você está bem? — pergunta ela.

— Não muito — responde Paul.

— Sua irmã e Bernard acabaram de chegar. E Sonny Briggs também.

— Por que ele está aqui? Você vai a algum lugar?

— Ele só quer conversar por alguns minutos.

Enquanto Kate se vira para sair, Evangeline entra na sala, carregando Ruby nas costas.

— Tudo bem para vocês se Ruby for para a oficina comigo? — pergunta Evangeline.

— Perfeitamente — diz Kate com um aceno, passando por elas para receber Sonny, acompanhada por Paul, que se prepara para receber Annabelle e Bernard.

Por alguns momentos, todos se reúnem no contorno da alameda. A confluência de para-choques cromados reflete o sol de verão, provocando lampejos de luz ofuscante. Sonny, talvez sem saber ao certo se sua aparência e seus modos serão suficientes para convencer Kate da gravidade de sua situação, segura uma garrafa de vodca quase vazia em uma das mãos; na outra, outra garrafa de vodca, cujo selo ainda não foi rompido. Decidindo ser charmoso no último minuto, dirige-se primeiramente a Ruby, que, escarranchada nos ombros de Evangeline, está de olhos fixos nele.

— Olha só você aí em cima — diz. — Você tem um chofer, que nem a sua mamãe!

— Vamos, Sonny — intervém Kate. — Você pode me ajudar a preparar um café.

Ela pousa a mão no ombro dele e, com a mão livre, retira-lhe uma das garrafas.

Paul capta o olhar de Kate e tira de Sonny a garrafa número dois, dando-lhe um tapinha nas costas à guisa de saudação e aceitação, enquanto diz olá para sua irmã e seu cunhado.

Usando um pijama alaranjado e um robe de algodão branco, Annabelle movimenta-se com dificuldade sobre o cascalho da alameda, observando os pés metidos em chinelos, como se eles pudessem, de repente, fazer alguma coisa disparatada. Quase encostadas em seu corpo, as mãos de Bernard se movem sem parar, praticamente vibrando, como se ele quisesse criar um campo magnético para proteger a esposa.

— Ah, Annabelle — diz Evangeline —, que bom que você já está saindo de casa.

— É, obrigada. Mas não sei se foi a melhor ideia do mundo.

Enquanto leva Sonny até a cozinha, Kate ouve Evangeline dizer:

— Não, não, é sempre melhor andar por aí, se você puder.

Kate pergunta a si mesma quais seriam os conhecimentos médicos que autorizariam uma aprendiz de carpinteira a fazer uma afirmação dessas.

Paul se vira e observa Kate entrando com Sonny na casa. Vê-la ajudando alguém é uma coisa bonita, quase erótica. Essa é a mulher que o ama. Essa é a mulher que abriu sua casa para ele, que lhe deu seu corpo, que compartilhou sua filha, seu dinheiro e sua mente.

O homem do bosque   337

É a pessoa que Sonny procura em seu desespero, a mulher que as pessoas fazem fila para ver, comprando seus livros e ouvindo suas palestras no rádio — como pode essa criatura, em quem as pessoas encontram o caminho para a bondade e para Deus, olhar para ele e dizer: vamos comer, vamos conversar, vamos fazer amor, vamos construir uma vida juntos?

Que isso tenha acontecido com *ele* não é um milagre como a divisão das águas ou a ressurreição de Lázaro. É uma espécie de milagre em câmera lenta, uma maravilha diária e crescente, repleta de repouso e silêncio, na qual o afortunado nem percebe a sorte que tem. Desde novembro, Paul vivencia o amor de Kate com assombro e gratidão. Para ela, é como se não existisse nenhuma razão para lhe virar as costas, mas existiria razão melhor? No entanto, há momentos em que ele se esquece de que ganhou uma vida, em que não se sente mais agradecido a Kate do que por respirar. Mas ela viu as trevas e não só não lhe virou as costas, como o acompanhou. Agora, as trevas pertencem a ambos, e ambos pertencem às trevas.

Kate abre a porta da cozinha, deslocando o reflexo do sol, e, então, desaparece. A porta é fechada, e o sol retorna à sua poça azulada de vidro velho. Com um sobressalto, Paul se dá conta de que eles não chegaram a conversar realmente sobre o *Primeira coisa domingo de manhã*. O que teria acontecido? O que ele disse? O dia e tudo o que precisava ser conversado foram sequestrados por aquelas pessoas.

— Eu não quero café — diz Sonny.

— Você tem que tomar café — replica Kate. — Vai fazer você se sentir melhor.

— Eu não quero me sentir melhor.

Diante da pia, Kate despeja água na chaleira, em cuja curvatura prateada seu rosto parece inchado. Ela põe a chaleira no fogão, abre o gás e as chamas irrompem, amarelas e azuis.

— Escute, Sonny, eu não convidei você aqui para uma festa de lamentações. Eu tirei você da estrada porque você fez besteira e estava sendo uma ameaça para outras pessoas.

— Eu estava tomando cuidado.

— Não muito. Foi sorte não ter acontecido nada. Você poderia ter matado alguém.

— Eu estou querendo me matar.

— É mesmo? Talvez seja isso o que você deve fazer. Em vez de colocar a vida dos outros em perigo. Você tem alguma ideia do que é tirar uma vida, realmente matar outro ser humano? Vocês, homens...

A voz de Kate enfraquece, e ela para de falar. Senta-se, então, à mesa, em frente a Sonny.

— Eu não sou como os outros homens — diz ele.

— É mesmo? Tem certeza?

Ela ouve a voz de Paul na sala, mas não consegue discernir o que ele está dizendo. *Nós podemos protegê-los sempre? Nós podemos estar sempre em contato com vocês? Detectar a presença de vocês? Fiscalizar vocês?* Então, ouve a voz de Annabelle, quase tão empastada quanto a de Sonny — Vicodin, com certeza, mas como saber se haveria algo mais? O cérebro é uma flor de estufa, e o dela fora chacoalhado —, emitindo murmúrios que soavam como agradecimentos.

— Basta um segundo, Sonny — diz Kate —, para alguém ser ferido, morto. E vidas, arruinadas.

O homem do bosque 339

— Eu dirigi até *aqui* — insiste ele, martelando com o indicador na mesa. — E era aqui que eu queria vir.

— Você pode me dizer por quê?

— Sim, claro que posso. — A voz de Sonny treme, e, para compensar, apruma o corpo e olha para ela, quase a encara, com ar desafiador. — Porque é aqui que você está, Kate, e eu te amo, porra.

Ela estende a mão e, gentilmente, toca o pulso de Sonny com a ponta do dedo. Depois, recolhe a mão.

— Sonny, você é tão apaixonado por Chantal que no seu coração não há espaço para mais ninguém. Lembra? Lembra de como ela faz massagem nas suas costas quando você chega do trabalho? Como ela não deixa você dirigir quando vocês saem juntos? Chantal! De qualquer forma, não foi por isso que você veio aqui. Isso pode ser o que você está dizendo a si mesmo, mas não foi esse o motivo. Você veio para cá porque sabia que eu iria ficar furiosa porque você bebeu.

— Você é a pessoa mais especial que eu já conheci — diz Sonny abjetamente, obrigando-se a olhar para ela.

— Ah, por favor, deixe de besteira. Você vai me inventar toda uma história sobre as coisas que a gente faz por amor, quando na verdade são as coisas que a gente faz pelo álcool. É como se houvesse um demônio em você, Sonny, e esse demônio está furioso por você ter dado as costas para ele. Ele vai fazer e dizer qualquer coisa para botar o álcool dentro de você. Quantos dias de abstenção você tem?

— Não sei.

— Vamos calcular. Eu lembro que era inverno quando você foi à primeira reunião. Certo?

— Você estava resfriada — diz Sonny. — Estava segurando uma xícara de café com as duas mãos e com a ponta do nariz vermelha.

— Cale a porra da boca. Está bem? E me ajude a calcular. Que mês era?

— Fevereiro.

— É verdade. Eu me lembro. Que dia de fevereiro?

— Quinze de fevereiro.

— Então, você se lembra. Interessante. — Kate faz uma pausa e pensa. — Foi no dia seguinte ao Dia dos Namorados.*

— É.

— Então, deixe eu lhe perguntar uma coisa. É só um tiro no escuro, mas será que a sua decisão de ficar sóbrio não foi um presente de Dia dos Namorados para Chantal? — Kate não espera pela resposta de Sonny; tem poucas dúvidas de que está certa. — E agora você decidiu reaver o presente? É isso o que está acontecendo?

— Eu não estou reavendo nada. Só tomei um porre.

— Você já tem seis meses de abstemia, Sonny. É um momento difícil para nós todos. Eu também me debati muito aos seis. Nos primeiros três meses, ficar sóbrio é uma novidade e tudo é alegria e esperança. A gente vai vivendo o dia a dia da vida com seus altos e baixos, quando de repente uma vozinha começa a nos dizer: *bem, nós conseguimos, provamos que não somos alcoólatras, porque é impossível ser alcoólatra*

---

* Nos Estados Unidos, o Dia dos Namorados é comemorado em 14 de fevereiro, pois este é o Dia de São Valentim, santo de grande aceitação popular que, consta, em vida, realizava casamentos às escondidas do imperador romano Cláudio II, que proibia a realização de matrimônios. (N. T.)

O homem do bosque   341

e ficar sem beber durante seis meses. *Agora que isso está resolvido, vamos celebrar bebendo*. Certo?

Sonny dá de ombros.

— Eu sei que estou certa. Olhe, Sonny, todos nós batalhamos, dia após dia. — A chaleira começa a assoviar, primeiro baixinho. Quando a fervura aumenta, o assovio se aproxima de um guincho. — Está vendo? — comenta Kate, levantando-se. — Até a chaleira concorda comigo.

— Eu bebi porque queria ver você — diz Sonny, aumentando o tom de voz, embora Kate só tenha ido até o fogão. Ela apaga o fogo, e a chaleira se cala.

— Não, Sonny. Não é verdade. Você quis me ver porque bebeu.

Ela retira duas xícaras do armário, põe um cone de plástico sobre a cafeteira e, atacando em todas as frentes, enche o filtro de papel com uma quantidade de pó suficiente para obter um café muito, mas muito forte: o que a razão não consegue fazer a cafeína talvez consiga.

— Eu estou enjoado — diz Sonny.

— Ótimo. Quanto menos prazer, melhor.

— É, acho que sim. É o meu poder superior me fazendo enjoar.

— Talvez. Ou pode ser a vodca.

Ele olha para ela com ar de descrença.

— Olhe, Sonny, será que eu sei alguma coisa? Eu saio por aí falando de Jesus, mas não sei nada que você não saiba. Poder superior. — Ela fala essas últimas palavras como se estivesse falando *varinha mágica*. — Talvez a gente esteja no mundo por conta própria, como os outros animais, talvez não haja ninguém olhando por nós e organizando os acontecimentos, talvez o universo não esteja contabilizando as nossas ações, talvez não exista carma nem equilíbrio, talvez as boas ações não sejam recompensadas nem os maus sejam punidos. Mas não interessa. Seja lá como for, nós não podemos beber.

O café está pronto. Kate se lembra de que Sonny gosta da bebida sem açúcar, mas com bastante leite. Enquanto caminha até a geladeira, o fato de se lembrar do que aquele homem gosta e não gosta lhe dá uma estranha e relaxante sensação de felicidade.

— Não dá para acreditar que você se lembrou daquelas coisas sobre Chantal — diz Sonny, pegando a xícara que Kate lhe oferece.

— É o meu trabalho. Eu estava para lhe perguntar se você me deixaria usar a história algum dia.

— Eu acho que ela pegou a doença de Lyme. Está cheia de dores e cansada. Está sempre na horta e, de noite, os cervos vão comer lá. Está havendo muitos casos de doença de Lyme.

— Foi o que eu ouvi — diz Kate.

Sonny toma um longo gole de café e, então, com uma cautela exagerada, pousa a xícara na mesa.

— É melhor eu ir embora — diz ele.

— Você ainda está muito chumbado, Sonny.

— Eu estou mais é cansado.

— Por que não telefona para casa? Diga a Chantal onde está e durma um pouco. Quando você tomou o último gole?

— Na entrada da sua alameda.

Kate ri, surpreendendo a ambos.

— Tudo bem. É melhor dormir muito — diz.

— Eu pensei que nós poderíamos rezar juntos.

Os olhos dele, antes injetados de angústia induzida pela vodca, adquirem uma súbita sagacidade. Kate tem a impressão de que ele sentiu que algo mudou nela.

O homem do bosque 343

— Sonny, desculpe. Não posso ajudar você nisso. Vamos encontrar um lugar para você descansar. Você quer que eu telefone para Chantal?

— É melhor eu fazer isso. Ela não vai gostar de ouvir sua voz.

— Ah, essa não.

— Eu tive que contar a ela.

— Ah, Sonny. Isso realmente não foi legal.

Sonny levanta o queixo e aperta os lábios, como um capitão que decidiu afundar junto com seu navio, embora, no caso, o navio seja o sofrimento de outra pessoa e ele nem mesmo esteja a bordo.

Na sala da frente, Paul senta-se com sua irmã e Bernard, escutando Bernard, que lhe explica o foco da investigação do INS.

— Eles agora estão dizendo que o Cessez-Feu era um lugar de encontro para os falangistas — diz ele.

Sua voz, normalmente calma e controlada, está perturbada pelo desdém.

— O que é mesmo Cessez-Feu? — pergunta Paul.

— Minha boate em Beirute.

— Significa cessar-fogo — informa Annabelle, como se este fato fosse o suficiente para eximir seu marido.

— E quem são os falangistas? — pergunta Paul. — Desculpem, mas eu sou apenas um simples marceneiro.

— Eles formam uma facção cristã no Líbano e têm sua cota de maus elementos — diz Bernard. — Eu não tenho nada a ver com os falangistas. Eles são social-democratas, se intitulam *kataeb*, mas na verdade permanecem fiéis às suas origens, que são os fascistas da Espanha e da Itália. O homem que levou essas ideias para o Líbano foi Pierre Gemayel, que era amigo da minha família, mas não muito próximo. Agora, isso está sendo usado contra mim.

— Todos eles eram maronitas — diz Annabelle. — Então, é claro que se conheciam. Todas as famílias cristãs abonadas se conheciam. É tão ridículo. Escute, Paul, eu nem sei o que lhe dizer. Eles estão falando em expulsar Bernard do país.

— Eu não aprovo o comportamento dos falangistas — acrescenta Bernard.

As velhas vidraças das janelas atrás dele alteram a luz de tal forma que a parte de trás de sua cabeça adquire uma coloração rosa-esverdeada. Sentado ao lado de Annabelle, ele dá tapinhas na mão dela com a regularidade de um metrônomo.

— Eles cometeram atrocidades imperdoáveis usando o nome da Virgem Abençoada. Durante a guerra civil, eles foram muito maus — continua ele.

— Uau, fanáticos religiosos fazendo coisas más — interpõe Annabelle. — Parem as impressoras.

— Mas por que o governo está incomodando vocês agora?

— Nós não sabemos — responde Bernard. — Parece não haver razão.

— Bernard — diz Annabelle, com uma entonação de advertência.

— Bem, talvez seja melhor você explicar — diz Bernard.

— A esposa dele — informa Annabelle. — Nós achamos que ela entrou em contato com alguma agência federal. A Rainha da Beleza entra e sai dos Estados Unidos o tempo todo.

O homem do bosque 345

—Você não devia se referir a ela assim — replica Bernard.

— Espere um momento — diz Paul. — Você é a mulher de Bernard.

Annabelle agita a mão para a frente e para trás.

— Parece que Bernard esqueceu de se divorciar da primeira mulher, uma tal de Reem. Mas é claro, eu sou a esposa dele e, sim, nós nos casamos. Mas agora apareceu um problema de validade. Então, estamos fodidos.

— Eu não vejo Reem há treze anos — diz Bernard. — Dizer que eu estou casado com ela é uma fantasia.

Paul nunca havia reparado em como Bernard é franzino. Ou talvez o medo o tenha feito encolher. Sua camisa amarelo-clara, de mangas curtas, é três números maior que ele. Quando mexe os ombros, eles não parecem maiores que uma bola de tênis. Ele está usando calça branca de linho e sandálias cinzentas, sem meias, deixando à mostra seus finos tornozelos.

— A questão é: o que vamos fazer a respeito? — observa Annabelle. — Precisamos de um advogado.

— É, isso pode ser um problema.

— Bernard conseguiu o nome de um advogado muito bom, especializado em imigração — diz Annabelle. — Quase todos os advogados de imigração são apenas garotos ou velhos esquerdistas. Mas esse cara, o nome dele é Hodding Wainwright, tem anos de experiência com o Ministério do Exterior. Dizem que ele conhece todo mundo que precisa conhecer para consertar essa confusão horrível.

— É estranho como a lei parece estar dormindo — diz Paul. — De repente, um dia, ela abre os olhos e pega a gente.

— Eu nao tive intenção de entrar neste país sob falsas alegações — justifica-se Bernard. — Mas, agora, estão me pintando como um extremista religioso, quando eu sou apenas um homem simples, que tinha um bar numa cidade conturbada. Como eu deveria ter agido? Deveria ter me recusado a atender os clientes maronitas? No Cessez-Feu, as pessoas eram bem-vindas quando entravam.

— Posso lhe garantir que também irão atrás de mim no correio — diz Annabelle. — Uma funcionária federal envolvida num casamento para a concessão do *green card*?* Vai ser um prato cheio.

— E esse advogado... — diz Paul.

Ele dá um pigarro e acorda Shep, que relaxava nos frios tijolos cor de rosbife que cobrem o piso diante da lareira. Cautelosamente, o cachorro se levanta, capenga até chegar perto de Paul e volta a desabar no chão.

— Sim — diz Annabelle. — Ele pode ajudar. Pelo menos, nós achamos que pode.

— Ele é caro? — pergunta Paul, que nesse instante acabou de perceber por que Annabelle e Bernard estão ali: precisam de dinheiro emprestado.

— Muito — diz Annabelle. — Nós poderíamos arranjar um advogado que faria o trabalho por pura bondade, mas não seria Hodding Wainwright.

— O cachorro está olhando para mim com um interesse fora do comum — comenta Bernard.

— Acho que ele sabe que alguém da sua família comeu alguém da família dele — diz Annabelle.

---

* Visto de permanência definitiva nos Estados Unidos. (N.T.)

O homem do bosque   347

— Nós não fizemos nada disso. A ideia foi discutida e rejeitada.

— Posso contribuir — diz Paul. — Quero que vocês dois fiquem por aqui.

— Ah, Paul — diz Annabelle. — Eu te amo, te amo mesmo. — Ela para de falar, pensa no que acabou de dizer e resolve se corrigir. — Não é pelo dinheiro, mas eu simplesmente te amo. Sempre te amei.

— De quanto vocês precisam? — pergunta Paul.

— Não temos certeza — responde Annabelle. — Dez mil dólares, talvez. De sinal. Nós temos uma parte, mas, para ser sincera, nossas economias estão exauridas. De quanto você pode dispor?

— Eu posso dispor de tudo o que tenho — diz Paul.

Ele se sente invadido por uma onda de alegria — tão viva e energizante que mal consegue permanecer sentado, em vez de disparar escada acima para pegar as duas caixas de sapatos contendo notas de cinquenta e cem dólares que estão no fundo de seu armário de roupas. Ele se lembra de ter contado o dinheiro antes de fechar as caixas; havia três mil dólares dentro de cada uma, em maços presos com elásticos e cobertos pelos ladrilhos rosa e cinza que ele recolheu numa igreja luterana demolida — não para esconder o dinheiro, mas para alisar as notas.

O domingo continua sendo um dia de visitantes inesperados. Cheryl aparece para conversar com Evangeline e acaba ficando; enquanto Evangeline opera o torno, ela brinca com Ruby. O pintor Hunter DeMille, em cujo farol Paul está trabalhando, chega em seu Aston-Martin, após ter ido à feira de produtos agrícolas de Leyden. Foi só fazer uma visita, embora, quanto mais tempo permaneça, mais se evidencie que ele não desistiu totalmente de comprar Shep para dá-lo a Cooper, seu filho de sete anos. Na última vez que DeMille tentou comprar Shep de Paul, começou oferecendo quinhentos dólares e terminou com a inacreditável soma de dez mil. A coincidência de que esse é o valor pedido pelo advogado de Bernard zumbe na cabeça de Paul como uma abelha bêbada de mel, enquanto DeMille o acompanha descontraidamente até a oficina.

Hunter não nota que Evangeline não lhe dirigiu uma palavra nem percebe seus olhares desdenhosos. Depois de ter passado anos admirando o trabalho dele, o qual estudou nas aulas de história da arte da faculdade, ela não o perdoou pela decepção com seu comportamento presunçoso a respeito de Shep. Cheryl, entretanto, parece não saber nada sobre esse pequeno duelo de vontades, e, tendo também estudado arte, não consegue deixar de encarar DeMille. Shep está manquitolando por ali, mas mal levanta a cabeça, nem mesmo quando Ruby o tenta com pedacinhos dos biscoitos que levou para a oficina, apesar da regra em contrário. Paul está mostrando a DeMille os longos pedaços da casca cor de carvão que retirou de uma cerejeira, casca que pretende secar, laquear e cortar em pequenos quadrados, os quais pretende marchetar na beirada de um balcão de cozinha, juntamente com pedaços da casca rugosa e esverdeada de um caquizeiro. De repente, DeMille se vira para Evangeline e a olha de cima a baixo, com ar aprovador, pousando o olhar neste ou naquele traço.

— Eu gostaria de pintar você — comunica ele. — Estou fazendo uma série chamada "Dez trípticos em estilo semiclássico" e quero você neles.

O homem do bosque   349

Bernard e Kate estão no pátio, lendo os jornais de domingo, enquanto Annabelle repousa no sofá, reunindo forças para retornar à sua casa. A esposa de Sonny Briggs, Chantal, aparece enfim, vestida como se fosse participar do concurso de beleza da feira do condado. Está usando uma bermuda jeans de bainhas desfiadas, camisa xadrez com as barras amarradas à altura do umbigo, sandálias de salto alto e muito batom. Para receber apoio moral, foi com sua amiga Wendy Moots, que, por coincidência, tem conexões com as pessoas que estão reunidas na casa de Kate. Ela é enfermeira no Hospital do Condado de Windsor, trabalha no mesmo andar em que Annabelle ficou após o acidente e é irmã de Liza Moots, a dona de casa astróloga e cera-mista que superou seu medo paralisante de cachorros com a ajuda de Paul e Shep. Chantal parece não saber ao certo o que fazer na estranha situação em que se encontra, e sua atitude varia entre a frieza e a consternação. Depois de perguntar onde pode encontrar seu marido, dando à palavra um peso excessivo, ela sobe a escada e se dirige ao quarto de hóspedes, onde Sonny está dormindo. Wendy Moots, enquanto isso, está tratando Shep — sobre quem, ao que parece, ouviu muitas coisas boas — como se ele fosse um parente há muito perdido ou uma celebridade.

— É você, eu nem acredito que é você — diz ela, baixando suas poderosas ancas e olhando o cachorro cara a cara.

Diante da promissora irrupção de atividade humana, Shep parece mais animado.

Quando cai a tarde, onze pessoas estão sentadas à longa mesa do pátio sob um sol glorioso. Um aroma profundo e picante de grama recém-aparada perfuma a brisa suave. Não se ouve nenhum som, exceto o de vozes humanas e a misteriosa telegrafia dos poucos esquilos e passarinhos que continuam se alimentando, apesar do calor de meio-dia. Na pequena horta que mantém atrás da oficina, Paul colheu uma dúzia de tomates e alguns ramos de manjericão, e preparou uma salada com a muçarela que Hunter DeMille tinha em seu carro, entre outros produtos. O queijo praticamente se liquefez no calor, mas essa quase perda fez aflorar seus sabores ocultos e leitosos, com um toque de nozes — e combinado com os tomates mornos, a adstringência silvestre do manjericão, azeite, sal, pimenta-do-reino e alguns dentes de alho picados, compõe uma salada que todos devoram em meio a exclamações de assombro.

Uma espécie de lânguido contentamento domina o ambiente, enquanto a refeição é consumida sob o calor de agosto. Brindes são feitos ao verão e aos tomates. Sonny se põe de pé com lágrimas escorrendo no rosto, ergue seu copo com água gasosa e faz um brinde a Chantal, que olha para o marido com idolatria e a suprema benevolência do perdão. Durante o almoço, Paul e Kate trocam olhares inúteis, mas felizes. Paul tenta comunicar a ela, apenas com os olhos, que está ansioso para retomar a conversa que ambos estavam tendo antes que o domingo tomasse um rumo inesperado.

Mas esse momento não chega até perto do anoitecer, com o céu ainda azul, mas parecendo esmaecer, e um calor aparentemente inescapável. Os visitantes já partiram há muito tempo e Kate adormeceu, mergulhando na inconsciência como se tivesse passado a tarde bebendo vinho. Paul e Ruby puseram os pratos no lava-louça e concluíram sua costumeira arrumação meia-boca. Agora, estao sentados no sofá da sala de estar. Ruby lê em voz alta o mais novo livro da saga de Harry Potter, enquanto Paul faz o possível para se mostrar interessado. Em algum ponto do caminho, sucumbe ao olhar suplicante de Shep e o convida a se sentar ao lado dele, dando

O homem do bosque   351

um tapinha na almofada. Então, enquanto ouve distraidamente a leitura de Ruby, é dominado por uma onda de melancolia. *Algum dia, pensa ele, tudo isso terminará.* A infância de Ruby, tão delicada apesar de todos os problemas, um dia terminará, assim como as noites aveludadas de agosto, e o próprio verão. Esta casa, à qual ele chegou por acaso... Que lei do universo poderá mantê-lo aqui? Estes tijolos, a madeira, o vidro das janelas, o cheiro do ar, a respiração forte do grande cachorro adormecido, o amor que ele recebeu — tudo lhe parece transitório, tudo *é* transitório. É a silenciosa e melan-cólica percepção do término do verão, a percepção que surge quando estamos ouvindo a tagarelice ingênua de uma criança, a percepção de um homem que sabe que tudo muda sem aviso, um homem que às vezes olha para as próprias mãos e estremece.

Por volta das oito e meia já está escuro. Os coiotes, que normal-mente não começam a festa antes da meia-noite, já estão ganindo e uivando. As corujas piam nas árvores e as rãs iniciaram seu coro de lamentos. As cigarras chegaram, e seus infindáveis chamados enchem o ar como se, em algum lugar, estivesse ocorrendo uma grande perturbação elétrica. Ruby adormece no sofá, e Paul a leva para a cama. Quando desce a escada, encontra Kate diante da lareira vazia, enrolada em um cobertor. Após o que deve ter sido um sono inquieto, seus cabelos estão desgrenhados.

—Você acordou — diz Paul.

—Você devia ter me acordado. Eu dormi durante duas horas e meia.

—Você devia estar precisando.

Kate bate na almofada do sofá esperando que Paul se sente a seu lado. A força da batida levanta uma pequena nuvem de pelos deixados por Shep.

— Droga — diz ela.

Quando Paul se aproxima, ela pressiona o corpo no dele e o envolve com os braços.

— Que frio!

— Na verdade está um pouco quente — observa Paul.

— Você acha que seria ridículo eu aparecer naquele programa de TV?

— Não. Nem sei por que você está se preocupando. Você é boa no seu trabalho. Você é boa em tudo.

— É que eu estou cansada de ser essa pessoa. A pessoa que tem todas as respostas. A sra. Graça e Espiritualidade. Estou meio enjoada disso, para falar a verdade.

Eles ouvem as unhas de Shep, que vem descendo a escada. Com Ruby dormindo, ele se sente liberado. Entra, então, na sala sem fazer contato visual com nenhum deles, como se houvesse alguma chance de não ser notado, e se acomoda lentamente no tapete semicircular.

— Talvez você esteja cansada — diz Paul. — Você não para de trabalhar.

— Talvez. — Ela se inclina para a frente e espia o cachorro. — Ele parece um pouco adoentado.

— É. Eu acho que Evangeline tinha razão. Vou levar Shep ao Julian amanhã.

Julian? Seria um lugar? Então, ela se lembra: Julian Atkins, o veterinário.

— Eu sei que isso pode parecer meio maluco... — diz Paul.

— Pode falar. Esta é uma casa de doidos, mesmo.

O homem do bosque   353

— Eu não acredito que Deus vai deixar que nada de muito ruim aconteça com Shep.

— Não sei o que pensar disso — replica Kate.

— Eu só acho que tudo o que aconteceu antes, você sabe, eu encontrar Shep e tirá-lo daquele homem, isso tudo tinha que acontecer de algum modo. E esse silêncio, esse grande vazio que veio depois? — Sua voz se transforma em um murmúrio, e ele aproxima os lábios do ouvido dela. — Parece que o que eu fiz, no que diz respeito ao universo, foi basicamente certo. E vou lhe dizer outra coisa. Fico feliz de a gente ter ido até o local aquele dia. Pelo menos, agora eu sei que ele não está caído lá, esperando que alguém descubra seu corpo. Agora é entre mim e Deus.

— Paul — diz Kate, afastando-se o suficiente para olhá-lo. — Outro dia, eu recebi um FedEx do meu agente, e dentro dele havia um cheque de valor enorme. Eram os direitos autorais do meu livro.

— Ótimo. Veio em boa hora. Na verdade, eu doei um bocado de dinheiro hoje.

Kate pestaneja, depois decide não fazer perguntas.

— Era um cheque de um milhão de dólares.

— Está falando sério?

— E vem mais um por aí, pelo menos do mesmo valor, talvez até mais. E, pelo andar da carruagem, se eu participar desse programinha de TV, vou receber outro cheque igual. Acho que preciso maximizar as coisas. Manter esse negócio em movimento enquanto está em movimento, porque vou lhe dizer uma coisa: eu nunca mais vou conseguir escrever outro livro como esse. E não vou continuar com as apresentações na Heartland nem fazer mais palestras. Cheguei ao limite.

— Eu não critico você. É cansativo.

— É mais do que isso. Nem dá para dizer. Mas, depois que esse negócio terminar, tem uma coisa que eu quero fazer.

—Você é incrível.

— Quero pegar todo o dinheiro, até o último centavo, quero vender a casa... esta área está bombando e tenho certeza de que posso conseguir muita grana com ela, e depois quero mudar para outro lugar, levando vocês.

— Mudar? Para onde a gente vai?

— Não sei. Estava pensando na Grécia. Não quero dizer que seja agora. Talvez dentro de seis meses. De qualquer forma, o livro vai parar de vender depois disso. Livros são assim.

— Está falando sério?

— Ou a Itália. Algum lugar bonito. O que você faz você pode fazer em qualquer lugar. Comigo é a mesma coisa. E Ruby não está prosperando aqui. Ela pode ter uma educação internacional. E a gente vai ter bastante dinheiro, não precisamos nos preocupar. Podemos ser desses expatriados misteriosos, que ninguém consegue decifrar. Vamos entrar no nosso café favorito, à beira-mar, e as pessoas vão dizer: *eu gostaria de saber qual é a história deles.* Vai ser bom. E nós teremos um ao outro. Se você gostar de mim metade do que eu gosto de você, vai ser mais que o suficiente. Eu poderia iluminar uma cidade com meu amor por você. Vai ser bom.

— Está bom aqui. Qualquer lugar é bom com você.

Paul está à beira das lágrimas. Quem diria que um amor assim era possível?

—Você sabe aonde eu adoraria ir? Mikonos. Meu ex e eu passamos nossa lua de mel desastrosa percorrendo a Grécia como se estivéssemos numa caçada pela felicidade. Tudo foi ruim, todos

O homem do bosque   355

os museus estavam fechados, todas as refeições foram um desastre. Joe torceu o tornozelo em Creta, eu fui picada por uma abelha acima do olho, e ele ficou fechado que nem os museus. Mas Mikonos foi uma coisa mágica. Eu sempre tive vontade de voltar.

— É lindo lá — concorda Paul. — Eu fiquei numa casa incrível, rodeada de palmeiras. Nós cozinhamos polvos numa fogueira.

— Você esteve lá? Cozinhando *polvos*? Parece romântico, de uma forma meio rústica. Quem estava com você?

— Foi há muito tempo. Mas, Kate, eu não vou deixar você arruinar sua vida.

— Eu sinto medo o tempo todo, Paul.

— Você não precisa sentir medo.

— Paul! Não existe palavra mágica. Não existe carma, não existe nenhum acordo entre você e o destino. Só existe o que aconteceu e o que pode acontecer depois, e eu acho que a gente deve sair do caminho. Nós precisamos nos afastar. Precisamos sair daqui. Podem acontecer coisas que a gente não é capaz de prever. Meu Deus, talvez seis meses seja um tempo longo demais. Talvez seja melhor nós sairmos daqui em quatro meses. Você pode dizer alguma coisa a alguém, ou eu posso dizer. Sem querer. E Ruby. Que merda! Ela sabe que tem alguma coisa errada. E eu também sei. Nós estamos perto demais do lugar onde aquilo aconteceu. E se alguma coisa acontecer com você? E se você for levado embora? Estou com medo.

Percebendo que elevou muito o tom de voz, ela se cala, assustada. Instintivamente, tapa a boca com a mão.

— Está vendo o que eu quero dizer?

Ela sussurra a pergunta e, mesmo em meio à escuridão que se formou, Paul vê que seus olhos estão arregalados de medo.

* * *

O céu de setembro está inusitadamente azul e um pouco mais afastado da Terra que qualquer céu que Paul já tenha visto. É como se o antigo céu tivesse sido arrancado como papel de presente, revelando outro céu acima, um céu que à luz do dia é liso e luminoso.

Paul agendou uma visita a um casal recém-chegado a Leyden, um homem chamado Wolf Damberg, *marchand* de arte renascentista, e seu namorado, Leonard Harris, que foi violinista da Orquestra Filarmônica de Nova York até ter a carreira encerrada pela artrite. Damberg e Harris adquiriram o Rose Hall, um pequeno chalé localmente famoso por suas rosas — cerca de oitenta variedades, algumas de cores quase desconhecidas em se tratando de rosas, como algumas tonalidades de marrom e azul. A casa, no entanto, acumula umidade em seu velho madeirame, o que está provocando uma devastação nos antigos desenhos e pinturas colecionados por Damberg. O casal quer transformar o quarto maior num recinto com temperatura e umidade controladas, onde a coleção de Damberg possa estar em segurança. Quer também paredes apaineladas em carvalho, teto rebaixado e arquivos com gavetas grandes e fundas, nas quais centenas de valiosas obras de arte possam ser guardadas por tempo indefinido, sem risco de descoloração, desbotamento ou enrugamento. Paul enviou Evangeline a Rose Hall para examinar o projeto. Ela levou também uma cesta com tomates, os últimos que ainda restavam em seu melhor tomateiro, esperando sinalizar que sua ausência no encontro não significa falta de interesse.

Agora, sozinho na oficina, ele olha para Shep e tenta lembrar se deu o antibiótico para o cachorro na refeição da manhã.

— Shep, sem brincadeira dessa vez. Você tomou seu comprimido no café da manhã?

O homem do bosque   357

O cachorro, que Paul considera seu confidente mais íntimo, embora não falem a mesma língua, agita a cauda energicamente. Paul acabou descobrindo que isso nem sempre é sinal de felicidade. Frequentemente, significa que Shep está confuso e não sabe o que se espera dele. Se pudesse ser traduzido para a linguagem humana, o abanar do rabo seria apenas um pedido de esclarecimento.

—Venha cá — diz Paul.

Quando o cachorro chega perto dele, Paul levanta o focinho do animal e cheira sua boca — às vezes a pílula deixa um odor amargo no hálito do animal. Mas tudo o que consegue sentir é cheiro de ração e língua. Sem entender por que Paul o está farejando, Shep pousa as patas dianteiras nos sapatos dele. Quando Paul levanta a camisa e cobre com ela a cabeça do cachorro, Shep estica as pernas e pressiona a cabeça em sua barriga.

Com Shep respirando satisfeito embaixo de sua camisa, Paul olha ao redor e contempla tudo o que deixará para trás dentro de alguns meses — este perfeito espaço de trabalho, esta luz prateada que passou a conhecer tão bem, o desnível do piso, tábuas e mais tábuas de madeiras preciosas, as ferramentas que obteve mediante trocas, que conseguiu com seu trabalho e que comprou ao longo de duas décadas, os alizares e caixilhos das janelas, que estão descascando, os vidros antigos, os ganchos e dobradiças, os puxadores e maçanetas de outra época, de outro mundo. É uma coisa avassaladora pensar no trabalho que daria levar essas coisas com ele. O mais fácil seria transferir tudo para Evangeline, pensa ele. Ela poderia lhe pagar quando o negócio estivesse correndo bem novamente.

Ele descobre a cabeça de Shep, que olha para ele com uma espécie de patetice selvagem e o cutuca com o focinho, talvez pedindo mais tempo embaixo da camisa.

— Acho que você não tomou seu comprimido hoje de manhã — diz Paul.

Paul caminha até a casa com Shep, passando pelo estúdio de Kate. Duas semanas atrás, a equipe que foi filmar o segmento de Kate no *Primeira coisa domingo de manhã* derrubou partes das muretas de pedra que ele construiu nas laterais da alameda. Paul lembra a si mesmo de consertar o estrago, embora o fato de saber que ele, Kate e Ruby não ficarão muito tempo na propriedade prejudique sua disposição para fazer consertos. Todas as vezes que Shep passa pelos pontos danificados das muretas, fareja a terra e as pedras deslocadas com absurda avidez, como se encerrassem a resposta a algum grande mistério. Quando a equipe esteve na casa, ele se mostrou mal-humorado e gregário, alternadamente; e, apesar de Paul ter tentado mantê-lo fora do caminho, invadiu várias vezes a filmagem com seu andar gingado característico.

— Não, tudo bem, nós gostamos do cachorro — disse o diretor-assistente a Paul, enquanto este tirava o cachorro do set mais uma vez.

Ao passar pelas janelas de Kate, Paul baixa a cabeça para mostrar a ela que não pretende perturbá-la enquanto trabalha. Ele a vê de relance, andando de um lado para outro. Seus cabelos esvoaçam quando ela se posta na direção do vento provocado pelo ventilador. Ela está segurando o telefone ao ouvido, mas Paul não sabe se está falando ou escutando. Desde que apareceu na TV no último domingo, Kate passa horas ao telefone, conversando com seu agente, sua editora, seus editores internacionais — cada vez mais numerosos —, com a agência que programa suas palestras e com

O homem do bosque   359

repórteres, aqueles que não se sentem muito envergonhados de dar prosseguimento a uma história iniciada por outro repórter.

A temperatura da casa se mantém amena no verão quando as persianas e cortinas permanecem abertas, mas eles não têm coragem de abri-las nesses dias que precedem o frio do outono. Assim, todos os cômodos da casa provocam uma sensação de abafamento, sobretudo a cozinha. Paul enfia um comprimido de doxiciclina num pequeno pedaço de queijo brie e o arremessa para Shep, que o engole na mesma hora, batendo a cauda em sinal de aprovação na madeira morna do piso. Em vez de fechar a geladeira, Paul procura ingredientes que possa utilizar no almoço. Em pouco tempo, prepara o que poderá ser a última salada de tomate e manjericão do ano. Depois, corta algumas maçãs trazidas do Martin — o pomar localizado entre a casa de Kate e a cidade, especializado em variedades raras, que dispõe de alguns lotes temporãos de Boikens e Henry Clays. Ele arruma as maçãs numa travessa e as salpica com vinagre balsâmico. Finalmente, espreme alguns limões numa jarra, acrescenta um pouco de melado, uma garrafa de água gasosa, algumas folhas de hortelã e mexe tudo até dissolver o melado.

Durante o almoço, ele e Kate conversam sobre as recomendações alimentares feitas pela dra. Montgomery, a terapeuta de Ruby: evitar ao máximo açúcar de cana, doces industrializados — com seu alto teor de xarope de milho —, corantes e conservantes. E cafeína.

— Faz sentido — diz Paul. — Tudo na natureza reage de acordo com o que se ingere. Pássaros, abelhas, árvores. É possível determinar as condições do solo pelas folhas e cascas das árvores.

— Para início de conversa: cafeína. O que a dra. Montgomery está achando? Que Ruby vai para a escola levando café cappuccino?

— Provavelmente, ela estava pensando em refrigerantes — diz Paul.

— Bem, isso não estaria incluído na proibição de doces?

— Algumas pessoas dão refrigerantes dietéticos às crianças.

— Isso não estaria incluído na proibição de aditivos?

— Eu tenho pena de qualquer pessoa que tenha que discutir com você.

— Quer dizer que você tem pena de si mesmo?

— Não, eu não preciso discutir com você. Fico sentado, achando incrível.

— Eu sei que sou um pé no saco — diz Kate. — Mas, pelo menos...

Ela está prestes a dizer *pelo menos eu nunca matei ninguém*. Mas é uma pilhéria impossível, louca, cruel. Ela prefere, então, o embaraço, ou talvez a obviedade, de um silêncio súbito.

— Eu acho que a dra. Montgomery está fazendo um trabalho muito bom — observa Paul. — Eu não sou muito a favor de terapia e essas coisas, mas a gente precisa reconhecer que Ruby parece um pouco mais feliz.

— Ela está, realmente está. Talvez seja melhor a gente levar a dra. Montgomery para Mikonos também. Eu posso comer as últimas... — Ela conta as últimas fatias de maçã da travessa. — São onze fatias?

— Pegue oito.

Enquanto Kate retira da travessa as fatias de maçã salpicadas com vinagre, ambos ouvem o som de um automóvel se aproximando da casa.

—Você se lembra de quando este lugar era retirado e aconchegante? — pergunta Kate.

O homem do bosque   361

— Lembro.

— Quando as pessoas forem nos visitar em Mikonos, vão chegar em pequenos barcos a vela. Quando acabarem de amarrar os barcos e arriar as velas, nós já estaremos subindo a trilha de cabras pedregosa atrás da nossa casa. E, quando elas entrarem na casa, só encontrarão duas pequenas xícaras de café vazias e uma cama por fazer.

Kate se levanta da cadeira e vai até a janela, meio de lado, esperando não ser vista. Uma van com alguma coisa escrita na lateral — ela só consegue distinguir a palavra ELKINS — acaba de parar em frente à casa. A placa é da Pensilvânia.

— Boa notícia — diz ela a Paul. — Não é Joyce Drazen querendo que eu ajude Nina a entrar na Sorbonne.

Quem quer que esteja dentro da van demora a sair. Kate consegue discernir vagamente a silhueta de uma mulher atrás do volante, mas ela parece imóvel. Paul pousa seu copo de limonada na mesa da cozinha, produzindo um som seco e oco, um som que ressoará em sua memória durante anos, o som que assinalou o fim de uma parte de sua vida e o início de outra.

Por fim, a porta da van se abre, e uma mulher desce lentamente. Parece tão leve e ossuda que um par de asas poderia fazê-la voar. Seus cabelos, cortados curtos, são avermelhados, da mesma cor que as folhas das árvores terão no próximo mês. Veste uma calça jeans apertada e um suéter de algodão amarelo; tem nas mãos algo que parece ser uma foto.

— Eu atendo — diz Paul, ao ouvir as batidas na porta, quatro batidas em um tempo de quatro por quatro, *largo*. — Pode subir, ou fique aqui, se quiser.

362   Scott Spencer

— Embaixo da mesa poderia ser ótimo. Eu não entro embaixo de uma mesa desde a época em que bebia.

—Volto para junto de você assim que despachar essa pessoa, seja lá quem for.

No vestíbulo, Paul olha para o teto. Uma pequena rachadura surgiu no gesso. Mais uma coisa que ele provavelmente não vai ter tempo de... Ele abre a porta. Ele e a visitante ficam frente a frente, separados por menos de um metro. Ela parece extremamente nervosa. Está arquejante; seus olhos estão tão vidrados que, por um momento, Paul conjetura se ela é cega.

— Olá — diz ele. — Eu não quero ser um cara malvado, mas é que não gostamos que as pessoas simplesmente apareçam. Estou vendo que você vem de longe, e detesto fazer isso, mas vou ter de lhe pedir que vá embora.

Ele baixa os olhos, sem querer intimidar a mulher com um contato visual direto. De repente, vê alguns flocos de gesso no chão. Olha, então, para o teto e nota que a rachadura está um pouco maior do que a última vez em que a observou.

— Meu nome é Dinah Maloney — diz a mulher —, e acho que você está com o meu cachorro.

Ela levanta a foto, que mostra ela e Shep em um salão apainelado, onde se vê uma lareira de mármore e um tapete persa, no que parece ser uma festa de aniversário. Com uma das mãos sobre as costas de Shep, ela se inclina sobre um bolo cheio de velas acesas. Ambos estão usando chapéus de aniversário nas cores prata e laranja.

— Eu tenho centenas de fotos de Woody, mas trouxe essa porque nos mostra juntos — acrescenta Dinah.

O homem do bosque   363

— Ah, meu Deus — diz Paul, antes de lhe ocorrer que é melhor não dizer nada no momento.

Mas o que disse não pode ser desdito.

Incapaz de resistir a seu instinto de seguir Paul, ou talvez por ter ouvido a voz de Dinah Maloney, Shep aparece na entrada do vestíbulo, precedido pelo clique de suas unhas no piso de madeira.

— Woody! — grita Dinah.

Ela contrai o rosto, como se estivesse sentindo alguma dor, e larga a foto, que não atinge o chão imediatamente, mas paira no ar por alguns momentos, flutuando para a esquerda e para a direita, como um barco oscilando numa lagoa.

— Woody, Woody, eu sabia.

Shep para de repente, ainda a alguns metros, e inclina a cabeça, reposicionando as orelhas para ouvir aquela voz, meio familiar, meio esquecida. Um momento antes, ele estava de boca aberta e língua de fora, com uma aparência despreocupada; agora, ele recolhe a língua e fecha a boca.

— Venha — diz Paul a Shep —, vamos sair. — E para Dinah: — Nós podemos conversar lá fora.

Mas Dinah caiu de joelhos e abriu os braços.

— Woody, Woody — grita ela.

Lentamente, o cachorro se aproxima dela, abanando a cauda em um ritmo cada vez mais rápido. Depois de mais alguns passos hesitantes em direção a Dinah, ele para e permite que ela o toque com os dedos. Desde que descobriu que seu cachorro fora roubado, Dinah postou milhares de cartazes, com a legenda CACHORRO PERDIDO, em postes e quadros de avisos. Os cartazes se espalharam num raio cada vez maior, a partir de sua casa. Ela colocou anúncios em jornais e entrou em contato com diversos canis, veterinários e organizações de resgate de animais. Ofereceu uma recompensa tão generosa que precisou lidar com dezenas de pistas falsas. Recebeu chamadas de pessoas que haviam avistado poodles e beagles perdidos; até um gato caolho ensejou um telefonema de um oportunista com voz grave e empastada. Cada alarme falso, perversamente, apenas lhe aumentava as expectativas, até que as saudades de seu cachorro se tornaram quase insuportáveis, e a inabalável esperança de encontrá-lo começou a parecer uma loucura.

Mas ali estava ele! E, quando ela enterra os dedos em seu pelo marrom, preto e vermelho, uma alegria lhe percorre todo o corpo, da ponta dos dedos até a mente, o coração e todos os receptores de sensações. Embora ninguém que conheça Dinah jamais a descreva como extremamente emotiva, ela está tomada por uma paixão cega, gemendo, murmurando e chorando sem cessar. Não que esteja fora de si, mas este é apenas um momento que ela jamais esquecerá, um momento que descreverá para sempre como o mais feliz de sua vida.

Tendo ouvido os gritos, Kate vai até a porta e vê Dinah com o rosto enterrado na espessa e policromática pelagem do pescoço de Shep.

— Ah, olá — diz Dinah.

— Você está bem? — pergunta Kate.

Neste momento, seu palpite é que a situação tem algo a ver com os AA e que ela precisa ajudar essa pessoa.

— Tudo bem aqui, Kate — diz Paul. — Só mais uns minutos.

O homem do bosque 365

— Mas...

— Por favor — diz Paul.

A voz dele é tão assustadora quanto uma porta batendo; Kate nunca ouviu tanta insistência e irritação por parte dele. Que audácia! Trata-se de uma revelação do tipo errado. Ele a olha fixamente até que ela sai da sala.

— É Kate Ellis — diz Dinah. — Eu vi o programa de Becky Adachi em que ela apareceu. Becky e eu frequentamos a mesma escola. Nunca perco o programa dela, a menos que esteja preparando um *brunch*. Eu tenho um pequeno bufê. Então, eu estava vendo o programa — ela se põe de pé, usando o cachorro para se equilibrar —, e lá estava *ele*.

Paul faz um gesto para ajudá-la a se levantar, mas muda de ideia. Com a mão meio estendida, ele se apresenta.

— Meu nome é Paul Phillips.

A mão dela é fria e parece quase sem peso. Seu hálito recende a café recém-bebido. Há um pouco de açúcar grudado no zíper de sua calça jeans.

— Olá, Paul. Posso lhe perguntar como é que você está com o meu cachorro?

— Como é que você tem tanta certeza de que é o seu cachorro?

— Você está querendo me dizer que Woody é seu?

— Estou dizendo que Shep já está aqui há algum tempo. Antes disso, eu não sei onde ele estava.

— Há quanto tempo ele vive aqui?

— Desde novembro — diz Paul.

Ele gostaria de ter dito outubro, ou agosto — qualquer coisa, menos a verdade. Mas a verdade liberta. Sim, pensa ele, a verdade:

366   Scott Spencer

mas conte a verdade a Deus, não a uma mulher que apareceu de repente.

— Como ele chegou aqui? — pergunta Dinah.

Paul inspira fundo e solta o ar com alguma relutância, como se estivesse virando a página de um livro cujo desfecho não quer saber.

— Vamos caminhar — diz ele. — Vamos até a minha oficina, e eu lhe direi o que você quer saber.

Eles caminham lado a lado, seguidos pelo cachorro, que não olha para nenhum dos dois. Sua atenção está voltada para o zumbido baixo e alarmante de uma abelha nas proximidades. Algumas semanas atrás ele foi picado numa das ancas e, desde então, tem estado alerta a pestes voadoras.

— Parece que ele está arrastando a perna traseira — diz Dinah.

— Ele está com a doença de Lyme. Mas está melhorando.

— Doença de Lyme?

— Os cervos trazem isso para cá. Os carrapatos que picam os cervos transmitem a doença. Os cervos não se contaminam, mas espalham a Lyme.

— Eu vi muitos cervos quando estava vindo para cá. Eles são uma gracinha. Pensei que fossem inofensivos.

— Nada é inofensivo — diz Paul, abrindo a porta para ela.

Shep entra na oficina. Mas, em vez de trotar até sua cama, coberta de pelos longos e tufos brancos de pelo secundário, ele permanece de pé junto a Dinah. Está olhando para ela, abanando a cauda com um entusiasmo cada vez maior.

— Ah, Woody. Eu estava começando a perder as esperanças.

O homem do bosque   367

Paul não consegue se controlar.

—Venha cá, Shep.

Ele acena com a mão e chega a posicioná-la de modo a sugerir que está segurando uma guloseima. Shep se aproxima de Paul e toca seus dedos com o focinho, mas sem a energia que normalmente usaria se acreditasse, de fato, que havia algum petisco dentro da mão. Isso é tudo o que Paul pode fazer para manter Shep a seu lado, exceto agarrá-lo pela coleira.

Há duas cadeiras no outro lado da oficina, perto de onde as velhas janelas são guardadas. Paul faz sinal a Dinah para que se sente com ele. A cada passo que dão em direção às cadeiras, Shep gravita mais alguns centímetros na direção de Dinah. Mas, quando ambos sentam nas cadeiras, ele se deita na frente de Paul.

— Ele não está no melhor da forma — diz Dinah. —Você tem dado comida comercial para ele?

— São os antibióticos. Ele está muito bem, pode acreditar.

—Você não vai dificultar as coisas, vai?

— Não, eu não vou dificultar nada. Só não sei dizer se este cachorro realmente é o seu. Muitos cachorros se parecem com Shep.

—Acho que você pode dizer, sim. É óbvio que ele ficou excitado quando me viu.

—Você parece mais excitada do que ele.

— Eu gostaria de ter colocado um chip na coleira dele — diz Dinah.

—Você quer dizer um microchip? Ah, eu nunca faria isso com um animal.

— Ele foi roubado de mim. Em outubro passado. Estou à procura dele desde essa época.

Seus olhos se enchem de lágrimas. Ela olha para baixo. Enquanto se recompõe, nota o açúcar em sua calça e o espana.

Tão despreocupadamente quanto possível, Paul pergunta:

— Quem o roubou?

O fato de estar tão perto de saber mais sobre o homem cuja vida encerrou deixa Paul abalado. Seu coração dispara.

— Eu encontrei um homem. Estava passeando com Woody e... É difícil explicar, porque eu nunca fiz uma coisa dessas antes. E, obviamente, jamais vou fazer de novo. Nós acabamos ficando juntos. Mas foi por um tempo bem curto. Eu recuperei o juízo e decidi cair fora. Então, disse a ele que estava tudo acabado, e ele recebeu bem a notícia. Pouco depois, eu tive que fazer um trabalho e saí. Quando voltei, minha casa estava vandalizada e meu cachorro tinha desaparecido. Culpei a mim mesma. Não sabia o que estava fazendo. Acho que não queria estar presente enquanto ele arrumava sua sacolinha e saía. Foi um grande erro.

— Onde está ele agora? — pergunta Paul.

— Está aqui. E você sabe disso.

— Não, desculpe. Estou falando do cara que roubou seu cachorro.

Dinah estreita os olhos por um momento e parece se mover em câmera lenta.

— Por que você está perguntando?

— Um cara roubou seu cachorro? Que tipo de cara? Quer dizer, como ele era?

O homem do bosque 369

— Você parece muito curioso a respeito dele — diz Dinah. — O nome dele era Robert. Bob — acrescenta ela, dando de ombros, como se mesmo o apelido fosse uma intimidade que ela preferisse esquecer.

— Bob — diz Paul.

Ele se sente afundando. Pousa, então, as mãos sobre os joelhos e apruma o corpo.

— Ele tinha uma espécie de meiguice — diz Dinah. — Tenho que fazer força para me lembrar disso, porque tudo terminou de forma tão horrível. Mas havia alguma coisa nele, um ar de menininho perdido...

Ela percebe a expressão de desânimo de Paul e para de falar.

— Para falar a verdade, eu adoro esse cachorro — diz Paul, embora a palavra *verdade* o deixe ainda mais abatido.

— Como você encontrou Woody?

Dinah cruza as pernas e os braços, como se estivesse dobrando as abas de uma caixa de papelão.

Diga a ela, pensa Paul. *Você salvou a vida do cachorro dela. Ela vai agradecer a você.* Mas ele permanece calado.

— Acho que você sabe que alguém matou Robert — comenta Dinah. — Na verdade, o nome dele não era Robert. Ele nunca me contou outra coisa a não ser mentiras. Eu realmente fui burra. O nome dele era William?

Uma entonação interrogativa. Sobrancelhas erguidas.

— Como eu vou saber? — diz Paul.

Ele pergunta a si mesmo se sua voz está quase inaudível ou só parece estar, devido ao sangue que lateja em seus ouvidos.

— A polícia telefonou para mim. Uma semana depois do ocorrido. Acharam um dos meus cartões entre as coisas dele. Eles sabiam que eu não tinha nada a ver com aquilo. E eu não pude ajudar o detetive, um detetive de Tarrytown. Foi muito estranho, quero dizer, muito estranho mesmo. Eu tive uma amiga que morreu num desastre de avião, mas isso foi pior. Apesar de que, quando soube o que havia acontecido, eu meio que já tinha ódio dele. Mas você não me contou. Como encontrou Woody? — Ela abaixa a voz. — Ou talvez você não se lembre.

— Eu me lembro, claro que me lembro.

Ela olha para ele.

— Ele estava correndo no acostamento da rodovia Taconic — continua Paul.

Há uma batida na porta. Após um breve instante de hesitação, Kate entra na oficina.

— Está tudo bem aqui? — pergunta ela a Paul. — Eu achei que você não iria demorar.

— Kate, esta é Dinah Maloney. Da Filadélfia. Shep é o cachorro dela.

O rosto de Kate empalidece, como se, numa dessas catastróficas contrações do coração, todo o sangue tivesse se esvaído dele.

— Oh — ela consegue dizer, voltando para a porta. — Vou esperar em casa.

Assim que Kate fecha a porta, Dinah descruza as pernas e os braços.

— Eu realmente preciso ir — diz ela. — Tenho uma longa viagem pela frente e gostaria de chegar em casa antes do meio da noite.

O homem do bosque   371

— Estou me sentindo no meio da noite agora — diz Paul.

— Eu sei que está. Você deve ser muito apegado a ele.

— Muito.

— Woody significa muito para você.

— É difícil falar sobre isso.

Ele olha para o cachorro; é impossível imaginar que vai perdê-lo.

— Espero que você não fique zangado — diz Dinah.

Quando ela se levanta da cadeira, Woody se levanta também, com dificuldade. Parece decidido a segui-la.

— Parece que ele realmente está sofrendo com essa tal de Lyme — diz Dinah.

— Ele já está melhorando. Vou lhe dar o restante dos comprimidos.

— Eu agradeço.

Mas Paul não faz nenhum movimento para se pôr de pé. Fica olhando para o chão, com as mãos nos joelhos.

— Você quer ficar sozinho com ele, por alguns momentos, para se despedir? — pergunta Dinah.

Paul faz que não com a cabeça.

— O que vou fazer? Chorar perto dele? Ele nem vai saber o que está acontecendo.

Dinah aperta os lábios e meneia a cabeça. O cachorro está sentado ao lado dela agora, enquanto ela coça sua cabeça com um dedo.

— Eu preciso mesmo ir embora.

— Vou pegar os comprimidos para você — lembra Paul.

— Ótimo. Vou esperar lá fora.

Ao se encaminhar para a porta, Paul acaricia as orelhas de Shep pela última vez.

— Tchau, Shep — diz, com voz embargada.

Ele percebe que Dinah se afastou dele alguns metros a mais que o necessário para lhe dar passagem.

Kate encontra Paul na cozinha, chorando copiosamente, enquanto procura no armário da cozinha os antibióticos de Shep, embora eles estejam no peitoril da janela. Só encontrando frascos de aspirina, Advil, vitamina C e outros suplementos, ele começa a empurrar todos, derrubando alguns dentro da pia.

— Ela viu Shep na TV? — pergunta Kate.

Paul acena que sim. Está se apoiando na pia com as duas mãos, pois suas pernas parecem inúteis.

— O que você está fazendo?

— Vou dar a ela os comprimidos dele. Vou dar o restante da comida dele também. Ela vai voltar para a Filadélfia. Quando der cinco horas, Shep vai querer saber onde está a comida.

— Paul...

— Comida, segurança e conforto. É tudo o que ele pensa.

— Os comprimidos estão no parapeito da janela — informa Kate.

Mas Paul só escuta metade do que ela diz. Sua atenção está voltada para o som de alguém correndo. Quando ele olha pela janela, vê Dinah, deformada e colorida pelo vidro corrugado, correndo para a van do Elkins Park Gourmet com Shep a seu lado. Ela abre a porta da van para o cachorro, que, sem jeito, entra no veículo. Lançando um olhar aterrorizado para a casa, ela corre para o lado do motorista.

O homem do bosque   373

— Ei! — Paul consegue gritar.

Mas ela certamente não pode ouvi-lo, devido ao ronco do motor que acabou de ligar. E, mesmo que pudesse, não pararia. Engrenando a van, ela contorna a caminhonete de Paul e o carro de Kate, espalhando cascalho para todos os lados. Apoiado na pia, Paul estica o pescoço e observa o veículo disparar pela alameda, conjeturando se Shep se virará em direção à casa, para um último olhar de despedida.

Três horas mais tarde, Paul, Kate e Ruby estão sentados à mesa de jantar, almoçando os farfalle — multicoloridos, para agradar a Ruby — com molho pesto, que Paul preparou com as últimas folhas de manjericão. Paul está desolado e prefere não falar. Portanto, cabe a Kate explicar a Ruby a ausência de Shep. Ela conta de tal forma a história do milagroso encontro do cachorro com sua antiga dona que Ruby fica feliz.

— Esta casa precisa de um cachorro — diz Kate. — Esta família precisa de um cachorro. Eu nunca pensei que me ouviria dizer isso, mas é verdade.

— Nós podemos conseguir outro cachorro — Paul consegue dizer.

Ruby olha para eles com os olhos brilhantes de gratidão.

— Mas eu quero um igual ao Shep — diz ela.

— Todos eles são um pouco iguais a Shep — observa Paul.

— Talvez uma versão menor — diz Kate.

Ela já está pensando em como levar o pobre animal para a Europa, e em breve.

— Ah, eu me esqueci — diz Ruby, levantando a voz. Um pouco de sua velha teatralidade está retornando. — O sr. Wexler quer saber se você pode fazer uma palestra na nossa turma.

— Quem é o sr. Wexler? — pergunta Kate. — Seu novo professor?

— Só de estudos sociais. Nosso tema para o outono será as religiões do mundo. A gente não vai estudar só as mais comuns. Depois da aula, ele me disse que você poderia fazer uma palestra para toda a turma.

— Ai, amorzinho — diz Kate. — Eu não sei. Não sou nenhuma especialista. Só escrevi um livro.

Paul levanta os olhos.

— A gente poderia ir até o canil público de Windsor procurar um lindo cachorro que precise de uma casa.

— Boa ideia, querido — diz Kate, estendendo a mão por sobre a mesa e tocando o braço dele. — Nós podemos ir até lá amanhã.

— Um que não se pareça com Shep — diz Paul.

— Mas eu tenho aula — objeta Ruby.

— Talvez depois da aula — diz Paul.

Ele pensa em cachorros enjaulados, e a ideia de salvar um deles o deixa animado por alguns momentos.

— Vamos dar um ótimo lar para ele — diz Kate.

Lar. Paul olha para a textura do gesso no teto, para a luz que atravessa as janelas, para a tinta clara das paredes, para os rostos à sua volta — Ruby, Kate — e para as próprias mãos, pousadas na mesa.

— Acho que eu nunca acreditei que uma coisa dessas fosse possível — diz.

— Oh, Paul — diz Kate, com voz embargada.

O homem do bosque   375

— Epa — diz Ruby.

— O que foi, amorzinho? — pergunta Kate.

— Tem um anjo passarinho na parede.

— Ah, não, Ruby — diz Kate. — Não comece de novo.

Ruby não se dá ao trabalho de se defender. Apenas aponta para o espelho pendurado na parede. Kate e Paul se viram. Luzes coloridas, azuis e vermelhas dançam no vidro chanfrado que emoldura o espelho. Admirado e acreditando por um momento que um anjo realmente está a caminho, Paul diz:

— Olhem só isso!

Ele se levanta e toca o vidro tremeluzente — vermelho e azul, vermelho e azul. De repente, todo o espelho é tomado pelo reflexo de um carro de polícia que se aproxima da casa. Suas luzes de emergência giram freneticamente, embora o próprio carro venha devagar, sem nenhuma pressa especial.

AGRADECIMENTOS

Um romancista é, em essência, um lobo solitário, que passa suas horas de trabalho em isolamento. Entretanto, a experiência me ensinou quando e onde procurar ajuda, e chegou a hora de agradecer a quatro pessoas que me proporcionaram bem-estar e apoio: minha agente, Lynn Nesbit; meu editor, Dan Halpern; Tom McDonough; e Jo Ann Beard.

Impresso no Brasil pelo
Sistema Cameron da Divisão Gráfica da
DISTRIBUIDORA RECORD DE SERVIÇOS DE IMPRENSA S.A.
Rua Argentina 171 – Rio de Janeiro, RJ – 20921-380 – Tel.: 2585-2000